U0896737

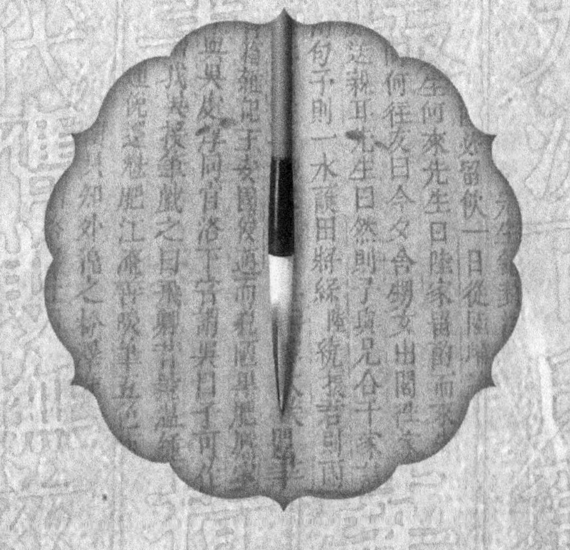

性别书写与近世短篇话本小说中的价值观念变迁研究

（下）

施文斐 著

西安交通大学出版社
XI'AN JIAOTONG UNIVERSITY PRESS

目　录

第四编　双重价值观的异质并存与反向影响——崇祯朝短篇话本小说研究

第一章　概况综述——以“二拍”为代表的崇祯朝短篇话本小说中的故事、叙事与趣味 …………………………………………………………………………………… (3)

第一节　话本小说体制上的规范与偏离 …………………………………… (3)

第二节　话本小说的文人化倾向与解构危机 ……………………………… (8)

第三节　“尚奇”——对市民趣味的迎合与改造 ………………………… (17)

第二章　以“二拍”为代表的崇祯朝短篇话本小说中的价值观体现 ……………… (20)

第一节　正统伦理道德的薄弱表现 ……………………………………… (20)

第二节　以“义”为尚的市民道德与末世中的生存哲学 ………………… (23)

第三章　市民道德与市井生存哲学影响下的文人形象书写 ……………… (45)

第一节　享乐派文人——生活方式、心性气质的市井化 ………………… (46)

第二节　“治生”问题与文人道德操守的下滑 ………………………… (50)

第三节　士人的生存状态与市井化的处世哲学 ………………………… (54)

第四节　士人的无赖化、流氓化及对两性问题处理方式的影响 ………… (59)

第四章　“二拍”之后的崇祯朝短篇话本小说中的价值观体现与文人形象书写 ……… (63)

第一节　“新晋”的“言论场”：现实视野与军事热情 ………………… (63)

第二节　武人气、豪侠气与对男性气质的重塑 ………………………… (71)

第三节　尚烈、嗜虐的病态社会心理与正统伦理道德的极端化倾向 …… (78)

第五章　崇祯朝短篇话本小说中的性别书写 …………………………… (86)

第一节　“私情类”故事中的“情”与“理” ……………………………… (86)

第二节　关于女性的失节问题：女性贞节论的极端化与暴力化倾向 …… (92)

第三节　“男性特质”的分移与性别秩序的巩固：崇祯朝短篇话本小说中的性别书写 ………………………………………………………………………… (100)

第五编　价值观上的保守、灰退与“白日梦”中的倔强反抗——清初短篇话本小说研究

第一章　概况综述——清初短篇话本小说中的故事、叙事与趣味 ………… (131)

第一节　话本小说解构危机的进一步加剧 ……………………………… (131)

第二节　题材兴趣上的转变 …………………………………………… (136)

第二章　清初短篇话本小说中的价值观体现 …………………………………… (145)
第一节　自我放逐与有限的反思 ……………………………………………… (145)
第二节　价值观上的保守、灰退与渐趋平淡的清初社会心理 ………………… (148)
第三节　多重价值观的并存与“一言堂”局面的短暂终结 …………………… (149)
第四节　个案分析:李渔小说中价值观的虚无主义倾向 ……………………… (153)
第三章　诗才、才子与江南情结:清初短篇话本小说中的才子佳人题材故事 ……… (156)
第一节　共同的补偿心理与同中有异的“白日梦” …………………………… (156)
第二节　诗才:功名之外新价值标准的确立 …………………………………… (161)
第三节　江南情结及其在清初之际的别样意味 ……………………………… (166)
参考文献 ………………………………………………………………………… (176)

第四编

双重价值观的异质并存与反向影响

——崇祯朝短篇话本小说研究

继冯梦龙的“三言”后，文人化倾向在崇祯朝的短篇话本小说编创中得到了更为强烈的呈现。议论性文字的高比例存在、对传统说话人角色设定的摒弃、对话本小说体制规范的漠视、对故事叙述与编创兴趣的减弱都说明了文人作者正在愈来愈多地将话本小说作为自我表达的新工具，这无疑意味着创作心理上的重大改变。正唯如此，在明末政局的紧张促迫下，话本小说领域也就很自然地成为文人作者们表达现实关注、展现军事热情的“言论场”，从而使得明亡之际的话本小说编创呈现出了强烈的政治色彩。正统伦理道德作为拯救世道人心的首选武器被再次推向前台，并在好奇、尚烈、嗜虐的病态社会心理的促发下走向极端化、绝对化，甚至于暴力化，贞节烈女形象在明末短篇话本小说中的大量涌现即为此时代背景下的必然产物。就男性形象塑造而言，曾于“三言”中被普遍推崇的女子气遭到了贬低，取而代之的则是富于男子气概的武人气、豪侠气，其背后所反映出的正是于此救亡图存之际重塑男性气质，尤其是文人性格的强烈愿望，豪侠型文人因而得以大量出现。然而，在重文道、轻武功的传统文化惯性下，为文人作者所倾心的武人气更多地仅仅停留于外在气质上，具有真功夫的女豪杰因此成为“伪武人气”男性形象的必要补充。在欲强大而实未强大的男性心理作用下，“德、才、勇”等“男性特质”开始了向女性群体的分流与移动。这样一种性别气质乃至于性别角色上的流动与颠倒在造成女性强势化的同时，更促成了“女强男弱”这一性别搭配模式的形成，但却并不会对传统的性别秩序造成破坏，反而使其在男性缺席的情况下得到了进一步强化。

在这样一种具有普遍性的创作趋势下，唯一未被时代氛围所左右的就是凌濛初的“二拍”。“六体兼备”的话本小说体制规范、“以好奇为尚”的话本小说叙事格调都在“二拍”这一崇祯朝短篇话本小说领域的初始之作中得到了坚守。相较于在其后的明末话本小说中被极端强化了的封建伦理道德，为“二拍”所秉持的价值观依然是以“义”为尚的市民道德以及富于实用主义精神的市井生存哲学。在为浓烈的市井氛围所笼罩的“二拍”世界中，相较于为其后的明末话本小说所热心书写的豪侠型文人，富于市井气息的享乐派文人以及无赖化、流氓化文人成为了男性形象书写的重点所在，这一男性气质上的变化同样深刻地影响了相关的两性关系书写。

第一章 概况综述——以“二拍”为代表的崇祯朝短篇话本小说中的故事、叙事与趣味

第一节 话本小说体制上的规范与偏离

话本小说的整理与编创工作以嘉靖朝洪楩的《六十家小说》为起始，复兴于天启元年辛酉(1621)、天启四年甲子(1624)、天启七年丁卯(1627)连续出版的《喻世明言》(《古今小说》)、《警世通言》、《醒世恒言》，即“三言”。冯梦龙在编创话本小说的过程中，对先代流传下来的宋元话本小说在体制上、程式上进行了有意识地模仿。“‘小说’话本自有一套比较完备的体制、格式。它的基本体裁，可分为六个部分：一题目，二篇首，三入话，四头回，五正话，六结尾。”[①]冯氏所致力的正是将话本小说按照“六体兼备”的小说体制尽可能完整地呈现出来，然而即便如此，真正做到六体兼备，尤其是入话与头回兼备的话本小说在“三言”中仅有10篇，占“三言”话本小说总数(120篇)的8%，而绝大多数则或无入话、或无头回，或甚于二者皆无。虽然冯氏对话本小说的体制进行了有意识地模仿，但显然话本小说体制的规范化、成熟化却并不是在“三言”阶段实现的。接续“三言”的努力并最终使得话本小说的体制得以定型的正是继起于崇祯朝的“二拍”。

表格：崇祯朝短篇话本小说中入话与头回的搭配情况

	总篇数	有入话、有头回	有头回，无入话	有入话，无头回	无入话，无头回
“二拍”	78	49(63%)	19(24%)	10(13%)	0
《型世言》	40	15(35%)	3(8%)	22(55%)	0
《西湖二集》	34	23(68%)	2(6%)	7(21%)	2(6%)
《石点头》	14	7(50%)	0	7(50%)	0
《天凑巧》	3	0	0	3(100%)	0
《贪欣误》	5	3(60%)	0	2(40%)	0
《清夜钟》	7	4(57%)	0	3(43%)	0

① 胡士莹.话本小说概论[M].北京：中华书局，1980：134.

话本小说的规范化、成熟化首先体现在体制结构的完整度上。在“二拍”的78篇话本小说中，[①]六体兼备，尤其是入话与头回兼备的话本小说总数达到了49篇，占“二拍”话本小说总数(78篇)的63%，成为“二拍”小说体制的基本模式。余下的小说虽或无入话，或无头回，但入话与头回二者皆无的小说则完全不存在，这与“三言”中“无入话，无头回”的小说所占比例高达23%(28篇)形成了鲜明的对比。六体兼备的结构模式在“二拍”中压倒性的存在所体现的正是话本小说在体制上的规范化与成熟化，标志着话本小说体制上的最终定型。这样一种定型化了的体制模式在“二拍”之后出现的话本小说集中得到了普遍继承。其中，六体兼备，尤其是入话与头回兼备的小说在《西湖二集》中所占比例为68%(23篇)，在《石点头》中所占比例为50%(7篇)，在《型世言》中所占比例为35%(15篇)，均保持了较高比例。

“二拍”对话本小说体制完整度的有意追求更集中体现在对头回部分的刻意保留上。诚如上一编所做的分析显示的那样，话本小说在进入到以“三言”为代表的案头阅读阶段后，头回的使用频率与重要性均明显下降，“三言”中无头回的小说(包括“有入话，无头回”与“无入话，无头回”两种)所占比例高达73%(88篇)。笔者认为此种现象当与由场上演出到案头阅读这一接受方式的改变以及随着话本小说进入案头阅读阶段后，对小说文本叙事整合度要求的提升密切相关。头回部分的使用频率与重要性的降低在“二拍”之后的《石点头》《型世言》《西湖二集》这些案头文学中均得到了体现，其“无头回”的小说在各自话本小说集中所占比例分别为50%、55%、88%。然而，这样一种趋势却在“二拍”中遭遇了逆转，其“无头回”的小说所占比例仅为13%(10篇)。这样一种突兀的逆转无论是从文本层面提升叙事整合度上，还是从读者层面实现有效接受上都是无法解释的，其原因恐怕只能归结为“二拍”对话本小说体制完整性的刻意追求上。然而，这样一种突兀的逆转毕竟人为地违背了话本小说进入案头阅读阶段后的发展趋向。因此，头回部分在“二拍”中的高比例存在(68篇，87%)仅仅不过是昙花一现，其后的陆人龙、天然痴叟、周清原并没有像凌濛初那样执著于对话本小说体制完整性的刻意追求，他们的作品，即《型世言》《石点头》《西湖二集》也就很自然地顺着自“三言”以来话本小说进入案头阅读阶段后便开启的发展趋向(降低头回部分的使用频率与重要性)顺势发展下去。虽然凌濛初氏对头回部分的刻意保留并没有在其后的话本小说集中得到继承，但也正是这样一种个体的人为努力使得话本小说体制结构上的完整度在“二拍”中得到了最为充分的实现，并在其对小说体制规范化、成熟化的执著中最终实现了话本小说体制上的定型。

然而，与话本小说体制的规范化几乎同时并存的还有一股反方向的发展趋势。

① “二拍”，即《初刻拍案惊奇》、《二刻拍案惊奇》，共计话本小说80篇，其中“初刻”第二十三卷与“二刻”第二十三卷篇目重复，皆为《大姊魂游完宿愿 小姨病起续前缘》，“二刻”第四十卷则为《宋公明元宵杂剧》。去除重复者以及非小说体裁者，“二拍”中的话本小说总数实为78篇。

如果说"二拍"在话本小说体制上的定型传达出了一种规范化、模式化的努力，那么，其后出现的《型世言》《石点头》《西湖二集》却总是有意无意地呈现出了一种对规范化、模式化的偏离，这种偏离规范的趋向尤其体现在《型世言》中对入话与头回的模糊处理上。

就话本小说的体制而言，篇首诗之后一般先是入话，后为头回。入话即"在篇首的诗(或词)或连用几首诗词之后，加以解释，然后引入正话的"的部分，[①]而头回则是入话之后"和正话相类或相反的故事"，[②]它"或取相类，或取不同，而多为时事。取不同者由反入正，取相类者较有浅深，忽而相牵，转入本事。"[③]入话"是解释性的"，"或涉议论，或叙背景以引入正话"，而"头回则基本上是故事性的，正面或反面映衬正话，以甲事引出乙事，作为对照。"[④]二者无论就位置而言，还是从功能来说其实都并不难区分。然而，这样一种原本应该十分简易、清晰的区分却在《型世言》中遭遇了瓶颈。《型世言》中有相当数量的话本小说其入话与头回之间的界限可以说极为模糊。如《八两银杀二命 一声雷诛七凶》(《型世言》第三十三回)中，入话中的议论部分表达的是雷公秉公执法、不可欺昧这一话本小说中惯常出现的"天理"观，"只因官法虽严，有钱可以钱买免，有势可以势请求，独这个雷，那里管你富户，那里管你势家?"为了证明这一观点，作者接下来便分成了六种情况分别列举了六个事例，具体的行文模式为"故我所闻，……这是诛奸之雷。……这是剿逆之雷。……是翦暴之雷。……是惩贪之雷。……这是殄贼之雷。……道是性急之雷，已是奇了。还有一雷之下，杀七个谋财害命凶徒，救全两个无辜之人，更事之出奇了。"其最末一句，即"已是奇了。还有……，更事之出奇了"所体现出的递进性句式是话本小说中头回与正话衔接处的惯用句式，这表明了之前列举的这六个事例与正话之间有着"以甲事引出乙事"的"映衬""对照"关系，而这样一种关系正是头回与正话之间的典型关系。如此一来，此六个事例究竟应该算作入话中的例证呢？抑或是一口气连用了六个故事的头回呢？其性质着实难以确定。

同样的情形亦存在于《贪花郎累及慈亲 利财奴祸贻至戚》(《型世言》第二十七回)中。作者在入话的议论部分表达的观点是"巧不如拙"，"天公又怜拙而忌巧"，接下来就列举了若干事例以证明其观点。具体的行文模式为"细数从来，文中巧的莫如……；武中巧的莫如……；诗中巧的莫如……；游说中巧的莫如……。就是目今，巧窃权的是……；巧趋附是……。看将起来，真是巧为拙奴，巧为拙笑。"在若干例证后紧接着出现的"就我耳中所闻，却有个巧计赚人，终久自害的"这一句则无疑是头回(或可能是入话)与正话之间的过渡语，表明了之前列举的若干故事与正话之间是

① 胡士莹．话本小说概论[M]．北京：中华书局，1980：136．
② 胡士莹．话本小说概论[M]．北京：中华书局，1980：138．
③ 鲁迅．中国小说史略[M]．上海：上海古籍出版社，1998：77．
④ 胡士莹．话本小说概论[M]．北京：中华书局，1980：140．

一种"映带"性的并列关系。这也就意味着将这些用于证明入话观点的例证视为正话之前的头回亦未尝不可。

诸如此类的情况在《型世言》中大量存在，类似的篇目尚有《飞檄成功离唇齿 掷杯授首殪鲸鲵》(《型世言》第二十四回)、《三猾空作寄邮 一鼎终归故主》(《型世言》第三十二回)、《勘血指太守矜奇 赚金冠杜生雪屈》(《型世言》第三十六回)、《蚌珠巧乞护身符 妖蛟竟死诛邪檄》(《型世言》第三十九回)、《痴郎被困名缰 恶髡竟投利网》(《型世言》第二十八回)等篇。这些篇目中入话与头回之间的界线都很难区分，其中所列举的若干事例既可被视为入话部分的例证，又可被视为头回；既可以用来证明入话中表明的观点，又与其后的正话在内容上保持着或并列、或相反、或递进的关系。

或许有人会认为话本小说的头回部分一般来说只应有一个故事，恰如"三言"、"二拍"的头回部分所显示的那样。因此，若干个故事，尤其是概述性简短事例的并存就应该被定性为入话中的例证。然而，以故事的数量以及篇幅长短区分入话与头回的方法并不可行，遍观《型世言》中四十篇小说的头回部分就会发现若干个故事并存于头回的情况大量存在，如《烈士不背君 贞女不辱父》(第一回)、《寸心远格神明 片肝顿苏祖母》(第四回)、《宝钗归仕女 奇药起忠臣》(第十二回)、《击豪强徒报师恩 代成狱弟脱兄难》(第十三回)、《灵台山老仆守义 合溪县败子回头》(第十五回)、《拔沦落才王君择婿 破儿女态季兰成夫》(第十八回)、《匿头计占红颜 发棺立苏呆婿》(第二十一回)、《前世怨徐文伏罪 两生冤无垢复仇》(第三十五回)、《陈御史错认仙姑 张真人立辨猴诈》(第四十回)等篇中的头回部分皆包含了至少两到三个故事，《石点头》中的《卢梦仙江上寻妻》(第二回)、《江都市孝妇屠身》(第十一回)、《潘文子契合鸳鸯冢》(第十四回)等篇亦如此。而《西湖二集》中的《愚郡守玉殿生春》(第四卷)、《姚伯子至孝受显荣》(第六卷)、《寿禅师两生符宿愿》(第八卷)、《寄梅花鬼闹西阁》(第十一卷)、《吹凤箫女诱东墙》(第十二卷)、《张采莲来年冤报》(第十三卷)、《侠女散财殉节》(第十九卷)、《认回禄东岳帝种须》(第二十四卷)、《会稽道中义士》(第二十六卷)、《天台匠误招乐趣》(第二十八卷)、《祖统制显灵救驾》(第二十九卷)、《韩晋公人奁两赠》(第九卷)、《宿宫嫔情殢新人》(第二十二卷)等篇的头回部分则普遍包含了二至五个故事。这些故事如果不是或详或略地搭配在一起，就完全是若干个概述性简短事例的罗列。从形式上看，它们确实可以被定性为入话部分的例证，但从内容上看，它们也同样发挥着头回般的作用，与其后的正话保持着或正或反的对照关系。正因为如此，它们既可以充作入话部分的例证，不过将其视为头回亦未尝不可。

除了因所列事例的性质难以判定而无法区分入话、头回的情况外，《型世言》中还有一些话本小说其正话之前的议论与故事往往被杂糅在一起，作者时而议论、时而举例，举例后又再接续议论，完全没有章法可循。这同样使得入话与头回二者之间的区分变得令人困惑不解。不妨列举二例如下：

昔日《南村辍耕录》中载着一人，（事例 1）……可见钱财皆有份限。但拾人遗下的，又不是盗他的，似没罪过。只是有得必有失，得的快活，失的毕竟忧愁。况有经商辛苦得来，贫困从人借贷，我得来不过铢锱，他却是一家过活本钱。一时急迫所系，或夫妻子母，至于怨畅，忧郁成病有之，甚至有疑心僮仆，打骂至于伤命，故此古来有还带得免饿死的，还金得生儿子的。正因此事也是阴德，即世俗所传罗状元赴试京中，一路忧缺盘费。（事例 2）……又有个姓李的，（事例 3）……这都是行阴德的报。人都道是富贵生死，都是天定，不知这做状元的，不淹杀的，也只是一念所感，仔么专听于天得？我只说一个"人生何处不相逢"，还钗得命之事。（《型世言》第十二回《宝钗归仕女 奇药起忠臣》）

四海之内皆兄弟，实是宽解之词。若论孩稚相携，一堂色笑，依依栖栖，只得同胞这几个兄弟。但其中或有衅隙，多起于父母爱憎，只因父母妄有重轻，遂至兄弟渐生离异。又或是妯娌骶忤，枕边之言，日逐谮毁。毕竟同气大相乖违，还又有友人之离间，婢仆之挑逗。尝见兄弟，起初嫌隙，继而争竞，渐成构讼，甚而仇害，反不如陌路之人，这也是奇怪事。本是父母一气生来，倒做了冰炭不相入。试问，人这弟兄难道不是同胞？难道不同是父母遗下的骨血？为何颠倒若此？故我尝道：弟兄处平时，当似司马温公兄弟（事例 1）……，处变当似赵礼兄弟（事例 2）……。至于感紫荆树枯，分而复合，这是田家三弟兄（事例 3）……，即一时间性分或有知愚。做兄的当似牛弘（事例 4）……，做弟的当似孙虫儿（事例 5）……不然王祥，王览同父异母兄弟（事例 6）……我朝最重孝友，洪武初旌表浦江郑义门（事例 7）……。今摘所同一事，事虽未曾旌表，其友爱自是出奇。（《型世言》第十三回《击豪强徒报师恩 代成狱弟脱兄难》）

类似的例子尚有《痴郎被困名缰 恶髡竟投利网》（《型世言》第二十八回）、《拔沦落才王君择婿 破儿女态季兰成夫》（《型世言》十八回）等篇。诸如此类议论与故事穿插在一起的构成方式不仅使得入话与头回之间的界线难以划分，而且穿插于议论中的若干个事例的性质也同样难以确定。且正如上文分析所示，入话与头回部分的模糊化现象所体现出来的对话本小说体制规范化的偏离普遍存在于继"二拍"而起的崇祯朝话本小说集中。而且，这样一种"偏离规范"的现象也并不仅仅存在于入话与头回部分的模糊化上，亦同样体现在篇尾诗的缺失上。《型世言》中就有大量篇目，如《悍妇计去孀姑 孝子生还老母》（第三回）、《胡总制巧用华棣卿 王翠翘死报徐明山》（第七回）、《避豪恶懦夫远窜 感梦兆孝子逢亲》（第九回）、《烈妇忍死殉夫 贤媪割爱成女》（第十回）、《宝钗归仕女 奇药起忠臣》（第十二回）、《灵台山老仆守义 合溪县败子回头》（第十五回）、《逃阴山运智南还 破石城抒忠靖贼》（第十七回）、《拔沦落才王君择婿 破儿女态季兰成夫》（第十八回）、《匿头计占红颜 发棺立苏呆婿》（第二十一回）、《任金刚计劫库 张知县智擒盗》（第二十二回）、《飞檄成功离唇齿 掷杯授首殪鲸鲵》(第二十四回)、《凶徒失妻失财 善士得妇得货》(第二十五回)、《贪花郎累及慈亲 利财奴祸贻至戚》(第二十七回)、《痴郎被困名缰 恶髡竟投利网》(第二十八回)、《妙智淫色杀身 徐行贪财受报》(第二十九回)、《张继良巧窃篆 曾司训计完璧》(第三十回)、《奇颠清俗累 仙术动朝廷》(第三十四回)、《前世怨徐文伏罪 两生冤无垢复仇》(第三十五回)、《西安府夫别妻　郃阳县男化女》(第三十七回)等篇皆取消了篇尾诗。相较而言,"二拍"中六体兼备、层次分明的规范化模式反倒几乎成了后继乏人的横空绝响。这是否可以说明这样一点,即凌濛初之后的话本小说家们其注意力已然从对话本小说体制规范化的关注转移到了"别处",对话本体制的模仿乃至于规范化的努力已经变得不再重要。从这一层面而言,话本小说体制上的规范化努力与对规范化体制的偏离同时存在于崇祯朝的短篇话本小说编创中,体制上的定型与解构几乎同步发生。

第二节　话本小说的文人化倾向与解构危机

诚如上编分析所示,宋元话本小说中惯常出现的解释性入话在进入以"三言"为代表的案头编创阶段后尽管并没有改变其主流地位,但却已明显地呈现出了一种下行趋势。笔者认为其原因当与"三言"话本小说中议论性入话的增多有关。这样一种在"三言"中已然初露端倪的发展趋向在"二拍"及其之后的崇祯朝短篇话本小说的编创中得到了压倒性的呈现。

表格:"二拍"中议论性文字的分布情况(行文中的插言议论除外)

有入话者 59	议论性入话	39
	议论与解释兼备的入话	11
	纯解释性入话	9
无入话者 19	头回与正话的衔接处有议论者	17
	完全无议论者	2

不妨先以"二拍"为例。在59篇"有入话"的"二拍"小说(包括"有入话,有头回"与"有入话,无头回"两种情况)中,议论性入话多达39个,余下的20个则为解释性入话。"二拍"中的解释性入话依然继续发挥着引导人物、介绍背景、解释篇首诗意等传统功能。它们或引出头回或正话的主人公,如《唐明皇好道集奇人　武惠妃崇禅斗异法》(《初刻拍案惊奇》第七卷)、《赵司户千里遗音　苏小娟一诗正果》(《初刻拍案惊奇》第二十五卷)、《杨抽马甘请杖　富家郎浪受惊》(《二刻拍案惊奇》第三十三卷);或引出正话发生的时间、地点、场景,如《襄敏公元宵失子　十三郎五岁朝天》(《二刻拍案惊奇》第五卷)、《徐茶酒乘闹劫新人 郑蕊珠鸣冤完旧案》(《二刻拍案惊奇》第二十五卷)、《盐官邑老魔魅色　会骸山大士诛邪》(《初刻拍案惊奇》第二十四

卷)；或解说篇首诗中包含的若干故事，如《程元玉店肆代偿钱　十一娘云冈纵谭侠》(《初刻拍案惊奇》第四卷)、《同窗友认假作真　女秀才移花接木》(《二刻拍案惊奇》第十七卷)、《金光洞主谈旧变　玉虚尊者悟前身》(《初刻拍案惊奇》第二十八卷)。然而，这样一种纯粹的解释性入话在"二拍"中仅有9个，更多的解释性入话(11个)则是解释与议论兼备。因此，如果仅就"二拍"的入话部分而言，议论性入话与包含了议论性文字的解释性入话竟多达50个，占"二拍"中入话总数(59个)的85%。议论性文字在"二拍"入话部分的高比例存在由此可见一斑。这一现象在"二拍"之后的《型世言》、《石点头》、《天凑巧》等崇祯朝短篇话本小说集中得到了更为强力的体现。《型世言》中"有入话"的小说(37篇)占篇目总数(40篇)的93%，其入话部分无一例外地皆为议论性入话。《石点头》中的14篇小说则皆有入话，且除了《唐玄宗恩赐纩衣缘》(《石点头》第十三回)之外，余下篇目的入话部分亦全部为议论性入话。《天凑巧》中的3篇小说亦皆有入话，且皆为议论性入话。

不过须明确的一点是，尽管话本小说中的入话部分是议论性文字的传统"位置"，但却并非是唯一位置。换言之，没有入话并不必然意味着就没有议论。通过对"二拍"中话本小说的结构模式进行通盘梳理后就会发现，"二拍"中的议论性文字绝不仅仅局限于入话部分。除了传统说话人惯常于行文中插言议论的方式在文人作者这里得到继承外，头回与正话的衔接处已然成为继入话部分之后议论性文字的又一聚集处。在19篇"无入话"的"二拍"小说中，除了《顾阿秀喜舍檀那物　崔俊臣巧会芙蓉屏》(《初刻拍案惊奇》第二十七卷)、《伪汉裔夺妾山中　假将军还姝江上》(《二刻拍案惊奇》第二十七卷)这两篇小说其头回与正话的衔接处是为纯粹的过渡性文字外，余下的17篇"无入话"小说其头回与正话的衔接处均为议论性文字，且颇成篇幅。因此，在议论性入话的现有基础上如果再将头回与正话衔接处的议论包含在内的话，那么，"二拍"中包含了议论性文字(无论是在传统的入话位置，还是在头回与正话的衔接处)的小说篇目共达67篇之多，占"二拍"小说总数(78篇)的86%。由此可见，尽管"二拍"致力于故事本身的"谲诡幻怪"(《初刻拍案惊奇》叙)以动人视听，但与此同时亦同样强烈地呈现出了好发议论的特点。如果说前者，即对故事新奇性的追求尚承袭的是自宋元话本以来话本小说之叙事传统。那么，对议论的异常热衷则使得话本小说的编创极大地带上了文人化的调子。

相较于传统说话人出于现场演出效果的考虑而必须对入话部分做出的职业化经营，早已进入案头编创与阅读阶段的文人作者们更关心的则是如何阐发议论以表达其之于社会人生的个人见解。在一些情况下，文人作者急于自我表达的愿望往往会使其插进入话中的议论更像是一种无所顾忌地借题发挥，并总是因此而大大溢出了正话主旨的范围。此种情况在《西湖二集》中体现得尤为明显，如《刘伯温荐贤平浙中》(第十七卷)的正话主旨是赞美刘伯温举荐贤才的美德，而入话部分却花费了大量篇幅抨击了明末官员的人浮于事、无所作为，且出言异常激烈，诸如"一遇事变之来，便抱头鼠窜而逃，岂不负了朝廷一片养士之心？”“借这一顶纱帽，只当做一番生意，有甚为国为民之心？”“这样的人，朝廷要他何用？”此类情绪激越的反问句可谓比比皆是。在进行了如此一番痛快淋漓的抨击后，作者似乎才想起来正话的主人公还没有上场，于是又接二连三地调用了若干诗句才总算将刘伯温引了出来，而此时入话的篇幅已然过半。《吴越王再世索江山》（第一卷）的入话部分中关于文人不遇的大段议论、《觉阇黎一念错投胎》（第七卷）的入话部分中对败坏佛门者的种种恶迹所做的批判、《吴山顶上神仙》（第二十五卷）的入话部分中为证明佛法灵验所花费的大量篇幅都有类似的通病。在《觉阇黎一念错投胎》（第七卷）这篇小说中，文人作者自己似乎也感觉到了入话部分的议论铺排得过于漫长了些，于是在入话的结尾处不无歉然地说道：“在下这一回说《觉阇黎一念错投胎》，先说一个大意，意在劝世，所以不觉说得多了些。”除以上列举的篇目外，《西湖二集》中还有一些小说，如《宋高宗偏安耽逸豫》（第二卷）、《商文毅决胜擒满四》（第十八卷）等篇的入话部分篇幅相当之长，且其中的议论与正话主旨同样缺乏必要的关联性。

与正话主旨缺乏关联性的成段议论并不仅仅存在于入话之中，在正话行文过程中出现的插言议论亦时常如此。尤其是最能切中文人痛处的科举话题总是最能激发起失意文人的一腔愤懑。《愚郡守玉殿生春》（《西湖二集》第四卷）的正话主旨实为命比才重，且不可轻视愚蠢之人。然而，用于表达这一主旨的科举话题无疑触到了文人作者那根敏感的神经，于是在正话行文的过程中便插入了一长段抨击科举的激烈文字，“若是举子命运不好，……。若是举子命运好，……。真是不愿文章中天下，只愿文章中试官。……随你真正出经入史之文，反不如放屁文字发迹得快。世上有什么清头？有什么凭据？”虽说这段议论与故事内容多少也有一些关联，但如此篇幅的深入论说毕竟还是偏离了正话的主旨。脱离了正话主旨的长篇议论在《西湖二集》中的大量存在相当程度上说明了相较于小说叙事自身的连贯性与整合度，一些文人作者显然将大段议论的痛快阐发视为其编创话本小说的重要目的，而正话的主旨往往不过是文人作者借题发挥时所必需的“题”而已。

由此可见，话本小说继传统的诗文之后已然成为文人作者们进行多方面自我表达的新工具。凌濛初、周清原尚能忠实地模仿着传统说话人的声口，以“小子”、“在下”、“看官”等称谓与假想中的“书场听众”进行着虚拟性的交流，尤其是凌濛初还在行文的过程中不时地插入诸如“说话的若是同时生，并年长，……”“启一点朱唇，露两行碎玉”这样早期宋元话本时期常见的陈旧套子。凡此种种都显示了以凌濛初为代表的文人作者对话本小说格调的一种刻意模仿。尽管议论性文字在“二拍”中的压倒性存在表明了作为文人作者的凌濛初同样有着将话本小说作为自我表达工具的创作意图，但正如其对话本小说体制完整度的刻意追求所显示的那样，凌濛初对话本小说作为一种文体自身的规范化、成熟化亦保持着同样的热情。但这样一种在文人化的自我表达愿望与对话本小说作为一种文体自身的关注度之间达成的微妙平衡却在凌氏之后的文人作者们那里朝着前者的方向发生了极大地倾斜。

相较于"二拍"《西湖二集》对说话人声口的刻意模仿，《型世言》《天凑巧》等话本小说集则早已丧失了创设虚拟性书场情景的兴趣而直接以"我想……""我尝道……""我又道……""就我所闻"等形式将文人作者之于社会人生的种种见解直接抛向了读者。还是在最能让文人作者情绪激动的科举话题上，《陈都宪 错里猎巍科 误中跻显秩》(《天凑巧》第二回)这篇小说同样是通过一个文理不通的蠢笨之人在种种机缘巧合下如何获取功名的故事无可奈何地表达了"命比才重"的功名前定论，其人物形象、情节构思尤其是主旨立论与上文提及的《愚郡守玉殿生春》(《西湖二集》第四卷)几乎完全一致。所不同的是，《天凑巧》中的叙事者早已完全抛开了说话人的角色设定而以"我"的面目强势登场。这样一种强势的姿态直接体现在"我"的字眼在抨击"财势当道、文才无用"这一科举现状的批判性文字中的频繁出现，"我道只该怨天，还该自怨。……不知道如今的时势，贿赂公行，买卖都是公做，有什么羞？……岂不是命！岂不是命！……我却输他没有这样的父兄；……我又输他没有这样阿堵；……我却输他没有这样胆，敢于泼做；又输他没有这样才，周旋得来。""我"的频繁现身使得读者完全有理由相信如此强烈的愤懑情绪当出自于文人作者的切身体验，从而极大地增强了议论的真实性。且更为重要的是，以"我"的面目直接出现的文人作者显然并没有将其自身视为传统的说话艺人，他对这样一种角色扮演缺乏兴趣。一直以来横亘在小说作者与虚拟听众(读者)之间的"传统说话人"这一叙事隔层于是被打破，以"说话的""小子""在下"等第三人称出现的说话人角色因此而退场，那种"以旁观者的姿态有意与所叙之事保持着距离"①的冷静与淡漠亦随之遭到了极大地消解，取而代之的则是文人作者直面读者的强势姿态以及在大段议论中表现出的激越情绪。

文人作者对自身角色的重新定位强烈地暗示了在其心目中早已将话本小说视为一种自我表达的工具。且相较于传统的诗文，成段成段的议论无疑能在话本小说中获得更多篇幅上的满足。这对于文人作者而言已然足够了，至于话本小说作为一种文体其自身的的结构特征、风格特点则很少还能停留在文人作者的关注半径之内。

正唯如此，完全由文人作者独立编创的"二拍"及其后出现的《型世言》、《石点头》、《西湖二集》等话本小说集才会呈现出一种高度的议论化倾向。尽管其编创过程仍往往借助于对源故事的改编、拼接才能完成，但这又与冯梦龙将大量的宋元话本小说直接引入"三言"的做法有着本质上的不同。冯氏之于话本小说的创作欲望，或者说是一种模仿的热情是在收集、整理宋元话本的过程中被激发出来的，而凌濛初等明末文人却不得不在"宋元旧种，亦被搜括殆尽"(《初刻拍案惊奇》叙)的情况之

① 王昕. 话本小说的历史与叙事[M]. 北京：中华书局，2002：2.

下白手起家、另起炉灶。虽同为文人作者，但相较于“三言”，以“二拍”为代表的崇祯朝话本小说的编创所体现出的文人化倾向无疑更为强烈、更为纯粹，议论性文字的高比例存在正是文人化倾向下的产物。

议论性文字不仅会出现在传统的入话部分，亦同样会出现于入话与头回之间的衔接处、头回与正话之间的衔接处、正话行文中的作者插言处、正话的结尾部分乃至于篇尾诗。似乎只要文人作者愿意，几乎处处皆可议论。尤其是《型世言》还别出心裁地在每篇小说的开始前增设了翠娱阁主人（即陆云龙的号）的序（或称“引”“小引”“叙”“小叙”“题词”“题辞”等），在每篇小说结束后同样增设了冠以雨侯（即陆云龙的字），或木强人、草莽臣、鲁国男子、石隐、赤憨等名阐发的大段议论，并皆以“某人曰”的形式出现。尽管《型世言》中的回前序与回末评在崇祯朝的短篇话本小说编创中仅为特例，但也足以说明文人作者对议论性文字的热衷，其所体现的正是文人阶层自我表达的愿望。

然而，好发议论的文人作者对自我表达的热衷却极大地挤压了其对话本小说这一文体本身的关注。恰如上文的分析所示，“二拍”之后的话本小说，尤其是《型世言》之所以出现了入话与头回部分难以辨清的模糊化现象，在相当程度上就是因为议论与故事彼此穿插并被杂糅一处造成的。这样一种编排方式完全打破了入话以议论（或解释）性文字为主，而头回则以故事为主这一话本小说的传统布局，从而使得入话与头回部分之间的界线变得难以划分。虽然这一模糊化现象令后世的研究者颇感头疼，但如果稍微变换一下思考的角度，就会发现今人执着于结构层次上的努力在明末的文人作者们看来很可能毫无意义。文人作者们对议论的热情极大地冲淡了对话本小说体制本身的关注，既然入话处可议论，头回处亦可议论，那么，入话与头回也就失去了区分彼此的必要。二者之间的模糊化倾向在相当程度上所代表的正是一种入话与头回部分“一体化”的发展趋向。在“一体化”的进程中，似乎已然可以隐隐地听到话本小说的体制结构渐趋解构的作响声。

当然，因文人作者对议论性文字的过度关注而导致的话本小说体制上的渐趋解构还体现在其他方面，上文中曾提及的《型世言》中大量存在的篇尾诗缺失现象即为一例。一般而言，篇尾诗是总结正话大意并借以阐发议论的地方。当文人作者大发议论的愿望在篇尾诗之外的其他地方，譬如正话的结尾处得以以散体白话的方式更为充分地实现后，传统的篇尾诗那短短四句的篇幅也就丧失了对文人作者的吸引力。在上文例举的《型世言》中缺少篇尾诗的19个例证中，至少有8篇小说都在正话的结尾处设有大段议论。现简要举例如下：

……如此烈妇，心如铁石。即使守，岂为饥寒所夺，情欲所牵。有不终者乎！吾谓节妇不必以死竖节，而其能死者，必其能守者也，若一有畏刀避剑肚肠，毕竟可以摇动，后来必守不成。（第十回《烈妇忍死殉夫 贤媪割爱成女》）

……这事最可怜的是一个真氏，以疑得死；次之屠有名，醉中杀身；其余妙智，虽死非罪，然足偿屠有名。徐行父子，阴足偿妙智、法明。法明死刑，圆静死缢，亦可为不守戒律，奸人妇女果报。田禽淫人遗臭，诈人得罪，亦可为贪狡之警。总之，酒、色、财、气四字，致死至祸，特即拈出，以资世人警省。（第二十九回《妙智淫色杀身 徐行贪财受报》）

……这的是张继良报应。但是这些人，有甚人心。又有一班狡猾的驾着，有钱要赚，有势就使，只顾自饭碗里满，便到充军摆站，败坏甚名捡？做官，官职谪削事小，但一生名捡已坏，仔么不割一时之爱？至如养痈一般，痈溃而身与俱亡，此是可笑之甚。故拈出以佐仕路观感。（第三十回《张继良巧窃篆 曾司训计完璧》）

余下的5篇小说，即《匿头计占红颜 发棺立苏呆婿》（第二十一回）、《任金刚计劫库 张知县智擒盗》（第二十二回）、《飞檄成功离唇齿 掷杯授首殪鲸鲵》（第二十四回）、《贪花郎累及慈亲 利财奴祸贻至戚》（第二十七回）、《痴郎被困名缰 恶髡竟投利网》（第二十八回）其正话的结尾处亦是如此。议论性文字在正话的结尾处以及别出心裁增设的回末评中找到了新的“归宿”，这使得传统的篇尾诗位置变得不再重要。《型世言》对篇尾诗的大量删节恰恰说明了文人作者对议论的关注要远远高于话本体制本身。一旦议论的空间在“他处”得到了更为充分的拓展后，话本体制模式中诸如篇尾诗以及入话、头回等固定环节的存在本身就会遭到漠视，进而为话本小说体制层面上的解构危机埋下隐患。

以“好发议论”为代表的文人化倾向对话本小说所造成的解构危机并不仅仅体现为体制层面上，其所波及的半径甚至已经严重影响到了文人作者对故事叙述本身的兴趣。无论是早期的说话演出阶段，还是其后的话本编创阶段，故事情节的构思以及如何将一个故事尽可能生动地呈现出来的叙事技巧都是说话人，或模仿说话人声口的叙事者所努力追求的首要目标，“故事”无疑是这一领域的核心性存在，是说话伎艺与话本小说的生命力所在。然而，在“二拍”之后的崇祯朝短篇话本小说的编创中，文人作者自我表达的愿望却极大地冲淡了其设计情节与叙述故事的热情。相较于如何将一个故事讲述得生动、有趣的叙事技巧，《西湖二集》的文人作者就显然更愿望将精力投注到增强议论性文字的说服力上。在“二拍”之后的崇祯朝短篇话本小说中，已经很难再有如《乔太守乱点鸳鸯谱》（《醒世恒言》第八卷）、《郝大卿遗恨鸳鸯绦》（《醒世恒言》第十五卷）、《酒下酒赵尼媪迷花 机中机贾秀才报怨》（《初刻拍案惊奇》第六卷）、《东廊僧怠招魔 黑衣盗奸生杀》（《初刻拍案惊奇》第三十六卷）、《鹿胎庵客人作寺主 剡溪里旧鬼借新尸》（《二刻拍案惊奇》第十三卷）那样头绪繁多、设计精巧、悬念丛生、波澜迭起的精彩故事了。尽管其小说的头回部分中往往也包含着若干个故事，但这些所谓的“故事”总是被叙述得极为简略、平淡、枯燥而缺乏可读性，充其量仅能算作是议论部分的例证而已。故事从话本小说的核心退变成了一种工具和手段。

除了头回故事在篇幅与趣味上的严重缩水外，“二拍”之后的崇祯朝短篇话本小说对于故事编创本身缺乏兴趣这一点还体现在故事内容的大量重复上。这些内容重复的故事往往直接“改编”于先期或同期的其他话本小说。如《宋高宗偏安耽逸豫》(《西湖二集》第二卷)的正话中于国宝遇高宗事、高宗为被黜官员恢复原职事均来自于《俞仲举题诗遇上皇》(《警世通言》第六卷);《千金不易父仇 一死曲伸国法》(《型世言》第二回)的正话孝子王世名事直接翻版于《行孝子到底不简尸 殉节妇留待双出柩》(《二刻拍案惊奇》第三十一卷);《避豪恶懦夫远窜 感梦兆孝子逢亲》(《型世言》第九回)与《王本立天涯求父》(《石点头》第三回)的正话故事同,皆为孝子王原寻父事;《胡少保平倭战功》(《西湖二集》第三十四卷)与《胡总制巧用华棣卿 王翠翘死报徐明山》(《型世言》第七回)的正话故事同,皆为胡宗宪平定海盗王海事;《妖狐巧合良缘 蒋郎终偕伉俪》(《型世言》第三十八回)与《赠芝麻识破假形　撷草药巧谐真偶》(《二刻拍案惊奇》第二十九卷)的正话故事同,皆为狐仙三株草事;《吹凤箫女诱东墙》(《西湖二集》第十二卷)的头回与《叠居奇程客得助　三救厄海神显灵》(《二刻拍案惊奇》第三十七卷)的正话故事同,皆为辽阳海神事;《吴山顶上神仙》(《西湖二集》第二十五卷)中正话故事的后半部分与《矢智终成智 盟忠自得忠》(《型世言》第八回)正话故事同,皆为程济保护建文帝出逃事;《逃阴山运智南还 破石城抒忠靖贼》(《型世言》第十七回)与《商文毅决胜擒满四》(《西湖二集》第十八卷)的正话皆引入了项忠平定满四叛乱事;《愚郡守玉殿生春》(《西湖二集》第四卷)中爱惜字纸以积阴德事与《进香客莽看金刚经　出狱僧巧完法会分》(《二刻拍案惊奇》第一卷)的入话故事同,女鬼借泄露考题以报恩事则与《感恩鬼三古传题旨》(《石点头》第七回)的正话故事同,至于其头回故事更是直接照搬了同书第三回《巧书生金銮失对》正话中的甄龙友事。

当然,有一些故事虽内容重复但毕竟侧重点有所不同,如《胡少保平倭战功》(《西湖二集》第三十四卷)与《胡总制巧用华棣卿 王翠翘死报徐明山》(《型世言》第七回)虽同为胡宗宪平定海盗徐海事,但前者以表现胡宗宪的军事才能为重心,而后者则将王翠翘的义烈作为表现重点。《逃阴山运智南还 破石城抒忠靖贼》(《型世言》第十七回)与《商文毅决胜擒满四》(《西湖二集》第十八卷)的正话虽皆引入了项忠平定满四叛乱事,但前者以项忠为主人公,而后者则将主人公更换为商文毅,项忠仅在正话故事的后半部分才出现。但这样一些故事内容虽重复但毕竟侧重点有所不同的情况终归是少数,绝大多数的重复篇目无论从内容上还是从立意上来看都毫无新意可言。还有一些篇目虽并非直接照搬于某篇话本小说,但其故事情节总是给人一种似曾相识的重复感,如《张采莲来年冤报》(《西湖二集》第十三卷)的头回中被谋财害命的冤鬼转世投胎为凶手之子以讨回前世冤债的情节设计就与《前世怨徐文伏罪 两生冤无垢复仇》(《型世言》第三十五回)的正话故事极为相似;《商文毅决胜擒满四》(《西湖二集》第十八卷)的正话中被救之人欲出妻献子以报答恩人事则几乎就是《韩侍郎婢作夫人　顾提控掾居郎署》(《二刻拍案惊奇》第十五卷)中顾提控拒绝江溶以女儿报恩事的翻版。

须明确的一点是，"二拍"之后的崇祯朝短篇话本小说在故事内容上大量重复的现象并不能与"三言""二拍"对源故事的借鉴、改编等而论之。"三言""二拍"的源故事取材范围极为广泛，几乎遍及文人笔记、野史杂传、文言传奇甚至于戏曲故事、社会传闻。尤其是仅有"沟中之断芜"(《初刻拍案惊奇》叙)、"柏梁余材、武昌剩竹"(《二刻拍案惊奇》小引)得以充饥的"二拍"更不得不要在"古今来杂碎事"(《初刻拍案惊奇》叙)这些残羹剩饭中搜罗、翻检、淘洗出可资利用的创作素材，其源故事的取材范围也因此而变得更加驳杂。除了《天平广记》《夷坚志》分别为"初刻""二刻"的主要取材对象外，其他诸如《史记》《旧唐书》《剪灯新话》《剪灯余话》《觅灯因话》《青琐高议》《情史》《智囊补》《古今谭概》《坚瓠集》《武林纪事》《宣室志》《睽车志》《辍耕录》《万历野获编》《青泥莲花记》《齐东野语》《元曲选》等非话本小说领域的文言资料几乎都成了凌濛初检择的对象。尽管"三言""二拍"偶然也会涉猎现成的话本小说，如《羊角哀舍命全交》(《喻世明言》第七卷)的正话就直接改编自《羊角哀死战荆轲》(《清平山堂话本》)，《俞仲举题诗遇上皇》(《警世通言》第六卷)的入话卓文君事则直接取自于话本小说《风月瑞仙亭》(《清平山堂话本》)，《袁尚宝相术动名卿　郑舍人阴功叨世爵》(《初刻拍案惊奇》第二十一卷)的入话林善甫还珠事照搬了话本小说《阴骘积善》(《清平山堂话本》)，《张员外义抚螟蛉子　包龙图智赚合同文》(《初刻拍案惊奇》第三十三卷)的正话故事亦同样直接取材于《合同文字记》(《清平山堂话本》)，但此类情况极为罕见。就总体而言，"三言"(除了收入其中的宋元话本小说外)、尤其是"二拍"中故事的原创性是不容置疑的。

然而，这样一种不容置疑的原创性却在《型世言》《西湖二集》《石点头》等崇祯朝短篇话本小说的编创中遭遇了尴尬。不过须明确的一点是，直接照搬话本小说的抄袭现象尽管在上述三部小说中大量存在，但并非具有普遍性。其源故事的涉猎范围虽不及"三言""二拍"那样驳杂，但业已涵盖多方。如《西湖二集》源故事的取材对象就遍及《情史》《剪灯新话》《辍耕录》《西湖游览志》《西湖游览志余》《皇明从信录》等书，而《石点头》的源故事范围则囊括了《太平广记》《夷坚志》《情史》《辍耕录》《鹤林玉露》《云溪友议》《本事诗》等非话本小说的文言资料。但即便如此，直接照搬话本小说的抄袭现象毕竟大量存在于崇祯朝的短篇话本小说中，这同样是一个不争的事实。如此明目张胆地照搬、照抄显示出了"二拍"之后的文人作者们对于独立构思小说的编创工作已经丧失了相当程度上的热情与耐心。当然，这也很可能与书商、出版商那迫切的牟利动机有着密切关联，譬如约作于崇祯十六年(1643)的《三刻拍案惊奇》中的30篇小说就完全抄袭自《型世言》，除了删去回前序、回末批与正文眉批外，其文本内容与《型世言》一般不二，而仅仅在题目上做了一些改头换面的处理。然而，即便将由于书商、出版商的不停催迫而不得不加快进程并因此而导致抄袭现象发生这一可能的原因考虑进来，也并不能完全说明问题。因为即便如此，文人作者们却依然有着足够的时间铺写出大段大段的议论，有一些篇目，如《宋高宗偏安耽逸豫》(《西湖二集》第二卷)、《商文毅决胜擒满四》(《西湖二集》第十八卷)其议论性入话的篇幅竟然占到了总篇幅的约 31%。尽管编创时间有限，但文人作者们显然还是将其主要精力更多地投注到了以议论为代表的自我表达上。文人作者好发议论的热情极大地挤占了原本为故事构思本身预留下的时间与精力。相较于从浩如烟海的文言资料中搜罗、检择出创作素材并将其连缀、构思成话本小说的浩大功夫，从同为话本小说的他人作品中直接照搬、照抄(或再加以改头换面、偷梁换柱的必要遮掩)显然更为直截便利。从这一层面而言，明末话本小说领域中大量存在着的照抄、窜改、拼凑等抄袭现象当亦与文人作者对议论性文字的过度关注密切相关，是书商、出版商的利益驱动与文人作者强烈的自我表达意图这内外双重因素共同作用下的结果，而由此造成的"重议论而轻故事"的倾向对于话本小说编创而言无疑意味着一种严重的本末倒置，恰如由于强烈的议论化倾向为话本小说体制层面上的解体埋下隐患一样，对故事本身的轻视更是从根本上动摇了话本小说的根基。文人作者似乎已然忘记了话本小说原本就是为了讲故事而生的"初心"，这对于话本小说自身的发展而言无疑是极其有害的。

好发议论的文人作者那自我表达的强烈愿望亦同样为话本小说体制层面上的解构埋下了隐患。不仅如此，甚至还从故事本身的构思与叙述这一核心层面上动摇了话本小说之根本。尤其是当我们再将文人作者借助于话本小说这一"载体"以自炫其文采风流这一层面的因素考虑进来后更会发现，"二拍"之后的崇祯朝短篇话本小说中时常会充斥着大量的、过量的文人诗作，这一现象尤其体现在《西湖二集》中。除了说话人的"有诗为证"外，《救金鲤海龙王报德》(第二十三卷)连引了 9 首《西湖竹枝词》，《邢君瑞五载幽期》(第十四卷)连引了 10 首《西湖十景》，《月下老错配本属前缘》(第十六卷)中引用的所谓朱淑真的诗词作品有 12 首，《宋高宗偏安耽逸豫》(第二卷)中引用的文人诗词有 13 首。至于《觉阇黎一念错投胎》(第七卷)则一连引用了 30 首《宫词》，《洒雪堂巧结良缘》(第二十七卷)中所铺写的诗词唱和之作竟达到了 35 首之多。这些大量穿插于话本小说中的文人诗词与话本小说中惯用的诸如"万般皆是命，半点不由人。""分开八片顶阳骨，倾下半桶冰雪水。""猪羊送屠户之家，一脚脚来寻死路。""为人且莫用欺心，举头三尺有神明。""青龙共白虎同行，吉凶事全然未保。""人前只说三分话，未可全抛一片心。"等直白、浅俗的说话人套语显然不可同日而语，其所体现出的完全是一种彻头彻尾的文人趣味。且不仅如此，以上疏、诏书、谢表、公函、檄文等文体形式书写而成的大段文言亦时常现身于《型世言》《西湖二集》等崇祯朝短篇话本小说中。阅读如此生涩的文字对于一般的市井读者而言显然是痛苦的，这不仅使人再次对文人作者们投身于话本小说创作的动机产生了质疑。他们在对故事编写本身缺乏兴趣的同时，反倒对议论、文采以及种种见解的表达充满了热情。他们编写话本小说的目的究竟是为了娱乐世俗大众呢？还仅仅更多的只是出于文人自我表达、自我实现的一种满足？不得不说，在“二拍”之后的崇祯朝乃至于清初的话本小说创作风潮中尽管涌现出了大量的后起之作，但却绝少再有作品能在其故事的可读性、耐读性上与“三言”“二拍”相比肩，当与文人作者这一强烈的自我表达愿望有着脱不开的干系。

第三节　“尚奇”——对市民趣味的迎合与改造

关于“二拍”的创作缘起与出版契机，凌濛初曾做过这样一番表述，“偶戏取古今所闻一二奇局可纪者，演而成说，聊舒胸中磊块。非曰行之可远，姑以游戏为快意耳。同侪过从者索阅一篇竟，必拍案曰：‘奇哉所闻乎！’为书贾所侦.因以梓传请。”（《二刻拍案惊奇》小引）无论是以“一二奇局可纪”之事为游戏的作者，还是一经览阅就会拍案惊奇的读者，抑或是闻风而动的出版商，书籍流通过程的三大环节，即从编创到出版再到阅读接受全部因对“奇”的兴趣而被串连在一起。“立意好奇”可以说正是“二拍”的一大卖点。在正话与头回的衔接处这一文人作者惯于发表观点、阐发议论的固定位置，凌氏时常会打出一些以“奇”为标榜的广告语以调动读者的阅读兴趣。它们或强调怪奇，如“真个是千古罕闻”“从来稀有，亘古新闻”“从前寡见、近世罕闻”；或渲染“笑”果，“说来有许多好笑好听处”；或索性以“惊悚”为噱头，如“最为真实骇听”“个个奇骇，道是新闻”“直叫小胆惊欲死，任是英雄也汗流”，其所迎合的无外乎是读者渴望猎奇、娱乐与寻求刺激这一颇具普遍性的阅读心理。至于凌氏预想中的读者则显然是以市井民众为接受主体，对市井民众阅读兴趣的迎合无疑是一种市民趣味的体现。

对“奇”的强烈偏好在相当程度上冲淡了文人作者好为教化的热情，并使得“二拍”因此而出现了大量“立意好奇，无关劝诫”的作品。据笔者统计，此类作品在“二拍”中有29篇之多[①]，包含“两性关系”“公案骗局”“奇人奇事”等多个方面，达总篇数的35％。当我们将此数据与“二拍”之后出现的《型世言》的同类数据（2篇，5％）相参照后，“二拍”“立意好奇，无关教化”的特点就会呈现得更加明显。

其实这29篇以好奇为尚的小说中有许多篇目完全可以从教化的角度出发加以劝诫，然而凌氏对此却表现得缺乏兴趣，这一点尤其体现在“公案与骗局”类的作品中。“拐骗妇女”是“二拍”公案类小说的表现热点，代表性篇目主要有《姚滴珠避羞惹羞　郑月娥将错就错》（《初刻拍案惊奇》第二卷）、《陶家翁大雨留宾　蒋震卿片言得妇》（《初刻拍案惊奇》第十二卷）、《东廊僧怠招魔　黑衣盗奸生杀》（《初刻拍案惊奇》第三十六卷）、《徐茶酒乘闹劫新人　郑蕊珠鸣冤完旧案》（《二刻拍案惊奇》第二

① 以下统计数据均来源于表格一《“二拍”的劝诫内容与价值观体现》。须明确的一点是，由于有些篇目的劝诫主旨往往会包含多个层面，故而在制定此表时个别篇目会被重复提及。仅就此表而言，其所包含的“二拍”总篇数实为83篇。

十五卷)、《两错认莫大姐私奔　再成交杨二郎正本》(《二刻拍案惊奇》第三十八卷)等。此类作品如若从劝诫的角度出发,实在是可以有多重选择的可能。凡戒淫戒色、严内外之防、须提防拐子等皆可立意,但"二拍"却无一例外地全都以好奇为标榜。在《姚滴珠避羞惹羞　郑月娥将错就错》(《初刻拍案惊奇》第二卷)这篇小说中,入话、头回与正话的衔接处、正话的结尾处以及篇尾诗等这些文人作者惯于发表议论的固定位置皆无劝诫,整篇小说完全是从毫无血缘关系的两个人偏能长得真假难辨这一新奇点出发敷演而成。无论是施害者还是受害者,作者都没有做出任何道德判断,而只是在篇尾处将这容貌酷似的二人最后竟然成为姑嫂一事定性为徽州地区至今流传的"笑谈"。与之情况类似的《陶家翁大雨留宾　蒋震卿片言得妇》(《初刻拍案惊奇》第十二卷)同样将"片言得妇是奇缘"的新奇点作为立意所在。

然而,作者"立意好奇,无关劝诫"的娱乐态度却极大地阻碍了作者对故事内蕴与人物情感的深入探究,冲淡了作品本身可能蕴含着的悲剧意蕴。被拐事件中的受害人常常成为被取笑、被嘲弄的对象。在《姚滴珠避羞惹羞　郑月娥将错就错》(《初刻拍案惊奇》第二卷)中,作者并没有对被拐妇女姚滴珠表现出丝毫的同情,而是将其设定为不以被迫接客为耻,反以能满足性事为乐的"水性"女人,《两错认莫大姐私奔　再成交杨二郎正本》(《二刻拍案惊奇》第三十八卷)中的受害人莫大姐同样被设定为"原是立不得贞节牌坊的"的淫妇。小说中的女性人物虽然被拐骗、被贩卖,但由于自身的道德缺陷也绝非完全意义上的受害者。这一人物形象上的设定不仅极大地冲淡了事件本身的悲剧意味,与此同时亦使得作者对受害者的漠然态度得以合理化。至于在《徐茶酒乘闹劫新人　郑蕊珠鸣冤完旧案》(《二刻拍案惊奇》第二十五卷)这篇小说中,新娘子居然在新婚之夜被人拐骗的悲剧在追求新奇"笑"果的作者这里也被渲染成了"新婚人家一场大笑话"。恰如其对姚滴珠的漠然态度一样,该故事中的郑蕊珠被拐卖他乡并饱受凌辱的遭遇也没有得到作者任何同情。当郑蕊珠好不容易被解救回家与丈夫谢三郎团圆后,作者对此的第一反应依然是"可笑","可笑谢三郎好端端的新妇,直到这日,方得到手,已是个弄残的了。"虽然在篇尾的最末处跟补了一句"所以内外之防,不可不严也",但相较于贯穿于通篇的娱乐意图,这临了的一句究竟又能包含多少真诚就着实令人怀疑了。

在一些故事中,文人作者以说话人插言的方式在行文中穿插着的议论时常也会同样透露出一种情感上的漠然态度。在故事背景设定于元末战乱的《李将军错认舅　刘氏女诡从夫》(《二刻拍案惊奇》第六卷)中,女主人公刘翠翠所遭受的是远比拐骗更为严重的暴力劫持。被迫为将军做妾的刘翠翠数年后才得以与原配丈夫金定相见。但因将军就在眼前,心中无限悲苦的二人只能以兄妹身份相认。此处原本是渲染悲情的绝佳场面,然而,作者却故意地荡开了本应聚焦于金、刘二人的视线而将叙事的焦点转移到了那位好似电灯泡一样立在当场的将军。那个模拟着说话人声口而出现的油滑声音将这位将军比作了"监场御史","看官听说,若是此时说话的在旁边一把把那将军扯了开来，让他每讲一程话，叙一程阔，岂不是凑趣的事？争奈将军不做美，好象个监场的御史，一眼不煞坐在那里。”本已渐趋浓重且即将爆发的悲剧气氛就在这一段大煞风景的插言中被彻底冲散了。

这无法不使人产生这样一种印象，即凌氏不惜以油腔滑调式的插言也要冲淡悲剧氛围的举动绝对是有意而为的成心之举。他很不愿意让他的预想读者们从其小说中品尝出什么苦涩的味道，而竭力，有时甚至是牵强地保持并渲染着一种无关痛痒的娱乐氛围。这与其源故事文言传奇小说《翠翠传》(《剪灯新话》第三卷)中所极力渲染着的悲情氛围形成了鲜明的对比。不过，如果从作者立足于怪奇、搞笑的娱乐性创作意图来看，追究作品可能蕴含着的悲剧意味或将人物的不幸遭遇以同情的笔调渲染出来无疑会加重小说氛围的沉重感以至于读者再难从阅读中获得愉悦与放松。正因为如此，凌氏总是倾向于抛开那些故事中可能蕴含着的沉重话题，而只是将其作为一件轻松的奇事、搞笑的趣事来写，作者由此而表现出来的不近人情也可以从中获得某种解释。

最后，尚须明确的一点是，“二拍”中对市民趣味的迎合与改造几乎是同步发生的。在迎合市民趣味的同时，凌氏将话本小说领域中对“耳目之外”“牛鬼蛇神”之奇的惯有关注极大地转移到了“耳目之内”的“日用起居”(《初刻拍案惊奇》叙)之奇，其所体现的正是一种文人意趣对市民趣味的改造。“市民感兴趣的是耳目外的幻想世界”，[①]从早期宋元说话名目的分类，即“灵怪”“烟粉”“传奇”“公案”“朴刀杆棒”“神仙妖术”等便可对市民的兴趣点窥见一二。正是这些远离琐碎、忙碌而又平庸的市井日常生活且富于刺激性、新奇感的故事充分地焕发出了市井小民的激情与想象力，这也正是步足于勾栏瓦舍的说话听众们所期待获得的一种情绪体验。而以广大市井民众为取悦对象的说话伎艺在经历了早期宋元话本阶段，尤其是晚明以来的案头化阶段后，文人作者愈来愈强烈的创作参与势必会加剧文人意趣对市民趣味的介入与改造。相较于市井小民对市井社会之外奇幻世界的无限好奇，恰恰身处于市井之外的文人士大夫所感兴趣的反而就是市井生活本身。文人士大夫对市井社会发生了强烈兴趣，这一点从“二拍”的猎奇范围由“耳目之外”向“耳目之内”的空间转移便可得到证实。尽管就表层而言，“二拍”中“立意好奇，无关劝诫”作品的大量存在所体现出的好奇性格显现的是文人作者对市民趣味的迎合，但就其深层而言，已然隐含了文人意趣对传统市民趣味加以改造的动向。

① 高小康.市民、士人与故事：中国近古社会文化中的叙事[M].北京：人民出版社，2001:27.

第二章　以“二拍”为代表的崇祯朝短篇话本小说中的价值观体现

第一节　正统伦理道德的薄弱表现

随着明末社会危机的急速加剧与北方游牧民族日趋促迫的威胁，以忠、孝、节、义为基本准则的正统伦理道德再次被视为危难关头的救世良药而被文人士大夫们紧抓不放。这样一种浓重的危机心理与忧患意识亦强烈地渗透于崇祯朝的短篇话本小说编创之中，而动荡的时局总是会促发人们重归于正统伦理道德并于其中寻找拯救人心、化解危机的救世良方。以表现正统伦理道德的篇目的高比例存在而论，“二拍”之后的《石点头》（7 篇，30％）、《型世言》（11 篇，28％）、《西湖二集》（8 篇，22％）均堪称代表。[①] 对正统伦理道德的宣扬与强调无疑是为紧张的时代氛围所裹挟后的产物，是鲜明的时代特色在明末短篇话本小说编创中的集中体现。

然而，这样一种为明末短篇话本小说所普遍呈现出来的时代特色却在崇祯朝短篇话本小说领域中的初始之作，即凌濛初氏的“二拍”中几乎没有得到任何体现。“二拍”中勉强称得上宣扬正统伦理道德的篇目仅有 4 篇，占总篇数的 5％。且如果对此硕果仅存的四篇稍作考察的话就会发现，其中至少有两篇其立论其实并不在宣扬正统伦理道德上。如《行孝子到底不简尸　殉节妇留待双出柩》（《二刻拍案惊奇》第三十一卷）的篇首立论实围绕着官员应尊重尸亲的意愿而尽量不要尸检展开，《张福娘一心贞守　朱天锡万里符名》（《二刻拍案惊奇》第三十二卷）的立论则是“天下凡事皆繇前定”的命定论。至于王世名之孝、张福娘之贞则更多的只是在行文过程中客观呈现出来而已。尽管作者在篇尾议论中对故事人物所表现出的道德品质有所称颂，但终究不能掩盖其篇首立论原非如此的事实。但在以《行孝子到底不简尸

① 以上数据分别来自于表格三“《石点头》的劝诫内容与价值观体现”、表格二“《型世言》的劝诫内容与价值观体现”、表格四“《西湖二集》的劝诫内容与价值观体现”。须明确的是，由于有些篇目其主旨内容往往会包含多个层面，因此会出现篇目的重复现象。就此三个表格的制定情况而言，表格二“《型世言》的劝诫内容与价值观体现”的总篇数为 40 篇，表格三“《石点头》的劝诫内容与价值观体现”的总篇数为 23 篇，表格四“《西湖二集》的劝诫内容与价值观体现”的总篇目为 37 篇。

殉节妇留待双出柩》(《二刻拍案惊奇》第三十一卷)为源故事改编而来的《千金不易父仇 一死曲伸国法》(《型世言》第二回)中,正统伦理道德的缺失则在篇首议论中得到了弥补,“做人子,当父母疾之时,求医问卜,甚到割股,要求他生,及到身死,哀哭号踊,尚且有终天之恨。若是被人杀害,此心当如何悲愤,自然当拼一生,向上司控告。”在这之后才是对判案官尽量不要尸检的劝诫,显然这一劝诫已然从“二拍”同题材篇目中立论主旨的地位退而居于其次。

造成“二拍”中正统伦理道德表现薄弱的原因究竟何在?这是否与成书的时代背景有关呢?仅就“二拍”与《型世言》的成书情况而言,从小说的出版时间来看,“二拍”,即《初刻拍案惊奇》与《二刻拍案惊奇》分别刊刻于崇祯元年戊辰(1628)和崇祯五年壬申(1632)。《型世言》的刊刻时间与“二刻”大体同时,亦约在崇祯五年壬申(1632)之前后,基本上与“二拍”中的“二刻”出版于同一时间。从文人作者的创作时间段来看,由于《型世言》中有些篇目涉及了明末真实的历史事件,如《凶徒失妻失财 善士得妇得货》(第二十五回)以崇祯元年(1628)七月二十三日浙江沿海地区遭遇的台风、海啸为背景,《贪花郎累及慈亲 利财奴祸贻至戚》(第二十七回)的入话部分记述阉党下场的文字则依据的是崇祯二年(1629)公布的对阉党二十六人的处理方法。由这些时代背景所提示的时间可以大体判断《型世言》的写作时间段当在崇祯元年至崇祯五年之间[1],而这又与凌氏“二拍”的写作时间段大体保持一致。写作时间与出版时间上的一致说明了呈现于同为浙江籍文人的凌濛初与陆人龙面前的时代背景、时代信息、时代氛围应该不会有太大的差别。然而,相较于《型世言》中谈时局、谈治世、谈军事等具有强烈现实性与政治色彩的篇目的大量存在(4 篇,10%),“二拍”中以此为立意的相关篇目却几乎为零(行文中的一些插言议论除外)。不仅如此,正如上文所言,由对时局的浓重忧虑而引发的对正统伦理道德的复归并进而导致话本小说宣扬正统伦理道德的作品的增多这一普遍性趋势在“二拍”中同样没有得到呈现。在这样一种国难当头、大厦将倾的危急时刻,“无关道德(特指正统伦理道德)、不谈时政(或少谈)”的“二拍”颇给人一种闲云野鹤般的世外之感。

那么,“二拍”中对正统伦理道德的薄弱表现之原因是否与作者本人可能缺乏必要的爱国意识或政治热情有关呢?就《型世言》的情况而言,好议国事的陆氏兄弟,无论是作者陆人龙,还是评者陆云龙都具有较为强烈的政治热情。这一点不仅能从《型世言》的正文内容以及各种批注(回前序、回末批、正文中的眉批、夹批等)中获得有力的证明,亦能从陆氏兄弟于话本小说之外的小说创作中可窥见一二。如陆云龙曾于阉党覆灭的次年,即大启八年(1628)就刊刻了时事小说《峥宵馆评定出像通俗演义魏忠贤小说斥奸书》,其弟陆人龙则于崇祯三年(1630)出版了以毛文龙、陈继盛

---

① 关于《型世言》成书年代的考证参见陈庆浩《<型世言>校注本序》,(明)陆人龙著.型世言评注[M].陈庆浩校点,王锳、吴书荫注释.北京:新华出版社,1999.

等人率领的东江军与后金政权之间展开的军事较量为创作题材的章回体小说《辽海丹忠录》。至于凌濛初是否同陆氏兄弟一样具有强烈的政治色彩虽在“二拍”中并未得到什么明确的呈现，但其墓志铭中的一段文字却为我们勾勒出了一个颇为陌生的凌濛初。相关引文如下：

崇祯中，以副贡授上海丞，署海防事。清盐场积弊，擢判徐州，居房村。治河时，何腾蛟备兵淮、徐，御流寇，慕其才名，征入幕。献《剿寇十策》，又单骑诣贼营，晓以祸福，贼率众来降。腾蛟曰：“此凌别驾之力也。”上其功于朝，授楚中监军佥事。不赴，仍留房村。甲申正月，李自成薄徐境，誓与百姓死守，曰：“生不能保障，死当为厉鬼杀贼。”言与血俱，大呼“无伤百姓”者三而卒。众皆恸哭，自死以殉者十余人……[①]（郑龙采《别驾初成公墓志铭》）

力主实务、献策剿寇、匹马说降、抵死守城，并最终于崇祯十七年（1644）明王朝覆灭之际慷慨殉国。这段文字所展现出的凌濛初可以是一个完全符合正统伦理道德的忠臣烈士，与那个在话本小说中时常模仿着说话人的口吻以油滑而又世故的腔调现身的文人作者简直判若两人，使人不禁惊异地感慨原来凌濛初也有如此豪情、如此悲壮的一面。单就其个人而言，凌濛初身上所体现出的爱国意识与政治热情绝不亚于陆氏兄弟。

综上所述，“二拍”中对正统伦理道德的薄弱表现并不能从“二拍”编创时所面临的时代背景，抑或是凌濛初本人的思想境界、政治倾向上获得有效解释。唯一可能的答案只能从作者原初的创作动机中探究出来。笔者认为凌濛初在编创“二拍”之初原本就没有将宣扬正统伦理道德列入其预想的表现范围之内。凌氏曾直言他只是将小说创作视为“聊舒胸中磊块”、“可佐谈资”的“游戏”而已。诚如上文分析所示，凌氏编写小说之原初动机更多的只是出于自身的尚奇趣味以及对市民好奇心理的迎合。相较于那些以“捻髭呕血、笔冢研穿”的严肃态度创作出来的作品，凌氏并不认为自己的小说具有能够“行之可远”的价值，而所谓“行之可远”的价值则往往要从作品的道德内涵与教化功效中才能获得体现。因此，当凌濛初从书商那里得知这些从“柏梁余材、武昌剩竹”的零碎儿中挑检出素材并被“钞撮成编”的“支言俚说”居然还能销售火爆时，身为作者的自己都感到难以置信，“嗟乎，文讵有定价乎？”（《二刻拍案惊奇》小引）可见，凌氏对其小说中究竟包含了多少有价值的道德内涵其实是心知肚明的。尽管“二刻”的刊刻时间，即崇祯五年（1632）发生了孔有德叛乱并进而导致作为防御清兵渡海南下防线的山东登莱沿海其防御能力遭受重创这样足以改变战局的重大军事事件，尽管历来好议国事的江南文人对此不可能毫不知晓，尽管恰于此时出版的《型世言》并不意外地融入了丰富的时事政治内容，但凌氏的“二刻”

① 光绪乌程县志[M]//孔另境辑.中国小说史料.上海：上海古籍出版社，1982：129.（转引自高小康.市民、士人与故事：中国近古社会文化中的叙事[M].北京：人民出版社，2001，45—46.）

却依然沿袭着自“一刻”以来就奠定的以好奇为尚的娱乐基调继续滑行，其所表现出的对时事、政局、战况的熟视无睹、充耳不闻反倒是着实有些令人意外。不过也正因为如此，从中亦可看出凌氏对“以好奇为尚”这一话本小说的传统品格究竟是何等地执着，何等地坚持。他既没有被激烈、动荡的时局所左右，亦没有为紧张、沉重的时代氛围所裹挟，而是心无旁贷、依然故我地秉持着话本小说之传统品格而没有让其沦为文人作者政治诉求、军事见解、治世主张的“载体”，更没有使其成为正统伦理道德的传声筒。恰如早期的说话艺人与小说家一样，凌氏依然对故事情节的巧妙构思兴趣盎然，其笔下的人物也很少有那种概念化的箭垛式人物。在明末的一片草木皆兵、风声鹤唳中，在时代的焦灼感已经燃烧至话本小说领域之时，凌濛初在话本小说编创中所竭力保持着的那份“无关道德（特指正统伦理道德）、不谈时政（或少谈）”的悠然态度中所体现出的正是对话本小说自身格调的一种尊重与重视，这在因连锁爆发的时代危机而再度成为救命稻草的正统伦理道德大举进军话本小说领域的崇祯朝小说编创中显得尤为难能可贵。

第二节　以“义”为尚的市民道德与末世中的生存哲学

一、表象：具有强烈经济色彩的市民道德

“二拍”中对正统伦理道德的表现薄弱并不等于“二拍”所着力展现的市民社会中就没有道德。市民社会自有一套与其现实生存密切相关、切实可行的道德准则发挥着维系生活秩序、调节人际关系、保障生存利益等基本功能，并在相当程度上集中体现为以“义”为尚的市民道德。“二拍”中有一些篇目即以“弘义”为立意之主旨，如《乌将军一饭必酬　陈大郎三人重会》（《初刻拍案惊奇》第八卷）开篇即以“千古流传义气高”的诗句赞美了那位“钱财轻、义气重”的强盗乌将军，《李克让竟达空函　刘元普双生贵子》（《初刻拍案惊奇》第二十卷）盛赞的则是刘元普虽与托付之人素不相识，但依然能够“空函认义”，不负“托妻寄子”之遗愿的善举，并于篇首诗中慨叹道“慷慨奇人难屡见，休将仗义望朝绅！”除了将“弘义”作为立意宗旨外，“二拍”中还有一些篇目虽立论于他处，但还是在客观上塑造了许多“专以义气为重”的人物形象。其中有慷慨解囊、济人于难中的张乘运（《初刻拍案惊奇》第一卷《转运汉遇巧洞庭红　波斯胡指破鼍龙壳》）、陈德甫（《初刻拍案惊奇》第三十五卷《诉穷汉暂掌别人钱　看财奴刁买冤家主》）；为受讹诈的友人仗义出气，并施巧计赚回房产的贾秀才（《初刻拍案惊奇》第十五卷《卫朝奉狠心盘贵产　陈秀才巧计赚原房》入话故事）；拾金不昧、“轻财重义”，不惜在茅厕中守候一宿的郑兴儿（《初刻拍案惊奇》第二十一卷《袁尚宝相术动名卿　郑舍人阴功叨世爵》）；不负友人鬼魂之重托，替其幼子讨回财产的书生直公言（《二刻拍案惊奇》第十三卷《鹿胎庵客人作寺主　剡溪里旧鬼借新

尸》）；救人于危难之中却又施恩不望报的顾提控（《二刻拍案惊奇》第十五卷《韩侍郎婢作夫人　顾提控椽居郎署》）；路见不平、仗义执言，甚至不惜到阴间作证的刘八郎（《二刻拍案惊奇》第十六卷《迟取券毛烈赖原钱　失还魂牙僧索剩命》入话故事）等等。

须明确的一点是，“二拍”中所宣扬的“义”与正统伦理道德“忠孝节义”中的“义”并不可等而论之，二者之间既有其一脉相承的共通之处，更有因文化语境之不同（先秦儒家文化与晚明市井文化、商业文化）而造成的内核上的置换。就其共通之处而言，无论是儒家伦理道德之“义”，抑或是市民道德之“义”，都是“一种道德判断，及由判断所树立的标准。”①但就其所认定的符合“义”这一判断标准的道德内涵而言，则发生了内核上的置换。就前者而言，儒家伦理道德为血缘伦理关系中的各种角色都设立了与之相应的道德内涵，所谓“君令、臣共、父慈、子孝、兄爱、弟敬、夫和、妻柔、姑慈、妇听”（《左传・昭公二十六年》）是也。凡是符合道德内涵的行为皆可判断为“义”。可见，儒家所谓的“义”主要是从血缘伦理层面出发，是规范血缘伦理关系的道德判断标准。而对于那些早已脱离了大家族的血缘羁绊而更多地与非血缘关系的各色人等共同生活于都市之中的市井平民们来说，其所秉持的市民道德则将“义”的适用范围进一步扩大到了非血缘的普通人际关系中，于是，“诚”“信”等有助于规范非血缘人间秩序的道德内涵得到了强调。

“诚”意味着“真实无妄”（朱熹语），不昧心、不欺心、不瞒心，是“二拍”对人物进行道德评判的重要标准，诸如“诚实”“真诚”“志诚”“至诚”“拙诚”“忠诚”“正心诚意”“致诚人”以及“忠信”“信义”“信行”“信人”等都是以“诚”“信”为标准对人物之品行做出的道德判断。“二拍”将由“诚”的内心出发而做出的善举视为“阴骘”“阴德”，并总是以“积阴骘，有好报”的因果逻辑为真诚的善举提供慷慨的回报。与之相应地，对于那些“昧心”“欺心”“瞒心”的“不诚”之人，如虚情假意以借机谋财害命的于大郊（《初刻拍案惊奇》第十四卷《酒谋对于郊肆恶　鬼对案杨化借尸》）、为富不仁，使欺诈手段赖人卖身钱的贾员外（《初刻拍案惊奇》第三十五卷《诉穷汉暂掌别人钱　看财奴刁买冤家主》）、图赖他人钱财而不惜杀人灭口的恶绅“杨疯子”（《二刻拍案惊奇》第四卷《青楼市探人踪　红花场假鬼闹》）、以欺骗手段侵吞他人田产的毛烈（《二刻拍案惊奇》第十六卷《迟取券毛烈赖原钱　失还魂牙僧索剩命》）、偷梁换柱，将聚宝镜窃为己有的僧人法轮（《二刻拍案惊奇》第三十六卷《王渔翁舍镜崇三宝　白水僧盗物丧双生》）等，“二拍”则总是予以果报式的惩罚，“莫要欺心，必遭报应”也由此成为“二拍”报应论的重要内容。

通过以上例证可以发现，“二拍”中所谓“诚”与“不诚”的道德判断往往都涉及到了钱财或由钱财引发的各种经济纠纷，这一点只要通过将其与“三言”中的同题材作

---

① 徐复观. 中国人性论史[M]. 上海：华东师范大学出版社，2005：117.

品相对比就可以得到进一步地确认。“三言”中虽有相当数量的“弘义”之作,但除了《施润泽滩阙遇友》(《醒世恒言》第十八卷)中拾金不昧的行为涉及到了经济利益外,其他诸篇,如《吴保安弃家赎友》(《喻世明言》第八卷)、《裴晋公义还原配》(《喻世明言》第九卷)、《两县令竞义婚孤女》(《醒世恒言》第一卷)、《刘小官雌雄兄弟》(《醒世恒言》第十卷)等皆侧重于人情义理而与经济行为无关。对经济领域中的义行善举之关注就是从“二拍”开始的,尽管“二拍”之后以“弘义”为尚的话本小说并不多,其主要篇目仅有《韩晋公人奁两赠》(《西湖二集》第九卷)、《宝钗归仕女 奇药起忠臣》(《型世言》第十二卷)、《捐金有意怜穷 卜屯无心得地》(《型世言》第十九回)等为数不多的几篇,但除了《韩晋公人奁两赠》(《西湖二集》第九卷)走的还是《裴晋公义还原配》(《喻世明言》第九卷)中不贪女色,义还原配(或妻子,或恋人)的伦理路线外,其他两篇均涉及了经济行为。且即便是单就《韩晋公人奁两赠》(《西湖二集》第九卷)而论,韩晋公在义还原配的同时,又义赠了妆奁陪嫁,其中的经济因素较之单纯还妻的《裴晋公义还原配》(《喻世明言》第九卷)显然是增加了。

综上所述,尽管“诚”、“信”所具有的“真实无妄”这一道德内涵原本可以覆盖人间秩序的多个方面,但“二拍”却显然将其更多地投注到了经济领域之中,成为规范非血缘人间秩序,尤其是保障市井社会中经济秩序的重要道德准则。除了仗义疏财、不以钱财为念这一颇具江湖气的“义气”之外,凡是真诚无欺,不使欺诈手段的商业行为、经济行为皆可判断为“义”。正是从这一角度出发,笔者认为“二拍”中宣扬的“义”具有较为强烈的商业色彩,它既与儒家伦理道德中立足于血缘伦理的“义”有所不同,又与一般意义上处理非血缘人际关系的“义”,如《水浒传》、《三国志通俗演义》中宣扬的“义”仍有区别。就其实质而言,当是受儒家伦理道德影响而形成的商业化道德反过来又作用于传统价值观之后形成的产物,从中亦可见为市民阶层所秉持的商业化道德与传统儒家伦理道德之间无法割裂开来的内在关联。

正是因为为市井社会所普遍尊奉着的“义”,尤其是“诚”、“信”等道德内涵具有强烈的经济背景,作为鼓励义行善举的果报定律也因此而染上了浓重的经济色彩。正如“二拍”中一再宣扬的“奉劝世人,只宜行好事,天并不曾亏了人。”(《初刻拍案惊奇》第二十一卷《袁尚宝相术动名卿 郑舍人阴功叨世爵》)“周全他人,仍旧周全了自己。”“奉劝世间行善,原是积来自家受用的。”(《二刻拍案惊奇》第十五卷《韩侍郎婢作夫人 顾提控椽居郎署》)所显示的那样,“二拍”中时常出现的诸如拾金不昧、解囊相助、义还原配等救人于危难之中而无所取的善行义举也总是会得到丰厚的回报,即使一个小小的善举亦在此果报律的涵盖范围之内。《诉穷汉暂掌别人钱 看财奴刁买冤家主》(《初刻拍案惊奇》第三十五卷)中那个出于一时的恻隐之心而周济了周秀才一家“二三杯酒”的店小二在十多年后竟然为此得到了一锭银子的“重赏”,而当年施舍的那两三杯酒“因是小事”,早已连他自己都“忘记多时了”。至于《乌将军一饭必酬 陈大郎三人重会》(《初刻拍案惊奇》第八卷)中的陈大郎则因其数年前那个"一饭之恩"的所谓"善举"而得以保全性命、全家团聚并最终发家致富的经历则更是充满了戏剧性。在受"一饭之恩"的强盗乌将军来看，陈大郎肯"欣然款纳""一个素不相识的人"实乃识英雄于尘埃之中的豪侠之气使然，并因此而将陈大郎视为知己。而陈大郎当年主动请客的初衷却不过是在好奇心的驱使下想搞清楚这位"大半被长须遮了"，"剩却眼睛外，把一个嘴脸遮得缝地也无了"的大汉吃饭时究竟要怎么处理他的这一脸胡子。当他看到这位大汉先"向衣袖取出一对小小的银扎钩来，挂在两耳，将须毛分开扎起"，然后才"拔刀切肉，恣其饮啖"的玄机后，他那旺盛的好奇心已然得到了满足。就其初心而言，实在是谈不上什么善念，也无所谓什么义举。也正因为如此，当他数年后因乌将军的"一饭之报"而得以有惊无险、逢凶化吉后，"那一饭的事早已不记得了"的陈大郎心中所怀有的更多的只是一种侥幸心理，"好侥幸也！若非前日一饭，今日连性命也难保。""好侥幸也！前日若非一饭，今日连妻子也难保。"但即便如此，原本并非出于主观意愿的无心"善举"也会因其至少在客观效果上符合了"义"的道德内涵而得到慷慨的回馈。

无论善举之大小，亦无论善念之有无，"二拍"中果报律的适用范围的宽松性对市井小民而言显然有着极大的鼓动作用。从这一层面而言，"做好事，不赔本"、"积阴骘，有好报"之类具有强烈经济色彩的报应原则在相当程度上迎合了以经济利益为优先考量的市民心理，并因此而在客观上保障并增强了义行善举在市井小民心中的感召力与接受度。以经济领域中的真诚无欺为重要内涵的"义"在报应原则的保障下得以于市井社会中实现了最大限度的贯彻，并在客观上促进了市井小民彼此帮助、相互扶持的意愿与行动，成为为市井社会所普遍通行的团结互助、共同生存的群体性生存原则。

这里须明确的一点是，虽然"二拍"中宣扬的果报律具有鲜明的经济色彩，但与儒家伦理道德，尤其是"诚"的道德内涵仍有一定的相通之处。譬如儒家经典在将"诚"释义为"诚者自成也"的同时，又强调"诚者非自(仅)成己而已也，所以成物也。"(《中庸》第二十五章)徐复观先生认为"诚"所蕴含的"把成就人与物，包含于个人的人格完成之中，个体的生命，与群体的生命，永远是联结在一起"的道德内涵正是"中国文化最大的特性。"[①]其所谓的"成人成己"与"二拍"中宣扬的"周全他人，仍旧周全了自己"至少就其表层的语言逻辑而言颇为相似，只不过"二拍"中的说教更多地沾染了几分施恩望报的私心而已。换言之，在讲求实利的市井社会中，这一"成人成己"的道德内涵也只有在"周全他人，仍旧周全了自己"的利益诱惑下才能得以实现。也正因为如此，"二拍"中许多人物的行善动机并不纯粹，"义"的背后总是不可避免地有着某种利害计较的私心考量。《赵五虎合计挑家衅　莫大郎立地散神奸》(《二刻拍案惊奇》第十卷)中的莫大郎之所以痛痛快快让流落在外的庶出兄弟认祖归宗，

① 徐复观.中国人性论史[M].上海:华东师范大学出版社,2005:94.

就完全是出于为了避免因兄弟争产而导致外人趁机牟利的经济考量，而绝非什么高义之举。尽管如此，他还是获得了官府颁发的“孝义之门”的匾额并因此名利双收，在客观上也算是“迎合”了“成人成己”的道德标准。

从这一层面而言，为市民道德所尊奉着的“义”正是一种从经济行为出发的群体性生存原则。这一原则之所以能最为有效地调动起市民大众的参与热情，在相当程度上也正是因为为广大市井民众所最为关心的并不是从血缘伦理出发的道德判断，而恰恰正是以经济利益为原点的公正与公平。在很多情况下，唯有在利益分配获得平衡的基础上，伦理层面的道德秩序才能得以维系。在这一问题上，“二拍”中堪称正反例证的两篇，即因财产分配均衡而得以保全了伦理温情的《赵五虎合计挑家衅　莫大郎立地散神奸》（《二刻拍案惊奇》第十卷）以及因利益纠纷而导致族侄打死族叔这一家族惨剧的《行孝子到底不简尸　殉节妇留待双出柩》（《二刻拍案惊奇》第三十一卷）无疑从正反两方面印证了上述观点。

二、原因：明末以来不断恶化着的社会风气与生存环境

何以“义”这一群体性生存原则会在市民道德，尤其是在“二拍”所展现的市民道德中能得到如此突出地呈现，笔者认为这当与明末社会风气与生存环境之恶化密切相关。在“二拍”所精心讲述的众多故事中，给人印象深刻的首先就是充斥于其间的大量骗局，如《张溜儿熟布迷魂局　陆蕙娘立决到头缘》（《初刻拍案惊奇》第十六卷）、《丹客半黍九还　富翁千金一笑》（《初刻拍案惊奇》第十八卷）、《沈将仕三千买笑钱　王朝议一夜迷魂阵》（《二刻拍案惊奇》第八卷）、《赵县君乔送黄柑　吴宣教干偿白镪》（《二刻拍案惊奇》第十四卷）等等，与“二刻”同时出版的《型世言》中亦有《吴郎妄意院中花 奸棍巧施云里手》（第二十六回）、《贪花郎累及慈亲 利财奴祸贻至戚》（第二十七回）等同题材篇目。明代中后期，充斥于市井社会中的大量骗局不仅形式繁多，且手段高明，约刊刻于万历四十五年（1617）的《杜骗新书》就将流行于市井中的常见骗局分成了二十四类之多，从中足可见当时诈骗行为之猖獗。在形形色色的骗局中，又尤以“提罐”与“扎火囤”最具代表性。

所谓“提罐”，即是指“以替人炼仙丹、炼金银为名设计的骗局”。[①] 凌濛初曾于小说中这样介绍过，“世上有这一伙烧丹炼汞之人，专一设立圈套，神出鬼没，哄那贪夫痴客，道能以药草炼成丹药，铅铁为金，死汞为银。名为‘黄白之术’，又叫得‘炉火之事’。只要先将银子为母，后来觑个空儿，偷了银子便走，叫做‘提罐’。”（《初刻拍案惊奇》第十八卷《丹客半黍九还　富翁千金一笑》）所谓“扎火囤”，则一般“是由男女合伙实施的骗局。一般先由女的以美色相诱，引上钩后，再由男的半道撞将进来，诬赖他人奸骗良家女子，藉以敲诈钱财。设局诈骗者通常雇佣娼妓合作，也有夫妻合

① 陈江．明代中后期的江南社会与社会生活［M］．上海：上海社会科学院出版社，2006：316．

伙骗人的。”[①]对此，凌濛初在小说中也曾做过介绍，“听说世上男贪女爱，谓之风情。只这两个字害的人也不浅，送的人也不少。其间又有奸诈之徒，就在这些贪爱上面，想出个奇巧题目来。做自家妻子不着，装成圈套，引诱良家子弟，诈他一个小富贵，谓之‘扎火囤’。若不是识破机关，硬浪的郎君十个着了九个道儿。”(《二刻拍案惊奇》第十四卷《赵县君乔送黄柑　吴宣教干偿白镪》)这两大骗局分别以好丹术者以及迷恋女色者为行骗对象，其心思之缜密、布局之精巧、放线之长远、行骗之巧妙，往往使受害人在案发数日后依然浑然不觉。如《赵县君乔送黄柑　吴宣教干偿白镪》(《二刻拍案惊奇》第十四卷)中那位被扎进火囤的宣教郎虽然损失了大笔钱财，却还是对那位柔情蜜意的美人儿念念不忘，“只是县君如此厚情厚德，又为我如此受辱。……不知今生到底能勾相傍否?”第二日，心怀鬼胎的宣教郎还“悄悄叫一个小厮，一步一步挨到里头探听。”待到发现那位美人的宅院早已在一夜之间被搬得“连家伙什物一件都不见”时，宣教郎还是没有反应过来，“他(笔者按：美人儿所谓的“丈夫”，亦即骗局中负责捉奸、敲诈的男骗子。)原说今日要到外头去，恐怕出去了我又来走动，所以连家眷带去了。只是如何搬得这等罄净？难道再不回来住了?”直至最后在也曾帮人扎过火囤的相好妓女的一番“点拨”下，早已受骗了多日的宣教郎这才恍然大悟，“浑如做了一个大梦一般，闷闷不乐。”此骗术的为害之深由此可见一斑，像《张溜儿熟布迷魂局　陆蕙娘立决到头缘》(《初刻拍案惊奇》第十六卷)中的秀才沈灿若那样在危急关头得到反水女骗子的帮助而双双出逃的幸运儿则实在是少之又少的特例情况。

“二拍”中骗局类故事的层出不穷从一个侧面反映了各色骗子在明代社会的大量存在。然而，相较于中晚明以来数量庞大、成分复杂的社会闲散人员，骗子也不过是冰山一角而已。“自明代中期以后，游惰之民已经成为城乡一股很大的社会势力。”[②]这些无业游民中“有不少人好逸恶劳、游手好闲。他们没有也不寻求正当而稳定的职业，专靠坑蒙拐骗之类的歪门邪道为生，晚明嫖赌、诓骗、斗殴之类的社会陋习污浊泛滥，抢劫、盗窃、谋财害命等犯罪活动十分猖獗，往往与这些不务正业的流氓无赖有密切的关联。”[③]冯梦龙认为在这些社会闲散人员中有四种人最不好惹，“世间有四种人惹他不得，引起了头，再不好绝他。是那四种？游方僧道、乞丐、闲汉、牙婆。”(《喻世明言》第一卷《蒋兴哥重会珍珠衫》)其中，“闲汉”，又称“闲人”，其活动情况早在宋人笔记中就已有记载，如灌圃耐得翁《都城纪胜》“闲人”条有云，“(闲人)本食客也，古之孟尝门下中下等人，但不着业次，以闲事而食于人者。有一等是无成子弟失业次，人颇能知书、写字、抚琴、下棋及善音乐，艺俱不精，专陪涉富贵家子弟游宴，及相伴外方官员到都干事。其猥下者，为妓家书写简帖取送之类。又有专以参

---

① 陈江.明代中后期的江南社会与社会生活[M].上海：上海社会科学院出版社，2006：317.

② 陈宝良.中国流氓史[M].上海：上海人民出版社，2008：123.

③ 陈江.明代中后期的江南社会与社会生活[M].上海：上海社会科学院出版社，2006：320.

随服事为生，旧有百事皆能者，如纽元子学像生，动乐器、杂手艺、唱叫白词、相席打令、传言送语、弄水使拳之类，并是本色。又有专为棚头，又谓之习闲，凡擎鹰、驾鹞、调鹁鸽、养鹌鹑、斗鸡、赌博、落生之类。又有是刀镊手作，人长于此态，故谓之‘涉儿’，取过水之意也。此等刀镊，专攻街市皂院，取奉郎君子弟、干当杂事、说合交易等。又有赶趁唱喏者，探听妓馆人客，及游湖赏玩所在，专以献香送劝为由，觅钱赡家。大抵此辈，若顾之则贪婪；不顾之，则强颜取奉，多呈本事，必得而后已，但在出著发放如何也。”[①]从中足可见其流品之驳杂及寄生之本质。

“二拍”中提及的“闲汉”往往特指以市井浮浪子弟为奉承对象的“帮闲”。凌濛初曾对此颇为感叹，“大凡世情如此，才是有个撒漫使钱的勤儿，便有那帮闲助懒的陪客来了。”（《二刻拍案惊奇》第八卷《沈将仕三千买笑钱　王朝议一夜迷魂阵》）所谓“帮闲”，即是指“无籍之徒，不务生理，专帮富家子弟宿娼饮酒，以肥口养家而已。”[②]他们以市井浮华少年、轻薄子弟为“衣食父母”，“一路儿撮哄，弄出些钱钞，大家有分，决不到得白折了本。……和哄过日，常得嘴头肥腻而已。”（《二刻拍案惊奇》第八卷《沈将仕三千买笑钱　王朝议一夜迷魂阵》）而且，“这些人极是有趣，喜的是趋炎附势，惯于阿谀奉承，不好的也说好，不妙的也说妙，帮闲热闹，的确让人一时舍不得他们。”[③]那些“专好结客，又喜风月，逐日呼朋引类，或往青楼嫖妓，或落游船饮酒”（《初刻拍案惊奇》第十五卷《卫朝奉狠心盘贵产　陈秀才巧计赚原房》）的浮华少年身边总是少不了这些乖人、妙人、趣人们的极力帮衬。尤其是那些“挥金如土，并无吝惜”的主儿，“才是行径如此，便有帮闲钻懒一班儿人，出来诱他去跳槽。”“那伙闲汉，又领了好些王孙贵戚好赌博的，牵来局赌。做圈做套，赢少输多，不知骗去了多少银子。”（《初刻拍案惊奇》第二十二卷《钱多处白丁横带　运退时刺史当艄》）

“闲汉”“帮闲”们的身影在“二拍”的许多篇目中都曾出现，除了上文提及的三篇，即《卫朝奉狠心盘贵产　陈秀才巧计赚原房》（《初刻拍案惊奇》第十五卷）、《钱多处白丁横带　运退时刺史当艄》（《初刻拍案惊奇》第二十二卷）、《沈将仕三千买笑钱　王朝议一夜迷魂阵》（《二刻拍案惊奇》第八卷）外，尚有《何道士因术成奸　周经历因奸破贼》（《初刻拍案惊奇》第三十一卷）、《青楼市探人踪　红花场假鬼闹》（《二刻拍案惊奇》第四卷）、《赵县君乔送黄柑　吴宣教干偿白镪》（《二刻拍案惊奇》第十四卷）、《痴公子狠使噪脾钱　贤丈人巧赚回头婿》（《二刻拍案惊奇》第二十二卷）等篇。《型世言》中《灵台山老仆守义 合溪县败子回头》（第十五回）、《白镪动心交谊绝 双猪入梦死冤明》（第二十三回）、《三猾空作寄邮 一鼎终归故主》（第三十二回），《石点头》中的《王孺人离合团鱼梦》（第十回）等篇中亦有帮闲登场。尤其是那些“败子回头”的故事中，如《卫朝奉狠心盘贵产　陈秀才巧计赚原房》（《初刻拍案惊奇》第十五

① （宋）孟元老等著．东京梦华录（外四种）[M]．北京：古典文学出版社，1956：100—102.

② （明）朱权．原始秘书：卷十．俳优伎艺门[M]．（转引自陈宝良．中国流氓史[M]．上海：上海人民出版社，2008：157.）

③ 陈宝良．中国流氓史[M]．上海：上海人民出版社，2008：158.

卷)、《痴公子狠使噪脾钱　贤丈人巧赚回头婿》(《二刻拍案惊奇》第二十二卷)、《灵台山老仆守义 合溪县败子回头》(《型世言》第十五回),帮闲更是引诱性好奢华却又涉世不深的富家子弟迅速堕落并最终荡尽家产的罪魁祸首。

除了骗子、帮闲外,如"专一捕风捉影,寻人家闲头脑,挑弄是非,打帮生事"以便从中牟利的健讼之徒;"专一在赌博行、厮扑行中走动,结识那一班无赖子弟,也有时去做些偷鸡吊狗肉的勾当",成群结伙、横行于市井之中的光棍无赖、地痞流氓亦分别在《赵五虎合计挑家衅　莫大郎立地散神奸》(《二刻拍案惊奇》第十卷)、《何道士因术成奸　周经历因奸破贼》(《初刻拍案惊奇》第三十一卷)、《东廊僧怠招魔　黑衣盗奸生杀》(《初刻拍案惊奇》第三十六卷)等篇中出现。以上提及的各色人等,如骗子、帮闲、健讼之徒以及话本小说中频繁出现的那些走街串巷、无孔不入的三姑六婆、游方僧道都是中晚明以来社会闲散人员的主要代表。然而,这还仅仅是就以"二拍"为代表的明末短篇话本小说中出现的各类社会闲散人员所做的初步梳理,现实情况显然比小说文本呈现出来的还要复杂。有学者就曾对中晚明以来社会闲散人员的构成情况做过详细论证,其中就包括了"光棍""把棍""青手""老白赏""豪强大滑"等若干分类[①],并指出在这些人员构成极为复杂的社会闲散人员中,有相当数量者实际上都具有流氓特性甚至于黑社会团伙性质。

在这样一种社会风气之下,僧道、太监甚至于文士都程度不同地出现了无赖化、流氓化的趋向。这一情况在以"二拍"为代表的明末短篇话本小说中同样有所反映,其中又尤以和尚的流氓化表现得最为突出。如《卫朝奉狠心盘贵产　陈秀才巧计赚原房》(《初刻拍案惊奇》第十五卷)的入话故事中那个百般使诈以侵占他人财产的慧空和尚、《王渔翁舍镜崇三宝　白水僧盗物丧双生》(《二刻拍案惊奇》第三十六卷)中偷梁换柱,将聚宝镜占为己有的法轮和尚以及《痴郎被困名缰 恶髡竟投利网》(《型世言》第二十八回)中奸骗不成,便设毒计讹人财产的颖如和尚等等。至于文士流氓化的代表则恐怕非《贪花郎累及慈亲 利财奴祸贻至戚》(《型世言》第二十七回)中的钱流莫属。他不仅将市井骗子的惯用伎俩"扎火囤"运用得炉火纯青,而且还将"计中计""连环计"施展到了出神入化的境界。在将行骗对象、合伙骗子等皆玩弄于股掌之中的同时,更居然得到了受害人的高度信任并得以借机对其进行接二连三的连续敲诈。在其真面目终于被揭穿之后,负责审案的官员也不禁感叹道:"钱流薄有文名,不意无行一至于此。"当然,像钱流这样"用尽心机,要局人诈人"的"衣冠禽兽"很可能仅仅是士林中极个别的特例而并不足以代表士林之整体,但其存在本身,连同中晚明以来那些"日夕上衙门,自坏体面","有才有胆不怕事秀才"(《型世言》第二十七回《贪花郎累及慈亲 利财奴祸贻至戚》)的大量存在还是在相当程度上说明了明末

① 关于明代流民构成情况的具体分析参见《中国流氓史》第七章《明代的光棍与喇唬》,陈宝良. 中国流氓史[M]. 上海:上海人民出版社,2008:122—218.

文士阶层向流氓化、无赖化方向的一种堕落。关于以“二拍”为代表的明末短篇话本小说中所体现出来的文人无赖化、流氓化倾向还将在下文有详细论述。

以上论及的种种，即骗子、闲汉、帮闲、游方僧道、三姑六婆等皆为明末社会闲散人员的主要代表，凡拐骗、欺诈、奸盗、聚赌、设局儿、聚众闹事、包打诉讼以及引诱浮华子弟堕落、挑拨家族争产、牵线搭桥以坏人名节等恶行几乎无所不为，无所不作，是浮泛于市井社会中的社会不安定因素，极大地败坏了社会风气，加速了社会生存环境的急剧恶化。即以“二拍”而论，其中的公案与骗局类故事中都少不了此等人物的参与。至于僧人（非冯梦龙提及的游方僧人），尤其是文士的流氓化、无赖化更可视为社会闲散人员所普遍具有的流氓习气对其他社会阶层的熏染与侵蚀，明末世情之种种恶相由此可见一斑。尚须做出强调的一点是，在这样一种持续恶化着的社会风气与生存环境之下，原本就处于弱势状态下的女性其现实境遇也随之不可避免地变得更加严峻。除了上文中论及的妇女拐骗事件以女性为犯罪对象外，即便在“扎火囤”、“提罐”等以男性为主导的骗局中，女性也往往迫于各种原因而不得不参与其间。女性生存环境的恶化必然会诱发许多新问题的产生并进而考验着两性关系，此方面的内容将在其后的章节中加以详细阐述。

与骗局同时出现于“二拍”中的还有大量的公案故事。“公案”是话本小说领域自宋元早期说话以来就一直保留下来的固有故事类型，其出现于“二拍”之中原本不足为奇。但即便如此，“二拍”中的公案故事还是呈现出了一些富于时代色彩的新特征，从中亦足以窥见明末社会风气之一二。我们发现在“二拍”书写的大量公案故事中，有相当数量者，如《恶船家计赚假尸银　狠仆人误投真命状》（《初刻拍案惊奇》第十一卷）、《酒谋对于郊肆恶　鬼对案杨化借尸》（《初刻拍案惊奇》第十四卷）、《东廊僧怠招魔　黑衣盗奸生杀》（《初刻拍案惊奇》第三十六卷）、《程朝奉单遇无头妇　王通判双雪不明冤》（《二刻拍案惊奇》第二十八卷）等故事中出现的凶徒歹人并非是通常意义上的惯盗惯偷。当然，惯盗惯偷在“二拍”中亦大量存在，如《乌将军一饭必酬　陈大郎三人重会》（《初刻拍案惊奇》第八卷）中的强盗乌将军，《李公佐巧解梦中言　谢小娥智擒船上盗》（《初刻拍案惊奇》第十九卷）、《顾阿秀喜舍檀那物　崔俊臣巧会芙蓉屏》（《初刻拍案惊奇》第二十七卷）中专门打劫客船的江洋大盗，《神偷寄兴一枝梅　侠盗惯行三昧戏》（《二刻拍案惊奇》第三十九卷）中的惯偷懒龙等，但更引人注意的则是那些因一时的见财起意、见色起意而顿生歹念、犯下恶行的市井小民。如《酒谋对于郊肆恶　鬼对案杨化借尸》（《初刻拍案惊奇》第十四卷）中的那个为了区区三两纹银而谋财害命、抛尸灭迹的军户；《恶船家计赚假尸银　狠仆人误投真命状》（《初刻拍案惊奇》第十一卷）中的那个偶然得知了纠纷之原委就顿生歹念，设计讹诈秀才的船家；《徐茶酒乘闹劫新人　郑蕊珠鸣冤完旧案》（《二刻拍案惊奇》第二十五卷）中的那个原本好心救人，但在见到被救女子的美貌后就立刻“起了打偏手之心”，不仅将同伴杀死，席卷了所有的财物，更拐带女子潜逃的客商等等。这些所谓的歹人凶徒平日里不过是从事着不同营生的市井小民，他们日逐一日地奔忙于衣食营求之中，很可能就是一个安守本分、一老本实的良民。然而微乎其微的一点点财色诱惑便足以将他们那脆弱的道德防线击得粉粹，并使得潜藏于内心深处的“恶”不可遏制地爆发出来。这恐怕也正是凌濛初一再感叹“世道险恶”“人心难测”的原因所在。

对人心险恶的暴露在之前的“三言”中尚不多见，极具道德教化热情的冯梦龙在“三言”中所努力营造着的是一种玫瑰色的理想主义情调，而到了“二拍”的世界中，崇高的道德情怀已然成了无法触及的奢侈品，充斥其间的更多的是现实笔触下的灰冷与黯淡。当友情同样面临着重大考验时，《吴保安弃家赎友》(《喻世明言》第八卷)中的吴保安尚能撇家弃子、十年货殖，为的就是给身陷于熟蛮的友人攒够赎金，尽管他与这位友人仅仅还是尚未谋面的神交而已。而在与之题材相近的《酒谋对于郊肆恶　鬼对案杨化借尸》(《初刻拍案惊奇》第十四卷)的头回故事中，与友人称兄道弟、好不热络的丁戌虽然也在朋友陷狱之初信誓旦旦地保证照管其“狱中衣食，不使缺乏”，但竟很快地就兴起了侵吞友人钱财的歹心，且“转一念，狠一念”，最终勾结狱卒将朋友摆布而死。除了财、色诱惑之外，此种人心之险恶亦时常在嫉妒心的作用下持续发酵，而嫉妒之缘由多半还是由经济水平之差异而诱发的心理不平衡。《贾廉访赝行府牒　商功父阴摄江巡》(《二刻拍案惊奇》第二十卷)的头回故事中，陈定的大妻本是重病身亡，但得知其患病期间曾与丈夫陈定发生过争执的邻居们却教唆陈定的小舅子去状告姐夫，“闻得令姊之死，起于妻妾相争。你是他兄弟，怎不执命告他？你若进了状，我邻里人家少不得要执结人命虚实，大家有些油水。”之所以如此积极地挑拨生事，除了其居然并不隐晦的借以从中取利之私心外，更有平日里便不断累积着的忌恨心理在作祟，“陈定平时家里饱暖，妻妾享用，乡邻人忌克他的多，看想他的也不少。”其后，果然“邻里间合出三四个要有事、怕太平的人来”，以死因不明为由将陈定及其小妾告上官府。《韩侍郎婢作夫人　顾提控椽居郎署》(《二刻拍案惊奇》第十五卷)中“老实忠厚的”卖饼小贩儿江溶之所以被海盗诬扳为窝主，莫名其妙地遭此无妄之灾亦源于此，“江老虽不怎的富，别人看见他生意从容，衣食不缺，便传说了千金、几百金家事。有那等眼光浅，心不足的，目中就着不得，不由得不妒忌起来。”

值得注意的一点是，在以上论及的两个例证中，那些内心深处怀着深重恨意的小民们并不会直接出手，而是将他们所忌恨的对象以一些冠冕堂皇的理由告上官府，最后通过官府的力量使自己的险恶用心获得满足。除以上论及的两篇外，利用官府力量以实现个人险恶用心的刁民、暴民尚出现在《西山观设辇度亡魂　开封府备棺迫活命》(《初刻拍案惊奇》第十七卷)、《何道士因术成奸　周经历因奸破贼》(《初刻拍案惊奇》第三十一卷)、《赵五虎合计挑家衅　莫大郎立地散神奸》(《二刻拍案惊奇》第十卷)、《硬勘案大儒争闲气　甘受刑侠女著芳名》(《二刻拍案惊奇》第十二卷)、《错调情贾母詈女　误告状孙郎得妻》(《二刻拍案惊奇》第三十五卷)等篇之中。从这一层面而言,官府也不过成了市井小民们,尤其是那些刁民、暴民们的利用对象。一旦启动了官府的执法力量,平日里完全处于无权状态下的小民们似乎也由此获得了一种虚拟中的权力感。这些生活在社会最底层的普通民众们永远也不可能像传统的士阶层或新兴的富商巨贾那样凭借才学或金钱进入到国家的权力系统之中,除了造反与革命,“对大多数人来说,权力通常只是存在于幻觉之中”,而“只有非常的境况才会给无权无势者带来突然的机会,使他们得以改善自己的状况或打击自己的敌人。”而这一“非常的境况”通常而言就是先以某种罪名罗织起冤狱,然而再借助官府的力量将他们锁定的猎物投入其中。这对于平日里处于无权状态下的普通民众而言无疑是获得权力补偿的绝佳机会,原本与权力无缘的市井小民们“便会抓住这偶尔出现的机会攫取这种自由漂浮的社会权力”[①]并借以打击那些常态之下其永远也不可能有力量打击的人。

三、影响:社会风气与生存环境的恶化及其对世道人心的负面作用

通过上一小节对以“二拍”为代表的崇祯朝短篇话本小说中“骗局与公案类”故事所做的分析可知,明末社会风气之败坏、生存环境之恶劣、世道人心之险恶究竟到了何种严重、严峻、严酷之程度。然而,令人倍感沮丧的是,这样一种迅速恶化着的社会环境似乎并没有激发出市井小民们团结互助、彼此扶持的愿望。在其所遭遇的种种生存威胁、种种社会不公面前,更多展现出来的却是一种人情之冷漠。

《陶家翁大雨留宾　蒋震卿片言得妇》(《初刻拍案惊奇》第十二卷)中,陶家女儿嫌弃未婚夫失明而与人私奔他乡。然而,其后不久就传来了准女婿死亡的消息。陶家老夫妇对此并没有表现出丝毫的悲哀,反而嫌恨其死得太晚,“便早死了年把,也不见得女儿如此。”《甄监生浪吞秘药　春花婢误泄风情》(《二刻拍案惊奇》第十八卷)中的侍妾春花深夜与服食了丹药的家主甄监生行淫,在家主因药效发作而突然倒地后,尽管“身上还是热的”,但害怕担责任的春花却并没有在第一时间采取任何救护措施,“总是夜里没人知道,瞒他娘罢!”随即抽身而去。春花的见死不救最终导致了家主的当场暴亡。日常事务尚且如此,当生死攸关之际,那种人情之冷漠,尤其是随之产生的但求自保之心态就会表现得更加明显。《青楼市探人踪　红花场假鬼闹》(《二刻拍案惊奇》第四卷)中写到了一个极其凶残毒辣的乡宦“杨疯子”,“他一向私下养着剧盗三十余人,在外庄听用。但是掳掠得来的,与他平分。若有一二处做将出来,他就出身包揽遮护。官府晓得他刁,公人怕他的势,没个敢正眼觑他。”尽管当地人尽知其作恶多端,但却没有人敢站出来伸张正义,正如书中人物所言,“各人自扫门前雪,不要闲管罢了!”此种但求自保的心态并不仅仅在慑于豪强势力之威胁

① (美)孔飞力著.叫魂——1768年中国妖术大恐慌[M].陈兼、刘昶译.上海:生活·读书·新知三联书店,2012:287.

下方才显现,在一些突发事件中更是会得到近乎本能的呈现。在《酒谋对于郊肆恶鬼对案杨化借尸》(《初刻拍案惊奇》第十四卷)的头回故事中,当发现同船的丁戍遭冤鬼附身后,其他人的第一反应就是只求脱了自身干系,"丁戍自做差了事,害了好汉,须与吾辈无干。今好汉若是在这船中索命,杀了丁戍,须害我同船之人不得干净,要吃没头官司了。万望好汉息怒!略停几时,等我众人上了岸,凭好汉处置他罢。"待丁戍清醒过来后,并无一人向其说明原委,而是匆匆地各自登岸而去。其后,虽有同船之人"来拘听消息",亦不过是出于好奇心的驱使,来看看丁戍是否真得被冤鬼索命而已。

在这样一种冷漠的人情之下,只要自己太平无事,他人的痛苦常常都被当做笑料而付之于笑谈之中。正唯如此,受害人往往成为被大肆嘲笑的对象,"亲眷朋友晓得这事的,把来做了笑柄。"(《二刻拍案惊奇》第十四卷《赵县君乔送黄柑　吴宣教干偿白镪》)"亲友知其事者,无不以为笑谈。"(《初刻拍案惊奇》第十八卷《丹客半黍九还　富翁千金一笑》)"只为不曾说一句,白白地就送了性命,所以可笑。"(《初刻拍案惊奇》第三十卷《王大使威行部下　李参军冤报生前》)"可笑谢三郎好端端的新妇,直到这日,方得到手,已是个弄残的了。"(《二刻拍案惊奇》第二十五卷《徐茶酒乘闹劫新人　郑蕊珠鸣冤完旧案》)"只可笑程朝奉空想一人妇人,不得到手,枉葬送了他一条性命,自己吃了许多惊恐,又坐了一年多监,费掉了百来两银子,方得明白,有甚便宜处?"(《二刻拍案惊奇》第二十八卷《程朝奉单遇无头妇　王通判双雪不明冤》)曾有西方学者认为中国人缺乏对他人之痛苦的感受力,因为中国人时常会在他人承受"残忍无度的关头"时流露出一种"夸张式愉悦"。①"二拍"的一些插言议论中所显示出来的那种建立在他人痛苦之上的冷嘲热讽、幸灾乐祸似乎也正验证了这一观点。

冷漠的人情所造成的并不仅仅是对他人痛苦的漠不关心,更为严重的是亦使得人们极大地丧失了正义感与道德判断的热情。并没有多少人还会关心事件本身的是非曲直,尤其是这件事与自己毫不相干之时就更是如此。这样一种冷漠的态度以及伴之而生的道德的缺失感从说话人的插言议论中便可清晰地察觉出来。最为典型的例证当属《恶船家计赚假尸银　狠仆人误投真命状》(《初刻拍案惊奇》第十一卷)中的一段议论文字。针对王生没有将尸首处理好而遭到船家乃至于恶仆的要挟与报复一事,说话人这样评论道:"看官听说,王生到底是个书生,没甚见识。当日既然买嘱船家,将尸首载到坟上,只该聚起干柴,一把火焚了,无影无踪,却不干净?只为一时没有主意,将来埋在地中,这便是斩草不除根,萌芽春再发。"说话人对事件的当事人,即书生、船家、仆人三人究竟孰是孰非显然缺乏道德判断的热心,带着一种"事不关己,高高挂起"的旁观者心态,说话人那自以为高明的指点更多地透出了一

① (美)韩瑞.假想的"满大人"——同情、现代性与中国疼痛[M].南京:江苏人民出版社,2013:18.

种毫无道德原则可言的实用主义态度。在《赵县君乔送黄柑　吴宣教干偿白镪》(《二刻拍案惊奇》第十四卷)这篇小说中,说话人对头回与正话部分中各自讲述的“扎火囤”骗局做了一番简单地比较,并认为头回故事中的受害人虽然被“扎了东西去”,但好歹“也还得了些甜头儿”,也还算捞到些便宜。而正话中的受害人却“不曾沾得半点滋味,也被别人弄了一番手脚,折了偌多本钱”,实在是“晦气”“不识气”。尽管入话与正话中的受害人遭遇的是同一类型的骗局,但说话人却做出了不同的评价,其立论的依据显然还是出自于实用主义的考量,而与道德判断全然无关。

正义感与道德判断热情的极大丧失使得“二拍”的道德水准出现了明显的下滑。恰如上文所列举的插言议论一样,“二拍”中道德水准的下滑在许多情况下都是由说话人那完全从实用主义出发的油滑议论中得出来的印象。然而,笔者认为作为正统的知识分子,正如其在墓志铭中被塑造出来的形象所显现的那样,凌濛初以说话人面目发表的那些油滑议论尽管有着迎合世俗口味的一面,但就其深层心理而言,又实在有着不得不如此的无奈。富于理想主义色彩的崇高道德在市井社会,尤其是晚明以来持续恶化着的市井社会中并不具多少可行性。对儒家道德的坚守常被视为过腐、过阔而遭人嘲讽,正如《毁新诗少年矢志　诉旧恨淫女还乡》(《型世言》第十一回)中那位拒绝淫女夜奔的书生所获得的评价一样。而且,在纷繁复杂的市井社会中,富于理想主义色彩的正统伦理道德也往往确实不能有效地解决现实问题,取而代之的则是那种无所谓道德而一切从现实利益出发的实用主义与利己主义。这一实用性、利己性动机的实现在明末社会中更是从种种心机、种种欺诈,甚至于赤裸裸的暴力中获得了有力的支撑。在这样一种严峻的社会环境之中,如冯梦龙那种试图以情教论匡正世道人心的理想主义早已丧失了立足之根基。闪耀着道德光辉的理想主义已然退潮,凌濛初所能做的更多地也只是以一个熟透世情者的面目为市井小民们提供如何在末世中生存下去的人生经验谈。此类人生经验谈,抑或说末世中的生存哲学在“二拍”中所占比例最高,达31%(26篇)当并非出于偶然。

然而,对实用主义的屈从总是会不可避免地侵占原本为宣扬道德而留下的空间,实用性、利己性的生存哲学总是很难与理想化、先验性的道德达成共生的和谐。正因为如此,我们看到了“二拍”中以说话人口吻出现的那些插言议论在立足于实用性原则的同时总是无法更多地兼顾道德,这其中不得不说包含了凌氏的某种无奈。但即便如此,我们还是看到了维系道德的努力,虽然这份努力也已然被逼退到了最末一道防线上。在《酒谋对于郊肆恶　鬼对案杨化借尸》(《初刻拍案惊奇》第十四卷)中,说话人针对于大郊谋财害命一事发表了这样一番议论,“你道平日若是软心的人,此时纵要谋他银两,乘他酒醉,腰里摸了他的,走了去,明日杨化酒醒,也只道醉后失了,就是疑心大郊,没个实据,可以抵赖,事也易处。何致定要害他性命?”在《夺风情村妇捐躯　假天语幕僚断狱》(《初刻拍案惊奇》第二十六卷)的头回故事中,针对和尚因在寺庙中窝藏妇女以供淫乐一事被友人郑举人发现后而欲杀人灭口一事，说话人又做出了这样一番评论，“就是小子方才说这临安僧人，既与郑举人是相厚的，就被他看见了破绽，只消求告他，买嘱他，要他不泄漏罢了，何致就动了杀心，反丧了自己？”这两处议论尽管针对的事件不同，但就说话人所提供的解决方案而言则实有共通一处，即只要不杀人害命，无论贪图他人钱财抑或是窝藏妇女行淫都可以得到默许。只要不杀人，什么都可以做，什么都可以商量。道德坚守已然退到了无法再退的底线当可从中清楚地看出。

道德水准的严重滑坡与道德防线的跌至底线并不仅仅体现在凌氏的“二拍”中，其后出现的《石点头》中亦有同样的论调出现。在《贪婪汉六院卖风流》（《石点头》第八回）的入话部分中，作者针对“贪酷”发表了一篇长论，现不妨引用如下：

贪酷……此乃古今通病，上下皆然，你也笑不得我，我也说不得你。间有廉洁自好之人，反为众忌，不说是饰情矫行，定指是吊誉沽名，群口挤排，每每是非颠倒，沉沦不显。故俗谚说：“大官不要钱，不如早归田，小官不索钱，儿女无姻缘。”可见贪婪的人落得富贵，清廉的枉受贫穷。因有这些榜样，所以见了钱财，性命不顾，总然被人耻笑鄙薄，也略无惭色。笑骂由他笑骂，好官我自为之，这两句便是行实。虽然如此，财乃养命之源，原不可少。若一味横着肠子，嚼骨吸髓，果然不可。若如古时范史云，曾官莱芜令，甘自受着尘甑釜鱼。又如任彦升，位至侍中，身死之中，其子即衣不蔽体，这又觉得太苦。依在下所见，也不禁人贪，只是取之有道，莫要丧了廉耻。也不禁人酷，只要打之有方，莫要伤了天理。《贪婪汉六院卖风流》（《石点头》第八回）

尤其是最末两句，作者之于“贪酷”的态度已然表达得相当明晰了，即只要不“丧了廉耻”“伤了天理”，贪亦可，酷亦无不可。换言之，廉耻、天理与贪酷三者是可以兼顾的，这实在是一个美妙的境界。至于如何才能在既贪又酷的同时又能做到既不丧廉耻、又不伤天理，作者并没有明言，似也不便明言。但如果联系到“二拍”中提出的解决方案，其所坚守的底线恐怕也还是会被退置到“莫伤人命”（或尽量少伤人命）这一人性之极限吧。有一点须明确的是，这一严重缺乏道德感的言论在《石点头》中出现是颇令人意外的。因为相较于“二拍”，《石点头》的道德感已明显提升，其中宣扬贞、孝、烈、义等正统伦理道德的作品（7 篇）达 30％之多，与“二拍”中同题材作品的低比例（4 篇，5％）形成了鲜明的对比。然而即便如此，在正统伦理道德强力抬头的《石点头》中依然还是出现了如此折中性、妥协性的言论，笔者以为这或许正像是凌濛初所可能感受到的那样无奈一样，更多的是一种时代境况使然。在那样一种世道大坏、人心大坏的末世之中，即便是力主弘扬正统伦理道德的《石点头》也无法不向利己的实用主义有所妥协。

晚明不断恶化着的社会风气与生存环境对世道人心造成的一系列影响除了人情之冷漠、对他人痛苦（有时亦包括己身之痛苦）的漠然、正义感与道德热情之削弱、道德感之严重缺失外，尚有一种几乎弥漫于整个末世而无处可逃的暴力化倾向。这一愈演愈烈的暴力化倾向原也并非直至明末才被异常动荡的时局激发出来，尽管末世之种种喧嚣、种种“燥竞”、种种“噍杀”[①]确实在相当程度上极大地激化了这一倾向，而是早在明太祖之时对包括士阶层在内的全体国民实行的“酷的教育”中就已经孕育生成。诚如上文分析所示，市井小民，尤其是那些刁民、暴民们常常会借助于官府的执法力量对其所忌恨之人实施报复，这一方面固然反映出了普通民众所处的无权状态，同时亦反映出的更是一种“弱者的隐蔽着的暴力倾向。”[②]越是处于社会最底层并饱受种种欺凌、种种践踏的小民们就越是会对权力怀有一种畸形的渴望，而在这种渴望的亘深处则更隐藏着某种“压抑着的肆虐、施暴愿望。”[③]在丑陋而扭曲的嫉妒心理的作用下，仅仅是一些微不足道的财色诱惑便足以唤起势必要将“仇家”置于死地的暴力欲望，有时此种暴力欲望的产生甚至更来自于某种“莫名其所自的仇恨”。[④] 暴力欲望的实现与仇恨躁动的抚平如果不是通过造反与革命这样的“违法暴力”加以实现，就几乎全都会指向以官府的执法力量为代表的“合法暴力”。权力与暴力二者之间总是会不可避免地彼此勾结，而官方权力的获取无疑能使得残忍的施暴行为变得合法化、合理化、甚至道德化。从这一层面而言，市井小民们借助“官方暴力”以施暴的行为同样是为一种“以暴制暴”。

在一些话本小说中，官府执法的暴力场面时常会在有意无意间得到一定程度地渲染，如“喝教合堂皂快齐举竹批乱打。下手时宫商齐响，着体处血肉交飞。顷刻之间，化为肉酱。”（《警世通言》第三十四卷《王娇鸾百年长恨》）“打得肉绽皮开，看看气绝。叫几个禁子，将来带活放在棺中，用钉钉了。”（《初刻拍案惊奇》第十七卷《西山观设辇度亡魂　开封府备棺迫活命》）“拖出牢洞，抛尸在千人坑里”（《初刻拍案惊奇》第十三卷《赵六老舐犊丧残生　张知县诛枭成铁案》）等，而市井民众对此的反应则往往是“无不称快”。此种快意之产生当然要视具体案情之性质而做具体分析，但其主要根源无外乎二，或正义得以伸张的道德满足，或施暴欲望得以间接实现的暴力满足。而如果是后者的话，那就无法不令人联想起鲁迅先生所一再描述着的那种围观者的“看客”心态。

当然，暴力欲望的满足并不仅止于间接的视觉获取。自宋代以来就极力推行并不断完善着的保甲法为每个小民都赋予了某种潜在的权力。每当地方上出现了某种伤风败俗、违法乱纪的事件时，也正是这些小民们可以堂而皇之地行使权力，抑或说暴力的难得机会。譬如捉奸。在《何道士因术成奸　周经历因奸破贼》（《初刻拍案惊奇》第三十一卷）的正话故事中，理直气壮地纠结了一大帮人，兴师动众地赶来捉奸的不过是一群“好闲的，就要在这里用手钱”的市井混混。然而，“捉奸”这一行

---

① 赵园．明清之际士大夫研究［M］．北京：北京大学出版社，1999：4．

② 赵园．明清之际士大夫研究［M］．北京：北京大学出版社，1999：14．

③ 赵园．明清之际士大夫研究［M］．北京：北京大学出版社，1999：14．

④ 赵园．明清之际士大夫研究［M］．北京：北京大学出版社，1999：4．

为本身所具有的某种道德感却赋予了他们，同时也包括周围的看客们以正大光明地行使暴力的权力。当这伙人从捉奸处开门出来时，“只因里面嚷得多时了，外面晓得是捉奸。看的老幼男妇，立满在街上，只见人丛里缚着两个俊俏后生，又见陈林妻子跟在后头，只道是了，一齐拾起砖头土块来，口里喊着，望钱氏、两个道童乱打将来，那时那里分得清楚？钱氏吃打得头开额破，救得脱，一道烟逃走去了。”其实，他们的捉奸行动因奸夫淫妇施展的妖术而并未获得成功，被看客们暴打的那个所谓“淫妇”也只不过是其中一个混混的妻子。但周围的看客们对此却并不关心，也无意于辨明原委。对于他们而言，“捉奸”事件的首要意义更在于提供了一次难得的施暴机会因而必须加以及时利用，仅此而已。《东廊僧怠招魔　黑衣盗奸生杀》（《初刻拍案惊奇》第三十六卷）中那个被抓获的倒霉和尚在尚无明确证据以证明其杀人的情况之下就“先是光头上一顿栗暴，打得火星爆散”，亦是同样的施暴欲望使然。

此种以暴制暴的施暴欲望持续发展下去就会极有可能脱离对“官方暴力”“合法暴力”的依赖转而从浮泛于社会上的其他暴力中寻找更为便利的替代品。“二拍”中的许多篇目，《刘东山夸技顺城门　十八兄奇踪村酒肆》（《初刻拍案惊奇》第三卷）、《程元玉店肆代偿钱　十一娘云冈纵谭侠》（《初刻拍案惊奇》第四卷）、《乌将军一饭必酬　陈大郎三人重会》（《初刻拍案惊奇》第八卷）、《神偷寄兴一枝梅　侠盗惯行三昧戏》（《二刻拍案惊奇》第三十九卷）都不约而同地表现了赞美强盗、赞美侠客的主题当并非出于偶然。与此同时，“恶人还须恶人磨”这一“以恶抗恶”的主题亦时常在“二拍”中出现。《青楼市探人踪　红花场假鬼闹》（《二刻拍案惊奇》第四卷）中的那个欲侵吞兄弟财产而不惜贿赂官员的张廪生；《迟取券毛烈赖原钱　失还魂牙僧索剩命》（《二刻拍案惊奇》第十六卷）中的那个隐匿了“好田好地”以变相侵吞兄弟财产的陈祈；《王渔翁舍镜崇三宝　白水僧盗物丧双生》（《二刻拍案惊奇》第三十六卷）中偷梁换柱、讹占他人聚宝镜的法轮和尚；甚至于那个用自家妻子扎火囤结果反被羞辱的丈夫（《二刻拍案惊奇》第十四卷《赵县君乔送黄柑　吴宣教干偿白镪》头回中的第一个故事）等种种恶人最终都是在远比他们更为邪恶的势力手中栽了跟头。尽管“二拍”常将此轻松地归结为诸如“善有善报，恶有恶报；不是不报，时候未到”之类的报应常谈，但其间所传递出来的信息，即“人间正义却是靠着邪恶的力量才得以伸张”这一点却着实让人无法轻松起来。有学者认为这样一种“以暴制暴”“以恶抗恶”式的“冤冤相报”正是“‘受困扰社会’中最为普遍的社会进攻方式”，[①]明末社会“暴、恶丛生”、“暴、恶相生”的种种世相当可视为此说的绝佳注脚。

四、应对：因果说与智慧、胆量、自我暴力化的生存哲学

通过上文的层层论述，笔者相信为“二拍”的世界所普遍尊奉着的价值观以及此

---

① （美）孔飞力著. 叫魂——1768年中国妖术大恐慌[M]. 陈兼、刘昶译. 上海：生活·读书·新知三联书店，2012：287.

种价值观得以产生的时代语境应已然得到了相当程度上的描述与论证。在此不妨将要点归纳如下:通行于"二拍"世界中的价值观并非正统伦理道德,事实上,正统伦理道德在"二拍"中表现得十分薄弱。取而代之的则是以"义"为尚的市民道德以及秉持着实用主义原则的生存哲学。其中所言之"义"虽与正统伦理道德有着一脉相承的关联性,但更多的是一种以经济行为的真诚无欺为原点的群体性生存原则。之所以这一群体性生存原则会在"二拍"所着力描绘着的市民社会中得到突出地强调,在相当程度上则是与晚明以来持续恶化着的社会风气与生存环境密切相关。其中不仅有数量庞大、构成复杂的社会闲散人员浮泛于市井社会的各个角落,亦有由其滋生而来的诸如拐骗、欺诈、奸盗、聚赌、设局儿、聚众闹事、挑拨争产等大量足以扰乱社会秩序、败坏社会风气的不法事件,更有因财色诱惑、忌恨心理等种种原因而于普通的市井小民中暴露出来的人心之险恶。对权力的畸形渴望以及潜藏于内心深处的施报欲望使得明末社会时常充斥着不知其所自的莫名仇恨,这种仇恨或通过利用以官府为代表的"合法暴力"而得以宣泄,或于合法暴力之外的其他力量,如强盗、侠客甚至于恶势力身上寻找更为便利的替代品。"以暴制暴"、"以恶制恶"因此而成为明末社会打击"仇家"、宣泄暴力、满足复仇欲的重要途径,整个社会也因此而为争竞、好斗、嗜杀的时代"戾气"所笼罩。

以上诸要点所共同勾勒出来的正是明末社会特有的时代语境。这一时代语境是"二拍"世界的价值观,即以"义"为尚的市民道德,尤其是末世中的生存哲学得以生成的时代背景基础。具体而言,前者所号召的团结互助、彼此扶持带有一种理想色彩(尽管"二拍"的理想色彩较之"三言"早已大为褪色),而后者,即末世中的生存哲学所秉持着的但求自保之原则显然更因其清醒的现实基调而更具可操作性。相较于理想化的"义",对生存哲学的偏重无疑显现出了一种退而求其次后再求其次、再求其次的无奈。从正统的伦理道德退而为以"义"为尚的市民道德,再退而为只要不杀人,凡事皆可为的人性之底线,再退而为但求自保的生存哲学,末世生存环境之恶劣、之严峻从"二拍"世界中道德防线的节节败退上便可得到深刻的体察。

正是在这样一种人情冷漠、道德缺失、暴恶丛生的末世之中,正是在这样一种明哲保身、趋利避害的生存哲学之下,个体的智慧、胆量甚至于自我暴力化作为具体的生存技巧在"二拍"的世界中得到了突出呈现。即如上文所一再论及的"扎火囤",在受害人成为被嘲笑的对象的同时,于巧妙的骗局中展露出来的骗子的智慧却在有意无意间被以一种赞美的笔调呈现了出来。《沈将仕三千买笑钱　王朝议一夜迷魂阵》(《二刻拍案惊奇》第八卷)中的沈将仕在被骗了数日后才发觉自己"有可能"上当受骗,然而这骗局是如此地精巧、周密以至于受害人自己又不由得怀疑起来,"那日池边唤马,宅内留宾,后来阁中聚赌,都是无心凑着的,难道是设得来的计较?"直至最后才终于确认了"前日这些逐段逐节行径,令人看不出一些,与马夫小童,多是一套中人物,只在这一夜里头打合成的。"作者在结尾处不禁感叹道:"正是拐骗得十分巧处,神鬼莫测也!”这完全是一种对智慧本身的赞美而无关道德评价。在道德感薄弱的“二拍”世界中,道德从来都不是评判人物的唯一标准。除了那些极个别刻意宣扬正能量的作品,如以“弘义”为主旨的《李克让竟达空函　刘元普双生贵子》(《初刻拍案惊奇》第二十卷)之外,注重现世生存哲学的“二拍”更多的是将“智慧”这一生存技巧的具备与否视为评判人物的首要标准。正因为如此,骗子可因其行骗时显露出的智慧而得到世人的赞羡、受害人却因上当时所表现出来的足够愚蠢而遭到无情的嘲笑。《丹客半黍九还　富翁千金一笑》(《初刻拍案惊奇》第十八卷)、《赵县君乔送黄柑　吴宣教干偿白镪》(《二刻拍案惊奇》第十四卷)以及《型世言》中的《吴郎妄意院中花 奸棍巧施云里手》(第二十六回)、《贪花郎累及慈亲 利财奴祸贻至戚》(第二十七回)等“骗局类”故事中也都或多或少地流露出了这样一种倾向。

此种智慧崇拜在神偷懒龙的故事中亦同样得到了体现。在《神偷寄兴一枝梅　侠盗惯行三昧戏》(《二刻拍案惊奇》第三十九卷)这篇小说中,对盗窃技巧的赞美,诸如“伎俩巧妙”“手段高强”“临危急智,脱身巧妙”“委实好手段”“神不知鬼不觉的,煞好手段!”几乎遍布于行文之中。小说还专门引了一段韵文对神偷之绝技进行了一番热赞,“……随机应变,看景生情。……出没如鬼神,去来如风雨。果然天下无双手,真是人间第一偷。”自称“市井无赖”的懒龙从来没有因其小偷身份而遭受过任何道德上的质疑,这固然与其能扶危济困、仗义疏财的侠盗品格有关,不过似乎也更得益于其高超的偷技及其背后所展现出来的绝顶智慧。小说中写到的许多小故事,如偷鹦鹉、偷赌资、偷锦被、偷酒壶等都有着一个共同的情节模式,即设立难题、展现偷技、攻破难题、赢得赞美。就连专门负责捕盗的卫中巡捕张指挥也对懒龙的神技表现出了浓厚的兴趣,“今且权恕你罪,只要看你手段”,并最终“臣服”于懒龙的智慧面前,从此“大加亲信”。从道德层面上看原本水火不容的官、盗两家在智慧与对智慧的崇拜中竟然达成了一致。

此种无关道德而唯尚智慧的处世之道所通行的范围并不仅止于骗子、盗贼横行的暗黑世界,更堂而皇之地出现于官府的判案过程中。《鹿胎庵客人作寺主 剡溪里旧鬼借新尸》(《二刻拍案惊奇》第十三卷)中的官员为了获取被告赖人财物的证据而暗中唆使盗犯扳其为窝主;《夺风情村妇捐躯　假天语幕僚断狱》(《初刻拍案惊奇》第二十六卷)中的官员则为了取得和尚杀人的实证,不仅派出了自己的龙阳巧使美男计,而且还在众目睽睽之下装神弄鬼、假获天意;《程朝奉单遇无头妇　王通判双雪不明冤》(《二刻拍案惊奇》第二十八卷)中的判案人员更是让“一个少年些的应捕打扮起来,装做了妇人模样”,趁着有重大杀人嫌疑的僧人深夜独行之际,装扮成无头女鬼前来索命。在那一声声“和尚,还我头来!”的恐怖叫声中,判案人员从早已被吓得半死的和尚口中轻易地就获得了口供。凡此种种所谓之“智慧”皆与诈欺之术有着不解之缘,其不拘手段,甚至不择手段之处也并无什么光彩可言。就这一层面而言,判案官在获取证据时所体现出的智慧与骗子在设计骗局时、神偷在施展绝技时所展现出来的智慧其实并无多少本质上的区别，只不过在“为民做主”“为民伸冤”的合法外衣下带上了几分正义的幻觉而已。而如果神偷、侠盗、甚至于骗子等暗黑力量于诈术中体现出的智慧同样是用于替天行道、惩恶扬善之时，谁又能说他们的智慧就不具备道德性呢？在“二拍”的世界中，以政府官员为代表的官方力量与以骗子、神偷、侠盗为代表的暗黑势力往往因其于诈欺行为中共同显现出来的智慧而被摆到了同一平面上，办案官员的智慧固然会得到社会舆论的一片赞誉，而犯案骗子的智慧亦未尝不会使评判的天平发生逆倾。饱受愚弄的受害人往往成为被嘲讽的对象，而高智商的骗子却能在未经道德审判，甚至法律裁判的情况下全身而退，其间的善恶之判、正邪之辨已然变得不再重要了。为“二拍”所推崇的“无关道德，唯尚智慧”的生存原则在相当程度上影响了士人品格之塑造以及士人对两性关系的处理，关于此一点将在下文有专门论述。

相较于个体智慧这一“软性”品质，为“二拍”的生存哲学所推崇的还有“自我暴力化”这一“硬性”品质。尽管对自我暴力化的展现远不如个体智慧那样明显，但在“二拍”的许多故事中，如《酒下酒赵尼媪迷花　机中机贾秀才报怨》(《初刻拍案惊奇》第六卷)、《李公佐巧解梦中言　谢小娥智擒船上盗》(《初刻拍案惊奇》第十九卷)、《王大使威行部下　李参军冤报生前》(《初刻拍案惊奇》第三十卷)、《行孝子到底不简尸　殉节妇留待双出柩》(《二刻拍案惊奇》第三十一卷)、《任君用恣乐深闺　杨大尉戏宫馆客》(《二刻拍案惊奇》第三十四卷)等，书中人物多不经官府而依靠自我暴力发泄愤恨这一点却无法不令人注意。此种通过自我的暴力化来发泄仇恨的做法在“二拍”之后的话本小说集中亦有体现，如《型世言》中的《千金不易父仇 一死曲伸国法》(第二回)、《淫妇背夫遭诛 侠士蒙恩得宥》(第五回)，《石点头》中的《侯官县烈女歼仇》(第十二回)等。这些故事几乎都有一个共同的主题，即复仇。其复仇欲望的被激发无外乎三种情况：家人被害、个体尊严被侵犯或路见不平而拔刀在手。他们既没有利用官方的合法暴力，也没有试图寻找官方之外的非法暴力，而是完全以自我暴力化的方式发泄了愤恨。正唯如此，以上这些故事的主人公除了极个别者外，基本上都是以伏法或自裁的悲剧性结局告终。尽管他们的暴力行为，尤其是子为父、妻为夫、子女为全家复仇而实施的暴力常被渲染上“孝(孝烈)”“贞(贞烈)”、“义(义烈)”的道德色彩，但终究还是不能掩盖其个人暴力化的事实，亦不能改变其客观上挑战了官方暴力的权威性这一实质，更无法避免其因此而必然付出的惨重代价(极个别情况除外)。尤其是就个体暴力客观上挑战了官方暴力的权威性这一点而言，在相当程度上透露了何以个体的暴力化并没有像个体智慧那样在“二拍”中得到公开赞美的原因所在。

正如上文分析所示，凌濛初的“二拍”因其“无关道德(特指正统伦理道德)，不问政治(或极少过问政治)”而在明末的短篇话本小说领域中显得有些特立独行。的确，专注于人情义理、生存哲学、人生经验谈的凌濛初很少在其作品中表露作者个人的政治倾向。能隐约窥其一二的恐怕也只有《何道士因术成奸　周经历因奸破贼》（《初刻拍案惊奇》第三十一卷）这一篇。在这篇以唐赛儿起义为题材的故事中，作者专门针对以白莲教为代表的民间造反发表了一番极具现实意味的议论，“可见悖叛之事，天道所忌，若是得了道术，辅佐朝廷，如张留侯、陆信州之类，自然建功立业，传名后世。若是萌了私意，打点起兵谋反，不曾见有妖术成功的。从来张角、微侧、微贰、孙恩、卢循等，非不也是天赐的兵书法术，毕竟败亡。……事体本如此明白。不知这些无生意的愚人，住此清平世界，还要从着白莲教，到处哨聚倡乱，死而无怨，却是为何?”为凌氏所强烈抨击的白莲教起义对明王朝统治造成的严重威胁可以说几乎伴随了整个王朝之始终。自永乐十六年(1418)顺天府昌平县刘化起义始，白莲教起义就从未在真正意义上停止过。其后更有永乐十八年(1420)山东唐赛儿起义；景泰二年(1451)万宁寺赵才兴等人起义；嘉靖二十五年(1546)汶上连氏与白莲僧惠金、杨惠通起义；嘉靖三十六年(1557)乌镇道人李松起义；万历二十七年(1599)徐州赵一平、孟化鲸起义；万历三十二年(1604)福建瓯宁吴建、吴昌起义；万历三十四年(1606)临淮刘天绪起义；万历四十二年(1614)王森起义；天启二年(1622)山东徐鸿儒起义等。白莲教起义对明王朝统治构成的严重威胁从如此频繁的爆发次数中便足可想见，而极少在“二拍”中表明其政治倾向的凌濛初于小说中几乎是唯一的一次政见表达恰恰就针对的是白莲教，从中亦足以看出凌氏本人之于民间起义的痛恨，这也是为正统的知识分子所普遍具有的政治立场。

起义所引爆的群体性暴力显然是由“旧的帝国制度之外”[①]寻找到了权力而得以实现的，并因此而对帝国统治与国家秩序构成了严重威胁。而从官方暴力之外寻找新的暴力源并借以实现个人意志，譬如复仇的行为亦同样会对官府的权威性以及社会秩序构成挑战与威胁。就“潜在的无政府主义”这一层面而言，自我的暴力化，或者说个体性暴力与起义所引爆的群体性暴力其实并无多少实质上的区别，毋宁说倒是有着一种足以进一步演变为群体性暴力，或成为群体性暴力中的一分子这样一种潜在的危险性。正因为如此，尽管为了维护个体生存与尊严的自我暴力化作为末世中的生存能力之一在“二拍”中得到了客观上的呈现，但由于其过于强烈的抗争性与潜在的政治危险性，凌濛初并没有对其作出任何公开的赞美，而且还尽可能地以孝烈、贞烈、义烈等道德外衣对其危险的实质加以掩饰。相较于硬性的自我暴力化，作为正统知识分子的凌濛初终究还是更倾向于个体的智慧。以个体的智慧在现有社会秩序的框架之内尽量趋利避害地、“柔软”地活着才是凌氏生存哲学的第一奥义。

然而，并不是所有的小民都具备于乱世中求生存的足够智慧。如果智慧不足的话，亦不妨从果报论的虚拟公平中获得某种平衡与安慰。尽管“二拍”标榜其所写的故事不在“耳目之外”的“牛鬼蛇神”，而是“耳目之内”的“日用起居”（《初刻拍案惊

① (美)孔飞力著.叫魂——1768年中国妖术大恐慌[M].陈兼、刘昶译.上海:生活·读书·新知三联书店,2012:287.

奇》叙），但以神道显灵、阴司勾魂、冤鬼附身等诡异事件为特点的因果报应还是大量地充斥其间。除了“积阴骘，有好报”这一具有正面意义的果报律以丰厚的回报为诱饵激励着小民努力行善之外，“二拍”中的因果报应更多的是围绕着维护社会公平的一面展开，这一点尤其体现在由于官府执法不公而出现冤狱之时，突然而至的因果报应常常会使本已尘埃落定的案情出现凌空大逆转，这样的例证在“二拍”中简直是不胜枚举。《迟取券毛烈赖原钱　失还魂牙僧索剩命》（《二刻拍案惊奇》第十六卷）中讹占他人田产的毛烈尽管已经得到了阳间官府的庇护，但还是被勾到了阴间重新接受了审判；《行孝子到底不简尸　殉节妇留待双出柩》（《二刻拍案惊奇》第三十一卷）的头回故事中市井混混陈喇虎为趁机牟利而力倡官府进行尸检，结果遭到了尸主鬼魂的残酷报复；《贾廉访赝行府牒　商功父阴摄江巡》（《二刻拍案惊奇》第二十卷）的头回故事中借助官府力量将姐夫的小妾陷害致死的巢大郎终遭小妾冤魂索命等等。借助神道力量以实现常态之下无法实现的社会公平这一点在《两错认莫大姐私奔　再成交杨二郎正本》（《二刻拍案惊奇》第三十八卷）的头回故事中得到了更为生动的呈现。故事中无辜蒙冤的李三不仅被问成了死罪，更被已收受了贿赂的掌案孔目把狱情“做得没些漏洞”而再无翻案之可能。正当李三即将被行刑之际，突然出现了一个令人惊骇的戏剧性场面，“忽然阴云四合，空中雷电交加，李三身上枷钮尽行脱落。霹雳声，掌案孔目震死在堂上，二十多个吏典头上吏巾，皆被雷风掣去。县官惊得浑身打颤，须臾性定，叫把孔目身尸验看，背上有朱红写的‘李三狱冤’四个篆字。”“又惊又悔”的县官摄于神道显灵的巨大威慑力而重新审理了案件，眼看就要被推上断头台的李三于是奇迹般地被无罪释放。

当然，诸如此类突然空降的因果报应看起来十分突兀、造作且完全不合情理。有学者认为“话本故事的幼稚不真”正是与因果报应“这一因素大有关系。”[①]而且，更为重要的一点是，恰恰正是以维护社会公平为目的的因果报应在相当程度上掩盖了社会之不公。如果撇开了神道显灵、冤鬼报复，因司法不公而造成了冤狱这一事实并没有发生任何实质性的改变。然而，因果报应的突然而至却使得人们有了从虚幻的报应中获得心理平衡的可能性。正是有这样一种报应机制的存在，尽管眼下受难，但人们还是愿意相信即使自己没有力量申冤雪耻，但总有一天恶人必定会受到上天的惩罚。正是因为有了这样一份期待，自己也就可以选择继续忍耐下去而不必非要采取什么报复行动。虽然恶人眼下并没有，或许其后也没有受到任何惩罚，但受害人已然从虚拟的果报中获得了安慰。《庵内看恶鬼善神　井中谭前因后果》（《二刻拍案惊奇》第二十四卷）这则故事就用“一念之恶，凶鬼便至；一念之善，福神便临”之说否定了书中人物即将采取的复仇行动，并借一个预知世运将变、兵灾将起的道士之口劝其应及早“择善地而居”以全身远害，至于其一直耿耿于怀的复仇一事

① （美）夏志清．中国古典小说史论[M]．南昌：江西人民出版社，2001：24．

还是交给上天去吧。数年之后，张士诚果然作乱，那个恶人亦死于乱军之中。小说结尾还是将恶人的悲惨下场归结到了丝毫不爽的因果报应上，但如此意义的果报又能使多少社会公平得到伸张呢？从这一层面而言，因果报应并不能有助于社会正义的伸张，相反，却助长了对社会不公的麻木与妥协。无论小说中出现的"因果报应观念有多么雄厚的力量，但它也可能意味着，在传统中国社会里，存在着靠公道的孤军难以扫除的障碍"，"承认单纯的德行或侠义行为不能克服邪恶，矫正不义。"[①]但即便如此，或许正因为如此，诸如此类具有烟雾弹与麻醉剂双重功能的因果报应还是在"二拍"中大量出现了。在社会风气与生存环境急剧恶化的末世之时，当智慧不够充足，胆量不够充足，更没有充足的勇气不惜以自我暴力化来拼命抗争的话，那么，留给市井小民们的除了于虚幻的因果报应中获得安慰与平衡之外还能有什么呢？无论如何，这也是一种生存技巧，尽管远不如智慧与暴力来得那么"拉风"，但对于平凡的市井小民们而言却恐怕是最具普遍性的不二选项。当我们从"无奈的生存技巧"这一层面重新审视"二拍"中高达29%(24篇)的篇目都充斥着因果报应、命定、无常这一现象时，恐怕就不会再简单地以封建迷信或思想糟粕而笼统视之了。

① (美)夏志清.中国古典小说史论[M].南昌:江西人民出版社,2001:24.

第三章　市民道德与市井生存哲学影响下的文人形象书写

通过上一编对“三言”中“市井风流”的探讨可知文人气对市民阶层之影响，其后的“二拍”对此，即市井子弟的风雅化、文人气亦有所展现。如个人的趣味爱好。《转运汉遇巧洞庭红　波斯胡指破鼍龙壳》(《初刻拍案惊奇》第一卷)中“生来心思慧巧，做着便能，学着便会”的泛海商人文若虚不仅“琴棋书画，吹弹歌舞，件件粗通”，而且还仿得出“沈石出、文衡山、祝枝山”“这几家字画”，其仿制出来的赝品居然还能“哄得人过，将假当真的买了”。这固然说明了当时的艺术品市场当有一批并无艺术鉴赏力却愿附庸风雅的富裕市民这样的买主存在，但也从中可见其书画伎艺之不俗，竟可称得上是一个“文化人”。值得注意的是，文若虚的源故事出自于《泾林续记》。在源故事中，文若虚的原型苏和的身份是“闽广奸商”，叙事则侧重于原本“本微，不能置贵重物”的苏和却得以接二连三地大发横财这一“变泰发迹”故事本身的传奇性。苏和，亦即“二拍”故事中的文若虚其身上的文人气以及无异于时尚文化标签的苏州人这一身份设定则是在这一源故事被改编进“二拍”后增设上去的。尽管富于冒险精神与传奇色彩的海外历险记这一基本故事框架的保留极大地迎合了市井小民渴望寻求新鲜、刺激的猎奇心理，但文人气的赋予却在相当程度上体现出了凌氏以文人意趣对市民形象加以改造的意图。

不过，如此具有较高文化艺术修养的市民应还是少数，那些“不甚精通文理”(《初刻拍案惊奇》第八卷《乌将军一饭必酬　陈大郎三人重会》)、“不通文墨”(《二刻拍案惊奇》第二十四卷《庵内看恶鬼善神　井中谭前因后果》)、“不识一字”(《二刻拍案惊奇》第十九卷《田舍翁时时经理　牧童儿夜夜尊荣》)的普通市民亦大有人在。因此，相较于内在文化素养的提升，更有人愿意将对文人气的模仿放在外在的衣着服饰上。《石点头》第四回《瞿凤奴情愆死盖》中写到的市井富户孙三郎其气质、才艺与文若虚大致相仿佛，“生来气质恂恂，文雅出众。幼年也曾读书写字，虽不会吟诗作赋，却也有些小聪明。学唱两套水磨腔曲子，弦索箫管，也晓得几分。”小说详细地描述了这位市井风流子弟的一身时髦行头，并特意点到了一个细节，“手中拿一柄上赤真金川扇，挂着蜜蜡金扇坠”。折扇无疑是富于文人气的重要配饰，据史料载，“明人皆尚金扇，即上方赐予亦皆金面”，[①]“聚骨扇自吴制之外，惟川扇称佳”，[②]此种扇面上贴饰金箔或洒金的川扇以其风雅与奢华兼备的双重气质成为市井子弟卖弄风流的必备道具。正唯如此，市井风流子弟往往会用诸如“唐伯虎画，枝山写”的“金面棕竹扇”作为结识朋友的时髦礼物(《型世言》第二十三回《白镪动心交谊绝 双猪入梦死冤明》)，以民间说话艺人底本为雏形的《金瓶梅词话》[③]中那个“不甚读书，终日闲游浪荡”(第一回《西门庆热结十弟兄　武二郎冷遇亲哥嫂》)的西门庆也确实是在折扇的点缀下提升几分文人气质，正是“手里摇着洒金川扇儿”这一风流意态才使得西门庆在潘金莲眼中“越显出张生般庞儿，潘安的貌儿”(第二回《俏潘娘帘下勾情 老王婆茶坊说技》)，尽管其人不过是一个不学无术的市井之徒而已。

无论是内在的嗜好品味，还是外在的衣着服饰，其中体现出的市井子弟对文人气、风流气的追模反映出的正是传统文人阶层在文化趣味上对市民阶层的一种“正向”影响。这一影响在冯氏的“三言”中得到了突出呈现，在继之而起的“二拍”中亦有所体现。从这一层面而言，“二拍”对市井子弟文人气、风流气的展现更多的是对“三言”的一种继承与延续。然而，除此之外，“二拍”更多展现出来的则是新的时代语境下一些新的发展动向。

第一节　享乐派文人——生活方式、心性气质的市井化

以社会身份、职业状况为据，“二拍”正话故事中主要描写到的青年男子(79 人)中有文士 38 人、市井人物 26 人，余下者为武人 6 人、僧道 3 人以及具体职业不详者 10 人。可见，“儒”与“商”(市民阶层的主要代表)已然构成了“二拍”人物形象之重点，而这也正是“传统社会秩序在叙事中的反映”，[④]从中折射出了“儒与商两种人物”已然“构成了这个时期江南城市社会的主要阶层”这一社会现实。[⑤] 在这样一种双峰并峙的局面之下，当脆弱的均衡被商人阶层那强大的财富力量打破后，交互影响的双向态势便会不可避免地被单方面的“逆袭”所强烈波及甚至于取代。且正如上文所分析，尽管“二拍”中亦有少量作品(4 篇，占总篇数的 5%)在客观上(往往并非作者的主观创作意图)宣扬了正统伦理道德，然而，其主体价值观却已然置换成了以实用主义原则为准的市民道德以及富于现世色彩的市井生存哲学。因此，相较于“三

① (清)阮葵生.“扇”条[M]//茶余客话:卷十九.北京:中华书局,1959:583.

② (明)沈德符.“川贡扇”条[M]//万历野获编:卷二十六.北京:中华书局,1959:662.

③ 关于《金瓶梅词话》当为民间说话艺人的底本，且其作者很可能是书会才人等下层文人的相关论述参见梅节重校本《金瓶梅词话》附录“全校本《金瓶梅》前言”，(明)兰陵笑笑生.金瓶梅词话[M].梅节校订，陈诏、黄霖注释.香港梦梅馆，1993.尽管《金瓶梅词话》采用的是长篇章回小说的形制，但由于其与说话底本以及话本小说之间有着深刻的渊源关系，故而，笔者此处仍将其作为必要的例证出处。

④ 高小康.市民、士人与故事:中国近古社会文化中的叙事[M].北京:人民出版社,2001:68.

⑤ 高小康.市民、士人与故事:中国近古社会文化中的叙事[M].北京:人民出版社,2001:55—56.

言”，凌氏之“二拍”在展现文人气对新兴市民阶层的“正向”影响之同时，更如实地反映出了市井气对传统文人阶层的“逆向”之影响。在以市民道德与市井生存原则为主导性价值观的“二拍”世界中，尽管文人气与市井气乍看之下仍然呈现的是一种双向互动的态势，但这样一种所谓的“双向”绝非均衡可言，而是在相当程度上向着市井气发生了巨大倾斜。正唯如此，相较于市井小民身上体现出的文人气，文人身上的市井气，甚至流氓气、无赖相在“二拍”中得到了更为醒目、更为鲜明的呈现，并极大地影响了“二拍”中文人形象的塑造。

表格：“二拍”青年男子的社会身份与职业状况统计（仅以正话人物为例）

（去除重复者，“二拍”青年男子共计 79 人）

<table>
<tr><td rowspan="3">文士
38</td><td colspan="2">秀才</td><td>16</td></tr>
<tr><td colspan="2">普通读书人</td><td>12</td></tr>
<tr><td colspan="2">有官职者</td><td>10</td></tr>
<tr><td rowspan="4">市井人物
26</td><td rowspan="3">商人
11</td><td>行商</td><td>7</td></tr>
<tr><td>坐贾</td><td>2</td></tr>
<tr><td>不详</td><td>2</td></tr>
<tr><td colspan="2">非商人的普通市民</td><td>15</td></tr>
<tr><td rowspan="2">武人
6</td><td colspan="2">武官或习武者</td><td>4</td></tr>
<tr><td colspan="2">市井混混</td><td>2</td></tr>
<tr><td>僧道</td><td colspan="3">3</td></tr>
<tr><td>具体职业不详者</td><td colspan="3">10</td></tr>
</table>

仅就“二拍”中青年书生们的生活方式、心性气质而言，便与市井风流子弟们几乎一般不二。《卫朝奉狠心盘贵产　陈秀才巧计赚原房》（《初刻拍案惊奇》第十五卷）中的富郎陈秀才便是一个“撒漫的都总管”，“专好结客，又喜风月，逐日呼朋引类，或往青楼嫖妓，或落游船饮酒。帮闲的不离左右，筵席上必有红裙。”作者对陈秀才的行乐方式表现出了不亚于对豪商生活的艳羡，“那时南京城里没一个不晓得陈秀才的。陈秀才又吟得诗，作得赋，做人又极温存帮衬，合行院中姊妹，也没一个不喜欢陈秀才的。好不受用！好不快乐！果然是朝朝寒食，夜夜元宵。”这样一种纵情享乐的奢华生活固然要有强大的经济后盾给予支撑，但就其中蕴含着的现世享乐精神而言，则更是注重现世生存质量的市民意识影响下的产物，与财富的有无多寡并无必然的因果关联。

青年文人与市井浮浪子弟几无二致的生活方式在“二拍”之后的崇祯朝短篇话本小说中也有体现。以下述两段人物描写为例：

……（莫可）天生颖异，乖巧过人，十来岁时，男女情欲之事，便都晓得。……交了出幼之年，情窦大开，同着三朋四友，往花街柳巷去行踏。那妓女们爱他幼年美

丽，风流知趣，都情愿赔着钱钞，与他相处。日渐日深，竟习成一身轻薄。（《石点头》第五回《莽书生强图鸳侣》）

……（朱恺）自小生来聪慧，认得写得，打提一手好算盘，做人极是风流倜傥。……终日在外边闲游结客，相处一班都是少年浪子，……每日在外边闲行野走，吃酒弹棋，吹箫唱曲。因家中未曾娶妻，这班人便驾着他寻花问柳。（《型世言》第二十三回《白镪动心交谊绝 双猪入梦死冤明》）

就二人的社会身份而言，莫可是“旧家人物”出身的举人，而朱恺则出身于“家事颇过得”的市井殷实之家，二者显然分属于不同的社会阶层。然而，就其日常生活方式，确切地说行乐方式而言，却呈现出了惊人的相似。尤其是对于“旧家人物”出身的举人莫可而言，他那整日里与一伙浮浪子弟游走于妓院以追欢逐乐的风流习气显然是受到了注重现世享乐的市井风气之影响，已全无传统文人之面目可言了。

“二拍”中出场的许多青年士子在心性气质上也都呈现出了与传统文人全然不同的精神面貌，他们普遍热衷于戏谑、交友、出游、寻艳，喜热闹、好交际、有人缘而绝无酸腐气。如《陶家翁大雨留宾　蒋震卿片言得妇》（《初刻拍案惊奇》第十二卷）中的“儒家子弟”蒋震卿，“生来心性倜傥佻挞，顽要戏浪，不拘小节。最喜游玩山水，出去便是累月累日，不肯呆坐家中。”《张溜儿熟布迷魂局　陆蕙娘立决到头缘》（《初刻拍案惊奇》第十六卷）中的“嘉兴有名才子”沈灿若，“平时与一班好朋友，或以诗酒娱心，或以山水纵目，放荡不羁。”《权学士权认远乡姑　白孺人白嫁亲生女》（《二刻拍案惊奇》第三卷）中的权次卿“所事在行，诸般得趣。”《同窗友认假作真　女秀才移花接木》（《二刻拍案惊奇》第十七卷）头回故事中的书生孟沂，“学中诸生日与嬉游，爱同骨肉。”《王大使威行部下　李参军冤报生前》（《初刻拍案惊奇》第三十卷）中的“河朔李生”，“美风仪，善谈笑，……至于击鞠、弹棋、博弈诸戏，无不曲尽其妙。又饮量尽大，酒德又好，凡是宴会酒席，没有了他，一坐多没兴。”《闻人生野战翠浮庵　静观尼昼锦黄沙巷》（《初刻拍案惊奇》第三十四卷）中的闻人嘉“风流潇洒，十分在行，朋友中没一个不爱他敬他的。……至于邀游宴饮，一发罢他不得。但是朋友们相聚，多以闻人生不在为歉。”

颇引人注意的是这些青年士子普遍热衷于结伴出行、游山玩水，正所谓“四时游冶，一岁韶华，勿令过眼成空，当自偷闲寻乐”，[①]青年士子们的好游成癖正是现世享乐精神的一种体现。那种枯坐书斋的封闭生活与注重享乐的明人调性极不合拍，“方如儿女守闺阈，不敢空阔一步，是蜂蚁也，尚不若鱼鸟，不几于负天地之声，而羞山川之好耶?”[②]如此性情开朗、积极外放、热衷于扩大社会活动空间的“享乐派”文人与蒲氏《聊斋志异》中那些枯坐书斋、孤灯夜伴，寂寞、羞涩而又被动的书生形成了鲜

① （明）高濂．遵生八笺·起居安乐笺［M］.（转引自夏咸淳．晚明士风与文学［M］．北京：中国社会科学出版社，1997：98.）

② 王集重十种·游唤序［M］.（转引自夏咸淳．晚明士风与文学［M］．北京：中国社会科学出版社，1997：95.）

明对比。此种享乐派文人于“二拍”中的大量出现亦非偶然，在相当程度上正是晚明以来追求世俗享乐的文人风貌于小说文本中的一种反映。袁宏道曾在《龚惟长先生》一文中列举过人生的所谓“五快活”，除著书立说这一传统事功外，其余诸快活，如“目极世间之色，耳极世间之声，身极世间之鲜，口极世间之谭”“堂前列鼎，堂后度曲，宾客满席，男女交舄，烛气薰天，珠翠委地”“千金买一舟，舟中置鼓吹一部，妓妾数人，游闲数人，泛家浮宅”等皆以极度放纵的现世享乐为旨归，甚至到了“金钱不足，继以田土”，“不及十年，家资田地荡尽矣”，“然后一身狼狈，朝不谋夕，托钵歌妓之院，分餐孤老之盘”的地步也仍“恬不知耻”（《袁中郎集》卷二〇《龚惟长先生》），大有将整个生命价值与全部人生意义投注于现世享乐且为此荡尽家财、耗尽生命也在所不惜的派头。至于那种循规蹈矩、甘守平淡，平日里“只在家中诵习，也有时出外结友论文”（《初刻拍案惊奇》第十一卷《恶船家计赚假尸银　狠仆人误投真命状》）的传统文人生活方式在袁宏道看来反而是在消磨生命，“幽闲无事，挨排度日，此最世间不紧要人，不可为训。”（《袁中郎集》卷二〇《龚惟长先生》）就袁宏道个人的最终结局而言，从他那因纵欲过度而导致的可怕疾病，尤其是那充满了恐怖感的死亡过程[①]来看，他也确实是以一己之生命实践了这一极富现世享乐色彩的人生宣言。

文人，尤其是青年书生们在生活方式、心性气质上的市井化现象并非是到了晚明才凸显出来，早在明中期正德年间的地方志中已有过如下记载，“近数十年来，士习民心渐失其初，虽家诗书而户礼乐，然趋富贵而厌贫贱。……奢繁华，则曳缟而游，良贱几于莫辨……”[②]士人一向被认为是转变世风、移风化俗的重要力量，“挽回习俗，惟有志之士能之。”（《刘子全书》卷一三《会录》）身为一个时代“最富于自觉的人群，最具反省能力的人群”，[③]士人对自身所扮演的社会角色，或者说被赋予的角色期待有着清醒的认识，“不是作世转人”，“便是作转世人”，[④]除此之外，更无其他选择之可能。然而，最迟自明中期便出现的文人市井化现象却在相当程度上说明了士人非但未能承担起转变世风的社会责任，反而却在追求奢华、崇尚享乐的市井风习的强力裹挟下被世风所转。文人的市井化几乎是以一种不可抗拒、无法逆转的姿态强烈地呈现了出来。

① 据袁中道《珂雪斋集》卷之五《游居柿录》第1209页—第1210页，第27条—第39条详细记载了其兄袁宏道于八月二十二日发病到九月初六病逝期间一系列来势凶猛且极为可怕的病症，“大小便皆血”、“大小便血不止”等。人们相信此种病症与袁宏道过于沉溺床第之欢有着密切关联。袁中道在日记中亦曾提到，袁宏道是在自己死前的痛苦中才深刻地意识到纵欲将会导致过早死亡，但此时显然已为时过晚。相关论述亦可参见（美）黄卫总著．中华帝国晚期的欲望与小说叙述[M]．张蕴爽译．南京：江苏人民出版社，2012：9．

② 崇武所城志[M]．（转引自（加拿大）卜正民．纵乐的困惑——明代的商业与文化[M]．上海：生活·读书·新知三联书店，2004：164．）

③ 赵园．制度·言论·心态——《明清之际士大夫研究》续编[M]．北京：北京大学出版社，2006：247．

④ （清）颜元．存学编：卷四．性理评[M]//颜元集．北京：中华书局，1987：95．

第二节 “治生”问题与文人道德操守的下滑

仅就晚明士人的情况而言，相较于士文化内部可能存在着的享乐因素，为青年士子们所普遍推崇着的富于现世享乐精神的生活方式更多的是受到了市井风习，尤其是注重现世生存质量的市民意识的影响。既是浸润其中的整个社会大环境使然，更有市民阶层之于文人阶层自下而上的逆向影响作用其间。换言之，仅就晚明的实际情况而言，享乐意识更多的是根源于以“安贫乐道”、“淡泊自适”、为尚的士人传统价值观之外部，具有较为强烈的“异质”色彩。尽管晚明以来由士人内部发动起来的“好货、好色”之风潮确实也为文人阶层接受这一外来价值观提供了先期的思想铺垫，但这样一种显然需要着一定的物质基础予以必要保障的生活方式却在极大地考验着士人阶层的经济力量，并使得士人的“治生”问题在高度物质化的晚明社会中再次凸显出来。

笔者注意到“二拍”在进行人物描写时常常会对其经济状况有所交代，如“家私丰裕”的沈灿若(《初刻拍案惊奇》第十六卷《张溜儿熟布迷魂局　陆蕙娘立决到头缘》)；“家事富厚”的汪秀才(《二刻拍案惊奇》第二十七卷《伪汉裔夺妾山中　假将军还姝江上》)；“家本饶裕”的直公言(《二刻拍案惊奇》第十三卷《鹿胎庵客人作寺主　剡溪里旧鬼借新尸》)、吴宣教(《二刻拍案惊奇》第十四卷《赵县君乔送黄柑　吴宣教干偿白镪》)；“挥金如土，毫无吝色”的沈将仕(《二刻拍案惊奇》第八卷《沈将仕三千买笑钱　王朝议一夜迷魂阵》)；“家道富厚”的崔俊臣(《初刻拍案惊奇》第二十七卷《顾阿秀喜舍檀那物　崔俊臣巧会芙蓉屏》)；“巨万财主”出身的张寅(《二刻拍案惊奇》第四卷《青楼市探人踪　红花场假鬼闹》)等等。对文人经济状况的关注在早期宋元话本小说乃至于冯氏“三言”中都较为罕见，这也从一个侧面反映了世风变化之于小说叙事的影响。当崇尚奢华、注重享乐的市井风习不可避免地波及到传统的士人阶层后，士人是否具有与之相适应的经济实力与消费能力自然会受到小说家的关注。《卫朝奉狠心盘贵产　陈秀才巧计赚原房》(《初刻拍案惊奇》第十五卷)中的秀才陈珩之所以能尽情地享受现世生活，“逐日呼朋引类，或往青楼嫖妓，或落游船饮酒。帮闲的不离左右，筵席上必有红裙”，正是因为有着异常富裕的家境可做经济上的支撑。其所享受的奢华生活与《钱多处白丁横带　运退时刺史当艄》(《初刻拍案惊奇》第二十二卷)中的那位“家资巨万，产业广延，有鸦飞不过的田宅，贼扛不动的金银山”的豪商郭七郎几乎并无二致。

然而，生来便拥有良好家境的文人毕竟仅占少数，在“二拍”写到的38位青年士子中，家境富裕的也仅有如上列举的这7位，更多的文人则不得不在自身窘迫的经济状况下纠结于现实的生计问题。

表格:“二拍”青年士子的生计来源情况(有官职者除外)

<table>
<tr><td>处馆教书</td><td colspan="3">3</td></tr>
<tr><td rowspan="3">书记、卖文等</td><td>将军的记室</td><td colspan="2">1</td></tr>
<tr><td>太尉的馆客</td><td colspan="2">1</td></tr>
<tr><td>代写疏头</td><td colspan="2">1</td></tr>
<tr><td rowspan="6">接受经济资助者</td><td>友人</td><td colspan="2">1</td></tr>
<tr><td rowspan="2">亲属</td><td>由母舅资助</td><td>1</td></tr>
<tr><td>由伯父资助</td><td>1</td></tr>
<tr><td rowspan="3">女方或女方家长</td><td>由相好女妓资助</td><td>1</td></tr>
<tr><td>由准岳父资助</td><td>2</td></tr>
<tr><td>由岳父资助</td><td>1</td></tr>
<tr><td colspan="2">家境富裕而无须自谋生计者</td><td colspan="2">5</td></tr>
<tr><td colspan="2">家境与职业均未交代者</td><td colspan="2">10</td></tr>
</table>

明末以来,“士人的贫困化”已然成为一个具有“普遍性的事实”。[①] 书生的穷酸打扮常常成为明末小说家的揶揄对象,如“腐皮蓝衫,石衣头巾。芋头须绦”(《型世言》第十三回《击豪强徒报师恩 代成狱弟脱兄难》)“头上戴了紫菜的巾,身上穿了腐皮的衫,腰间系了芋艿的绦,脚下穿了木耳的靴。”(《初刻拍案惊奇》第十卷《韩秀才乘乱聘娇妻 吴太守怜才主姻簿》)“多年古代油泥半寸厚的一顶旧方巾,穿领七穿八孔拽衿挂彩似披风、锯锯齿边铁色一领旧布道袍,无底的袜,没根的鞋。”(《天凑巧》第二回《陈都宪 错里猎巍科 误中跻显秩》)等富于调侃意味的描写时常可见。士人生活的贫困化使得“治生”问题变得异常严峻起来。然而,其治生的手段却又极为有限。不过是手无缚鸡之力的一介书生,既“不能力耕田以自养”[②],“牵车服贾则无其资,且有亏折之患”。至于处馆教书,似无不可,“一来可以藉他些束脩资家中薪水;二来可以益加进修。”(《型世言》第十九回《捐金有意怜穷 卜屯无心得地》)然而,“师道在今日贱甚,而束脩之入仍不足以供俯仰”。[③] 凌濛初本人也对处馆颇多抵触。以此为衣食之谋的文人在凌氏看来不过是“一班不成才、没廉耻的秀才”,而“那有志向诚实的”则往往“却之不就”。(《初刻拍案惊奇》第十三卷《赵六老舐犊丧残生 张知县诛枭成铁案》)之所以会有如此看法,笔者认为当与处馆之种种现实难处,尤其是其对士人气节相当程度上的摧折密切相关。为了保住这来之不易的饭碗,教书先生“虽做名士模样,却也谦卑巽顺,笼络了主翁。猫鼠同眠,收罗了小厮,又这等和光

① 赵园.明清之际士大夫研究[M].北京:北京大学出版社,1999:281.

② (清)魏禧著.魏叔子文集外篇:卷九.溉堂续集序[M]//魏叔子文集. 胡守仁、姚品文、王能宪校点.北京:中华书局,2003:455.

③ (清)戴名世撰.种杉说序[M]//戴名世集:卷三.王树民编校.北京:中华书局,1986:83.

同尘，亲厚了学生。”名为师长，却也要处处小心侍奉学生，时时“委曲周旋劝解”，“有时园中清话，有时庄外闲行”，“不是请个先生”，倒像是“得个陪堂”。（《型世言》第二十七回《贪花郎累及慈亲 利财奴祸贻至戚》）至不肖者，还要陪着学生“或嫖或赌，还与帮闲”。（《型世言》第十九回《捐金有意怜穷 卜屯无心得地》）凡此种种小心、凡此种种算计都无不令文人身心俱疲，倍感摧折。《捐金有意怜穷 卜屯无心得地》（《型世言》第十九回）中守着顽劣学生的教书先生好不容易“捱到年”，竟也如“脱离苦根”一般深感解脱。

除了治生手段严重匮乏这一技术层面的原因之外，导致文人职业选择面异常狭窄的更有道德层面上的严重制约。尽管明末以来下层文人的普遍贫困化使得以“不事生产”为尚的文人传统很难再维系下去，但在具体治生手段的选择上却又往往坚持认为“不可不慎”。在有限的几个选项中，“商贾近利，易坏心术。工技役于人，近贱。”（《杨园先生全集》卷四十七《训子语上・祖宗传贻积善二字》）“医卜星相，犹不失为下策”①，但“又下工商一等”。至于“下此益贱，更无可言者矣。”（《杨园先生全集》卷四十七《训子语上・祖宗传贻积善二字》）对道德操守的优先考量将原本形而下的生计问题“化为义理、道德空谈”，成为文人“在谋生问题上沉重的道德负担”。②除了为文人所普遍认同的耕读之外，几乎其他任何治生手段的选择都会程度不同地腐蚀掉文人的品性德操，其所引发的无疑是一种失节的恐惧。

然而，“生”又不能不“治”。因不治生产、生活窘迫而导致操守尽丧的情况亦同时存在。“世苦于贫”者，“多不持士节”③，“往往以衣食不足，不矜细行，而丧其生平者多矣。”（《思辨录辑要》卷十）为了生存下去，书生们常常不得不接受他人的救济，抑或说经济资助，这也是“二拍”中年轻士子们最为重要的生计来源。此种经济资助可能来自于亲属、朋友，不过更有可能来自于女方（如妻子或相好的女妓）或女方家长（如岳父或准岳父），此种情况也与士大夫不事生产而“赖其妇经营、力作为生”这一“沿袭已久的家庭（士人家庭）分工”④相吻合。此种士人家庭惯有的家庭分工“每见诸记述，世俗恬不为怪，其人亦颇坦然。”⑤然而，当由于功名蹭蹬或其他原因而导致此种来自于女方的接济不得不长期，甚至于无限期地持续下去时，身为男性的书生自身也不免意气沮丧、信心受挫。《感恩鬼三古传题旨》（《石点头》第七回）中的书生仰邻瞻就是一个完全依靠妻子辛勤劳作才得以存活的书生，“赖有结发妻子姚氏，绩麻织布，克尽女功”。然而，“除了读书的吃死饭，一家之中，出气多进气少。”原指望“靠着书包翻身，博一日甘来苦尽”，哪知功名不顺，“年到三四十岁，依然一领青

① （清）陈确．与同社书［M］//陈确集．北京：中华书局，1979：483．

② 赵园．明清之际士大夫研究［M］．北京：北京大学出版社，1999：286．

③ （清）黄宗羲．黄宗羲全集：第十册［M］．杭州：浙江古籍出版社，1985：504．

④ 赵园．明清之际士大夫研究［M］．北京：北京大学出版社，1999：280．

⑤ 赵园．明清之际士大夫研究［M］．北京：北京大学出版社，1999：280．

衿”，于是夫妻间“未免生出许多聒噪”，在家中安身不牢的仰邻瞻也只得寄居于寺庙。

长期寄食于他人的经济窘境所造成的后果并不仅止于性别层面上男性尊严的受挫与恢退，更为严重的是还将导致士人道德操守的迅速下滑，甚至沦为寡廉鲜耻、德操尽丧的衣冠败类。恰如《占家财狠婿妒侄　廷亲脉孝女藏儿》（《初刻拍案惊奇》第三十八卷）中的没落子弟刘引孙那样，完全“不晓得别做生理，只靠伯父把得这些东西，且逐渐用去度日。”在经历了无数次伸手索钱后，连长期接济他的伯父也不免有些厌烦，“我前日与你的钱钞，你怎不去做些营生？便是这样没了。”而刘引孙对此却毫无愧色，“侄儿只会看几行书，不会做什么营生。日日吃用，有减无增，所以没了。”当痛骂其“不成器”的伯父“狠狠要打”时，他居然还“只不肯去，苦要求钱……”《天凑巧》第二回《陈都宪　错里猎巍科　误中跻显秩》中还写到了书生抢粮的混乱场面。“时值亢旱，江北凶荒”，当官府开仓赈济灾民时，“有衫无裤，负子拖妻”的“饥寒百姓”已然是排满了一地。此时突然“又有一起秀才，有巾无衫，有衫无靴，一齐上来，求老父师破格外之恩，作养生员。”他们不仅“要增谷子”“添口数”，而且还“嫌斗斛不准”，甚至公然“争先抢夺，也不顾挤落头巾，扯破蓝衫”，虽是“斯文”一脉，但已“全没体面”可言。当脆弱的经济基础不足以为士人提供基本的衣食保障时，“虽抱高志，亦将无以自全。”（《杨园先生全集》卷六《与许大辛》）这一“有关道德的物质基础的素朴经验论”①在这些为了获取基本的生存资料而不惜大打出手、体面尽丧的书生身上得到了鲜明的印证。

当然，亦有些“豪气未除”的没落文人并不屑于接受他人的救济，然而异常困窘的经济处境又使其不免饱尝了世人之白眼，于是索性便疏狂放浪，故意做出一些惊世骇俗的举动以震动俗听、骇人耳目，《拔沦落才王君择婿 破儿女态季兰成夫》（《型世言》第十八回）中那位甘与“市井游棍”为伍的李公子即是如此。他不仅“饮酒串钱，大坏家声”，又“常自做些诗词词曲，有时在馆中高歌，有时在路上高唱”，以此来“发泄一种牢骚不平之气”。这样的狂生、狂士在晚明社会中具有相当程度的普遍性。② 在极度困窘的现实处境下，那种充满了表演意味的自我放浪也因其缺乏必要的经济支撑而现出了几分苍白。《满少卿饥附饱飏　焦文姬生仇死报》（《二刻拍案惊奇》第十一卷》中那位“心性不羁、狂放自负”“终日吟风弄月，放浪江湖”的狂生正是在连日交不起饭钱而被店小二无情催讨的现实窘境中认清了自己的脆弱，“不觉放声大哭”，在“今受此穷途之苦，谁人晓得我是不遇时的公卿？……争奈世情看冷暖，望着那一个救我来？”这样没完没了的自怨自艾、自伤自怜中，那份人前卖弄、颇

① 赵园.明清之际士大夫研究[M].北京：北京大学出版社，1999：288.

② 须明确的是，笔者此处所论及的狂生、狂士并不应与心学、狂禅以及晚明个性解放思潮之于个体性格狂放一面的激发、塑造做过多的联想。虽不排除社会思潮之于文人个性的影响，但笔者此处的论述更多地只是立论于经济层面，即由于经济异常窘迫、饱尝炎凉之苦并进而导致个性上出现偏激、叛逆甚至反社会倾向。

为做作的狂傲之气早已荡然无存，难见踪影。由此看来，曾经俾睨万物、不可一世的狂傲之气倒颇像是一种不无自欺意味的无望反击，从中隐隐现出的是士人在高度物质化的晚明社会中之于自身现实处境的困惑与尴尬。

综上所述，无论是为了获取基本的生存资料而仰食于他人，甚至不惜奋起老拳、大打出手，抑或是在炎凉世态面前故意做出些标新立异的骇俗表演，尽管表现形式有所完全，但却无疑都会对士阶层传统的品性操守乃至于士人的自我身份认同、公众形象造成严重影响。“苦于贫”者，“多不持士节”。[①] 晚明以来的士人在价值观念、生活方式以及为人处世、言谈举止等方面向着世俗化、庸俗化、市井气方向发生着的严重蜕变在相当程度上正是与其经济状况的普遍窘迫密切关联。

第三节　士人的生存状态与市井化的处世哲学

明末以来，文士经济状况的普遍贫困化使得士人，尤其是下层士人深陷于市井社会而几至于无法自拔之境地。“三言”中的穷书生同样深感于士、商之间巨大的经济差距而不免喟然浩叹，恰如《钱秀才错占凤凰俦》中那个不得不假扮新郎与大富之家结亲的钱秀才于富丽奢华的婚宴上突然生发的感慨一样，“我好像做梦一般！……我今日做替身，担了虚名，不知实受还在几时？料想不能如此富贵。”（《醒世恒言》第七卷）这种恍若隔世的不真实感在相当程度上正是来自于士商之间经济力量上的巨大反差。但即便如此，“三言”中的穷书生基本上还是保住了文人阶层那份特有的矜持与持重，尚不失文人之体面。《宋小官团圆破毡笠》中“旧家子弟出身”的宋金虽做了替人抄写、计算的馆客，但仍不肯“卑污苟贱，与童仆辈和光同尘”，流落街头后也“不肯随那叫街丐户一流，奴言婢膝，没廉没耻”，“任你十分落魄，还存三分骨气”。（《警世通言》第二十二卷）即便就以商人为代表的市民阶层而言，尤其在士商通婚的案例中虽不免有着将未来的文人女婿视为奇货可居的投资对象这一“俯就”心态，但也尚能在传统的文化惯性下对文人阶层保持着相当程度上的尊重。

然而，这样一种古风犹存的士商关系却在“二拍”中遭到了彻底粉碎。“三言”中以士商通婚为主要内容的士商交往在“二拍”中更多地被士商纠纷、士商冲突所取代。《恶船家计赚假尸银　狠仆人误投真命状》（《初刻拍案惊奇》第十一卷）、《卫朝奉狠心盘贵产　陈秀才巧计赚原房》（《初刻拍案惊奇》第十五卷）、《迟取券毛烈赖原钱　失还魂牙僧索剩命》（《二刻拍案惊奇》第十六卷）头回故事、《行孝子到底不简尸　殉节妇留待双出柩》（《二刻拍案惊奇》第三十一卷）、《酒下酒赵尼媪迷花　机中机贾秀才报怨》（《初刻拍案惊奇》第六卷）、《韩秀才乘乱聘娇妻　吴太守怜才主姻簿》（《初刻拍案惊奇》第十卷）等篇目皆反映出了混迹于市井之中的下层文人们与周边

① （清）黄宗羲．万公择墓志铭[M]//黄宗羲全集：第十册．杭州：浙江古籍出版社，1985：504．

的市井之徒发生的种种争端。在这些遍及金钱、房产、伦理、婚姻、两性的诸种纷争中，并不能看出市井小民们还对这些下层文人存有多少敬意，更为不堪的是，文人自身也表现得市井气十足，再难看出什么文人体面、旧家气象。在此不妨将《恶船家计赚假尸银　狠仆人误投真命状》(《初刻拍案惊奇》第十一卷)中“家道亦不甚丰富”的王生只为一点点小钱便与卖姜商贩争吵不休，甚至老拳相加的文字引用如下：

……(王生)只见两个家童正和一个人门首喧嚷。原来那人是湖州客人，姓吕，提着竹篮卖姜。只为家童要少他的姜价，故此争执不已。王生问了缘故，便对那客人道：“如此价钱也好卖了，如何只管在我家门首喧嚷？好不晓事！”那客人是个憨直的人，便回话道：“我们小本经纪，如何要打短我的？相公须放宽洪大量些，不该如此小家子相！”王生乘着酒兴，大怒起来，骂道：“那里来这老贼驴！辄敢如此放肆，把言语冲撞我！”走近前来，连打了几拳，一手推将去。不想那客人是中年的人，有痰火病的，就这一推里，一交跌去，一时闷倒在地。

这位作风火爆的书生无论是从其污言秽语、揎袖奋拳的言谈举动来说，还是从锱铢必较、分毫不让的经济算计来看，已经与包括卖姜客人在内的那些市井之辈没有什么分别可言了。士风向着庸俗化、市井气的堕落并非是明末才出现的动向，“嘉靖初年”，“文人墨士，虽不逮先辈，亦少涉猎，聚会之间，言辞彬彬可听”，至于万历朝则“言谈之际”已“无异村巷”，[①]“衣冠而为囊橐之寄，朝列而有市井之容。”[②]到了明末，“有能不脱学堂之气”的文人士大夫“则十无一二也”。[③]“市”“贾”“货利”“贸”“市井”之类的字眼常见于时人的文字之中，这其中也隐隐透出了士人阶层之于一直以来自我标榜着的清贵德操尚能在弥漫着铜臭气的市井社会中保持住多少的一种忧虑与不安。[④] 而上文例举的王生那一出市井态十足的夸张表演显然又证明了这样一种之于自我价值迷失的忧虑绝非是杞人忧天。

言谈举止上的庸俗化、市井气当然还仅仅是士风堕落的一个表象而已，其背后更多地反映出的则是作为“小传统”的市民文化向着“大传统”的精英文化发生的逆向性影响，但笔者认为这绝非通常意义上“小传统”之于“大传统”的那种“自下而上”式的影响。就明末下层文人的现实情况，或至少就以“二拍”为代表的崇祯朝短篇话本小说中反映出的情况而论，混迹于市井中的文人，尤其是下层文人已经几乎完全“杂糅”于周遭的市井小民之中，二者之间很难再保持着那种传统“四民”划分中士商之间“自上而下”或“自下而上”的悬殊的距离感。来自于市井社会的包括价值观念、生活方式，乃至于言行举止等方面的影响对于杂糅其间的下层文人而言更多地是一

① (清)顾起元.“建业风俗记”条[M]//客座赘语：卷五.北京：中华书局，1987：169.

② (清)顾炎武.“承筐是将”条[M]// 日知录：卷三.黄汝成集释，栾保群、吕宗力校点.上海：上海古籍出版社 1989：120.

③ (清)黄宗羲.孟子师说：卷七“‘自范之齐’章”条[M]//黄宗羲全集：第一册.杭州：浙江古籍出版社，1985：157.

④ 此句文意转引自赵园.制度·言论·心态——《明清之际士大夫研究》续编[M].北京：北京大学出版社，2006：245—246.

种全方位的“浸润”式影响。为“二拍”中的文人形象所强烈呈现出来的庸俗化、市井气正是在这样一种几乎无孔不入、无处可逃的“浸润”式影响下的必然结果。也正因为如此，以“二拍”为代表的明末话本小说中出现的文人已经很难再像唐传奇中的士子那样保持着于市井社会“或者游离旁观、或者居高临下”的“旁观者”[①]心态，深陷于市井之中的现实处境已使得明末文人变得无法超然。

“士人的行为方式除受制于既有模式，也受制于一时期士群体的存在方式、生存状态”，[②]这其中自然也包括士人的经济生活状况。市井文化之于文人阶层的“浸润”式影响之所以能够产生，其中一个重要原因正是明末以来士人生活的贫困化。撇去其他层面的原因不谈，引文中那位穷书生的分毫必较就与其颇为拮据的经济状况不无关系。当“生理蹇涩”之时，就会“不免有所计虑”。而一旦“计较之心”起，[③]就又不免精打细算、孳孳为利，言谈举行乃至于心性气质上也就染上了几分庸俗的市井气。明末文人对于明中期“一为名士，口不言钱，更无米盐俗事”[④]的那份“超然”所怀有的无限向往，在相当程度上正是从其自身因经济困境而深陷于种种俗累中的“不超然”中产生的，而“沉埋于米盐田舍之细”的市井态也常常被视为士风低迷的重要表现。[⑤]晚明著名的狂禅派人物李贽之所以剃发的一种重要原因就是因为不堪忍受为家中俗事所迫的烦闷与痛苦，“我所以落发者，则因家中时时望我归去，又时时不远千里来迫我，以俗事强我，故我剃发以示不归，俗事亦决然不肯与理也。”[⑥]其所说的家中俗事自然少不了经济层面上的种种计较、种种谋划，而一“思家务”，自然就会“心绪便乱，气即不清”，“为学之志”便“不能专一”，[⑦]其人渴望摆脱家庭俗累而又因经济困境深陷于俗累的痛苦与无奈当不难想见。

士的贫困化所导致的摧折并不会仅仅停留于物质层面，而是“被体验为物质与精神的双重剥夺。”[⑧]混迹于市井之中的下层文人也不得不为了“生存”这一人生要义而极大地放弃传统的文人价值观，并在相当程度上习染并接受了秉持着实用主义原则的市民道德，以市民式的生存智慧与生存手段在市民社会中求生存，这几乎是一种“适者生存”式的丛林法则了。正唯如此，“二拍”中出场的许多下层文人身上已经很难再寻觅出士人的传统影像，相反倒是极大地带上了市井人物特有的那份精明与算计。而且，当这份习染自市民阶层的精明与作为传统智力阶层所固有的智慧相结合后往往会爆发出令市井小民们难以招架的巨大威力，这一点尤其体现在文人处理

① 高小康.市民、士人与故事:中国近古社会文化中的叙事[M].北京:人民出版社,2001:71.
② 赵园.制度・言论・心态——《明清之际士大夫研究》续编[M].北京:北京大学出版社,2006:241.
③ (清)黄宗羲.明儒学案:卷一.吴康斋先生语[M]//黄宗羲全集:第七册.杭州:浙江古籍出版社,2012:12.
④ (清)黄宗羲.汪氏三子诗序[M]//黄宗羲全集:第十册.杭州:浙江古籍出版社,1985:37.
⑤ (清)王夫之.船山诗文拾遗・翔云先生传[M]//船山全书:第十五册.长沙:岳麓书社,1996:949.
⑥ (明)李贽.焚书:卷二.与曾继泉[M]//李贽文集.北京:社会科学文献出版社,2000:48.
⑦ (清)黄宗羲.明儒学案:卷一.吴康斋先生语[M]//黄宗羲全集:第七册.杭州:浙江古籍出版社,2012:7。
⑧ 赵园.明清之际士大夫研究[M].北京:北京大学出版社,1999:284.

与市井之徒发生的种种纠纷中。《韩秀才乘乱聘娇妻　吴太守怜才主姻簿》(《初刻拍案惊奇》第十卷)中的那位"点头会意"的伶俐人韩秀才正是这样一号人物。虽然他明知朝廷选秀女的传闻并不属实,但还是趁此机会与急于嫁女的徽商金朝奉结成了姻亲。为了防止金朝奉事后反悔,韩秀才表现出了有如商人一般的精明,并反复强调婚约的重要性。订婚之初,韩秀才就坚持要求未来的岳父必须出具婚约凭证,情急之下的金朝奉虽对天设誓,但谨慎的韩秀才却只相信契约的力量,"设誓倒也不必,只是口说无凭",他不仅要求对方"写一纸婚约",还请他的秀才朋友们"都押了花字,一同做个证见"。不仅如此,又要求"纳聘之后,或是令爱的衣裳,或是头发,或是指甲,告求一件,藏在小生处,才不怕后来变卦。"在选秀女的风波过去后,嫌贫爱富的金朝奉果然反悔。为韩秀才抱打不平的众秀才声言要去官府讨公道,但注重实利的韩秀才本人却并不愿争这个"闲气","前日聘金原是五十两,若肯加倍赔还,就退了婚也得。"当加倍退还了聘金的金朝奉前来索要"退婚书,兼讨前日婚约、头发"时,深谋远虑的韩秀才又以尚在打官司为由予以了回绝,"且完了官府的事情,再来写退婚书及奉还原约未迟。而今官事未完,也不好轻易就是这样还得。"待当韩秀才惊喜地发现官府居然有心回护他这个穷秀才时,原本并"不做指望了"的他又在公堂之上突然转口,"小生如何舍得退婚!前日初聘的时节,金声朝天设誓,尤恐怕不足不信,复要金声写了亲笔婚约,张、李二生都是同议的。如今现有'不曾许聘他人'句可证。受聘之后,又回却青丝发一缕,小生至今藏在身边,朝夕把玩,就如见我妻子一般。如今一旦要把萧郎做个路人看待,却如何甘心得过?"说罢,又含着眼泪将"那吉帖、婚书、头发"都作为证据呈交给了官府,并最终在官府的"主持公道"下得以与小姐顺利成亲、实现了人财两得的"大团圆"。

这样一个精明、谨慎、务实,虑事周到且又"点头会意",善于随机应变的"伶俐人"正是凌濛初所欣赏的。然而,其处世哲学与行事方式中所体现出来的实用主义原则以及为了实现利益最大化而暗设埋伏、巧妙周旋、见机行事的重重心机却显然极大地偏离了传统的文人价值观,几乎完全是一种市民式的狡黠与算计。且此种极大市民化了的文人形象在"二拍"中也绝非个案,《酒下酒赵尼媪迷花　机中机贾秀才报怨》(《初刻拍案惊奇》第六卷)中那个因妻子被市井混混迷奸而巧设毒计杀人报仇的贾秀才,《卫朝奉狠心盘贵产　陈秀才巧计赚原房》(《初刻拍案惊奇》第十五卷)中为了赚回被骗去的房产而不惜使出下三滥手段用一条死人腿恐吓仇人的陈秀才等皆如此。此种具有"儒商杂糅性格"①的新士人形象在"二拍"中的大量出现在相当程度上暗示了凌氏似乎有着一种欲以市民精神重塑文人性格的创作意图。毕竟,市井社会的浅促与狭小容不下那么高尚的儒者操守,下层文人唯有以市民式的狡黠与务实才能在如此复杂、势利的市井环境中生存下去。

---

① 高小康.市民、士人与故事:中国近古社会文化中的叙事[M].北京:人民出版社,2001:61.

正唯如此，智慧，尤其是以实用为尚的生存智慧继市民形象之后在新文人形象的塑造中同样得到了凸显。作为重要的生存手段，智慧的有无多寡直接关系到下层文人在市井社会中的生存状况，那些智慧不足的文人在险恶、复杂的市井环境中往往难以存活。《恶船家计赚假尸银　狠仆人误投真命状》(《初刻拍案惊奇》第十一卷)中的王生就接连遭遇了被船家敲诈、被恶仆告发、被官府捉拿最后身陷囹圄、险些家破人亡的一连串厄运。从作者的插话议论中可以看出作者认为凡此种种不幸皆源于王生的“没甚见识”，如果当初“聚起干柴”，将尸首“一把火焚了”，也就不会有后来这些麻烦。只是因为智慧不足，“一时没有主意，将来埋在地中”，才留下了日后案发的隐患。尽管隶属于同一阶层的文人作者不免对王生这样“好模好样”的“故家子弟”“反被那小人逼勒”的悲惨遭遇抱有一份同情，但真正赢得作者赞美的却无疑是那些能够运用自己的智慧向侵犯其现实利益的市井之徒发起复仇行动的聪明文人们。尽管他们的智慧往往很难在道德层面上站稳脚跟。

于话本小说中体现出来的智慧崇拜与晚明社会普遍流行着的“智慧热”颇可相互参证。这一“智慧热”发端于李贽的《藏书・智谋名臣论》。其后又有刊行于万历年间的孙能传的《益智编》、樊玉衡的《智品》，刊行于天启年间的冯梦龙的《智囊》、刊行于崇祯年间的《智囊补》等相继问世，明遗民张岱亦有智慧书《琯朗乞巧录》存世。正所谓“世界之光明者，曰日曰火，人心之光明者，曰智曰慧”，[①]智慧不仅在这些智慧书中得到了普遍赞颂，而且还总是带有一种无关道德的唯智慧论倾向。明遗民张岱即认为，“帝王之睿虑哲谋”与“奸雄狡狯之机械变诈”之间并没有什么实质上的区别，“实与同源，第视人用之何如耳。”[②]智慧与用智之人于是被区分开来，智慧本身并无承担任何道德判断的义务，其背后显然隐藏着将智慧与道德进一步剥离开来的潜台词。而事实上，这一引而未发的唯智慧论倾向早在晚明“智慧学”的开山之作，即李贽的《智谋名臣论》篇中就已得到了明确阐述(尽管角度有所不同)。李贽认为智谋与正直往往无法兼备，“士之有智谋者，未必正直，正直者，未必有智谋，此必然之理也。”且“正直节义”的德操不过是“国家败亡”之际忠臣烈士得以“收其声名，以贵于后世”的道德资本，而“悖厚清谨”的品性也仅能使士人做到“保身”“有余”，但“以之待天下国家缓急之用则不足”。由此看来真正于世有用的便唯有智慧。这显然是一种无关道德的实用主义态度，正是从这一“去道德”的实用主义精神出发，李贽才会有相较于正直之士，“予以谓智谋之士可贵也”的观点。[③] 这一无关道德的唯智慧论倾向在上文例举的那些市民化的文人身上以及作者对这些文人的评价中均可得到印证。严格来说，他们的行事作风都带着颇为浓重的无赖气，甚至于流氓气、土匪

---

① (明)张岱：琯朗乞巧录・自叙[M].(转引自夏咸淳.晚明士风与文学[M].北京：中国社会科学出版社，1997：127—128.)

② (明)张岱：琯朗乞巧录・自叙[M].(转引自夏咸淳.晚明士风与文学[M].北京：中国社会科学出版社，1997：131.)

③ (明)李贽.藏书：卷二十二.名臣传・智谋名臣论[M]//李贽文集.北京：社会科学文献出版社，2000：395.

气，本无道德感可言，但却都无一例外地得到了作者的热赞。在作者看来，贾秀才之所以能“既得报了仇恨，亦且全了声名”，正是因为其“识见高强”“干事决断”，那条堪称一箭双雕的毒计便是其高智商的代表作，而陈秀才那并不光彩的设套儿讹诈也同样被视为一条“妙计”。显然，智慧已然取代了道德成为是非判断的首要标杆。

于“二拍”故事的行文过程中自然流露出来的这样一种“去道德”的唯智慧论倾向虽然似乎有着一种反传统道德的意味，但绝不是什么自觉的道德批判，而更多地仅仅是作为于市井中求生存的生存手段而存在。智慧与狡黠往往仅有一纸之隔。在撤去了道德防线这最后一重监察后，二者之间便很难再划出什么清晰的界线。为作者所欣赏着的那些高智商秀才们所使出的手段即便用“卑劣”二字形容亦不为过。如果说他们的行为也尊崇着某种道德的话，那也一定是“世俗的、实利主义的（或者说是“流氓”式的）市民道德”，[①]至于传统的士人德操则早已再难觅其踪影了。

第四节　士人的无赖化、流氓化及对两性问题处理方式的影响

于明人文字中时常可见之于士风衰败的种种感慨。士风衰败的关节点常被置放于万历朝。万历之前的弘（弘治）、正（正德）、嘉（嘉靖）、隆（隆庆）年间，文人士大夫尚能“廉耻自重”（《明史·选举志》），“人人自爱而尚名节、重廉耻”（《石园文集》卷五《读高铨传》）。万历之后，士风则“每况而愈下”，[②]至明末之时，则已“多不持士节”，[③]而专“以机械变诈为事”。[④] 尽管时人常从帝王操守、政局变迁（如宦官当权）这样一种“自上而下”的思路来解释士风何以速败的原因，如沈德符《万历野获编》卷二一“士人无赖”条的分析所示，但通过笔者所做的上述论证可知，士风，尤其是就下层文人的士风变化而言，又往往与市井社会“自下而上”的影响（在许多情况下，实为几无距离感的“浸润”式影响）有着密切关联。在混迹于市井中的下层文人身上所体现出来的对现世享乐的注重、对经济利益的计较、对实用主义与生存智慧的推崇以及对市井化人格自觉不自觉地吸纳都是市井风习强力作用下的产物，而明末以来士人经济状况的贫困化更使得下层文人不得不紧密地“依附”于市井社会。相较于那个遥不可及的“庙堂之上”，“市井之中”无疑成为下层文人们必须要接受也必须要适应的“生存场”，为士阶层自我标榜着的高尚德操也不得不在生存重压的现实面前让位于无关道德的生存智慧。而无论是何种层面的原因，是主要作用于上层官僚士大夫的政治气候，抑或是主要作用于下层文人的市井文化，都将使得士人的道德操守因希图仕途上的进身或仅仅只是为了生存而遭受重创，为时人所一再指斥的士人作为

① 高小康．市民、士人与故事：中国近古社会文化中的叙事［M］．北京：人民出版社，2001：29．

② （清）王夫之．姜斋文集：卷二．文学刘君昆映墓志铭［M］//船山全书：第十五册．长沙：岳麓书社，1996：122．

③ （清）黄宗羲．万公择墓志铭［M］//黄宗羲全集：第十册．杭州：浙江古籍出版社，1985：504．

④ （清）黄宗羲．诸敬槐先生八十寿序［M］//黄宗羲全集：第十册．杭州：浙江古籍出版社，1985：67—68．

一个整体(包括上层文人与下层文人)的“士节尽丧”“廉耻尽丧”“体面尽丧”也正缘此而产生。

仅就下层文人,尤其是以“二拍”为代表的崇祯朝短篇话本小说中所反映出的下层文人的情况而言,其在处世原则、行事作风,尤其是在处理与市井小民之间发生的种种纠纷时所表现出来的巧诈、奸猾、甚至卑劣都带有着强烈的“去道德”色彩。《酒下酒赵尼媪迷花　机中机贾秀才报怨》(《初刻拍案惊奇》第六卷)中的贾秀才为了给被市井混混迷奸的妻子报仇雪恨的行为当然称得上是一种“事后”的正当防卫,但那堪称一箭双雕的计策未免设计得过于毒辣。而且,为了获得实施连环计的重要道具——市井混混的那条舌头,贾秀才不惜让自己的妻子使出美人计,至于是否会因此而使妻子的贞节遭到二度玷污却并不在其考虑范围之内。在贾秀才的精心设局下,市井混混以及为其牵线搭桥的尼姑全都被杀死,杀人的罪名还被天衣无缝地嫁祸到了被害的市井混混头上,而真正的幕后黑手贾秀才却得以全身而退。这条毒计的所有环节都指向了既能报仇,又能自保这一现实性目的,为了达到这一目的即便有损于道德亦在所不惜,无论是妻子的贞节,抑或是市井混混死后的“名誉”。尽管这个市井混混原本也确实不是什么好人,但在己身被杀之后又遭到了栽赃陷害也着实有些说不过去。

这样一种以实利为尚而无关道德的市井调调同样影响了下层文人,尤其是那些年轻士子在两性问题上的处理方式,并时常因此而表现出十足的无赖相与流氓气。如上文所论述,“拐骗妇女”是“二拍”公案类小说的表现热点,而拐骗者的社会身份除了通常被设定为各色市井混混外,文人这一本应最具道德感的社会阶层居然也堂而皇之地加入其中。《陶家翁大雨留宾　蒋震卿片言得妇》(《初刻拍案惊奇》第十二卷)的头回与正话故事就都是以文人拐骗良家少女为题材。其头回的源故事出自于《说郛》卷十一的《清尊录》,为宋人故事;正话的源故事出自于明人祝允明的《九朝野记》,故事末尾有“事在成化间”一句,当为明人故事。两则故事的情节颇为相似,都写的是一良家少女因不满订婚对象而欲与自己相好的情人私奔。在私奔行动即将开始之时,一青年书生突然闯入,并在女子的意中人赶来之前将其半路劫走。尽管察觉出错的女子欲终止私奔行动,但书生此时却使出了威胁恐吓的手段,“你是人家闺中女子,约人夜晚间在此相会,可是该的?我今声张起来,拿你见官,丑声传扬,叫你合家做人不成!我偶然在此遇着,也是我与你的前缘,你不如就随了我去。”“若是不从,我同到你家去出首。”在书生软硬兼施的威逼利诱之下,走投无路的女子也只得乖乖就范。尽管作者认为这无心插柳、凑合而成的一段因缘实在是“前缘分定,天使其然”,并让他们最终正式结为夫妇,但也并不能改变这一诱拐事件本身的非法性。其行为的性质与《姚滴珠避羞惹羞　郑月娥将错就错》(《初刻拍案惊奇》第二卷)、《东廊僧怠招魔　黑衣盗奸生杀》(《初刻拍案惊奇》第三十六卷)、《徐茶酒乘闹劫新人　郑蕊珠鸣冤完旧案》(《二刻拍案惊奇》第二十五卷)中那些诱拐良家妇女的市井混混们其实并没有什么两样。尤其是在明知女子自有私奔对象的情况下，贪图女子美貌的书生仍执意来个半路截杀的做法就更是一种不道德行为，这与《两错认莫大姐私奔　再成交杨二郎正本》(《二刻拍案惊奇》第三十八卷)中那个市井混混在打探出莫大姐欲与奸夫私奔的消息后，就趁着黑夜假扮成其奸夫的模样并趁机拐走莫大姐的行为并无什么实质上的差别。

青年书生在两性问题处理上表现出了十足的无赖相、流氓气。文人的无赖相、流氓气在"二拍"的其他作品，如《莽儿郎惊散新莺燕　谄梅香认合玉蟾蜍》(《二刻拍案惊奇》第九卷)、《权学士权认远乡姑　白孺人白嫁亲生女》(《二刻拍案惊奇》第三卷)等也都有不同程度的体现，在"二拍"之后的崇祯朝短篇话本小说，如《石点头》第五回《莽书生强图鸳侣》中更是得到了升级版的延续。故事中的书生莫谁何不仅将小姐转递给他擦手的手帕作为私赠表记的证据，并且还以此相要挟非要与小姐见面不可，"如今罗帕是小姐的，都是真正表证。小姐容我相见便罢，不容时，将便将此表证对你家员外说知，大家弄得不清不楚，但凭你去与小姐算计。"待小姐不得不答应只远远让他看一眼时，这位色胆包天的莫书生竟然趁人不备，"乘个空隙，飕的钻入门里"。惊恐万分的小姐拼命推他出去，这位莫书生又使出了下跪、抹脖子、强行求欢等种种下三滥伎俩，最终逼迫小姐乖乖就范。这位书生的种种言辞、种种行径真可以说就是个流氓了。

关于"文人的流氓化"问题其实早在冯梦龙改编早期宋元话本小说时就已出现，之前的论述曾经例举过的冯氏对《柳耆卿诗酒玩江楼记》(《清平山堂话本》)中流氓才子柳七的形象改造即是如此。颇令人意外的是，曾经一度被纠正过的流氓化文人形象在明末之时的话本小说创作中居然再次出现，但这绝不是一个简简单单的重复。早期宋元话本小说中的流氓文人更多的只是民间说话艺人之于文人阶层的一种市民式的臆想，宋元现实中的文人未必就是如此。而"二拍"中再度出现的流氓文人却自有着其坚实的社会现实基础。本章从文人，主要是混迹于市井中的下层文人的生存状态、生存环境、经济困境到其处世哲学、行事作风乃至于生活方式、心性气质、言谈举止等方面所做的分析无不证明了晚明以来士风向着庸俗化、市井气方向的严重堕落。在这样的社会文化背景下，出自于文人作家之手的流氓文人形象绝不是一个阶层之于另一个阶层毫无根据的主观想象，更不是完全脱离社会文化背景的毫无现实依托的主观臆造，明末现实中的文人，尤其是在市井中求生存的下层文人泰半就是如此。在从宋元到明末短篇话本小说文本中反映出来的文人形象的流氓化、去流氓化、再度流氓化这一颇有轮回意味的现象也唯有置放于当时的文化背景与时代语境中才能获得有效的解释。

然而，这样一种流氓化的文人形象在同为明末作品的"三言"中却并未出现，这与作者本人的价值观有着密切关联。具体而言，力倡"情教论"的冯梦龙所编纂的"三言"具有一种较为强烈的"尚情"倾向，其笔下的年轻书生也多为志诚风流的多情种子，并往往呈现出一种气质上的弱化，甚至女性化倾向。“情”“女子气”与“文人（而非武夫）身份”在“三言”中总是被自然地联系在一起。而相较于具有理想色彩的“三言”，凌濛初的“二拍”则在相当程度上走上了一条颇为现实的路线。以“义”为尚的市民道德以及秉持着实用主义的市井生存哲学成为“二拍”世界中士（主要指下层文人）、商（亦包括非商人的市井小民）两大阶层的通行准则。文人，尤其是下层文人的世俗化、市井气，甚至于无赖化、流氓气并不是在理想化的“三言”，而恰恰是在现实化的“二拍”中被揭示出来的。而通行于小说文本中的价值观的变化、文人形象的变化势必又会对两性关系的书写产生影响。正唯如此，关于两性关系书写上的种种变化从来就不能仅仅局限于两性的圈子中孤立地去谈，本章从诸多方面所做的层层分析而得出的明末下层文人中存在着庸俗化、市井化这一趋向的结论正是为了文人在处理两性问题时表现出的实利化、非道德化以及无赖化、流氓化提供一个文化背景与时代语境层面上的阐释。

第四章 “二拍”之后的崇祯朝短篇话本小说中的价值观体现与文人形象书写

“二拍”之后的崇祯朝短篇话本小说，尤其是《型世言》《清夜钟》《石点头》等，在主体价值观上呈现出了与“二拍”全然不同的面貌。尽管这些同编创于崇祯朝的话本小说浸润于同一时代语境中，但“二拍”之后的话本小说似已很难再有那份从容、淡定以一个熟透世情者的“过来人”口吻向市井小民们剖解种种世相人心之复杂并传授各种市井生存之道。明末之际，在无休止的君臣交恶、派系争斗中几濒于崩溃的国事朝政、包括频繁爆发于各地的农民起义在内等急速加剧着的诸种社会危机乃至于来自北方游牧民族日益促迫的军事威胁，凡此种种都无不在刺激着、鼓荡着身居庙堂者们的脆弱神经，亦同时使得那些“朝不坐，燕不与”的下层文人们也无法再将已身置于激烈、动荡的时局之外。“一马之奔，无一毛而不动；一舟之覆，无一物而不沉”，危如累卵、风声鹤唳、险恶丛生的种种明末世相必然会对话本小说家们的创作心理产生深刻的影响，尤其是在文人作者们早已将话本小说等俗文学形式作为自我表达的工具后，话本小说，尤其是末世之时的话本小说编创也就更成为文人作者们议论国事、表达政见、畅谈实务、抨击时弊的“言论场”。惯常于展现世态、人情、物理的话本小说之传统在“二拍”之后的崇祯朝短篇话本小说中虽不能说完全中断，却也在相当程度上被为动荡时局所促发的危机意识与参政热情所笼罩，从而使得明亡之际的短篇话本小说编创呈现出了鲜明的现实视野与强烈的政治色彩。

第一节 “新晋”的“言论场”：现实视野与军事热情

从先代故事中汲取创作素材可称是话本小说编创之传统，从将“宋元旧种”“搜括殆尽”的“三言”到以“古今来杂碎事”（《初刻拍案惊奇》叙）凑合成篇的“二拍”，其编创情况大率如此。然而，相较于“三言”，专注于“耳目之内，日用起居”的“二拍”已然将目光更多地投注到了明代社会。仅就其小说故事的时间设定情况而言，“二拍”很少更改源故事设定的时间，如取材于《九朝野记》的《陶家翁大雨留宾　蒋震卿片言得妇》（《初刻拍案惊奇》第十二卷）其源故事的时间设定为“成化年间”，话本小说中的时间亦同样为“国朝成化年间”，二者相一致。但在一些并无任何故事来源，即很有可能完全出自于凌濛初独创的话本小说，如《姚滴珠避羞惹羞　郑月娥将错就错》（《初刻拍案惊奇》第二卷）、《韩秀才乘乱聘娇妻　吴太守怜才主姻簿》（《初刻拍案惊奇》第十卷）、《盐官邑老魔魅色　会骸山大士诛邪》（《初刻拍案惊奇》第二十四卷）、《闻人生野战翠浮庵　静观尼昼锦黄沙巷》（《初刻拍案惊奇》第三十四卷）、《青楼市探人踪　红花场假鬼闹》（《二刻拍案惊奇》第四卷）、《甄监生浪吞秘药　春花婢误泄风情》（《二刻拍案惊奇》第十八卷）、《许蔡院感梦擒僧　王氏子因风获盗》（《二刻拍案惊奇》第二十一卷）、《两错认莫大姐私奔　再成交杨二郎正本》（《二刻拍案惊奇》第三十八卷）、《神偷寄兴一枝梅　侠盗惯行三昧戏》（《二刻拍案惊奇》第三十九卷）、《酒下酒赵尼媪迷花　机中机贾秀才报怨》（《初刻拍案惊奇》第六卷）、《夺风情村妇捐躯　假天语幕僚断狱》（《初刻拍案惊奇》第二十六卷）、《懵教官爱女不受报　穷庠生助师得令终》（《二刻拍案惊奇》第二十六卷）、《伪汉裔夺妾山中　假将军还姝江上》（《二刻拍案惊奇》第二十七卷）中，除了最后四篇无明确时间外，其余“自编”故事的时间则全部设定于明朝。从这些“自编”故事的题材范围来看，亦无外乎奸情、公案、侠盗、骗局等，从中亦足可见包括作者本人在内的以“好奇”为尚的明人趣味所在。这些并无源故事可以依傍的“自编”小说很可能即取材于流行于市井社会中的一些社会传闻或作者耳闻目见的一些明人明事，相较于那些从先代，包括当代（明代）笔记等文字记录中汲取创作素材的话本小说，其表现视野已然极大地转移到了明人的现实社会。

表格：崇祯朝短篇话本小说故事的时间设定情况

	总篇数	先代故事	明代故事						
			总数	明初	明前期	明中期	晚明	明末	无年号
“二拍”	78	40	34	3	3	8	6	0	14
《型世言》	40	3	37	6	2	3	8	2	16
《西湖二集》	34	28	6	2	1	1	1	0	1
《石点头》	14	7	7	1	0	1	0	0	5
《天凑巧》	3	0	0	0	0	0	1	0	2
《清夜钟》	7	0	7	0	0	1	1	2	3
《贪欣误》	6	2	4	0	0	0	0	3	1

注：1. 关于明王朝的阶段划分依据如下：

明初：洪武、建文、永乐；明前期：洪熙、宣德、正统、景泰、天顺；明中期：成化、弘治、正德；晚明：嘉靖、隆庆、万历；明末：泰昌、天启、崇祯

2.《清夜钟》16回，当写作于崇祯八年至十七年（1635—1644），有明隆武年间（约1645）刻本（清代顺治初年刊本），残存10回，缺九、十、十一、十二、十五、十六回。据《通俗小说总目提要》载，《清夜钟》现残存两部，一部只有第一、二、六、七、八、十三、

十四共七回，郑西谛旧藏，已由路工标点收入《古本平话小说集》和《明清平话小说集》出版。另一部存第一至第八回，藏于安徽省博物馆。本表所据版本是为前者。

然而，“二拍”中体现出的现实性还是极其有限的。在这些设定于明代的“自编”故事中，除了极个别篇目，如《神偷寄兴一枝梅　侠盗惯行三昧戏》（《二刻拍案惊奇》第三十九卷）被设定于嘉靖朝、《姚滴珠避羞惹羞　郑月娥将错就错》（《初刻拍案惊奇》第二卷）被设定于万历朝外，余下者的时间设定范围则全部集中到了明代前中期，而于作者生活之当下，即明末之现实甚少留意。这一“有限的现实性”在“二拍”之后的崇祯朝短篇话本小说中得到了极大地纠正。在《天凑巧》《清夜钟》《贪欣误》这三部小说中，取材于先代故事者已近绝迹，而明代故事者亦几乎全部设定为晚明、明末，尤其是作者生活着的崇祯朝，“二拍”中那个向着明代前中期的“方向”远眺着的视线被彻底地拉回到了当下之现实。即便就取材于先代故事甚多的《西湖二集》而言，如果从其所选取的特定时间段这一角度再做细究的话就会发现，《西湖二集》中的先代故事几乎全部集中到了王朝末年，如唐末（3 篇）、北宋末（1 篇）、元末（6 篇）的社会动荡期，占先代故事的 35%（10 篇）。此外，又尤以南宋偏安时期为取材重点，占先代故事的 39%（11 篇）。如此集中于王朝更迭与偏安小朝廷的取材倾向不能不说有着某种强烈的现实隐喻，而包括北宋在内的宋代故事在先代故事中的所占比例竟高达 50%（14 篇），这一点对于“‘说宋’成癖”[①]的明人来说更有着于明亡之际以“宋”喻“明”的特殊意味，其所写虽为宋之历史，但其所发却无一不在指向着明之当下。从这一层面而言，《西湖二集》中书写的先代故事亦绝非单纯的历史故事可比，而更多的是明代“‘当代史’的一种隐喻形式”。[②]

现实色彩的增强于“二拍”之后崇祯朝短篇话本小说中的体现绝不仅止于小说故事的时间设定上，更体现在对明王朝，尤其是明末之际社会现实的关注上。这一关注也绝不仅仅只停留于描摹世态人情、人伦物理这一话本小说的叙事传统，而是在保持着对世俗社会既有关注的同时，更极大地投向了现实的政治生活，其中又尤以明王朝曾经经历过的种种战乱事件的纷纷“窜入”最引人注目，如《烈士不背君 贞女不辱父》（《型世言》第一回）写靖难之际铁铉死守济南城事；《逃阴山运智南还 破石城抒忠靖贼》（《型世言》第十七回）写成化四年项忠平宁夏固原开城县土鞑满四（满俊）叛乱事；《商文毅决胜擒满四》（《西湖二集》第十八卷）写到了土木堡之变、夺门之变、项忠平定满四叛乱事；《飞檄成功离唇齿 掷杯授首殪鲸鲵》（《型世言》第二十四回）写嘉靖四年沈希仪平定田州府土官知府岑猛叛乱事；《胡少保平倭战功》（《西湖二集》第三十四卷）、《胡总制巧用华棣卿 王翠翘死报徐明山》（《型世言》第七回）写嘉靖三十三年胡宗宪平倭寇事等等，凡明初至晚明的一系列重大战乱事件在上述诸篇

① 赵园. 明清之际士大夫研究[M]. 北京：北京大学出版社，1999：54.

② 赵园. 明清之际士大夫研究[M]. 北京：北京大学出版社，1999：231.

中均得到了呈现。至于写作时间当不晚于崇祯十七年(1644)的明末小说《清夜钟》更是将对战乱事件的关注直接聚焦到了明亡前夕,如开篇即点明了故事发生"在今上时"的《神师三致提撕　总漕一死不免》(《清夜钟》第十四回)一篇所写的流贼攻陷凤阳事就发生在崇祯八年(1635),《贞臣慷慨杀身　烈妇从容就义》(《清夜钟》第一回)一篇则直将忠臣烈妇慷慨殉节的故事背景设定在了崇祯十六年(1643)李闯攻陷北京之时。就其反映社会现实之迅速、直捷而言,将其径称为时事小说也未尝不可。

事实上,对包括战乱事件在内的重大时事的及时反映确也是明末时事小说的一大特色。自万历后期时事小说兴起伊始,"平播"(即万历二十七年(1599)平原播州宣慰史杨应龙叛乱事)、"剿闯""阉党""辽东"(自万历后期至崇祯年间绵延不绝的东北边境战事)等具有时事轰动效应的政治事件、尤其是军事事件便已纷纷进入到了小说家们的创作视野。且其反应速度相当神速,如写阉党覆灭事的《魏忠贤小说斥奸书》在魏忠贤于天启七年(1627)获罪的第二年,即崇祯元年(1628)即已刊行,这样一种紧跟现实的新闻时效性也正是明末短篇话本小说领域中那些致力于反映明末社会现实的话本小说所努力追求的效果。仅就其入话部分中用于例证的事例来源来看,取材于本朝实事者业已大量增多。如《烈士不背君 贞女不辱父》(《型世言》第一回)、《飞檄成功离唇齿 掷杯授首殪鲸鲵》(《型世言》第二十四回)、《逃阴山运智南还 破石城抒忠靖贼》(《型世言》第十七回)等诸篇的入话部分便分别提及了燕王靖难事、宁王叛乱事、万历二十七年(1599)的"平播"事;"近年",即万历四十七年(1619)导致"五路丧师"的"萨尔浒战役";天启元年(1621)的"辽广",即辽阳广宁卫(今辽宁省北镇县)被清军攻陷事;崇祯二年(1629)平贵州水西苗族安位、永宁土司奢崇明叛乱事等,皆以本朝时事,尤其是战事为例证。不过,以上诸篇就其正话故事反映的内容来看,原本就是以明朝真实人物、真实事件为蓝本的现实题材,因此,其入话议论处配合以相应的本朝实事作为例证原也并无任何特异之处,但喜好以本朝实事为例证这一现实性倾向在一些现实色彩并不强烈的篇目中仍有所呈现,这便不能不引起注意。譬如《不乱坐怀终友托 力培正直抗权奸》(《型世言》第二十回)其入话部分抒发的不过是世态炎凉、友道衰微这一话本小说惯有的老生常谈,诸如"见利相争,见危相弃;忽然相与,可叫刎颈,一到要紧处,便只顾了自己"之类的议论在"二拍"的同题材作品中亦可见到。但用于例证的事件,如"上年"东林党人杨涟、左光斗因弹劾魏忠贤二十四大罪而遭阉党攻击、陷狱事却毫无疑问是紧扣当下的政治事件,其时间当不超过天启五年(1625)。

由此可见,在"二拍"之后的明末话本小说的取材倾向上,现实题材者自不必说,原本世态人情、人伦物理等寻常题目也会尽可能地联系明末现实。明末话本小说无论从故事的时间设定上,还是取材倾向上确已呈现出了鲜明的现实性,体现了话本小说家关注本朝现实,尤其是当下之现实的现实视野。在关注现实之同时,明末短篇话本小说又往往将其视线进一步聚焦于战乱事件,这一点显然又有着明亡之际对战乱题材的异常敏感作用其间。也正是因为这一缘故，即便当其将目标投注于先代故事时，亦总是那些发生于王朝末年的战乱事件最能引起话本小说家们的异代共鸣，恰如《西湖二集》所示的那样。

对战乱题材的异常敏感当与明末之际流民暴动、农民起义、兵变民变以及包括东北女真、西南生苗等边境战事在内战乱频发的社会现实密切相关，不过如此战乱频仍的社会现实也同时极大地激发了明末话本小说家对战乱题材的表现热情。有相当数量的明末短篇话本小说之所以令人难以卒读的一种重要原因就是因为其中充斥着大量不厌其烦但其实又极其枯燥无味的战争描写。其战乱过程、作战场面、打斗场面总是被力图表现得详尽、细致，但由于文人作者对战乱题材本身的生疏所限、笔力所限，其客观呈现出来的文字效果却总是近乎杂乱、乏味而不免令人生厌。如《吴越王再世索江山》(《西湖二集》第一卷)先写唐末之际吴越王钱镠帅军抵抗黄巢部下王仙芝，保住临安城事。接着又写到吴越王如何趁着董昌与刘汉宏两派斗争之际，成功地偷袭了敌军并将刘汉宏斩首。其后又写在得知董昌谋反后，吴越王又是如何向朝廷揭发谋反事，剿灭了董昌等等。《刘伯温荐贤平浙中》(《西湖二集》第十七卷)对战乱事件的描写也同样繁复，先写元末之际苗人土司杨完者如何打败张士诚并占领了杭州，接着又写张士诚又是怎么杀死了杨完者，夺回了杭州城。然后笔锋一转又开始表现朱元璋如何派兵攻打元将朱亮祖并将其成功招降。接着笔锋再转又以朱亮祖为中心，颇为琐碎地铺写了其如何攻陷杭州城、打败方国珍、杀退倭寇等一连串战事。

诸如此类对战乱题材的倾力表现显示出了文人作者对征战杀伐抱有的浓厚兴趣，其兴趣所致显然已不满足于仅仅将战乱作为故事背景，而后者，即将战乱作为故事背景常常是话本小说中处理战乱题材的惯常做法。在此类以战乱为背景的故事中，“战乱”本身的存在价值仅在于为故事主人公的命运转关提供一个常态之下不可能存在的契机而已。如《杨八老越国奇逢》(《喻世明言》第十八卷)中如无倭寇入侵的战乱背景，杨八老也不可能漂洋过海到日本去；《李将军错认舅　刘氏女诡从夫》(《二刻拍案惊奇》第六卷)中如无元末张士诚军队的沿途劫掠，金定的妻子也不会被将军抢走。仅以战乱为故事背景的做法也同样存在于“二拍”之后的崇祯朝短篇话本小说中，并同样为人物命运的转关提供了重要契机。如唐末一孝妇正是在杭州城被团团围困并导致粮食断绝的情况下不得不屠身卖肉(《石点头》第十一回《江都市孝妇屠身》)；宋末一对夫妻正是因为元兵攻陷岳州城而被迫分离(《西湖二集》第十卷《徐君宝节义双圆》)；元末一孝子因遭“假红巾贼”抢劫而导致父母双双被杀(《西湖二集》第六卷《姚伯子至孝受显荣》)；忠心护主的贞烈女仆正是在家产被红巾贼洗劫后才选择了自杀(《西湖二集》第十九卷《侠女散财殉节》)；明末一对忠臣烈妇正是在李闯攻陷北京时双双自杀殉国(《清夜钟》第一回《贞臣慷慨杀身　烈妇从容就义》)等等，凡此种种以战乱为背景的故事其叙事重心仍在表现战乱中人物的悲欢离合上，至于战乱则仅仅是引发非常态下某一契机的导火索，而非故事本身的叙事重心，往往只作为背景介绍便很快地一笔带过。而上述例举的《吴越王再世索江山》(《西湖二集》第一卷)、《刘伯温荐贤平浙中》(《西湖二集》第十七卷)等篇中战乱描写之冗长、繁复，尤其是对作战场面、打斗场面全力而又笨拙的铺写则已显示出了文人作者本人的叙事兴趣已然从对被战乱所翻弄的人物命运之关注极大地转移到了战乱本身。

"二拍"之后的明末短篇话本小说其现实视野的增强不仅使得一些话本小说因对当下政治事件、军事事件的及时反映而带上了些时事小说的意味，更因其极大地拉近了与当下社会现实的距离而使得话本小说成为文人，尤其是好议论却又乏话语权的下层文人们议论国事、表达政见、畅谈实务、抨击时弊的"小言论场"。好议论自是明人风习，朝堂、书院、讲学等文人士大夫聚集处，"由严肃的史学著作到稗史野乘"的"私家史述"[①]等政论性文字皆可成为文人议论国事、抒发政见的场所。而最迟自万历后期随着时事小说的兴起，与社会现实，尤其是政治领域、军事领域发生密切关联的通俗小说也愈来愈凸显出其作为"新晋"言论场的政论功能。包括短篇话本小说在内的通俗小说因此而成为下层文人作者参政、议政的重要渠道，其于小说中表达的种种政治性言论也将会随着小说自身的传抄、刊行、流通以及读者们的阅读接收而参与到更大范围内，甚至于全国范围内的"大言论场"中，甚至发挥左右社会舆论、干预朝政决策等远超于单纯议论之外的实际作用，天启年间时事小说《绣像辽东传》的传播最终导致了兵部尚书熊廷弼的被杀即为最典型不过的一例。[②]

明末小说家热衷于话本小说中表达的政见热点无外乎实务与军事。就前者而言，"水利、清军、管粮"(《型世言》第二十回《不乱坐怀终友托 力培正直抗权奸》)，"抚字""钱谷""刑罚""断案"(《型世言》第二十一回《匿头计占红颜 发棺立苏呆婿》)，"治盗"(《型世言》第二十二回《任金刚计劫库 张知县智擒盗》)等关系着国计民生的具体实务于话本小说中均有相关见解的表达。针对一些矛盾突出的时政弊端，如里甲制的严重扰民(《石点头》第三回《王本立天涯求父》)、官僚机制的人浮于事、无所作为(《西湖二集》第十七卷《刘伯温荐贤平浙中》)等的抨击性文字亦不时见诸笔端，诸如"岂不负了朝廷一片养士之心?""这一顶纱帽，只当做一番生意，有甚为国为民之心?""这样的人，朝廷要他何用?"(《西湖二集》第十七卷《刘伯温荐贤平浙中》)等措辞激烈的连篇反问更足可见论者情绪的激愤，文人作者们确已将话本小说，尤其是

① 赵园.明清之际士大夫研究[M].北京:北京大学出版社,1999:176.

② 刘若愚《酌中志》载,"其害经略熊廷弼者,因书坊卖《辽东传》,其四十八回内有《冯布政父子奔逃》一节,极耻而恨之,令妖弁蒋应旸发其事于讲筵,以此传出袖中而奏。致熊正法,其实与贵池相公无甚与也。"(明)刘若愚."黑头爰立纪略附"条[M]//酌中志:卷二十四.北京:北京古籍出版社,1994:219.李逊之《三朝野记》载,"辽难之发,涿州(指冯铨)父方任辽阳布政,鼠窜南奔。书肆中有刻小说者,内列'冯布政奔逃'一回。涿州耻之。先令卓迈上廷弼宜急斩疏,遂于讲筵袖出此传,奏请正法。"(清)李逊之.三朝野记[M].上海:上海书店,1982:83.《明史·冯铨传》中亦有相关记载。

话本小说的入话部分变成了直陈时弊、痛下针砭的“言论场”。

其实，在政治色彩极为淡薄的“二拍”中亦不乏针砭时弊的言论，如针对灾荒之年官府“禁粜闭籴”以抑制米价的做法，凌濛初就曾做出过这样一番颇具市场经济视野的评论，“元来大凡年荒米贵，官府只合静听民情，不去生事。少不得有一伙有本钱趋利的商人，贪那贵价，从外方贱处贩将米来；有一伙有家当囤米的财主，贪那贵价，从家里廒中发出米去。米既渐渐辐辏，价自渐渐平减，这个道理也是极容易明白的。”而官府却只知人为地压制米价，“专一遇荒就行禁粜、闭籴、平价等事”，如此一来便破坏了经济体系的自我调节功能，并最终导致“市上无米，米价转高”（《二刻拍案惊奇》第一卷《进香客莽看金刚经　出狱僧巧完法会分》）这一越“救”越荒的恶性循环。此番议论确实切中时弊，然而，像这样一种完全从社会现实的实际情况出发的议论在“二拍”中为数甚少。“二拍”中的一些篇目，如《恶船家计赚假尸银　狠仆人误投真命状》（《初刻拍案惊奇》第十一卷）、《许蔡院感梦擒僧　王氏子因风获盗》（《二刻拍案惊奇》第二十一卷）、《行孝子到底不简尸　殉节妇留待双出柩》（《二刻拍案惊奇》第三十一卷）也谈与实务有关的为官之道，但却总是从因果报应的角度出发，如官员判案时应明察慎断，否则天打五雷轰；尽量不要做尸检的勾当，否则断子绝孙等等。其有限的政治见解总是被无处不在的果报氛围所笼罩，这与其后的明末短篇话本小说中那些完全抛开果报而专从现实出发的政论性文字在性质上是全然不同的。话本小说自诞生之日起便惯用着的果报以及命定、无常等超自然律在“二拍”之后的明末短篇话本小说，尤其是那些致力于表现现实政治的准时事小说中遭到了极大的漠视，取而代之的则是与现实性相伴而来的强烈的政治色彩。

相较于“二拍”也会不时有所表现的时政见解，“二拍”之后的明末短篇话本小说中那独特的政治色彩更直接体现在“谈兵”上。这几乎是明末话本小说的一大特色，在之前的“二拍”“三言”乃至于早期宋元话本小说中则绝少见到。而无论是偏好于谈兵的议论性文字也好，还是上文分析所示的偏好于战乱的题材取向也好，又都显然根源于明末战乱频仍的社会现实以及由此而促发的军事热情。正是因为明亡之际“耳中所闻时事，殊多骇听者”，才使得“不胜忧危”（《思辨录辑要》卷一七）的文人们不仅以夜聚谈兵为尚，“相与清夜置酒，明灯促坐，扼腕奋臂，谈犁庭扫穴之举”①，将研读《阴符》《六韬》等兵书战策视为当务之急，更直欲以一介书生的孱弱之躯“提十万师，横行其间，运筹决策”（《变雅堂遗集》卷五《六十自序》），“为国家杀贼”（《莲须阁集》卷二《报刘生民书》）。凡此种种正是明末话本小说所依托的非明末所不能有，抑或说非末世所不能有的时代语境。

于明末短篇话本小说中体现出的军事热情从文人作者之于战争描写的热衷程度上即可窥见一二，同时也更直接体现在尤为文人所热衷谈论的兵谋战策上，如“间

① （清）钱谦益．谢象三五十寿序[M]//牧斋初学集：卷三六．上海：上海古籍出版社，1985：1018．

谍之法”(《型世言》第二十四回《飞檄成功离唇齿 掷杯授首殪鲸鲵》)等。其他诸如应对流寇是剿是抚、文臣充任军事统帅是否合宜、国家如何“汰冗兵、核虚饷”(《清夜钟》第一回《贞臣慷慨杀身 烈妇从容就义》)、骄兵动辄哗变难以制御、“文官怯懦”而“武将权轻”,临难之际竟无人可用(《清夜钟》第六回《侦人片言获伎 圉夫一语得官》)等极具现实针对性与政治敏感性的军事议题亦在明末短篇话本小说中有所论及。譬如《逃阴山运智南还 破石城抒忠靖贼》(《型世言》第十七回)中关于朝臣与边将应“内外协心”以共同御敌的一段议论。文人作者即认为,“在外的要个担当,在内的要个持重”,否则,“若在外的,手握强兵数十万,不敢自做主张,每每请教里边取进止,以图免后来指摘,岂不误了军机?在内的,身隔疆场千百里,未尝目击利害,往往遥制阃外,凭识见以自作,禁中颇收,岂不牵制了军事?”如能“内不专制,外不推委”,“灭虏而后朝食的事情,也是容易做的。”此番军事见解颇能从身处庙堂者的相关言论,如王崇古的“议论太多,文网牵制,使边臣无所措手足”(《明史》卷二二二本传),鹿善继的“议臣不难任臣,文臣不难武臣,天下太平矣”(鹿善继《采集廷议敬效折衷疏》,《认真草》卷一一)[①]中找到共鸣,下层文人的“小说家言”竟能与上层官僚于朝议、奏疏中表达的政治言论如此之契合,颇有些令人意外。《胡少保平倭战功》(《西湖二集》第三十四卷)的入话部分中为嘉靖朝抗倭名臣胡宗宪鸣不平的一段议论亦能切合用兵之实际,而全无文人纸上谈兵时惯有的对“钱粮之接济与时日之久暂”[②]等具体实务全然不晓、全然不顾的空想色彩。譬如针对言官指斥胡宗宪用兵“日费斗金”之说,文人作者即认为军事征战原本就资费浩大,仅军饷、粮饷、辎重、给养等日常开销,如若“兴师十万”便要“日费千金”,再加上诸如“重赏”以激励“勇夫”等各种非预算开支,其开销之浩大更是无法用常规来预测,“征战之事,怎生铢铢较量,论得钱粮?”其论兵时所暗示的钱粮筹措之艰难亦与明中期以来军饷、粮饷问题的日益严峻相呼应。至于弹劾胡宗宪勾结严党一事,文人作者更是认为从来就“未有权臣在内,而大将能立功于外者”。“英雄豪杰任一件大事在身上”,怎可能“做得完完全全”,毫无道德瑕疵。胡宗宪投靠严嵩,“卑躬屈体于权臣之门”,也正是有其为成就事功而“不得已的苦心”。否则内外不合,权臣掣肘,难保不会落得“岳飞终死于秦桧之手”的下场。而身处朝堂之上的言官却不能体察边将用兵之种种艰难,只管“絮絮叨叨”“求全责备”。这段议论与《型世言》中朝臣与边将应“内外协心”以共同御敌的主张颇有相通之处,从中也很能看出一种唯权、智是用的功利化倾向,这同样与文人论事时惯于从“正当”与否的合道德论出发,而毋论“有用”与否的思路有着根本的不同。

由此可见,明末的一些话本小说家们于小说中表达的军事见解已在相当程度上

① 转引自赵园.制度·言论·心态——《明清之际士大夫研究》续编[M].北京:北京大学出版社,2006:138.

② (明)徐光启.张肃与王职方论徐詹事练兵书[M]//徐光启集.北京:中华书局,1963:152.

脱离了书生谈兵时惯有的唯道德论倾向与空想色彩，而是更加切合军事征战之实际，具有了进一步的现实意义。也正唯如此，其“小说家言”总能与实际任事者于朝议、奏疏、兵策中表达的军事主张相一致。尽管这一共同认知很可能是上层官僚与下层文人于各自不同的途径出发而在某一点上实现的不期而遇，但这亦绝非纯然的邂逅。正如上文所述，共同的时代语境有助于促成有识之士之于同一重大问题的趋同性认识，而借助于话本小说这一新晋的“小言论场”阐发议论的小说家们则又可以通过文字的流通、接受、交流参与到更大范围内“大言论场”的讨论之中，从而完全有可能促成一些观点的进一步趋同。一些具有较强政治色彩的文人作者们在军事见解方面所占据的视野高度远非一般的小说家可比，其能极大地摆脱书生论兵的先天局限当与之很可能接受了“大言论场”中，尤其是那些实际任事者的军事主张有关。而就晚明以来朝堂之上与市井之中这大、小言论场彼此间沟通的便捷程度而言，这一推测也并非不无可能。早在万历年间即已有人感叹，“近日都下邸报有留中未下而先已发抄者，边塞机宜有未经奏闻先已有传者，乃至公卿往来，权贵交际，各边都府日有报贴……”。信息传播渠道的异常畅通于明末之际更在“博锱铢之利，不顾缓急”[①]的经济利益驱动下而几近于失控。即就小说编创领域而言，“动关政务，半系章疏”的纪实性时事小说《魏忠贤小说斥奸书》就是以作者收集到的“自万历四十八年至崇祯元年”“不下丈许”的邸报为据，并在自阉党倒台的天启七年(1627)十一月起至刊行时的崇祯元年(1628)这不足一年(“是书自春狙秋，历三时而始成。”——《斥奸书凡例》)的时间里写成。从其信息掌控量之丰富、速度之迅捷便足可见出信息渠道顺畅到了何种地步。凡此种种，朝野上下信息沟通的相对畅通、大小言论场彼此间的交流、互动以及趋同化认知都有助于下层文人作者摆脱市井、书斋的狭小天地，脱离一己之见、书生之见的狭隘局限，培养开阔的政治视野，并使其言论能与社会现实，尤其是其所关切的时政、军事之实际情况发生更具现实价值的契合，而不再仅仅是纸上谈兵式的一味空想。

第二节　武人气、豪侠气与对男性气质的重塑

通过从明亡之际动荡不安的社会现实出发所做的上述论证，笔者试图证明这样一个观点，即明末的短篇话本小说，尤其是“二拍”之后的崇祯朝短篇话本小说中普遍体现出来的现实性与政治色彩的增强、征战题材的介入以及军事热情的高涨等皆生成于王朝末期特有的时代语境，而此类具有时代特征的新内容的出现又对话本小说中男性形象的塑造提出了新的要求。曾经为“三言”所推崇的文人气、尤其是女子气的男性形象所呈现出来的那种软弱无力显然已无法适应明末之际躁动、激荡，充

① (明)于慎行.筹边[M]//谷山笔麈:卷十一.北京:中华书局,1997:127.

满了杀伐与血腥的时代氛围，而对一直以来被压抑着的、轻视着的武人气，抑或说男子气概的重新发现则成为这一时期话本小说男性形象书写的特色所在。

男性形象书写上的改变首先体现在青年男子的外貌描写上。相较于“三言”，崇祯朝短篇话本小说对男子的外貌描写，尤其是面部容貌描写的热情已大为减退。在“二拍”中写到的81个主要男性人物中，完全无面部容貌描写的达83%(67人)，这一比例在《型世言》中达73%，在《西湖二集》中达83%，在《石点头》中达86%，在《天凑巧》中达100%。在极其有限的面部容貌描写中，也总是以“眉清目秀”“眉清目朗”“眉目清秀”“眉目动人”“貌如满月”“有潘安之貌”，或“体貌丰洁”“体貌端庄”“人物儿也齐整”“人品生得极齐整”“倒也一表人才”等毫无创意的俗套文字一笔带过。像“三言”那样将青年男子的眉、眼、唇、齿等面部各个部位乃至于面色、肌肤、体态、手指等身体细节用颇为生动的文字着实描绘一番的“男色”兴趣在崇祯朝短篇话本小说(专门表现男风题材的话本小说除外)中已近绝迹，男子的容貌、长相已不再是人们关注的焦点。相较而言，人们对男子的气质、风采的关注度则略有上升，且除了自“三言”沿袭而来的对文人气、风流气的惯性关注，如“风流倜傥”“仪容俊逸”“丰姿俊秀”“丰姿不群”“丰姿秀雅”之外，一种颇具武人气或豪侠气的男性气质得到了强有力的凸显。诸如“意气激昂”“志气轩昂”“意气刚直”“神气轩豁”“仗义疏财”“负气仗义”“做事慷慨”“度量慨慷”“为人慷慨脏脏”“英伟倜傥，意气超迈”“心性不羁，狂放自负”“恃气好侠，不拘细行”“赋性慷慨，任侠使气”“意气又激烈，见义敢为”“做人高华倜傥，有胆气，多至诚，与人然诺不侵”“英雄之气”“铜肝铁胆”“顶天立地的汉子”“赤胆忠心、铁铮铮不怕死的好汉”等以男子气概相标榜的人物形象大量出现，“慷慨”“仗义”“意气”“使气(恃气)”“激昂(轩昂)”“任侠(好侠)”等词的出现频率明显增强，从中亦不难看出隐含其间的对“身材魁伟”“堂堂一表”这样健硕体魄的倾羡之情。

至于为“三言”所推崇的女子气则在崇祯朝短篇话本小说的男性描写中显得颇有些尴尬。就被设定为女子气的男性身份而言，如“标致得似一个女人”的小和尚(《型世言》第二十九回《妙智淫色杀身 徐行贪财受报》)、“生得如美妇一般”的小厮(《西湖二集》第十九卷《侠女散财殉节》)、“浅颦低笑，悄语斜身，寒情弄态，故故撩人”的门子(《型世言》第三十回《张继良巧窃篆 曾司训计完璧》)等皆为满足恩主龙阳之好的男宠;《潘文子契合鸳鸯冢》(《石点头》第十四回)中“更兼庞儿越发长得白里放出红来，真正吹弹得破”的美貌书生是一个潜在的同性恋者，而《西安府夫别妻 郃阳县男化女》(《型世言》第三十七回)中“眉脸明眸”“人儿生得标致”的俊俏子弟更因感染了梅毒而直接变成了女人。而且更为重要的是，身为堂堂男子却表现得柔媚可怜这样一种性别气质上的异变总是会令人产生一种阴阳颠倒、世道衰微的末世联想。即如上文例举的《西安府夫别妻 郃阳县男化女》(《型世言》第三十七回)这篇小说写的就是小民李良雨因感染梅毒而导致变性并最终与男人结为夫妇的怪异之事。

该故事本于明人笔记《戒庵老人漫笔》卷五《男子变女》，据源故事载，在李良雨变性一事被官府得知并得到证实后，“巡按御史宋纁”即“于十二月二十五日奏闻，称男变为女乃阴盛阳微之兆，以祈修省。”这个在事发之时便被视为不祥之兆的怪异事件在《型世言》中更是引发了文人作者之于朝局、世态、士风等的一系列联想，“人若能持正性，冠笄中有丈夫；人若还无贞志，衣冠中多女子。故如今世上有一种娈童，修眉曼脸，媚骨柔肠，与女争宠，这便是少年中女子。有一种佞人，和言婉气，顺旨承欢，浑身雌骨，这便是男子中妇人。又有一种蹐躬踽步，趋膻附炎，满腔媚想，这便是衿绅中妾媵。何消得裂去衣冠，换作簪袄；何消得脱却须眉，涂上脂粉。”并认为如今“世上半已是阴类”，“妖淫阴晦之气遍宇内矣”。考虑到《型世言》的作者陆人龙生活着的崇祯朝恰处于明亡之前夕，这样一种阴气弥漫的时代氛围在时人看来无疑就是末世的写照。女子气也就因此从国运世道这一政治层面上更多了一层令人厌恶的不快。“丈夫与阉媚也，无宁卤莽”（《型世言》第五回《淫妇背夫遭诛 侠士蒙恩得宥》），从上述这些尴尬的身份设定与政治联想中，当不难看出女子气作为曾一度流行过的男性气质在明末之际已不再被认同。

在“三言”中被推崇着的“女子气”却在崇祯朝短篇话本小说中遭到了极大贬低，究其原因当与晚明个性解放思潮的迅速退潮与冯梦龙“情教论”的后继乏人有所关联。这一点在前文已有论证，于此就不再赘述。相较而言，笔者更力图强调的一点是，当我们将女子气的被贬低与男子气概的被推崇这两个同时存在于明末话本小说中的相反趋向相联系后还应会进一步发现，女子气在明末之际的被贬低更与明亡前夕以刚健的武人气、豪侠气重塑男性气质这一为时局所激的迫切愿望有着更为密切的关联。

其实，随着明末话本小说中征战题材的大量介入、参政意识与军事热情的迅速提升，这一重塑男性气质的迫切愿望就已显现出了端倪。大、小言论场之间信息交流的相对畅通极大地开阔了文人的政治视野，而谈兵作为一种新的文化姿态，“即使止于‘谈’，也足以影响人生境界，使之浩荡感激，壮怀激烈。”[①]文人对政治，尤其是军事表现出来的巨大热情自然又会促使其进一步认识到自身的柔儒无力，并进而生发出对一直被贬低着的武人气的向往与追模。正唯如此，平日里“莳花艺药，焚香扫地，居则左琴右书，行则左弦右壶”的文弱书生一旦遭逢国破家亡之危机，亦不免有“挟弓刃，衣袴褶”[②]，“横槊舞剑，弯弓弄刀”，“欲为盖世奇男子而后快”（《桴亭先生遗书》之《尊道先生陆君行状》）的热血冲动。这样一种强烈的习武热情中显然包含着以刚健、勇猛的武人气改造文人之柔儒、软弱并进而重塑文人性格的愿望，其中显现出来的无疑是一种“去柔”的气质取向。已有学者通过论证表明女性化的文化氛围

① 赵园. 制度·言论·心态——《明清之际士大夫研究》续编. 北京：北京大学出版社，2006：95.

② （清）钱谦益. 牧斋初学集：卷八四[M]. 上海：上海古籍出版社，2009：1776.

将导致男性气质的弱化，“一位男子不可能天生就有这种柔顺的特质，必须由一种倡导女性化或中性化的文化氛围使之人为地弱化其男性阳刚气质，才有可能向这方向发展人品道德。”[①]反过来说，“去柔”的气质取向也势必会导致对女子气的厌恶与反拨。从这一角度而言，对男子气概的推崇与对女子气的厌恶正是男性文人渴望摆脱柔儒，重归刚健这一男性气质重塑愿望下的必然产物。

这一重塑男性气质的强烈愿望之所以产生，又总是会不可避免地促发于王朝末年征战频仍的动荡之中。“当男人习惯于战争时，男性气概显得非常重要；而当男人不强调战争时，其对立面就显得非常合情合理。”[②]也正唯如此，明末之人总是能从与其境况十分相似（仅就同受到北方游牧民族军事威胁这一点而言）的宋末那里找到共鸣。在富于尚武精神的陆游所刻画的“须如猬毛磔，面如紫石棱”（《胡无人》）这一英雄形象中就分明带有一种“无可辩驳的草原硬汉气质”。然而，为陆游所推崇的“草原硬汉气质”不久便出现在了“殿上群臣嘿不言，巴延丞相趣降笺。三宫共在珠帘下，万骑虬须绕殿前。”（汪元量《湖州歌》九十八首其三）这幅宋末宫廷被北方游牧民族征服的画面中，并与“中国最为文雅的吴越地区的软弱无力”[③]形成了鲜明的对比。宋末士民在强壮、剽悍的北方游牧民族的强烈反衬下愈发显现出的孱弱相信一定也会让与宋末情况极为相似的明末之人生发出强烈的异代共鸣。这样一种共鸣甚至一直持续到了明亡之后。尽管因薙法令的强行推行引发了江南地区士民的激烈反抗，但“遇一卒（笔者按：满洲士兵）至，南人不论多寡，皆垂首匍伏，引颈受刃，无一敢逃者。”（《满清外史》）“（清军）甫出都门，郡邑长吏望风解印绶、士大夫皆草间求活，所过辄降。……邑中缙绅皆出避；百姓无主，因结彩于路，出城迎之，竟用黄纸书‘大清顺民’四字揭于门。”（《嘉定屠城紀略》）的柔顺画面同样令人印象深刻。也因为如此，直之清初之际尘埃早已落定之时，仍有如颜元这样的学者还在反复申述着恢复“六艺”，尤其是“射”“御”等武功技能的重要性。在这一通过武功修炼以增强男子气概的思路中未尝没有着明亡前后痛感于士民之孱弱的悲愤作用其间。

当然，凡此种种都是明亡之后的“后话”。但也正是这样一种延续至清初之际的对士民孱弱的痛感极大地促成了崇祯朝短篇话本小说中借武人气以改造男性气质这一动向的出现。不过有一点须明确的是，话本小说家们很少让其笔下的男性角色，尤其是青年书生们真得去弃文从武。相较于弃儒从商者的大量存在，真正弃文从武的恐怕也就只有《刘东山夸技顺城门　十八兄奇踪村酒肆》（《初刻拍案惊奇》第三卷）中的那位加入强盗团伙的美少年。话本小说家们借以改造男性气质，尤其是文人气质的“武人气”并不是从诸如梁山好汉那样粗鲁的草莽英雄处直接习得的，而是在相当程度上渊源于飘逸、浪漫的上古游侠之风。这一点从“慷慨”“使气（恃气）”

① 叶舒宪. 阉割与狂狷[M]. 西安：陕西人民出版社，2010：177.

② （美）戴仁柱著. 十三世纪中国政治与文化危机[M]. 刘晓译. 北京：中国广播电视出版社，2003：215.

③ （美）戴仁柱著. 十三世纪中国政治与文化危机[M]. 刘晓译. 北京：中国广播电视出版社，2003：171.

“任侠(好侠)”这些高频出现的词汇以及“恃气好侠，不拘细行”“赋性慷慨，任侠使气”“有胆气，多至诚，与人然诺不侵”这样的气质描述中当不难体会出来。“二拍”曾多次有意无意地将豪侠以及颇具豪侠精神的侠盗、神偷与传统的衣冠文士进行过对比，诸如“每讶衣冠多盗贼，谁知盗贼有英豪?”“谁知剧盗有情深，……，何必儒林胜绿林!”(《初刻拍案惊奇》第八卷《乌将军一饭必酬　陈大郎三人重会》)“似这等人(笔者按：神偷)，也算做穿窬小人中大侠了。反比那面是背非、临财苟得、见利忘义一班峨冠博带的不同。”(《二刻拍案惊奇》第三十九卷《神偷寄兴一枝梅　侠盗惯行三昧戏》)的议论于“二拍”中不时可见。这其中显然包含了对文人阶层作为一个阶层的普遍堕落的不满，且这种不满情绪的促发亦未尝不是以豪侠精神为标尺、为参照的。《硬勘案大儒争闲气　甘受刑侠女著芳名》(《二刻拍案惊奇》第十二卷)中将抨击道学先生平日里只知“扬眉袖手，高谈性命”，一旦危难当头便“君父大仇，全然不理”的陈秀才同样设定为“赋性慷慨，任侠使气”的豪侠型人物亦自有其深意所在。

从“二拍”中豪侠型文人的形象设定上颇能看出文人作者之于豪侠精神的理解与想象。所谓“豪侠”，自然是要慷慨豪爽、不拘细行，其胆量、气量，甚至于食量、酒量皆不能以常理推测。《伪汉裔夺妾山中　假将军还姝江上》(《二刻拍案惊奇》第二十七卷)头回故事中出场的张生就敢于与“枪刀森列，形状狰狞”的强盗集团同桌饮酒且毫无惧色，他那异常惊人的豪饮派头，如“便取大碗斟酒，一饮而尽。……再斟一碗来，也就一口吸干，连吃个三碗”以及极为豪爽的进食方式，如“又在桌上取过一盘猪蹄来，略擘一擘开，狼飧虎咽，吃个罄尽”都让在场的众强盗目瞪口呆，并一致断定这位书生“能如此不拘小节，决非凡品”。在这篇小说的正话故事中登场的汪秀才亦是如此。这位自称是“江湖上义气在行的”的汪秀才同样酒量惊人、豪兴十足，“接连百来巨觥，引满不辞，自日中起，直饮至半夜”。不仅如此，小说更全力展现了这位假冒军官深入匪巢的秀才是如何得智勇双全、胆识过人。他不仅临危不惧，与众匪盗“尽情欢宴，猜拳行令，不存一毫形迹”，而且很快地就与贼人打成了一片，“行酒之间，说着许多豪杰勾当，掀拳裸袖，只恨相见之晚。”其后得知真相的众匪盗亦深深地折服于这位秀才的豪气与胆魄，不仅金帛相赠，且一致赞其为“当今豪杰，非凡人也”。除了胆量、酒量、食量上的不循常规外，富于豪侠气的慷慨豪爽更直接体现在对金钱的态度上。所谓“自古豪杰英雄，必然不事生产，手段慷慨，不以财物为心，居食为志，方是侠烈之士。”真正的豪侠“岂把钱财放在眼孔上?”“挥金如土，毫无吝啬”“做事慷慨”“一律挥霍”方是“英雄不羁之处”的体现，“岂田舍翁所可晓哉!”(《二刻拍案惊奇》第二十二卷《痴公子狠使噪脾钱　贤丈人巧赚回头婿》)的确，金钱上的大肆挥霍确实将慷慨豪爽、不拘细行的豪侠气与精打细算、锱铢必较的市井气区分开来。且如此缺乏规划的消费方式也并不总是与财力相挂钩，“家世富饶，积累巨万”者自然能“豪奢成习”(《二刻拍案惊奇》第二十二卷《痴公子狠使噪脾钱　贤丈人巧赚回头婿》)，那些“家中空虚”者亦未尝就不能“挥金如土”“手段挥霍”(《二刻拍案惊奇》第十二卷《硬勘案大儒争闲气 甘受刑侠女著芳名》)。抱着"千金散尽还复来"的豪爽性子(李白《将进酒》)来个"黄金逐手快意尽"(李白《醉后赠从甥高镇》),如此不计财力而尽情豪掷的快意、慷慨恰也正是豪侠气的体现。

凡此种种,即胆量、气量、食量、酒量乃至于金钱用度上的不拘常理、不循常规正是文人作者所想象、所理解的豪侠气。作者将这样一种慷慨、豪爽的气质赋予了书生、秀才其本身所体现出的正是一种欲以豪侠气改造传统文人形象,或者说改造男性气质的意图所在。当然,这样一种外在气质上的慷慨豪爽、不拘细行还仅仅是豪侠气的皮毛,"为人排患、释难、解纷乱而无所取"(《战国策·赵策三》)的"仗义"才是豪侠精神的实质所在。《卫朝奉狠心盘贵产 陈秀才巧计赚原房》(《初刻拍案惊奇》第十五卷)的头回故事中登场的那个贾秀才就是这样一个"豪侠好义","专以义气为重"的"义友"。在得知了朋友的房产被僧人霸占后,他不仅慷慨地拿出整整一百三十两的雪花白银助其赎产,在遭到僧人的恶意敲诈后更是运用巧计帮友人夺回了房产。可以看出,此种富于豪侠精神的"仗义"与为市民道德所推崇的"义",即旨在团结互助、共同生存的群体性生存原则极具相通之处,而豪侠精神与市民道德,尤其是市井生存哲学也正是凌濛初借以改造男性气质,特别是传统文人性格的两大法宝。也正唯如此,"二拍"在对男性气质的尝试性改造上便不可避免地出现了两种趋向:一方面是借近世以来秉持着实用主义精神的市井文化对传统文人形象加以改造,在增强了下层文人市井生存能力的同时却也不可避免地导致了文人的市井化,甚至于流氓化;另一方面则是上溯到上古豪侠精神的慷慨、豪爽、仗义以改善传统文人气质的柔儒、软弱,并进而增进其勇猛、刚健的武人一面。颇具兴味的是,这两种导源不同的"新"文人形象时常会在不经意间展现出一种奇妙的交叉,如上文的这位贾秀才,其为朋友抱打不平、挺身而出的仗义自然是"路见不平,拔刀相助"的豪侠精神之体现,但其为夺回房产而使用的手段,即假扮成僧人模样,嬉皮笑脸地调戏对楼妇女,并最终导致愤怒的妇人家属打杀进来,将不明就里的僧人乱棍赶走的所谓巧计却无疑透出了一股市井流氓式的泼皮作风。

应该说,"二拍"在文人形象改造上的双重取向在"二拍"之后的崇祯朝短篇小说中都得到了相应的继承。就文人的豪侠气、武人气而言,《烈士不背君 贞女不辱父》(《型世言》第一回)中"铜肝铁胆",为忠臣抚孤的高秀才;《击豪强徒报师恩 代成狱弟脱兄难》(《型世言》第十三回)中"意气又激烈,见义敢为"的姚氏兄弟;《不乱坐怀终友托 力培正直抗权奸》(《型世言》第二十回)中"有胆气,多至诚,与人然诺不侵"的石不磷等皆堪称代表;就文人的市井气、流氓化而言,最典型的则莫过于《莽书生强图鸳侣》(《石点头》第五回)中为一亲芳泽而不惜使出下跪、抹脖子、霸王硬上弓等种种伎俩的莫谁何。然而,正如上文分析所示,随着明亡之际参政、议政意识与军事热情的高涨以及征战题材的大量引入,"二拍"之后的崇祯朝短篇话本小说在男性形象塑造上已然将更多的视线投注到了如何以武人气、豪侠气增强男子气概的一面。为末世之动荡所激发出的谈兵热情与尚武精神由此压倒了曾经在“二拍”中被推崇的市井生存哲学，“二拍”在文人形象改造上的双重取向也在“二拍”之后的崇祯朝短篇话本小说中极大地偏向了上古豪侠精神，而以市井文化改造文人形象的努力以及由此而促成的文人的市井气、流氓化则在“二拍”之后的崇祯朝话本小说领域中渐趋沉寂。

值得注意的是，“二拍”后市井气文人形象的衰落颇与“三言”后女子气男性形象的衰落有些相似之处。如果说后者，即女子气男性形象的衰落更多地与晚明个性解放思潮的迅速衰退以及为“三言”所推崇的情教论在“三言”之后的后继乏人有着直接关联，那么，市井气文人形象的衰落则与明亡之际尚武精神的重新被发现以及为“二拍”所推崇的市民道德在“二拍”之后的后继乏人有着脱不开的干系。恰如话本小说中女性形象、两性关系的书写总是被男性形象书写所左右一样，男性形象的书写及其新动向的产生亦同样受制于社会思潮、政治时局、时代氛围等多种因素共同促成的时代语境。如能顺着这一思路将视野打通，当能发现为“三言”所推崇的男性的文人气、女子气，为“二拍”所集中呈现出来的男性（文人）的市井气、流氓气，为“二拍”之后的崇祯朝短篇话本小说所侧重表现的男性（文人）的豪侠气、武人气等发生于男性气质层面上的这一系列变化绝非彼此割裂的片断化存在，而发生在男性气质书写上的这一系列变化也必将对女性形象（或者说“女性想象”更为确切）以及两性关系的书写产生最为直接的影响。

在此小节的论述接近尾声时仍有一点须加以明确，即虽迫于明末之动荡而生发出对武人气、豪侠气的一派憧憬，但作为传统的智力阶层与准统治阶层，文人终究无意于放弃其文人身份，更无意于以武人自居。在明末短篇话本小说中体现出来的重塑男性气质的愿望因此也更多地仅仅是借从上古游侠（而非近世草莽）身上习得的武人气，确切地说是豪侠气对男性气质，尤其是文人气质加以气质层面上的改造而已。如能在外在气质上呈现出慷慨任侠之气便也足够了，这恰如文人谈兵一样，很多情况下其实仅满足于“谈”的快感，而并非真得要有用武之地以付诸实施一样。从这一层面而言，明末短篇话本小说中在男性人物描写上所呈现出来的武人气更多地也仅止于一种“伪武人气”。此处不妨再略作展开一下，当我们明确了为明末短篇话本小说在男性形象塑造上所推崇的武人气至多只是一种仅在外在气质上徒有虚表的“伪武人气”后，亦不妨顺着这一思路再对武功修炼（真武人气所必不可少的内在支撑）的“去向”再加以进一步的探究。我们将会发现明末短篇话本小说于男性形象塑造上推崇武人气（实为“伪武人气”）的同时，具有“真武人气”的女性形象，如《程元玉店肆代偿钱　十一娘云冈纵谭侠》（《初刻拍案惊奇》第四卷）中替天行道、行侠仗义的女侠；《同窗友认假作真　女秀才移花接木》（《二刻拍案惊奇》第十七卷）中文武兼备的男装丽人；《曲云仙　力戡大盗　义折狂且》（《天凑巧》第三回）中武艺高强、智勇双全的关东女杰等亦大量现身，二者的同步出现绝非巧合。笔者甚至怀疑具有真武人气的女侠、女杰形象之所以能如此"凑巧"地登场，在相当程度上实为对一直以来被贬低着的武人气怀有复杂情感的文人作者将女性豪杰作为男性形象的必要补充而"想象"出来的结果。具体而言，虽然在动荡时局的促迫下认识到自身柔儒的文人不得不对勇猛、刚健的武人气产生几分倾慕之情，但在重文道、轻武功的传统文化惯性下，又毕竟难以将自己与江湖好汉、草莽英雄等而论之。他们至多只能从于文人身份并无多少妨碍的上古游侠精神中吸取些武人气的皮毛，而等而下之的打打杀杀则更多地交给了本应更加柔弱的女性。女侠、女杰形象于明末短篇话本小说中的大量出现在相当程度上正是在徒有虚表的"伪武人气"下必然会出现的补充性形象。即便是那些虽全然不会武功，但关键时刻亦能手刃仇人以替夫报仇的"际遇型女侠"，如《侯官县烈女歼仇》（《石点头》第十二回）中几乎将仇人一家赶尽杀绝的申屠希光，亦未尝不是她那柔弱丈夫的有效补充。恰如明末清初的才子佳人小说中大量出现的才女们就其实质而言仅仅是"文人通过女性形象幻化了的自身"[①]一样，明末短篇话本小说中大量出现的女侠、女杰们也更多地仅仅是"伪武人气"的男性形象的必要补充，是男性根据自己的欣赏趣味、愿望需求"想象"出来的女性形象，是镜子中的另一个自我。笔者一直强调着的一个观点，即女性形象、乃至于两性关系的书写总是与这一时期的男性形象塑造有着密切的因果关联，或者更明确地说，女性形象乃至于两性关系更多地仅仅是配合着这一时期男性形象塑造的新动向而"被"书写出来的。这一观点当从上述例证，即"伪武人气"的男性书生与"真武人气"的女性豪杰形象的并存与互补中得到相当程度的印证。

第三节　尚烈、嗜虐的病态社会心理与正统伦理道德的极端化倾向

正如上文所论述，在崇祯朝的短篇话本小说领域中出现的种种新动向，如征战题材与政治题材的大量引入、参政意识与军事热情的高涨乃至于力图以武人气、豪侠气以增强男子气概等在题材、基调、男性气质取向等诸多方面呈现出来的新变化皆与明亡前夕异常深重的社会危机以及由此而促发的强烈的忧患意识有着脱不开的干系。如何拯救世道人心以挽救王朝危亡便也成了明末之际为文人所热衷探讨的重要话题，只是在没有更为先进的思想武器可资利用的情况之下，拯救末世危机的重担终究还是毫不悬念地、且也别无选择地落到了正统伦理道德的复归与重振上。仅以崇祯朝短篇话本小说中宣扬正统伦理道德的篇目比例而论，在"二拍"共计78篇小说中，"宣扬"正统伦理道德的作品仅有4篇，占总篇数的5%。且此处所谓的"宣扬"实也并非出自于文人作者的主观创作意图，至多只是在故事的结尾处顺便点到、提及而已。真正为"二拍"所宣扬的主体价值观仍然是市民道德与秉持着实用主

① 高小康.市民、士人与故事：中国近古社会文化中的叙事[M].北京：人民出版社，2001：84.

义精神的市井生存哲学，而非鼓吹忠、孝、节、烈的正统伦理道德。这一局面在“二拍”之后的崇祯朝短篇话本小说中被彻底逆转，《西湖二集》中宣扬正统伦理道德的篇目比重已达24%（总篇目34篇，宣扬正统伦理道德者8篇），在《型世言》中这一比例为28%（总篇数40篇，宣扬正统伦理道德者11篇），《石点头》为50%（总篇数14篇，宣扬正统伦理道德者7篇），《清夜钟》则为57%（总篇数7篇，宣扬正统伦理道德者4篇）。

正统伦理道德的增强在那些有源故事可资比较的明末短篇话本小说中体现得尤为鲜明。譬如“行孝”这一主题。《石点头》第三回《王本立天涯求父》改编自《避豪恶懦夫远窜 感梦兆孝子逢亲》（《型世言》第九回），讲的都是孝子王原千里寻父的故事。但源故事《避豪恶懦夫远窜 感梦兆孝子逢亲》（《型世言》第九回）的叙事重点显然更多地放在了其父王喜出逃在外的种种艰辛上，并详写了其迫于衣食而不得不参战且险些在战场上被夜叉吃掉的惊险场面。而在《王本立天涯求父》（《石点头》第三回）中，故事的叙事重心已然完全转移到了孝子王原的千里寻父上。小说不仅于行文中多次强调孝子是抱着必死的决心踏上了寻父之旅，“我王原若终身寻父不着，情愿刎颈而死”，“我今出去寻父，若寻得着，归期有日。倘若寻不着，愿死天涯，决不归来”，而且还不厌其烦地写到了这一路上激励孝子决心的各种事件，同时还反复铺写着孝子在寻亲过程中历经的种种磨难。被设定为没有任何生存技能，“一切赚钱本事，色色皆无”的孝子只能乞讨度日，“夜则古庙栖身，或借宿人家檐下”，“弄得乌不三，白不四，三分似人，七分像鬼”，不仅“衣单食缺，梦寐不宁”，而且还险些在彻骨的严寒中冻死街头。种种人生磨难的创设只是为了突出孝子“求得见生父一见，即死填沟壑，亦所不惜”的孝心之坚定。并且这样一种孝心的产生也并非源自于父子天性的自然情感，而是完全根源于孝子从《孝经》的训诫中获得的道德启发，小说为此还专门安排了一段颇长的文字借塾师之口对孝道进行了一番宣讲。凡此种种有助于突出孝心孝行的情节设计在源故事中都是不曾有的，而源故事中涉及男风的调侃性文字也在改编后被统统删去，不惜以死志行孝的道德主题因此而得以在改编后的故事，即《王本立天涯求父》（《石点头》第三回）中被异常严肃地呈现出来。改编于《行孝子到底不简尸 殉节妇留待双出柩》（《二刻拍案惊奇》第三十一卷）的《千金不易父仇 一死曲伸国法》（《型世言》第二回）将小说主旨从源故事中的判案官应尽量不要尸检直接改为“誓死报亲仇”也同样体现出了一种凸显正统伦理道德的创作意图。至于其他行孝故事中诸如因孝子寻父的执着而感动得各路神仙纷纷为其指路、送饭、助其渡江，每当其恸哭之时，“山中鸟兽”便“尽助其悲哀，为之徘徊踯躅”，而且，“泪滴土下，所滴之处，草木不生”（《西湖二集》第六卷《姚伯子至孝受显荣》）之类的神异笔调以及通过滴血认亲之法寻找亡父尸骨以至于“几于无血可滴，身体羸瘦，有如鬼形”，“仰天一号，死而复生”（《西湖二集》第三十一卷《忠孝萃一门》）等极写孝子孝行之苦的文字也无不显示出了对道德主题的一种极端凸显。

如将明末短篇话本小说中凸显道德主题的篇目加以统观还会进一步发现，正统伦理道德往往以“忠烈”，如《烈士不背君 贞女不辱父》（《型世言》第一回）、《侠女散财殉节》（《西湖二集》第十九卷）、《贞臣慷慨杀身　烈妇从容就义》（《清夜钟》第一回）；“孝烈”，如《行孝子到底不简尸　殉节妇留待双出柩》（《二刻拍案惊奇》第三十一卷）、《千金不易父仇 一死曲伸国法》（《型世言》第二回）、《江都市孝妇屠身》（《石点头》第十一回）、《村犊浪占双桥 洁流竟沉二璧》（《清夜钟》第二回）、《挺刃终除鸮悍　皇纶特鉴孝衷》（《清夜钟》第七回）；“节烈”，如《烈士不背君 贞女不辱父》（《型世言》第一回）、《烈妇忍死殉夫 贤媪割爱成女》（《型世言》第十回）、《瞿凤奴情愆死盖》（《石点头》第四回）、《侯官县烈女歼仇》（《石点头》第十二回）、《徐君宝节义双圆》（《西湖二集》第十卷）、《刘烈女　显英魂天霆告警　标节操江水扬清》（《贪欣误》第三回）；“义烈”，如《胡总制巧用华棣卿 王翠翘死报徐明山》（《型世言》第七回）等以“烈”为尚的极端化形式呈现，似乎唯有死才能使正统伦理道德得到彻底贯彻。

以明亡前夕被极端凸显出来的“忠烈”为例。凡是有助于展现“忠烈”主题的重大历史时期，如明初期的燕王靖难、明中期的宁王叛乱都成为了话本小说家可以借题发挥的地方。作于崇祯朝的《型世言》在《烈士不背君 贞女不辱父》（《型世言》第一回）的入话部分中对宁王叛乱之时的许逵、孙燧，靖难之际的方孝孺、王叔英、黄观、曾凤韶、王良等大批忠臣的死节事件所作的集中回顾便不无深意。即如黄观之死就在《商文毅决胜擒满四》（《西湖二集》第十八卷）的入话部分中被做了一番颇为生动的描绘。作者先写当燕王军队攻破京城时，黄观的夫人如何“急急携了二位小姐并合家十余人口，一齐投在通济门桥下而死”，接着又写到黄观在被捕时如何不慌不忙地“把朝衣幞头穿得端正，东向再拜”，然后趁着众人不备，突然“向着罗刹矶急流之中，踊身跃入河中。”作者对黄观一家的阖门殉节充满了崇敬之情，“你道黄观一家十余口人尽忠尽节而死，这样一个三元（笔者按：黄观是明朝历史上第一个“连中三元”者），岂不是为我明增气、为朝廷出色的人么?”然而，黄观死节一事其实与正话故事中着力铺写着的商辂事迹并无任何实质上的关联，正是作者对死节的强烈趣味使其极大地偏离了故事原本的叙事中心。

明前中期的死节事件尚且得到了文人作者如此强烈地关注，对于言“宋”成癖的明人来说，宋亡之际的死节事件就更是不可错过的题目了。宋末作为一个对于明人来说有着特殊意义的历史时期在明末短篇话本小说中时常出现，宋代君主总是都会得到毫不吝惜的赞誉，“宋朝三百余年，皇帝个个忠厚爱民，并无一位残忍刻剥之君”，而作为其对立面存在的元朝则往往被径斥为“臊羯狗”“犬羊”，并将其“不满百年就失了天下”归结为“报应”。（《西湖二集》第二十六卷《会稽道中义士》）。联系到明王朝最迟自万历后期起便同样遭受着的来自北方游牧民族的军事威胁，这样一种扬宋抑元的情感倾向在明末短篇话本小说中的“适时”出现便不可避免地显现出了一种特殊的现实政治意味，而绝非简单的历史回顾。也正唯如此，宋末之死节便与明末之死节有了更多的类比价值。《会稽道中义士》(《西湖二集》第二十六卷)的入话部分中写到了宋亡之后,一位太学生有感于"堂堂天朝""并无一个忠义死节之臣"的道德尴尬而毅然率领全家阖门殉节的忠烈事迹。作者对此十分感慨,眼见着"少帝、皇太后、谢全两后、福王与芮"等大批皇室成员竟被乖乖地掳到了北方苟且偷生,幸而还"独有一个慷慨死义之人,一门死节",总算"为宋朝争一口气"。在王朝覆灭之际恨其不能死节的言论也同样出现在《徐君宝节义双圆》(《西湖二集》第十卷)这篇小说中,该篇已然将批判的矛头直接对准了被掳至北方的谢太后。作者认为谢太后当时"年已七十余矣",当此"国破家亡"之际,更"该一死以尽节,怎生还好到犬羊国里去偷生苟活?请问这廉耻二字何在!"幸而还有同被掳去的几个宫女敢于投缳自尽,否则"宋朝宫中便无尽节死义之人,堂堂天朝,为犬羊污辱,千秋万世之下,便做鬼也还羞耻不过哩!"虽然《西湖二集》编创之时已处于明亡前夕,但终究尚未亡国。而于此时文人作者就已在小说中多次论及了宋末死节者甚少一事便不能不说带有一种令人恐怖的预兆意味。这一政治预言很快地就在崇祯十七年(1644)的甲申事变中得到了印证。写作时间当不晚于崇祯十七年,或极有可能就写于崇祯十七年的《清夜钟》已然没有必要再如之前的话本小说那样借"宋"喻"明"了。一直以来萦绕心头的恐怖预感已然变成了现实,风雨飘摇的明帝国终于走到了尽头。《清夜钟》第一回《贞臣慷慨杀身　烈妇从容就义》中就已明确提及"崇祯十六年"这一时间以及崇祯帝的殉国。作者对崇祯帝的死充满了伤悼,"可怜一个忧勤节俭英断的皇帝,不得正其终,不得保妻子",更为堂堂帝王之死竟不能激发臣子的死殉而感到悲愤,"煤山下从死的止一内官。梓官停在草厂下,有谁号哭一声?有谁将麦饭、浊洒一番浇奠?在朝食禄的岂下千百,见危授命,不过二十余人。"之前被不断感叹着的宋末死节者甚少一事于明亡之际似乎得到了重演。

不过,《清夜钟》所言国破之时,死节者"不过二十余人"的说法颇值得再商榷。据朱彝尊于清廷定鼎后所做的回忆,"方贼兵之陷京师也,大学士范公景文以下,死者二十三人。事闻江南,江南草野士,交填膺扼腕,谓三百年养士之报,尽节者不宜寥寥若是,……彝尊时尚少,亦助之愤惋不平。久而游四方,历战争故垒,访问耆老,则甲申前后,士大夫殉难者,不下数百人,大都半出科第;而新城王氏,科第最盛,尽节死者亦最多。然后知报国未尝无人,而往时草野之论,特一时过激,未得其平也。"①可知明亡之际死节者甚少这一说法并不能成立。然而即便如此,这样一种痛斥死得不够、死得太少的言论还是从京城一直蔓延到了江南,在令广大士人深信不疑的同时更进而激发起了更为愤怒的斥责,甚至出现了"当此国破君亡之际,普天臣子皆当致死"②这样的极端化言论,这就已不是事实真相本身能够说明的问题了。真

① (清)朱彝尊.曝书亭集:卷七十二[M].北京:国学整理社,1937:829－830.(转引自赵园:明清之际士大夫研究[M].北京:北京大学出版社,1999:31.)

② (清)黄宗羲.弘光实录钞:卷一.刘宗周奏章[M]//黄宗羲全集:第二册.杭州:浙江古籍出版社,1985:19.

相究竟若何已不再重要，由真相本身所生发，并进而迅速扩张、夸大出来的那种氛围、那种心态、那种判断足以掩盖人们对真相本身的关注。尽管明亡之际已有“大量的死”这一事实存在，但士论却依然在愤慨着死得不够、死得太少，这就不能不说是一种为时代氛围所左右着的社会心理，一种以“烈”为尚的社会心理在发挥作用了。

当然，以“烈”为尚的社会心理也绝非仅为明末所特有。明代的政治暴虐在磨砺出士人坚韧品质的同时，更“培养了他们对残酷的欣赏态度，助成了他们极端的道德主义。”[①]真正的操守唯有在酷烈的炼狱中才能磨练出来，以“士论”为导向的社会舆论（此外，亦有朝廷旌表、建坊、恩赏等国家行为的作用）更是将率先于士人阶层中生成的极端道德主义推广到了全社会范围，并进而形成了非死不足以践道、非死不足以明道的尚“烈” 心理，而明亡之际深重的社会危机则更为这一极端心理的持续发酵提供了再残苛不过的契机。也正唯如此，明亡之际许多事关国家存亡、个人荣辱的政治问题、人生问题都被统统提升至了道德层面，并进而“更简化为生死问题”，[②]似乎唯有死才能使正统伦理道德得到最为充分的实践。

明末小说家们总是热衷于设置一些道德困境，让其笔下的人物在道德教条彼此间的冲突中纠结、痛苦，最后不得不以已身之死实现道德教条的完美兼顾。这样的道德困境可以有很多种，譬如贞、孝之间。善良的儿媳妇不幸遭遇了一个淫荡的婆婆并受到其所谓“忤逆不孝”的恶意攻击，儿媳妇此时应该如何应对？如若听任愤愤不平的邻居去官府告状，“是为我洗得个不孝的名”，但“却添婆婆一个失节的名”，贞、孝实难两全。在既“亲名不可污”，又“吾身不容浼”的道德困境下，儿媳妇似也唯有以一己之死才能实现“身名两无愧”的道德完满。这样一种做法显然得到了文人的赞同，“倒宁可一死，既不失身，又能全孝，这便亘古难事”，并被视为“巧为两全”的妙法。（《型世言》第六回《完令节冰心独抱 全姑丑冷韵千秋》）《村犊浪占双桥 洁流竟沉二璧》（《清夜钟》第二回）中既不能揭发婆婆的隐私，又不堪受辱威胁的妯娌二人最终双双自尽的做法亦是在同样的道德困境下做出的无奈选择。所谓“死忠死孝，皆得所之死也”（《型世言》第二回《千金不易父仇 一死曲伸国法》回前评），在小说的结尾处交代的“一镇人无论男女老少”“莫不钦叹”的反应，“骚人高士”的纷纷作诗悼念以及对因其贫穷而无力申请旌表的惋惜等等都显示出了世论（包括士论在内）对以一己之死化解道德矛盾这一做法的赞同。

“死”还常常被明末小说家视为考验道德意志的终极标准。譬如割股疗亲。虽一直就有割股乃“亏亲之体”的反对声音，但于明亡之际的特殊语境中，“割股以尽孝”已然被提升到了与“杀身以尽忠”完全同一的高度。如若割股尽孝遭到了否定，那么，为官者“或是身死疆场，断头刎颈；或是身死谏诤，糜骨碎身，这也都是不该的

① 赵园.明清之际士大夫研究[M].北京:北京大学出版社,1999:9.

② 赵园.明清之际士大夫研究[M].北京:北京大学出版社,1999:18.

了。”(《型世言》第四回《寸心远格神明 片肝顿苏祖母》)将割股疗亲与杀身殉国等而论之,实际上也就等于间接肯定了以死(或者说冒着死亡风险)尽孝的“孝烈”。再譬如寡妇之守节。是否敢于去死同样成为女性节操的试金石。虽然文人作者也认为“节妇不必以死竖节”,但同时更坚信“其能死者,必其能守者也”,“有烈妇的意气,毕竟做得节妇的坚贞”,“若一有畏刀避剑肚肠,毕竟可以摇动,后来必守不成。”相较于“始终一心,历青年皓首不变,如金石之坚”的节妇,其道德感的天平显然更倾向于“慷慨捐躯,不受遏抑,如火焰之烈”的烈妇(《型世言》第十回《烈妇忍死殉夫 贤媪割爱成女》)。这样一种以“烈”为尚的道德取向与清廷力倡寡妇应替亡夫承担起家庭重任,反对夫死之后就激烈轻生的做法形成了鲜明的对比。士论之于“死”的嗜好正是明亡之际的一大特色。

以死殉道的“烈”行在明末短篇话本小说中时常被以一种传奇式笔调写出,尤其是其死后的景象总是被赋予了一种神异色彩。如孝子之死,“死之刻云雾昏惨,迅风折木,雷雨大作”(《型世言》第二回《千金不易父仇 一死曲伸国法》);如贞女之死,“其气虽绝,颜色如生。……(其尸首被)一把火焚化。火光之中放出舍利如雨”(《型世言》第四回《寸心远格神明 片肝顿苏祖母》);如忠臣之死,“大风扬沙,天地尽晦,咫尺不辨,城门昼闭。……轰轰隐隐,雷鸣如怨恶之声,天色愈暗”(《西湖二集》第三十一卷《忠孝萃一门》);如孝妇之死,“天地震雷掣电,狂风怒号,江海啸沸,……扬州城内城外,草木尽都枯死”(《石点头》第十一回《江都市孝妇屠身》)等等,不一而足。此种传奇式笔法的运用无疑显示出了文人作者之于死烈的赞同态度,至于明末短篇话本小说中一些被道德化了的人物也总是被表现得“视死如归”,他们总是对死怀有一种强烈的执念。譬如《侠女散财殉节》(《西湖二集》第十九卷)中那位负责看管家财的女仆在主人家遭到歹人洗劫时,为“救主母之命”而被迫献出了金银珠宝。尽管确是事出无奈而绝非常态下的失职可论,但这位明显一根筋的女仆还是决意以死谢罪,“俺既失了财宝,负了主母教俺掌管之意,俺有何面目活在世上?断然今日要死了。”在大叫着“物轻人重,怎生要死?”的主母“急急要夺住他的刀”时,这位女仆已然毫不犹豫地“一刀自刎而死矣”。《千金不易父仇 一死曲伸国法》(《型世言》第二回)中那位杀人以报父仇的孝子在各级官员的极力回护下本可以不必去死,但对死充满了执念的他仍采取了两次自杀行动,在“以头触阶石”失败后终于绝食而死。《烈妇忍死殉夫 贤媪割爱成女》(《型世言》第十回)中执意殉夫的烈妇亦对死表现出了强烈的执着,在家人“把刀剑之类尽行收藏过”,且“凡是行处、住处,坐时、卧时,他母亲紧紧跟随”的情况下,这位烈妇仍没有放弃死志。在自缢被救后,又使出了缓兵之计,“把被蒙住一个头,只做睡着”。待疲惫不堪的众人纷纷散去后,这位死念甚坚的女人瞅准了“房中无人”的机会,先是伪装了现场,“忙起来把一件衣服卷一卷,放在被中,恰似蒙头睡的一般”,随后就迅速地“寻了一条绳,向床后无人处自缢死了”,终于得偿所愿。

在明明可以不必去死的情况下仍执意去死，在死了一次不成后执意再去死第二次、第三次，直至死成为止。此种“似乎与生命有仇”[①]的自戕行为却为明末小说家们所津津乐道，与此同时亦不难看出潜藏于“自戕践道”行为背后的那种难以掩饰的自虐倾向。即如上文所论及的道德困境乃至于种种人生磨难往往都被视为砥砺名节的修炼场，甚至由此而产生了一种近乎于期待苦难、向往苦难的受虐心态。这样一种心态在《型世言》中表现得十分明显。譬如寡妇守节一事。文人作者也未尝不知其中之艰辛，如“公姑年老”“妯娌骄悍”的不堪，如“家中无父兄，眼前没儿女”的“孤苦无依”，如“有一食，没有一食，置夏衣，典卖冬衣”的“穷苦”，凡此种种都是迫使寡妇改嫁的现实促因，“这便不得已，只得寻出身”。但即便如此，文人作者还是倾向于坚持认为寡妇应守节而非改嫁，并将其必须因此而承受的种种现实磨难视为“错节表奇行”的难得机会，“自我想来，时穷见节，偏要在难守处见守”。（《型世言》第十回《烈妇忍死殉夫 贤媪割爱成女》）这样一种期待苦难的受虐心态在《烈士不背君 贞女不辱父》（《型世言》第一回）中更是通过书中人物之口直接表达了出来。被害忠臣的两个女儿被发送至教坊而随时都有受辱失贞的危险，当其中的小女儿为自己深陷火坑而痛哭流涕，表示“不如一死，以得清白”时，大女儿的一番坚定表态却显现出了一种直欲以人生修罗地为道德修炼场的“乐观”，“发我教坊，正要辱我们祖父。我偏在秽污之地竟不受辱，教他君命也不奈何我，却不反与祖父争气”，“不遇盘根错节，何以别利器。正要令人见我们不为繁华引诱，不受威势迫胁，如何做匹妇小谅。”

这样一种面对着人生逆境而生发出来的莫名期待、莫名“乐观”多少让人有些费解，如果其不是来自于诸如积极的革命乐观主义精神的话，那么，也就只能从偏要以苦难、苦行、苦修以砥砺名节、激励奇节的受虐心态中寻找到答案。这样一种对逆境、困境的期待姿态当不难从其所谓“不遇盘根错节，何以别利器”的宣言中体会出来，这也不禁使人联想起明代士人时常将廷杖、诏狱视为人生修炼的言论，诸如“不履斯境，疑安得尽释乎！”[②]“今日之患，安知非皇天玉我进修之地乎！”[③]等言论中显现出来的“乐观”亦很难说没有一种自虐心态作用其间。“‘砥砺’至于极端，即是自虐。”[④]期待磨难且又甘之如饴就更有着一种主动受虐并从中获得快感的变态意味。有学者将此病态心理的促成归因于明代酷虐政治下士人“心性的‘残’与‘畸’”，[⑤]然而，通过上文的分析，我们也当能看出除了酷虐政治之于上层文人士大夫的直接作用外，这样一种期待逆境以砥砺名节的自虐心理更在末世氛围的强力发酵下迅速地扩张到了以市井社会为代表的下层文化圈中。惯于表现世俗社会世态人情的话本

---

① 赵园.明清之际士大夫研究[M].北京:北京大学出版社,1999:9.

② (明)罗洪先.杂著[M]//(清)黄宗羲.明儒学案:第十八卷.北京:中华书局,1985:419.

③ (明)杨爵.漫录[M]//(清)黄宗羲.明儒学案:第九卷.北京:中华书局,1985:170.

④ 赵园.明清之际士大夫研究[M].北京:北京大学出版社,1999:10.

⑤ 赵园.明清之际士大夫研究[M].北京:北京大学出版社,1999:11.

小说竟也于明末之际纷纷以“死”“烈”“苦节”等触目的字眼不遗余力地宣扬起了极端化的正统伦理道德，凡此种种自然皆与明末之际的时代语境有着密切关联，然而，于其背后发挥作用的那种蔓延于整个末世时期的好奇（包括种种骇人听闻的奇节、奇行）、尚烈、嗜虐的病态社会心理亦当不容轻易地略过。

第五章　崇祯朝短篇话本小说中的性别书写

随着明末之际社会危机、民族矛盾的急速加剧，正统伦理道德作为文人救世的重要武器再次于王朝末世之时担负起了拯救国家危亡、挽救世道人心的历史重任。崇祯朝短篇话本小说，尤其是“二拍”之后的崇祯朝短篇话本小说领域中呈现出来的对正统伦理道德的强力复归也正是促发于此生死存亡之刻。兼之明王朝自开国以来就在酷虐政治下被不断“培养”着的对残酷美的欣赏态度更于明亡之际的促迫下被不断强化、不断发酵，为话本小说所着力表现的正统伦理道德因而又总是以一种推崇暴力的极端化形式出现，于其背后更有着一种贯穿于整个明代且愈至后期便愈演愈烈的好奇、尚烈、嗜虐等病态心理在悄无声息地推波助澜。凡此种种时代因素与社会心理皆共同构成了崇祯朝特有的时代语境，并为崇祯朝的短篇话本小说编创打上了浓重的道德色彩。这一点不仅反映在上文论及的以死殉道的极端化做法以及期待逆境以砥砺名节的自虐心理上，也更集中体现于包括女性贞节观、女性形象塑造、性别搭配模式、两性情感（尤其是不合礼法的男女私情、奸情）处理等诸多方面的性别书写上。

第一节　“私情”类故事中的“情”与“理”

道德感的增强尤其体现在“私情类”故事中。“私情类”故事一直是话本小说领域的表现重点，秉持着情教论的冯梦龙即对包括男女私情在内的人类自然情感抱着肯定、宽容的态度并努力在情、理之间寻求一种和谐共生的平衡，其“以情教化”之说体现的也正是这样一种以情促理、理顺人情、情理兼顾的道德理念。其后的“二拍”虽未能有效地继承冯氏的情教论，但也总能从市民道德惯用的因果报应出发来“解读出”私情的存在合理性，从而达到为男女私情开脱的目的，也算是殊途同归。按照凌濛初的说法，偷期、私情，甚至于奸骗之类的非礼（非法）行为论理自是不该，往往都不会有好下场，“直到弄将出来，十个九个死无葬身之地”，但也有那“偷期的倒成了正果”“也有奸骗的到底无事”的情况存在，这便只能从“前世的缘分”这一果报论角度来解释了。“前缘凑着，自然配合”，偷期的也可成正果；“前缘偿了，便可收心”，奸骗的也能保身无事，“为此也有这一辈，自与那痴迷不转头送了性命的不同。”（《初刻拍案惊奇》第三十四卷《闻人生野战翠浮庵　静观尼昼锦黄沙巷》）这样一种以果报论为私情"正名"的做法在"三言"中其实也有运用，譬如《闲云庵阮三偿冤债》（《喻世明言》第四卷）中阮三与玉兰小姐之间的私情就被解释为二人前世"夙缘末断，今生乍会之时，两情牵恋"，至于阮三的当场暴亡，"登时身死"则被解释为偿前世之债的报应，男女私情因此从两世因果的循环报应中获得了一种似是而非的合理性。

更有些时候，"二拍"似乎也并不太在意能否为男女私情正名，无论是从道德上，还是从果报上，而是更多地将偷情与趣味联系在一起，"只如偷情一件，一偷便着，却不早完了事？然没一些光景了。毕竟历过多少间阻，无限风波，后来到手，方为希罕。所以在行的道：'偷得着不如偷不着。'真有深趣之言也。"（《二刻拍案惊奇》第九卷《莽儿郎惊散新莺燕　㑳梅香认合玉蟾蜍》）如果这也算是一种合理化解释的话，那么，其存在合理性的依据显然是从趣味上获得的。因为有趣，所以偷情也就有了存在的理由。这样一种以趣味为尚的"去道德化"倾向甚至也出现在颇具道德感的《西湖二集》中。其中的《侠女散财殉节》（《西湖二集》第十九卷）一篇虽将行文的重点置放在了道德化人物的塑造上，但当写到男主人觊觎这位贞烈女仆的美貌而欲半夜行奸时，文人作者还是花了颇长的一段篇幅饶有趣味地将所谓的"偷丫鬟十景"从"野狐听冰"到"放炮回营"逐个铺写了一遍。尽管小说的主旨立意确实是在道德说教，但文人作者还是对去道德的趣味表现出了一种无法掩饰的浓厚兴趣。在道德、果报之外，趣味也成了私情合理化的又一依据所在，至于道德与趣味二者间的固有矛盾则在"为私情的合理性正名"这一被赋予的共同任务下退居到了其次。

不过，这样一种为私情正名的努力在"二拍"之后的崇祯朝短篇话本小说中已大为减弱，继之而起的则是从正统的伦理道德出发对男女私情展开的道德批判。话本小说中男女私情得以展开的惯有情节模式无外乎两种：女子夜奔与男女私会。即以前者而言，主动出击的女子于夜半之际敲开寂寞书生的房门以自荐枕席的情节在"私情类"故事中时常得见，如《大姊魂游完宿愿　小姨病起续前缘》（《初刻拍案惊奇》第二十三卷）、《赠芝麻识破假形　撷草药巧谐真偶》（《二刻拍案惊奇》第二十九卷》）、《瘗遗骸王玉英配夫　偿聘金韩秀才赎子》（《二刻拍案惊奇》第三十卷）、《毁新诗少年矢志 诉旧恨淫女还乡》（《型世言》第十一回）、《妖狐巧合良缘 蒋郎终偕伉俪》（《型世言》第三十八回）、《陈御史错认仙姑 张真人立辨猴诈》（《型世言》第四十回）、《邢君瑞五载幽期》（《西湖二集》第十四卷）、《宿宫嫔情殢新人》（《西湖二集》第二十二卷）、《祖统制显灵救驾》（《西湖二集》第二十九卷）等皆如此。尽管绝大多数故事中的书生都对夜奔女子欣然纳之，但同时业已出现了对此行为的严厉斥责，如将其斥为"破败伦理、伤坏风俗之事"（《西湖二集》第二十九卷《祖统制显灵救驾》），如若"苟且行止"，"今日女郎失身，便是失节。我今日与女郎苟合，便是不义"，"故大英雄见得定，识得破，不偷一时之欢娱，坏自己与他的行止"（《型世言》第十一回《毁新诗少年矢志 诉旧恨淫女还乡》），其立论显然都是以正统的伦理道德为旨归。

值得注意的是，这些以“生平誓不为苟且行止”（《西湖二集》第二十九卷《祖统制显灵救驾》）的道德自律为自我标榜的青年书生总是被表现得丝毫不解风情，在《毁新诗少年矢志 诉旧恨淫女还乡》（《型世言》第十一回）中，当有心于书生的女郎托人送去情诗时，书生的反应却是酸腐气十足，“我们儒生只可用心在八股头上，脱有余工，当博通经史；若这些吟诗、作赋、弹琴、着棋，多一件是添一件累，不可看他。”《祖统制显灵救驾》（《西湖二集》第二十九卷）中的青年书生则被塑造成了“天生的一尊活神道”，“铁石心肠，那里晓得‘邪淫’二字，虽然年纪后生，却倒像陈最良说的‘六十来岁并不曾晓得伤个春’。”青年书生的身上反倒有着不知情为何物的道学家影子，相较于前文论及的市井化、流氓化书生以及豪侠型书生，如此富于道德自律精神的男性形象显然是以鄙视人类自然情爱的“讲道学的一派”（《西湖二集》第二十九卷《祖统制显灵救驾》）为模板设计出来的，是在人物形象塑造上对不断被强化着的正统伦理道德的一种回应。在这些完全道学化了的书生身上丝毫看不出一个青年男子所应有的情爱冲动以及情、理纠结下的困扰与挣扎，恰如《大姊魂游完宿愿　小姨病起续前缘》（《初刻拍案惊奇》第二十三卷）中那个面对美女主动示爱的青年书生所产生的“好象个小儿放纸炮，真个又爱又怕”的矛盾心理所显现的那样。

对自然情爱的感发总是会威胁到道德操守的纯粹与坚定，对正统伦理道德的坚守也因此总是与对人类自然情爱的漠视同步出现。这样一种道德与情爱不可并存的极端化取向发展至极致必将会导致概念化人物的出现，《侠女散财殉节》（《西湖二集》第十九卷）中那个堪称忠孝节烈兼备，可谓满身纲常的女仆即是概念化人物的典型代表。明明是一个青春美貌的少女，却常常被表现得丝毫不解风情。这位“日日不脱衣裳而睡，却又铁心石肠，不近‘风流’二字”的女仆不仅生硬地拒绝了男主人的求欢，而且还居然“发誓一生一世不愿出嫁丈夫”，其拒绝婚嫁的理由竟是为了“尽俺一生忠孝之心”。这位不止一次地表示过“生为伟兀氏家中之人，死为伟兀氏家中之鬼”、“生则与主母同生，死则与主母同死”的忠诚女仆也最终在未能尽职的自责中愤然自杀。这样一个“全忠全孝、顶天立地”的概念化人物正是在完全挤压掉人类自然情爱的基础上塑造出来的，其所体现出的“弃情全理”的极端化取向已与冯氏力图以情促理、情理兼顾的情教论发生了极大地偏离。

即就男女私情展开的另一情节模式，即男女私会而言，女性一方也往往被表现得极为矜持、慎重。虽然男女私会的行为已然有违于礼法，但强调“百年之事在此一旦，岂得草草?”（《西湖二集》第二十七卷《洒雪堂巧结良缘》）的女方还是会坚持“聘则为妻，奔则为妾”的道德观念。为了避免日后“有一马负二鞍之辱”，必须在获得男子的盟誓，且“双双拜倒，指天矢日”（《西湖二集》第二十一卷《假邻女诞生真子》）之后才会同意与男子发生关系，否则“若草草苟合，妾心决不愿也。”（《西湖二集》第二十七卷《洒雪堂巧结良缘》）虽然女方终究还是在自然情爱的促发下突破了最后一道防线，但即便在这种情况下其对自身贞操的执意坚守与尽可能地给予保护还是显现出了正统道德观下女性贞节意识的加强。这与“三言”中那些“云收雨散”之后才想起来“各道想慕之情”(《醒世恒言》第二十八卷《吴衙内邻舟赴约》),“相见如饿虎逢羊,苍蝇见血,那有工夫问名叙礼?”的“旷夫怨女”们(《喻世明言》第二十三卷《张舜美灯宵得丽女》)形成了鲜明的对比。

综上所述,尽管“私情类”故事依然是崇祯朝短篇话本小说领域中的表现重点,但就私情展开的情节模式而言,无论是女子夜奔时男子表现出的道学做派,还是男女私会时女子表现出的贞节意识,都已呈现出了一种道德感的强化趋势,于话本小说中表现出的男女私情由此受到了道德层面上的极大制约,甚至于一直以来都能为男女私情开脱的两世因果说也转而充当了道德说教的工具。《莽书生强图鸳侣》(《石点头》第五回)中的好色书生之所以被设定为“临终时恶病缠身”,就是因为其“平白地强逼紫英使他不得不从,坏此心术,所以有此花报”,小说最后“花报即在目前,奉劝世人早早行善”的道德说教也在好色书生“霎时间呕血数升而死”的果报下场中得到了强化。不过尚有一点须明确的是,尽管于崇祯朝短篇话本小说的“私情类”故事中已然出现了道德感的强化趋势甚至于“弃情全理”的极端化取向,然而,“情”的因素却并不总是与道德理念相矛盾,“扬情”并不必然意味着“反理”,甚至在相当程度上反而有助于提升人物的道德水准,这一点尤其体现在那些即便婚约受挫也坚决为对方守贞的室女身上。

造成室女婚约受挫的原因多半是由于其父母因男方家道败落,如《宣徽院仕女秋千会　清安寺夫妇笑啼缘》(《初刻拍案惊奇》第九卷),或不舍女儿远嫁,如《洒雪堂巧结良缘》(《西湖二集》第二十七卷),或长期音信隔绝,如《大姊魂游完宿愿 小姨病起续前缘》(《初刻拍案惊奇》第二十三卷)等而导致的单方面毁约。当其父母试图将其另嫁他人时,室女总是以“好女不配二鞍”、“好女不吃两家茶”之类的贞节信条予以坚决反对。《宣徽院仕女秋千会　清安寺夫妇笑啼缘》(《初刻拍案惊奇》第九卷)中的速哥失里在得知其父母单方面悔婚时即坚决表示,“结亲结义,一与定盟,终不可改。……岂可因他贫贱,便想悔赖前言?非人所为。儿誓死不敢从命!”但她的一番“哭谏”并未能使家长回心转意,速哥失里也最终在迎亲的花轿中“偷解缠脚纱带,缢颈而死”。小说将速哥失里的死视为“一念坚贞”“贞心不寐”的殉道之举,其所言的“结亲结义,一与定盟,终不可改”确也符合“从一而终”的道德信条,不过在其对婚约异常执着的坚守中很难说就完全没有“情”的因素作用其间。她曾以未婚妻的身份与那位“丰神俊美”的男子有过当堂对拜的经历,其后更沉浸在全家人对其许配得人的称羡之中。在长期的心理期待与心理暗示下,情愫暗怀的少女心中很可能早已完成了对人妻身份的定位与认同,甚至于“婚聘礼节以及缝制嫁衣”等婚礼筹备过程中的各种程序都“有助于她(女性)与她未来丈夫的情感联系。”[①]与速哥失里的情

① (美)卢苇菁著.矢志不渝——明清时期的贞女现象[M].秦立彦译.南京:江苏人民出版社,2012:159.

况类似的尚有《大姊魂游完宿愿　小姨病起续前缘》(《初刻拍案惊奇》第二十三卷)中的兴娘,其因家长欲反悔婚约而导致的忧虑而死乃至于死后的还魂都被作者直接归结为"情"的作用,"要知只是一个'情'字为重,不忘崔生,做出许多事体来,心愿既完,便自罢了。"

有学者曾就室女死守婚约的贞烈行为中很可能包含着"情"的因素做过这样一番分析,"待年之女虽未成夫妇,然父母既许字之,则女亦以心许之矣。以心许志而复因变改易中诚,。以心许志而复因变改易中诚,有所未"[①]即便在正史中记载的一些室女抵死坚守婚约的案例中,从诸如"人之所贵者心,心既许矣,身又别属,自念得无愧乎?"[②]的自白中亦同样可以看出"情"的因素之于室女守贞信念所发挥的巨大影响。

即便没有婚约在先,早已情愫暗生的室女也同样会在没有合法婚约的情况下就决意为意中人守贞终生。如若此时其父母又将其另配他人的话,那么,早已心有所属的室女就很可能会采取抵死反抗的激烈行为。《莽儿郎惊散新莺燕　谄梅香认合玉蟾蜍》(《二刻拍案惊奇》第九卷)中的素梅虽未与情人发生任何实质上的接触,但还是坚决表示要为意中人抵死守贞,"我当初虽不与他沾身,也曾亲热一番,心已相许。我如今痴想还与他有相会日子,权且忍耐。若要我另嫁别人,临期无奈,只得寻个自尽,报答他那一点情分便了,怎生撇得他下?"《通闺闼坚心灯火　闹囹圄捷报旗铃》(《初刻拍案惊奇》第二十九卷)中抱着必死的决心与情人欢会的罗惜惜更是将每次的秘密约会都视为生命中的最后一次狂欢,"奴自受聘之后,常拚一死,只为未到得嫁期,且贪图与哥哥落得欢会。若他日再把此身伴别人,犬豕不如矣! 直到临时便见。""倘若你未归之前,有了日子,逼我嫁人,我只是死在阁前井中,与你再结来世姻缘。今世无及,只当永别了。""而今已定下日子了,我与你就是无夜不会,也只得两月多,有限的了。当与你极尽欢娱而死,无所遗恨。你少年才俊,前程未可量。奴不敢把世俗儿女态,强你同死。但日后对了新人,切勿忘我!""我此身早晚拼是死的,且尽着快活。就败露了,也只是一死,怕他甚么?"随着婚期的日益迫切,罗惜惜求死的决心也变得更加坚定。当其与情人的私情终于败露后,她也确实是毫不犹豫地纵身跳向井中。幸而在家人的及时拦截下,才使得罗惜惜那坚定的死志最终只是以一场自杀未遂事件告终。即便如此,其于自杀动机上还是与上文例举的速哥失里呈现出了本质上的不同。虽不能完全排除"情"的因素,但有婚约在身的速哥失里其自杀行为显然更多地源自于坚定的道德意志,而没有合法婚约制约的罗惜惜其自杀行动则完全根源于"情"的驱动。前者之死可更多地可被视为一种"殉道",而后者之自杀未遂则无疑是一种未遂的"殉情"。

---

① (清)朱鹤龄.跋王贞媛传后[M]//愚庵小集.上海:上海古籍出版社,1979:704.

② 古今图书集成(闺媛典):卷四十二."闺义部"(明二).(转引自赵秀丽."礼"与"情":明代女性在困厄之间的抉择[D].武汉:华中师范大学,2008:44.)

与“三言”中反映两性关系的故事里绝无死亡事件刚好相反，明末短篇话本小说中与两性关系有关的死亡事件却大量存在。其中，为情而死的非自杀类死亡事件颇多，如《赵司户千里遗音　苏小娟一诗正果》（《初刻拍案惊奇》第二十五卷）、《大姊魂游完宿愿　小姨病起续前缘》（《初刻拍案惊奇》第二十三卷）、《李将军错认舅　刘氏女诡从夫》（《二刻拍案惊奇》第六卷）、《洒雪堂巧结良缘》（《西湖二集》第二十七卷）等故事所表现的不是相思成疾而死，就是因婚姻受挫抑郁而死，即便如同性恋题材的《潘文子契合鸳鸯冢》（《石点头》第十四回）中同性恋人的双双同日而逝亦是一片痴情使然。在自杀类的死亡事件中，真正根源于“殉道”动机，如夫死后以死殉夫的为数甚少，仅有《行孝子到底不简尸　殉节妇留待双出柩》（《二刻拍案惊奇》第三十一卷）、《烈妇忍死殉夫 贤媪割爱成女》（《型世言》第十回）这两篇而已。与此形成鲜明对比的则是根源于“殉情”动机的自杀以及自杀未遂事件的大量存在。

就殉情动机而言，这些殉情事件还可再做进一步的区分。其中，《通闺闼坚心灯火　闹囹圄捷报旗铃》（《初刻拍案惊奇》第二十九卷）、《莽儿郎惊散新莺燕　诌梅香认合玉蟾蜍》（《二刻拍案惊奇》第九卷）中的自杀未遂事件可定性为百分百的“殉情”，而《宣徽院仕女秋千会　清安寺夫妇笑啼缘》（《初刻拍案惊奇》第九卷）、尤其是《瞿凤奴情愆死盖》（《石点头》第四回）中的自杀事件则是“情”与“理”综合作用下的结果。尤其是《瞿凤奴情愆死盖》（《石点头》第四回）中的瞿凤奴，其自杀动机中既有着“妇人以贞一为德，今既事你，当守一而终”这一贞节信条在发挥着道德上的支撑，又更有着对“情如胶漆”的丈夫孙三郎的强烈爱恋作用其间。正是出于“情”的强烈作用，凤奴才坚决表示只愿与丈夫“一马一鞍”、“虽死无悔”，即便丈夫死了，她也绝不会另嫁他人，“我虽不指望竖节妇牌坊，实不愿做此苟且之事。”小说最后更是用富于幻想色彩的浪漫笔调写到了先后殉情而死的夫妻二人在被火化后，分别于“胸前一块未消”处凝结成了对方模样的一个小像，“认他是石，却又打不碎。认他是金，却又烧不烊”，这段神异描写中的“扬情”意味是不难体会的。

据有关研究者据《古今图书集成·闺媛典》“闺烈部”卷124—267《明一》—《明一百四十四》所做的统计，“《闺媛典》‘闺烈部’选择夫死以殉的烈妇为4256人，其中前期有173人，中期有274人，后期1996人，末期1813人。在烈妇死亡方式中，因丈夫去世伤心过度‘恸哭而亡’的妇女共有120人，其中前期有5人，中期2人，后期50人，末期63人。”由此可知“明代后期不少妻子选择夫死以殉，不仅受贞节观念影响，而且受情欲观主导”[①]，且愈至后期便愈有加剧之势。所谓“天下义夫节妇，所为至死而不悔者，岂以是为理所当然而为之耶？笃于其性，发于其情，无意于世之称之”[②]，“情”的因素确实在客观上促成了女性对贞节观更为自觉的坚守。

① 赵秀丽.“礼”与“情”：明代女性在困厄之间的抉择[D].武汉：华中师范大学，2008：119.

② （明）孟称舜.节义鸳鸯冢娇红记（“自序”）[M]//全明传奇（影印）.林侑莳主编.台北：天一出版社，1983.（转引自赵秀丽.“礼”与“情”：明代女性在困厄之间的抉择[D].武汉：华中师范大学，2008：114—115.）

第二节　关于女性的失节问题：女性贞节论的极端化与暴力化倾向

"私情类"故事中道德感的增强与女性贞节意识于明末短篇话本小说中的普遍强化有着密切的因果关联，而贞节意识的强化又往往直接体现为对女性身体贞节的重视。即便在正统伦理道德色彩较弱的"二拍"中，对女性身体贞节的关注也总是在有意无意间流露出来。譬如遭到现实困厄的女性，如《张溜儿熟布迷魂局　陆蕙娘立决到头缘》(《初刻拍案惊奇》第十六卷)中被迫参与扎火囤骗局的女骗子、《盐官邑老魔魅色　会骸山大士诛邪》(《初刻拍案惊奇》第二十四卷)中被妖猴劫持到洞穴中的少女在获救之后都会不约而同地强调自己虽然遭到了胁迫或劫持，但还是成功地保住了"清白之身"，尽管这样的说法并不总是能令人信服。尤其是后者，即被"慑在洞里多时"的少女，只要在妖猴"略来缠缠"时"要死要活，大哭大叫"，妖猴就会"只去与别个淫媾了，不十分来缠我"。生性好淫的妖猴居然能对少女保持如此地耐心，实在有些难以置信。就该篇小说的故事渊源来看，当与唐传奇《补江总白猿传》有关联。源故事中的被劫持女子并未能保住贞节，且被救之后更产下一子，但受该传奇影响而衍生出来的《盐官邑老魔魅色　会骸山大士诛邪》(《初刻拍案惊奇》第二十四卷)、"三言"中的《陈从善梅岭失浑家》(《喻世明言》第二十卷)乃至于再向前追溯的宋元话本小说《陈巡检梅岭失妻记》(《清平山堂话本》)等隶属于话本小说系统中的作品却无一例外地都将人猿交媾生子的情节抹去，并在继续着捉妖降怪的冒险之旅的同时，开始关注起"故事里的女主人公如何坚守贞烈，并对其高唱赞歌"，[①]《盐官邑老魔魅色　会骸山大士诛邪》(《初刻拍案惊奇》第二十四卷)中就将少女的最终获救归结为"贞坚感应"。

这样一种在极不可能的情况下也要保住身体贞节的情节设计在明末的短篇话本小说《徐君宝节义双圆》(《西湖二集》第十卷)中也有体现。因宋末战乱而被元军将帅劫持的金淑真居然能在将军"屡屡要奸淫他"的情况下还能奇迹般地保住贞节，而且在"一路来数千里"的漫长征途中只用些"巧言花语"就将对方轻轻骗过，"再也不曾着手"，这位被一个弱女子玩弄于股掌中的将军也真可谓有足够的耐心，足够的愚蠢。如此一厢情愿的幼稚情节之所以产生，当与话本小说中道德内涵的增强有关。《盐官邑老魔魅色　会骸山大士诛邪》(《初刻拍案惊奇》第二十四卷)中就将被救女子以及救人的书生界定为"守贞"与"尚义"的道德楷模，如此一来原本单纯的冒险故事也就被赋予了"贞""义"的道德内涵。而《徐君宝节义双圆》(《西湖二集》第十卷)更是将"义夫节妇"的双双殉节与"国破家亡"的社会现实相联系，"又思国家尚且如此，自己身子亦何足惜；生则同衾，死则同穴"，其双双自杀的死烈行为因此又于

① (日)内山知也.隋唐小说研究[M].上海：复旦大学出版社，2010：93.

"贞"的道德内涵之外多了一重"忠"的政治隐喻。显然,只有身体贞节的保持才能使其有资格承担起道德内涵乃至于政治隐喻的附加,一个失去身体贞节的女子在道德上显然是不完善的。这样一种重视贞节,尤其是身体贞节的道德取向即便在一些明显有着实用主义市民道德倾向的"二拍"故事,如《酒下酒赵尼媪迷花　机中机贾秀才报怨》(《初刻拍案惊奇》第六卷)中也同样有所体现。虽然秉持着市井生存哲学的贾秀才本人并不介意妻子的受骗失身,并出于报仇的目的又设计出了一条足以导致其妻二次受辱的美人计,但文人作者还是禁不住对秀才娘子丧失身体贞节一事感到惋惜,"后人评论此事,虽则报仇雪耻,不露风声,算得十分好了,只是巫娘子清白身躯,毕竟被污;外人虽然不知,自心到底难过。"在文人作者看来,秀才娘子的"立志坚贞",即精神贞节并不能弥补其身体贞节的丧失所造成的道德缺憾。相较于精神贞节,身体贞节的保持与否往往成为评判女性贞节与否的首要标准,甚至是唯一标准。

对女性贞节,尤其是女性身体贞节的重视与强调因此而成为明末短篇话本小说的叙事重心之一,其中一些文字的训诫意味,如"女子家是个玻璃盏,磕着些儿便碎;又像一匹素白练,染着皂媒便黑。……(失身女子)却都是失节之人,分明是已破的玻璃盏,染皂媒的青白练,虽非点破海棠红,却也是风前杨柳,雨后桃花,许多袅娜胭脂,早已被人摇摆多时,冷淡了许多颜色,所以不足为奇。"(《石点头》第二回《卢梦仙江上寻妻》)很让人联想起流行于明清时期的一些女诫书上的训诫内容,如"女子守身,如持玉卮,如捧盈水,心不欲为耳目所变,迹不欲为中外所疑,然后可以完坚白之节,成清洁之身,何者?丈夫事业在六合,苟非渎伦,小节犹足自赎,女子名节在一身,稍有微瑕,万善不能掩。"(《闺范·善行》"贞女"条)"女子守身当兢兢业业,如将军守城,稍有一毫疏失则不得生,故曰,无不敬也,敬身为大焉。……可贫可贱,可死可亡,而身不可辱。"[①]对于女性而言,身体贞节的保全与否甚至被认为是人之为人的底线,"女子不失身,才有了一分人。连这个也犯了,再休说别个。"(《呻吟语》卷二"修身"篇)"男女之防,人兽之关,最宜慎重,不可紊也。"[②]正唯如此,当身体贞节受到威胁时,女性也唯有以自己的柔弱之躯进行抵死反抗,"不幸而遭强暴之变,惟有死耳",否则,如若"畏死贪生,至于失节,则名虽为人,实与禽兽无异矣!"[③]

由于护持住贞节的身体被视为女性的首要任务,女性因此也自然要为失身、失节等问题承担起主要责任,此类言论于明末短篇话本小说中时常可见。譬如强奸,有言论认为只要女人肯于奋力反抗,"(歹人)那里有闲空凑得着道儿行淫",因此,"原来世间强奸之说,元是说不通的。"(《二刻拍案惊奇》第三十五卷《错调情贾母詈女　误告状孙郎得妻》)譬如偷情,亦有言论认为,"男子要偷妇人隔重山,女子要偷

① (清)蓝鼎元.女学[M]//鹿洲全集.厦门:厦门大学出版社,1995:626.

② (清)蓝鼎元.女学[M]//鹿洲全集.厦门:厦门大学出版社,1995:626.

③ (清)蓝鼎学.女学:卷二[M]//近代中国史料丛刊续编:第四十一辑.汪云龙编.台北:文海出版社,民国六十三至七十一年:105.

男子隔层纸。若是女人家没有空隙，不放些破绽，这男子总然用计千条，只做得一场春梦。……所以淫奔苟合，都是女人家做出来的。”尽管其后也补充到“然则一味推到女子身上去，难道男子汉全然脱白得干净”(《石点头》第五回《莽书生强图鸳侣》)，但男性作者显然还是认为女性应为偷情事件的发生负主要责任。正因为如此，一旦失身，女子即便作为受害者也往往会成为道德谴责乃至于自我谴责的对象。

然而正如上文分析所示，最迟自明中期以来便不断恶化着的社会风气[①]导致了女性生存环境的进一步恶化，女性常常会成为各种犯罪事件，诸如拐骗、迷奸、暴力劫持、暴力杀害以及非犯罪事件，诸如被遗弃等的直接受害者，凡此种种都会对女性贞操乃至于生命安全构成严重威胁。在明末短篇话本小说中，有如下四篇涉及到女性失节问题的小说，即《王孺人离合团鱼梦》(《石点头》第十回)、《卢梦仙江上寻妻》(《石点头》第二回)、《八两银杀二命 一声雷诛七凶》(《型世言》第三十三回)、《徐君宝节义双圆》(《西湖二集》第十卷)颇具代表性。此四篇小说中的女性就分别遭遇了被歹人设计拐卖予他人为妾、因经济困境而被公婆卖予他人为妻(妾)、因宋末战乱而被元军将帅劫持为妾等并非出于己愿但却又无法抗拒的重大人生困厄。所谓“困厄”，即指“女性遭遇的较大挫折或灾难，这一突发事件对她产生重大影响，涉及到何去何从的问题。”[②]据笔者对崇祯朝短篇话本小说中女性遭遇困厄情况所做的统计，常态(和平环境)下“拐骗、拐卖、拐带”等犯罪事件，因家庭变故、经济困境等客观原因而被转卖予他人为妻、为妾、为奴，或被卖身为妓等非犯罪事件以及非常态(战乱环境)下的暴力劫掠是导致明末女性身陷人生困厄的三大根源。且考虑到明中期以来江南地区局部战乱频仍这一社会现实，将战乱环境下的暴力劫持视为“非常态”这一说法也有再商榷的必要。即以杭州为例，该地区可以说自明中期以来就一直深陷于种种规模不同、性质不同的战乱泥潭之中而几无喘息的机会。据有关研究者所做的简要梳理可知：正统八年夏五月海宁倭寇之乱；正德十四年秋宸濠作乱；嘉靖二十七年黄湾倭寇之乱，二十九年海贼掠战船直犯杭州、西兴坝堰，三十二年夏四月海贼复入，倭寇七十余人流掠，三十三年春三月倭寇二百余人剽掠，夏四月海宁倭寇之乱，三十四年正月海宁倭寇之乱，夏五月倭寇万余人入侵袁花镇，三十五年春二月海宁民作乱，三月倭寇万余人猛攻乍浦镇直至五月；万历十年春三月至五月杭州兵变；天启四年春三月杭州兵变；崇祯十七年流寇逼境邑；顺治二年夏六月大兵克杭州，闰六月鲁王政权与清兵作战，直至康熙初年战乱方平。[③] 如此频繁的爆发频率在相当

① 有研究者认为晚明个性解放思潮尤其是“至情论”的提出同样在客观上促成了整个社会淫风的泛滥，从而加剧了女性的生存危机。相关论述参见《“礼”与“情”：明代女性在困厄之间的抉择》第一章《明代女性的生存环境》第二节《情欲与淫风：中后期社会思潮的冲击》二“情欲观盛行”，赵秀丽．“礼”与“情”：明代女性在困厄之间的抉择[D]．武汉：华中师范大学，2008：30—31．

② 赵秀丽．“礼”与“情”：明代女性在困厄之间的抉择[D]．武汉：华中师范大学，2008：6．

③ (清)陈裔、王芬纂．民国杭州府志：卷四四．兵事三[M]//中国地方志集·浙江府县志辑(1)．(转引自赵秀丽．“礼”与“情”：明代女性在困厄之间的抉择[D]．武汉：华中师范大学，2008：37．)

程度上暗示了战乱之于江南地区的女性困厄而言已被极大地常态化了。

表格:崇祯朝短篇话本小说之女性遭遇困厄情况表(个别篇目有重复)

<table>
<tr><td colspan="11">常态下</td><td colspan="2">非常态下</td></tr>
<tr><td colspan="6">犯罪事件的受害者(26)</td><td colspan="5">非犯罪事件的受害者(13)</td><td>劫掠</td><td>殉节</td></tr>
<tr><td colspan="3">遭遇非暴力犯罪</td><td colspan="2">遭遇暴力犯罪</td><td>受牵连</td><td colspan="4">被转卖</td><td>被遗弃</td><td rowspan="3">2</td><td rowspan="3">2</td></tr>
<tr><td>拐骗、拐带、拐卖</td><td>迷奸诱奸</td><td>被胁迫</td><td>暴力劫持</td><td>暴力杀害</td><td rowspan="2">1</td><td>为妻</td><td>为妾</td><td>为奴</td><td>为妓</td><td rowspan="2">5</td></tr>
<tr><td>5</td><td>3</td><td>4</td><td>6</td><td>7</td><td>1</td><td>2</td><td>1</td><td>4</td></tr>
</table>

在如此连绵不绝的局部战争中,鼎革之际清兵对江南地区的大肆劫掠与杀戮更在其后的文人笔记中得到了详尽的记录。在此类文字中,"血"与"死"的意象可谓铺天盖地,几有浸透纸背之感。即以顺治二年(1645)的江阴屠城为例,尽管具体的死亡数字在不同的记述中有所差异,但如"男女老少,赴水蹈火,自刎投缳者,不能悉记。内外城河、泮河、孙郎中池、玉带河、涌塔庵池,里教场河,处处填满,叠尸数重,投四眼井者,二百余人。"(《满清人关暴政》)"城中死者,井中处处填满,孙郎中池及津池叠尸数层"(《江阴守城记》)等的描述还是无法不让人对当时民众死亡之惨烈感到震惊。再如同发生于顺治二年(1645)的嘉定屠城,"百姓喧挤出逃,践踏而死,嚎咷震天,接踵而行,首尾数十里不绝。……,城中逃出者十二、三,未及出者十之七、八,间有削发为僧避于佛寺者,有自系狱中诡称署囚者,仅三百余人,其余尽行杀戮。血满沟渠,尸积里巷;烟焰涨天,结成赤云,障蔽日月,数日不散。"(《平吴事略》)"其时,孝子慈孙、贞夫烈妇、才子佳人横罹锋镝,尚不可胜计。设县以来,绝无仅有之异变也。"(《嘉定屠城紀略》)当此惨绝人寰的战争屠戮之际,作为弱势群体存在着的女性在完全没有生命保障的情况下,更几乎不可避免地成为被各种暴力肆意蹂躏的对象。如江阴守战失败后,城中女性被"各旗分取之,同营者迭嬲无昼夜。三伏溽炎,或旬月不得一盥拭。"更有大量妇女被转卖于他处,"其初有不愿死者,望城破或胜,庶几生还;至是知见掠转卖,长与乡里辞也,莫不悲号动天,奋身决赴。浮尸蔽江,天为厉霾。"(《江变纪略》)嘉定守战失败后,城中女性亦同样遭到了令人发指的暴力侵犯,"选美妇、室女数十人,置宣氏宅;虑有逃逸,悉去衣裙,淫蛊毒虐不可名状。……妇女寝陋者,一见辄杀。大家闺彦及民间妇女有美色者,皆生虏;白昼于街坊当众奸淫,恬不知愧。有不从者,用长钉钉其两手于板,仍逼淫之。"(《嘉定屠城紀略》)当此生不如死的人间地狱,"自杀"这一自我暴力方式竟然在一种极端的意义上成为女性自我保全(无论是全节还是全躯)的唯一途径。相较于其他地区的地方志中所记载之列女多为节妇,江南地区地方志的列女传记中则以烈女、烈妇居多这一现象当与江南地区战乱频仍以及由此造成的极端酷烈的女性生存境遇有着密切关联。

且即便暂无战乱发生,因自然灾害而造成的民生凋敝、食物短缺也足以摧毁脆弱的经济链条,并进而导致整个家庭濒临严峻的生存绝境。《八两银杀二命 一声雷诛七凶》(《型世言》第三十三回)中写到的阮胜一家(丈夫、妻子、婆婆)的经济来源就要靠着丈夫辛勤耕种、妻子日夜纺纱的协力劳作才能勉强维系。如此脆弱的家庭经济在婆婆突遭病患后就立刻濒于崩溃的边缘。儿媳因照顾婆婆而耽误了纺纱,不胜忧虑的丈夫"又在田中辛苦,感冒了风寒",且"一病病了十四日,这人便瘦得骷髅一般",田地因此而荒废,"眼见秋成没望了"。在正常的家庭收入完全断绝的同时,又增添了额外支出的医药费用,为了渡过这一严峻的家庭生存危机,阮家的儿媳于是作为最先被牺牲掉的对象终于被转卖给了他人。然而,其不幸遭遇也只是灾荒之际女性命运的一个缩影而已。当此生存危机爆发之时,"惟一有利可图的交易是人的买卖",大量的"妇人、女孩及少量的男童"将会被贩卖以充当"娼妓、妾侍及奴仆",[①]"卖子女妻妾者无算"[②],"乡间城市十室九空,妇女儿童一村半卖"[③]等女性人口严重流失的景象并不罕见,将家庭中的年轻女性转卖予他人以便将整个家庭从濒临灭亡的边缘拯救出来已然成为小民救荒的常见手段。

然而,生存需求与道德持守二者总是很难兼顾,在生存危机得以化解的同时,被转卖的女性却将因此而陷入失节的道德危机之中。尤其是如果这位女性有着较高的道德操守的话,那么,出卖己身以拯救家庭的孝义与因此而导致的失节二者之间的矛盾就更会使其深陷于道德困境之中。她们往往对被转卖他人一事表现得极为抵触,《八两银杀二命 一声雷诛七凶》(《型世言》第三十三回)中的儿媳劳氏就坚决表示宁愿与婆婆、丈夫"要死三个死,嫁是不嫁的!"但婆婆的再三哀求却使得其本欲坚守下去的贞节与卖身存亲的孝行二者之间的矛盾被进一步地激化出来,"不若你另嫁一个,一来你得吃碗饱饭,我母子仅可支持半年,这也是不愿见的事,也是无极奈何。""我们病人再饿了两日毕竟死了,不若你依了丈夫,救全我们两个吧。"劳氏也终于在万般无奈之下被转卖予他人,她的被迫失节显然是生存困境及其引发的道德困境下的无奈之举。如劳氏这样在贞、孝难两全的道德困境中被迫失节的女性一般而言会在持论较为宽容的清人那里得到道义上的同情与声援。晚清的俞越就曾对此做过一番细致的辨析,"程子云:'饿死事小,失节事大。'然饿死失节,皆以一身言耳,若所失者一身之名节,所存者祖父之血食,则又似祖父之血食重,而一身之名节轻矣。"[④]在以"贞"为尚的个人道德意志与以"孝义"为先的家庭群体利益二者发生矛盾之时,牺牲小我以成全大我的所谓"失节"至少在一些清人的观念世界中并不能成为

① (加拿大)卜正民.纵乐的困惑——明代的商业与文化[M].上海:生活·读书·新知三联书店,2004:115.

② 海盐县志(1876):卷十三.(转引自(加拿大)卜正民.纵乐的困惑——明代的商业与文化[M].上海:生活·读书·新知三联书店,2004:113.)

③ (明)王文禄.与长松魏侯书[M]//百陵学山:卷二.(转引自(加拿大)卜正民.纵乐的困惑——明代的商业与文化[M].上海:生活·读书·新知三联书店,2004:113.)

④ (清)俞越.右台仙馆笔记:卷四[M].济南:齐鲁书社,1986:77.

女性道德上的污点。然而原本就好“奇”尚“烈”的明人之胸襟远没有清人那样地开阔，过于狭促的视野更在明末之际重重危机的鼓荡下被进一步地推向了极端，其之于女性贞节之持论也因此而更倾向于无论身处何境都应坚守住身体贞节的苛求与苛责。历史上乐昌公主破镜重圆一事因此而常常被明末小说家视为女性失节的反面典型，即便最后得以复合，亦不过是“失节之人，分明是已破的玻璃盏，染皂媒的青白练”。相反越是在无法全节之际，偏越要设法保住节操，如此“方是精金烈火，百炼不折，才为希罕。”(《石点头》第二回《卢梦仙江上寻妻》)如此苛刻的言论留给女性的全节之法恐怕也就只有死路一条了，上述列举的涉及女性失节问题的四篇小说中即有两位女性采取了以死殉节或以死相逼的极端做法才得以自全，而未能死节的女性则为自己曾经的失身而悔恨终生，《王孺人离合团鱼梦》(《石点头》第十回)中直至临终前都无法原谅自己的花氏就在其遗嘱中坚持不要与原配丈夫合葬一处。尽管她本人确实是被拐卖事件的受害者，但深深的罪恶感仍使其直至生命的最后一刻都无法从自我的忏悔与惩罚中获得救赎。

原本就已渐趋严苛的女性贞节论就这样在明亡之际重重危机的促迫下走向了非死不能自全、非死不能明志的极端。《徐君宝节义双圆》(《西湖二集》第十卷)中因战乱而被迫与丈夫分离的金淑贞其处境与《范鳅儿双镜重圆》(《警世通言》第十二卷)中的吕顺哥极为相似。两篇小说都有预感到大难临头的夫妻二人临别前彼此设誓的一段场面描写。其中，坚决表示要以死全节的女性一方的誓言大体相似，“便恐被军校所掳，妾宁死于刀下，决无失节之理。”(《警世通言》第十二卷《范鳅儿双镜重圆》)“若日后有难，妾只有一死以谢君，当不作失节之妇，以玷辱千古之纲常也。”(《西湖二集》第十卷《徐君宝节义双圆》)而男子一方的反应则全然不同，《范鳅儿双镜重圆》(《警世通言》第十二卷)中的范希周主张应尽量保全性命以期日后重逢之时，在其百般劝解下，妻子也终于放弃了以死明志的念头。以家传的“鸳鸯宝镜”为日后见面凭证的夫妇二人显然是从乐昌公主破镜重圆的典故中得到了启发，相较于能否于乱世之中保全贞节的道德焦虑，为男性一方优先考量的更是夫妻二人日后能否再次团聚这一世俗愿望。而乐昌重圆之事却在《徐君宝节义双圆》(《西湖二集》第十卷)中遭到了金淑贞的极端鄙夷，“乐昌宫主之事，我断不为。若日后有难，妾只有一死以谢君，当不作失节之妇，以玷辱千古之纲常也。”身为丈夫的徐君宝也完全赞成妻子死节一说，并表示“死则一处同死。你若能为尽节之妇，我岂为负义之夫？若你死而我不死，九泉之下，亦何面目相见。是有节妇而无义夫也。吾意定矣。”丈夫完全抛弃了生的希望而欲与之同死以成就“义夫节妇”的道德意志无疑更坚定了妻子的死志，夫妻二人最终双双殉难。尽管面临着相似的战乱背景，这两对夫妇，尤其是其中的男性一方却在道德持守与情感诉求二者之间做出了全然不同的判断与选择，其于生死之际表现出的态度对女性一方的生死抉择无疑产生了重大影响。从宁愿“苟延残喘”以求他日“夫妻再合”(《警世通言》第十二卷《范鳅儿双镜重圆》)到坚决要"一处同死"以成就"义夫节妇"(《西湖二集》第十卷《徐君宝节义双圆》),其所暗示的未尝不是整个男性群体在身处困厄的女性究竟应何去何从这一问题上的态度转变。如若探讨促成其态度转变之原因,则《徐君宝节义双圆》(《西湖二集》第十卷)中将故事的战乱背景设置于宋末之际元兵大举进犯之时,其前半部分又有诸如"……(宋军将帅的尸首)身上伤了四枪,中了六箭,怒气勃勃如生。""……'生为宋臣,死当为宋鬼。'遂自缢而死。""……'将军既死国事,吾岂可独生?'亦赴火而死。"等抗元将士纷纷以死殉国、壮烈牺牲的大量描写,尤其是为妻的金淑贞以"宋室忠臣"韩世忠夫人为楷模,"他夫人是个娼妇,尚能立志如此。我若失节,何以见夫人于地下?"为夫的徐君宝又将一己之死与国家危亡相联系,"国家尚且如此,自己身子亦何足惜"等等情节设置便不能不引起人们的注意。在惯于将妇人之贞节与臣子之忠诚加以类比联想的传统伦理思维中,小说让身处战乱困境中的夫妻二人全然放弃求生的念头而坚决以死全节这样的情节处理便不难让人体会到惯于以"宋"喻"明"的明人在文字书写中所隐含的那一重不必明言的政治寓意。

在传统中国"家国同构"的古老观念下,女性之贞节原本就易与臣子之忠诚发生伦理上的联想,诸如"女子之死节犹士大夫之死王事也"[①],"古今之称节妇,与忠臣并重"[②]等言论时常可见于明清士论之中。作为"君主专制制度下的一对孪生子",正是"男权压制女性与君权压制臣民"这两种权力机制联手维护了"封建的阶级统治和性别统治。"[③]尤其是当此鼎革之际、存亡之时,以女性之贞烈反观士行之柔靡,如"嗟乎!衰世之人才乃多钟于闺阁耶?"[④]"士大夫读书知礼义求其能死王事者,千万之中未可得一二,而里巷之妇人女子能之"[⑤]更成为这一类比思维下的惯常思路,"饿死事小,失节事大,望三思之!"的逻辑也同样适用于男性臣子的行藏出处(《鹿樵纪闻》卷下《粤西二臣》)。正如明末短篇话本小说《侠女散财殉节》(《西湖二集》第十九卷)的篇尾对那位贞烈女仆的评论所示,"他何曾读《四书》上'虎兕出于柙,龟玉毁于椟中'这两句来,不知不觉率性而行,做将出来掀天揭地,真千古罕见之事,强似如今假读书之人,受了朝廷大俸大禄,不肯仗节死难,做了负义贼臣,留与千古唾骂,看了这篇传,岂不羞死。"可见,男人作家之所以塑造这样一位忠孝节烈俱全、堪称满身纲常的道德化女性人物,其用意也无外乎是对男性文人的软弱加以反照。

正唯如此,男性文人,包括那些明末的话本小说家们对女性贞节的讨论或书写就很少会仅仅停留在两性的圈子里,而总是被强烈的政治意图所左右。作为明遗民的归庄曾就其与其曾祖父归有光在女性贞节论这一问题上何以会产生分歧一事有

---

① (清)陆世仪.海烈妇传[M]//桴亭先生文集.续修四库全书.上海:上海古籍出版社,1995:525.

② (清)魏禧著.于母七十寿序[M]//魏叔子文集.胡守仁、姚品文等校点.北京:中华书局,2003:589.

③ 韩廉.社会性别视角中的戊戌妇女运动——兼与西方早期女权运动相比较[M].长沙:湖南人民出版社,2008:16.

④ (清)归庄.天长阮贞孝传[M]//归庄集.北京:中华书局,1962:422.

⑤ (清)陆世仪.海烈妇传[M]//桴亭先生文集.续修四库全书.上海:上海古籍出版社,1995:525.

过如下解释，“然吾谓先太仆生当盛世，名教昌明，纲常节义，人皆知而履之，如日用饮食，虑有贤者过之之事，欲裁之中道，使俯而就先王之礼，故为此论。使见今日礼防大决，人伦攸斁，苟得一节行可称者，将亟旌之以挽天下之颓纲，况卓绝如贞孝者，岂得为此苟论乎。故知士君子之立说，因乎其时，而不可以概论也。”①女性贞节被赋予了太多的政治内涵，其所承载的重振伦理纲常等道德重任也已远远超出了问题之本身，再难有就事论事的客观与公正。被赋予了强烈的政治内涵的女性贞节论也由此而变得更趋于极端化。陷入失节危机的女性也唯有将死视为自我解脱的唯一选择，“如必欲媳妇失节，有死而已。”(《石点头》第二回《卢梦仙江上寻妻》)而女性以死殉道的整个死亡过程更是在男性作者的描述下被赋予了一种强烈的仪式感。她们首先会出奇冷静地对自己非死不可的理由进行一番细致分析，如《烈妇忍死殉夫 贤媪割爱成女》(《型世言》第十回)中决意以死殉夫的陈烈妇，“我有四件该死，无子女要我抚育，牵我肠肚，这该死；公姑年老，后日无有倚靠，二该死；我年方二十三，后边日子长，三该死；公姑自有子奉养，不消我，四该死；我如何求生?”其次可能还会精心地挑选一个万全的自杀方式，如《卢梦仙江上寻妻》(《石点头》第二回)因被公婆逼嫁而决心自杀的卢梦仙，“思量死路，无过三条。刀上死，伤了父母遗体；河里死，尸骸飘荡；不如缢死，倒得干净。”临死前又常会有“取过针钱，将里衣密密缝固”(《石点头》第四回《瞿凤奴情愆死盖》)的准备措施以避免死后尸身的暴露。其后还会有诸如自作祭文、铺摆香案、上香陈酒、焚烧纸钱等一系列自杀仪式的实施。《江都市孝妇屠身》(《石点头》第十一回)中虽未有失节之虞但仍决意以死践道(尽孝)的宗二娘在被宰杀之前也有洗浴净身、自写祭文，并且朝着家乡的方向，“拜了四拜，跪在地上”，“不慌不忙，高声朗诵”等一系列具有鲜明仪式感的自奠行为。在这些以死践道的贞烈妇人成功自杀后，小说还总是不忘交代文人阶层以及官方的反应，如“……有诗吊之，……为他作传”(《型世言》第六回《完令节冰心独抱 全姑丑冷韵千秋》)等等，这一充满了仪式感的自杀殉道过程也于是在纷至而来的纪念性诗文以及请旌建坊的一系列后续中画上了“完满”的句号。

明末短篇话本小说中对贞烈妇人在以死殉道过程中的那种仪式感的凸显很让人联想起一些追述鼎革之际忠臣烈妇以死殉国的文人笔记中同样显现出的对死亡仪式的叙述热情。如方浚师的《蕉轩继录》中就写到了明吏部尚书张华亭一家的殉节，“……及晨，诸姬方氏、周氏、毕氏、冢妇沉氏即茂滋母也、女孙茂漪俱先投缳。诸姬姜氏投水，毕姬先登，姜姬止之曰：‘死亦当以序，莫匆匆也。’公曰：‘善。’乃以序而上，及诸仆妇诸婢之从死者。”(《蕉轩续录》卷十《明太傅吏部尚书文渊阁大学士华亭张公神道碑铭》)而鼎革之际武官王兴一家的殉难更是被吴伟业用一种近乎传奇的笔调细腻地描绘了出来，“王兴……归阉门，与妻张氏盥栉，服伪赐蟒，十五妾皆盛

① (清)归庄.天长阮贞孝传[M]//归庄集.北京：中华书局，1962：422.

妆，祷月后园，共拜天地；然后使张氏自拜其母，又夫妇对拜，又同受众妾之拜；拜毕，依次坐桂下石床；笑谓众妾曰：'今日之事憾乎？'皆应曰：'无憾。'乃命酌，三爵既周，张氏起曰：'可以行矣。'即率众妾归房，兴亦徐步出，……兴至中堂，陈前后伪赐诰敕，北面嵩呼谢恩，次拜祖先，次拜四方，视壁间悬所爱虎顾彪图，亦就拜之，随执铜叉取下，卷置敕书旁，释公服，短衣至房，则众妾皆赫然梁间矣。房中先积火药，兴升小儿，下张氏尸，解缳置药上，次及众妾皆毕，复出中堂，服公服，右秉烛，左抱敕书图画，大步而入，……而房中烈焰贯天；将士奔救，见十七人骇骨皑然，乃取兴平日所斫大棺，合而殓焉。"(《鹿樵纪闻》卷下《绣花针传》)这些死节事件无疑有着道德意志的极致体现，但在对死亡过程中的一系列"环节"，如盛装"出席"、祭祖参拜，尤其是殉难者按照身份等级的尊卑次序依次自杀等的津津乐道中似乎更有着一种不可言说的趣味，其中所透出的那种"冷静到残忍的理性"[①]让人无法不怀疑这些追述鼎革之际忠臣烈妇死节事迹的文字以及明末短篇话本小说中描述贞烈妇人以死殉道的文字中都含有一种近乎于暴力美学的病态趣味。此种病态趣味的发生显然有着明代社会好奇、尚烈、嗜虐这一病态心理在社会心理层面上充当着坚实的后盾，且明末之际深重的社会危机与民族危机同时也更加剧了原本就在暴虐政治下被"培养"起来的对暴力本身的兴趣。当这样一种之于暴力本身的病态趣味与明亡前夕被迅速推向极端化的封建道德信条相结合后就会不可避免地使得道德实践本身也随之一并走向暴力化。诸如忠、贞、孝等道德信条似也只有以暴力这一极端方式(无论是针对自我的暴力，如"割耳自誓"、"自毁面目"的自残，以死殉夫的自戕，还是指向他人的暴力，如用金簪将歹人眼睛刺瞎的暴力反抗，对杀夫仇人实施的血腥复仇等)才能得到完美的实践。至于暴力本身也因其对封建道德信条的"依附"而得到了极大地合理化。道德与暴力，这原本全然无关的两极竟在明末之际的文字书写中得到了再诡异不过的结合。

第三节 "男性特质"的分移与性别秩序的巩固：崇祯朝短篇话本小说中的性别书写

一

出于明亡前夕对道德楷模的热烈需求，贞节烈女的形象在明末短篇话本小说中得以大量出现。她们在贞节观上显示出了极为坚定的道德意志，无条件地遵从且丝毫不求回报。《韩侍郎婢作夫人　顾提控椽居郎署》(《二刻拍案惊奇》第十五卷)与《郭挺之榜前认子》(《石点头》第一回)中都有为报答救命之恩而将女儿送予恩人做

① 赵园.明清之际士大夫研究[M].北京:北京大学出版社,1999:38.

妾，结果又被完璧送还的情节。《韩侍郎婢作夫人　顾提控椽居郎署》（《二刻拍案惊奇》第十五卷）中被当做礼物赠送他人的女子在被完璧送还不久后，其父母又因家庭困境将其卖给了一个徽商作妾，女子本人在这一过程中的表现则完全是被动而沉默的。但《郭挺之榜前认子》（《石点头》第一回）中与其境况极为相似的青姑娘却在道德信念的坚强支撑下表现得极为清醒、主动，被恩人郭乔完璧送还后的她从此拒绝再嫁他人，其理由是"然私心以为得了恩人的厚惠，虽不蒙恩人收用，就当卖与恩人一般，如何又敢将身子许与别子?"当郭乔开导其不要将自己的赠银义举与其卖身救父的孝行"认做一事"时，青姑娘又以"从一而终"的贞节信条为据发表了一篇颇具辨析色彩的道德宏论，"事虽无干，人各有志，恩人虽赠银周济，不为买妾，然贱妾既有身可卖，怎叫父亲白白受恩人之惠？若父亲白白受恩人之惠，则恩人仁人，为义士，而贱妾卖身一番，依旧别嫁他人，岂非止博虚名，而不得实为孝女了？故恩人自周济于父亲，贱妾自卖身于恩人，各行各志，各成各是，原不消说得。"以其所阐释的道德信念为据，即便郭乔没有将其纳为侧室，这位"贤女子"也还是会遵从着"从一而终"的道德信条为这位名义上的丈夫守节，其守节之意愿完全是无条件的，且丝毫不计回报之可能。这样一种完全无关利益得失的道德意志与"二拍"中"到头元是自周全""与人方便，自己方便"（《二刻拍案惊奇》第十五卷《韩侍郎婢作夫人　顾提控椽居郎署》）等"有还有报"式的市民道德完全不同，而更多地是以忠、孝、节、烈等道德信条相标榜的正统道德的一种体现。作为正统价值观的权威性赋予了其不容辩驳、不容置疑的绝对地位，而决不允许有丝毫市井气的讨价还价掺杂其中。

在正统价值观强力回归的明末之际，不仅止于节妇之一厢情愿地守节，臣子之尽忠也同样被要求不得有任何利害得失的考量。在《矢智终成智 盟忠自得忠》（《型世言》第八回）的头回故事中介子推逃入深山的动机就被解释为是对晋文公封赏的一种拒绝，"我当日割股，也只要救全主上，全我为臣的事，并没个希望封赏意思；若依着他们，毕竟要报我，恰是放债要还模样，岂是个君臣道理。"且不止是"有爵有位、戴纱帽的官人"，即便是"无官无禄"（《西湖二集》第二十六卷《会稽道中义士》）的庶民亦应同样无条件地为国尽忠而不得以官身、俸禄之有无为托词。孝行的实施亦应如此。《寸心远格神明 片肝顿苏祖母》（《型世言》第四回）中的孝女为拯救身患重病的祖母而先后两次割肉疗亲。当邻里欲为其"具呈讨匾"时，却遭到了孝女的拒绝，"这不过是我一时要救祖母如此，岂是邀名?"其"不肯借孝亲立名"之举同样申明了孝行的实施不应以求取回报为前提条件。这篇小说的回前评还对李密《陈情表》中的"臣无祖母，无以有今日；祖母无臣，无以终余年"一句颇多微词，认为其尽孝之心似乎仅仅是对祖母养育之恩的一种"有还有报"式的补偿，"犹在报复作想，而未纯也。"上述论及到的贞、忠、孝等正统道德信条皆被要求无条件地施行且不得有任何回报之计较，此种绝对化的正统道德论正是明亡前夕为短篇话本小说领域所普遍推崇的主体价值观。

任何得失上的计较都是对正统道德权威性的亵渎，任何人情上的考量也同样会妨碍正统道德的绝对执行。明末短篇话本小说中的那些道德化人物在“被”标榜着完全没有私心计较的“大无私”之同时，更时常给人一种缺乏人情、甚至于无情、绝情的强烈印象，这一点尤其体现在那些为了贯彻某一道德信条而对他人，时常也包括对自己实施暴力行为的烈女烈妇身上。《烈妇忍死殉夫 贤媪割爱成女》（《型世言》第十回）中孤苦无依的母亲尽管苦苦哀求着一意殉夫的女儿，“你兄弟又无一个姊姊，又嫁着个穷人，叫我更看何人，况且你丈夫临终有言，叫你与我过活，你怎一味生性，不顾着我。”但这位烈妇终究还是舍弃了母女之情而自缢身亡。《侯官县烈女歼仇》（《石点头》第十二回）中决意替夫报仇而假意应允了仇人提亲请求的申屠娘子也是如此。临上花轿之时，知其复仇隐情的好姐妹“已知此番是永别了，也不由不伤心痛哭”，申屠娘子的孩子也“要娘怀抱，死命的啼号”，但如此“便是铁石心肠，也要下泪”的“凄惨光景”并没有让这位女性流出一滴眼泪，而是“毅然上轿，略不回顾”，并终于在新婚当夜以“连杀了五人”的狠手将仇人“父子并诛，斩草除根”，申屠娘子自己也终于在复仇成功后于丈夫的坟前毅然自缢。与申屠娘子可堪一比的尚有《江都市孝妇屠身》（《石点头》第十一回）中那位在因战乱围城而造成的大饥荒中不得不自愿被屠杀以“卖身”尽孝的宗二娘。她对即将到来的那异常恐怖的死居然并没有流露出丝毫的恐惧，相反倒总是表现得极为淡定、从容。当她与丈夫商量夫妻二人中当有一人须被屠杀卖钱时，小说曾多次写到了宗二娘的笑，或是“冷笑”着说，“或是你卖了我，将钱作路费，归养母亲；或是我卖了你，将儿作路费，归养婆婆。”或是“笑”着说，“你若不情愿，只怕双双饿死，白白送与人饱了肚皮。不如卖了一个，得了两串钱，还留了一个归去。”其后，决意自我牺牲的宗二娘更是在“又笑一笑”后告别了丈夫，头也不回地走进了屠宰场，“脱衣就戮，面不改色”。如果撇去那令人恐怖的谈话内容不看，在其与丈夫的从容笑谈中流露出的轻松神态足以造成一种他们只是在讨论一些家长里短、鸡毛蒜皮的小事儿这样的错觉。当此死亡之恐怖迅速迫近之时，宗二娘那数度露出的“诡异”微笑真是给人一种远比死亡本身还要恐怖的感觉。

孝子之行孝亦是如此。《王本立天涯求父》（《石点头》第三回）中的王原从塾师对儒家“孝道”的讲解中获得了道德启发而决意去寻找那早已离家出走的父亲。当其母叮嘱其无论寻到与否都要及早回还时，王原的反应却是“我王原若终身寻父不着，情愿刎颈而死。”他那坚定的寻父意念自然是出于一片孝心，但由于其自出生之日起便从未与父亲有过任何接触，他的那份孝意与其说是源自于天然的血缘亲情，不如说更是从道德训诫中感受到的伦理义务，恰如其“然自盘古开天，所重只得天地君亲师五个字。我今蒙师长讲得这孝字明白，若我为子的不去寻亲，即是不孝，岂非天地间大罪人！”这番道德感悟所显示的那样。新婚三日后的王原很快地就踏上了寻父之旅，当母亲再次叮嘱其“你纵不记我十六年鞠养之苦，也须念媳妇三日夫妇之情，切莫学父亲飘零在外”时，王原的回答却让人感到十分地寒心，“此行儿子尚顾不得母亲，岂能念到妻子。”然而，其为了伦理义务而抛弃血缘亲情的做法却恰恰是为明末短篇话本小说所推崇的，是正统道德论绝对化之后的体现。即如臣子尽忠殉国时，女性的表现也被做如此要求。《烈士不背君 贞女不辱父》(《型世言》第一回)的入话议论处即有言，“大凡忠臣难做，只是一个身家念重，一时激烈，也便视死如归，一想到举家戏辱，女哭儿啼，这个光景难当……。”小说中更是写到了靖难之际，包括皇后、命妇在内的女性为了免除丈夫的后顾之忧而先行殉节的故事，所谓“莫因妾故萦君念”，“妾计在一死，断不贻君之羞，烦君内顾”，当此国难之际，做妻子的就应先行自裁以免丈夫顾恋儿女私情而做不了忠臣。宁王叛乱时本欲自杀尽节，但最终还是“从逆”了的刑部侍郎李实也被作者认为是“他儿女贪图富贵”所致，“这便是有了不肖子孙，就有不好父母。”

以上列举的众多道德化人物在贯彻正统道德时都无一例外地呈现出了一种漠视人间情感的倾向，其对正统道德的彻底实施也正是以牺牲血缘亲情、伦理亲情为代价而实现的，其本人也已在相当程度上被充作了道德理念的载体。这样一种弃绝人情且几至无情、绝情的非人化状态却也正是明亡之际被极端化了的正统伦理道德所要求的。非如此，尚恋恋于血缘亲情乃至于一己性命者便无法将针对他人或指向自我的暴力行为贯彻到底；非如此，以暴力这种极端化行为实践着的正统伦理道德也将无法得到淋漓尽致地终极呈现。无情的非人化状态、极端化的暴力行为以及非死烈便不足以贯彻到底的正统伦理道德于此得到了因果层面上的完整链接。

二

此种无条件遵从、不计任何回报、剔除人间情感的绝对化道德在女性，尤其是烈女烈妇身上更为充分的实施无疑会使得原本处于弱势状态的女性获得一种道德上的崇高感，其身上所强力发散出来的道德光芒往往会使她那软弱、犹疑的丈夫变得更加渺小。在此类故事中，男性总是充当着配角，站在前台侃侃而谈地发表道德宏论的，抑或是为了实践某一道德信条而毫无惧色地赴死殉难的往往都是一直以来被视为弱者的女性。《郭挺之榜前认子》(《石点头》第一回)中的郭乔就曾为青姑娘这位“贤女子”的一番道德宏论所折服，多年之后当得知被变相抛弃了的青姑娘依然为其默默地守贞教子后，郭乔在深愧自己薄行的同时，更再次为这位女性的道德操守所感动，“我郭乔真罪人也！临别曾许重来，二十年竟无音问，家尚有余，置之绝地，徒令汝母受苦，郭乔真罪人也！”“果然苦守二十年，教子成名，续我郭氏戋戋之一脉。此恩此德，真虽杀身亦不能酬其万一。”相较于男子在道德上的缺陷，女性无疑被推上了道德的制高点而得以以俯视的姿态谛视那可怜兮兮的丈夫。这样一种颇有些性别错位意味的书写在《江都市孝妇屠身》(《石点头》第十一回)中体现得更为明显，宗二娘在做出屠身尽孝这一重大决定时的当机立断、毫无畏惧几乎都是在其丈夫，诸如“说罢大哭”，“见说要杀身卖钱，满身肉都跳起来，摇手道：‘这个使不得。’”“叹一声道:‘我便死,我便死!’说罢,身子要走不走,终是舍不得性命。”“(其夫)此时魂不附体,脸色就如纸灰一般,欲待应答一句,怎奈喉间气结住了,把颈伸了三四伸,却吐不得一个字,黄豆大的泪珠流水淌出来”等一系列的懦弱表现以及没完没了的抱怨的反衬下得到凸显的。

在道德信念的坚强支撑下坚定、强大、视死如归的女性与她那道德上有着严重缺陷且又贪生怕死的丈夫形成了鲜明的对比,这一女强男弱的性别搭配模式在明末短篇话本小说中得到了较为普遍的应用。其对比之目的也无外乎是以女性的刚烈反衬男子之柔儒,恰如男性作者对申屠娘子的评价,“谁似申屠娘子,与夫报仇,立杀五命,如同摧枯拉朽,便是须眉男子,也没如此刚勇,真乃世间罕有”,抑或是对宗二娘丈夫的评价,“看官,你看周迪(笔者按:宗二娘的丈夫)说到死地,便有许多恐怖;宗二娘说道杀身,恬不介意。可见烈性女子,反胜似柔弱男子”所显示的那样。男性的柔弱恰恰正是在性别层面上被与女性的刚烈作了对比,其中不难看出同为男性的文人作者对男性群体作为一个性别群体的深深地失望。不过,在这样的性别搭配中终究还是有着一种让人无法忽略的违和感存在其间。刚烈女子的强大无疑是根源于从坚定的道德意志那里汲取而来的力量,尤其是当这种坚定的道德意志在摆脱了人间情感的重重羁绊而趋于绝对化后,更会使得内心柔软的部分早已被剔掉的女性变得有如钢板一块地坚强,并从此成为无懈可击的道德载体。她们那一套套正义凛然、慷慨激昂的道德宏论也正是在这一新身份,即绝对化的道德载体下发出的。这一身份的赋予显然是出自于男性作家的一厢情愿,然而读者们却无法不去对那一番道德宏论竟会出自一个从未接受过任何教育的农家女儿之口产生怀疑(《石点头》第一回《郭挺之榜前认子》),也同样无法不去怀疑一个乡间的寡妇竟也会在如何反经求权以化解道德困境的问题上高谈阔论(《石点头》第二回《卢梦仙江上寻妻》)。她们那颇具理论素养且充满了辨析色彩的言论无疑得益于男性作者慷慨的赋予而绝非女性自己的声音,作为一个“失声的群体”,女性的“声音或者不被重视,或者必须采用男性话语才能得到认可。”[①]贞节烈女们所发出的,或者说“被”发出的道德宏论恰恰正是男性话语的一种体现。

有男性作者已然注意到了男性话语的赋予与女性自身受教育程度之间的断裂,于是开始强调这些道德化女性确曾接受过识字等基础教育。她们往往都被设定为儒家出身,《寸心远格神明 片肝顿苏祖母》(《型世言》第四回)中的陈妙珍、《完令节冰心独抱 全姑丑冷韵千秋》(《型世言》第六回)中的唐贵梅、《烈妇忍死殉夫 贤媪割爱成女》(《型世言》第十回)中的陈烈妇、《徐君宝节义双圆》(《西湖二集》第十卷)中的金淑贞、《卢梦仙江上寻妻》(《石点头》第二回)中的李妙惠、《江都市孝妇屠身》(《石点头》第十一回)中的宗二娘、《侯官县烈女歼仇》(《石点头》第十二回)中的申屠希光

① 孙慧玲.中国古代贞节观新考辨[D].哈尔滨:黑龙江大学,2011:5.

等皆如此。在其所接受的教育中，对《孝经》，尤其是《列女传》（或《烈女传》）等儒家经典的诵读更是会被特别提及。女性之于道德教育的反应，如《寸心远格神明 片肝顿苏祖母》（《型世言》第四回）中的陈妙珍在听儒家出身的祖母讲述“某人仔么孝顺父母，某人仔么敬重公姑，某人仔么和睦妯娌”等道德故事时，“也便心里明白，举止思想，都要学好人。”《徐君宝节义双圆》（《西湖二集》第十卷）中的金淑贞“每每看着《列女传》便啧啧叹赏道：‘为女子者须要如此，方是个顶天立地的不戴网儿的妇人。’从来立志如此”等也总是会得到强调。尤其是《完令节冰心独抱 全姑丑冷韵千秋》（《型世言》第六回）这篇小说，其源故事当出自于《明史》卷三〇一《列女传一》中的“唐贵梅”条。源故事对唐贵梅的家庭背景及其受教育程度并无任何交代，但在由其敷演而来的话本小说中却增添了“原是个儒家女子，父亲是个老教书”这样的家庭背景介绍，并特意交代了这位老学究父亲“自小儿教他读些甚《孝经》，看些《烈女传》。这贵梅也甚领意。”这些后天增添的信息显然有助于说明何以这样一个柔弱的民间女子会在已然威胁到自身生命安全的道德困境中依然能够表现出如此坚定的道德意志。

明末短篇话本小说对小说中的道德化女性确曾受过儒家道德教育这一背景信息的添加完全符合明清之际的男性文人之于女性道德教育的认识，如“节义之起也，岂不以读书知礼义哉！妇人女子，仓皇逼侧，勇于一决，抑亦计无复之耳。……非其学问志行，深有得于孝经、女史，能从容如是耶？”[①]“烈妇烈女，……然非读书明大义，乌能如此？‘女子不宜识字’，此言真欺我哉！”[②]等言论所表达的莫不是儒家道德教育之于女性道德操守的重要性。正是从儒家道德教育中培养而来的道德操守使得道德化女性具备了成为道德载体以及进一步承载男性话语的资格，并从此将自己与那些小家子气的“平庸女流”彻底地区分开来。从这一意义上讲，“德”的品质以及男性话语的赋予已然使得那些道德化女性在相当程度上被男性化了。也正唯如此，这些被极大男性化了的道德化女性，或者说精英女性才得以从平庸的女流中超脱出来并得到男性作者毫不吝惜地赞美，而对于女性中的绝大多数，亦即所谓的“平庸女流”，男性作者则总是抱着一种无法掩饰，且也不屑于掩饰的轻蔑态度。

明末短篇话本小说中并不乏贬低女性的言论，如《江都市孝妇屠身》（《石点头》第十一回）这篇小说在歌颂宗二娘屠身尽孝的孝行之前就先发表了一通贬低女性的言论，“唯有那女人家，性子又偏，性子以偏，见识又小，呆呆的坐在家中，平日间只与姊妹姑嫂妯娌们说些你家做甚衣服，我家置甚首饰，你家到那里去扳亲，那里去望眷，我家到何处去烧香，何处去还愿；便是极贤慧的，也不过说了些柴米油盐酱醋茶的家常话，何曾晓得甚么缇萦女救亲，赵五娘行孝。”宗二娘这位道德化女性的孝烈

① （清）吴伟业．登封三节妇传[M]//吴梅村全集．上海：上海古籍出版社，1998：1067．

② （明）计六奇撰．明季北略[M]．任道斌、魏得良点校．北京：中华书局，2006：573．

显然是在与"平庸女流"普遍缺乏道德感的对比中得到凸显的。《宣徽院仕女秋千会清安寺夫妇笑啼缘》(《初刻拍案惊奇》第九卷)中三夫人的嫌贫爱富也被径直归责于性别上的"劣根性","那三夫人是个女流之辈,只晓得炎凉世态,那里管甚么大道理?"即如一些看似宽容的言论其实也往往建立在贬低女性的基础上,如《阴功吏位登二品 薄幸夫空有千金》(《型世言》第三十一回)中虽否定了男子一旦富贵就抛弃糟糠之妻的薄幸,认为"不可专咎妇人之妒与悍,还是男子之薄",但其"那妇人能有几个有德性的?"的反问则显然又在暗示着妇人一味地妒与悍终究还是与其缺乏道德修养有关。《勘血指太守矜奇 赚金冠杜生雪屈》(《型世言》第三十六回)中的杜外郎对冯外郎将责任全推给妻子的做法表示了不满,但其立论显然并不是基于对女性的保护与尊重,而是完全建立在"妇言不可听"的古老训诫上,"我们全凭着这双眼睛认人,全凭着肚里量人,……却凭着妇人女子之见,妇人女子能有几个识事体的?凡人多有做差的事,大丈夫不妨直认,何必推人。"男性作者对"平庸女流"这一女性主体的贬低性言论与对少数道德化了的精英女性的极力推崇二者之间形成了鲜明的反差,从性别层面上探讨这一反差的成因及其背后隐含着的性别意义将是极富有意味的。

三

相较于有着坚定道德意志的少数精英女性,对于那些普遍缺乏道德操守的"平庸女流"而言,确保其尚能维系基本道德底线,即贞节的唯一办法恐怕也就只有"内外有别"之类的强制性身体隔离措施了。对女性实施的强制性身体隔离措施早在先秦儒家经典中即有明确规定,即便进入整体文化趋于世俗化、平民化的近世,以"严内外之别"为基本信条的性别隔离措施也仍被一丝不苟地遵从着。在明代的一些地方志中时常会有这样的记载,如弘治朝的衢州府龙游县,"妇人少出户庭";常山县,"妇人供纺织,不出户庭。"[①]万历朝的绍兴府,"妇女无交游,虽世姻竟不识面。"[②]浙江府温州地区,"妇女无故不出户庭,耻向官府,不行鬻于市。"[③]即如新昌县等较为偏僻的山区,"名门右族,闺门严整,非至亲不相见,街市店肆中不见妇女往来,开张贸易者绝无焉。"[④]不过,由于"严内外之别"这一性别隔离措施的贯彻执行一直以来都被视为民风醇厚、风化良好的道德标尺,地方志的此类文字记载是否存在着夸大失实之处尚可存疑,但足迹几遍布全国的著名旅行家王士性从其切身的旅行见闻中得出的印象当可辅证一二。这位万历五年(1577)的进士曾言自其出生以来五十年间的

① 弘治.衢州府志:卷一.风俗[M]//天一阁藏明代方志选刊本(影印).上海:上海书店,1964:32—33.

② 万历.绍兴府志:卷十二.风俗志[M].万历十五年刊本(影印).台北:成文出版社,1983.

③ 万历.温州府志:卷二.舆地·风俗[M]//《四库全书存目丛书》编纂委员会.四库全书存目丛书·史部:第210册.济南:齐鲁书社,1997:516.

④ 万历.新昌县志:卷四.风俗志[M]//天一阁藏明代方志选刊本(影印).上海:上海书店,1964.

时间里，“城市从未见一妇人，即奴隶之妇他往，亦必雇募肩舆自蔽耳。”[①]清中叶来华的英国使团在杭州西湖游玩时，也曾惊异地发现游湖的几乎全都是男子，“这里的女人不在这种场合出面。”即便是一些乡村妇女，“好奇心驱使她们出来看外国人，但立刻被家里的男人叱咤回去，似乎生怕她们被他们所认为的野蛮人看到”。[②] 与性别隔离措施有关的劝诫，如“一句良言须听取，妇人不可出闺房。”(《初刻拍案惊奇》第六卷《酒下酒赵尼媪迷花　机中机贾秀才报怨》)“所以内外之防，不可不严也。”(《二刻拍案惊奇》第二十五卷《徐茶酒乘闹劫新人　郑蕊珠鸣冤完旧案》)以及相关内容的描写在明末短篇话本小说中亦不时得见。女性，尤其是未婚女子时常会遭到有如囚犯般的对待，其父母往往充当着严格限制其人身自由的监督者这一角色。《错调情贾母詈女　误告状孙郎得妻》(《二刻拍案惊奇》第三十五卷)中的方妈妈“拘管女儿甚是严紧”，每天“未晚就收拾女儿到房里去了”；《陆五汉硬留合色鞋》(《醒世恒言》第十六卷)中的潘用夫妻怀疑女儿与人私通而“几遍将女儿盘问”，在遭到女儿的矢口否认后，夫妻二人“防谨愈严”，不仅将“女儿卧房迁在楼下”，而且还在“临卧时将他房门上落了锁，万无他虞”，“看夜间有何动静”。《任君用恣乐深闺　杨大尉戏宫馆客》(《二刻拍案惊奇》第三十四卷)还用颇为夸张的笔调写到了权宦之家对众姬妾的严防死守，“中门以外直至大门尽皆锁闭，添上朱笔封条，不通出入。惟有中门内前廊壁间挖一孔，装上转轮盘，在外边传将食物进去。一个年老院奴姓李的在外监守，晚间督人巡更，鸣锣敲梆，通夕不歇，外边人不敢正眼觑视他”，“铁壁铜墙，提铃喝号，防得一个水泄不通”。

女性的身体不仅在性别隔离措施的严格执行下被驱离出了公共空间，且即便在“内”的私人领域中亦同样受到了抑制，诸如“在父母舅姑之所，有命之，应唯敬对，进退周旋慎齐，升降出入揖游，不敢哕噫、嚏咳、欠伸、跛倚、睇视，不敢唾洟；寒不敢袭，痒不敢搔。”(《礼记・内则》)“不登高，不临深，不苟訾，不苟笑，立必正方，不倾听，毋噭应，毋怠荒。”(《礼记・曲礼》)“凡为女子，……行莫回头，语莫掀唇。坐莫动膝，立莫摇裙。喜莫大笑，怒莫高声。内外各处，男女异处，男女异群。莫窥外壁，莫出外庭。”(《女论语》)此类女教书中的训诫自然可以被视为对女性仪态举止的一种“礼仪训练”，但同时更是女性内在道德修养的一种外化体现，其所共同要求的就是女性应主动地对自己的身体实施自我抑制、自我束缚[③]。换言之，女性对自我身体的主动抑制在相当程度上即是自身道德操守的一种体现。然而，尽管有女性道德操守相标榜，但所有这些，无论是通过性别隔离措施将女性驱离于“外”的公共空间，还是通过对身体训练的强化以使其即便在“内”的私人空间中同样受到抑制，如若追究其终极的理论依据则无疑还是建立在“女性劣等论”这一原初的性别偏见上，上文列举的于

① (明)王士性. 王士性地理书三种[M]. 上海：上海古籍出版社，1993：330.

② 闵家胤. 阳刚与阴柔的变奏——两性关系和社会模式[M]. 北京：中国社会科学出版社，1995：259—260.

③ 从这一意义而言，女人的小脚显然也是内化到女性身体结构层面上的控制手段，且具有极强的隐蔽性。

明末短篇话本小说中不时出现的贬低女性的言论即显然以此性别偏见作为立论的依据。且不独古代中国，即便是西方世界中的一些著名的思想家、学者亦同样有此论断。“厌恶女人”似乎“是一个普遍现象”，“男人永远处于憎恨女人的状态”，[①]亚里士多德即将女性视为未成年的孩子，他虽不否认女性有思维能力，但同时又认为即便有，女性的思维能力也将是极其低下的，充其量不过是欠发达的人。叔本华则认为“(女性)只有在激起男人性欲时才是美丽的。她的全部美就在这一点上……女人的天性是顺从，她需要老爷……女性不会产生英雄、伟人和出类拔萃的代表人物。……妇女一辈子都是不懂事的孩子。”[②]尼采则完全否认了女性道德操守存在的可能性，认为“女人的艺术杰作”就仅在于“撒谎”。将以上这些贬低女性的言论加以综合考量就会发现女性之所以被视为“劣等”，就在于男性社会并不相信女性也可能拥有与男性等同的智力水平与道德水准。既然如此，对于在智力上与道德上都有着如此严重缺陷的“劣等”生物，使其得到“驯服”的唯一方法便也只有身体控制了。正如尼采所言，“你去找女人吗？不要忘记带鞭子”，男性社会显然对提升女性智力，尤其是道德水准并不抱有任何乐观的幻想，而是将注意力更多地投注到了对女性身体的驯化上。正是因为女性天生的“劣等性”，所以，“女人永远不会摆脱从属于男人或听命于男人的地位”[③]，而男性社会所要做的就是通过“操纵”“塑造”和“规训”以使女性(或者说女性的身体)学会“服从”和“配合”，[④]并通过对女性身体的驯化，在两性之间建立起一种服从与被服从的关系，使女性的身体“在变得更有用时也变得更顺从，或是因顺从而变得更有用。”[⑤]正是从这一层面而言，笔者认为在传统中国普遍实行着的性别隔离措施以及女教书中种种关于抑制女性身体的训诫究其立论之根源其实都建立在“女性劣等论”这一原初的性别偏见上，尽管其后随着文明与教化的发展，这一原初的性别偏见确实在女性道德论的掩护下得到了充分的伪装而变得更趋于隐蔽。

四

在明确了对女性(当然也包括道德化了的少数精英女性)普遍实施的强制性隔离措施，包括倡导女性进行自我身体抑制的训诫内容背后深藏着“女性劣等论”这一原初的性别偏见后，当我们再来探讨何以明末的男性小说家们在对少数道德化了的精英女性不吝推崇之同时，仍对“平庸女流”这一女性主体难掩鄙视之情的原因时，

---

① (英)亚当·朱科斯.男人为什么仇恨女人[M].北京：中央编译出版社，2009：9.

② (德)叔本华.论女人[M]//说不尽的女人.广州：广东人民出版社，1994：73—74.

③ (法)卢梭.爱弥儿：下卷[M].北京：商务印书馆，1978：548.

④ (法)米歇尔·福柯著.规训与惩罚：监狱的诞生[M].刘北成，杨远婴译.上海：生活·读书·新知三联书店，1999：154.

⑤ 陆扬主编.身体政治[M]//文化研究概论.上海：复旦大学出版社，2008：151.

相信就会得到更赋予性别意味的阐释。以贞节观为核心的道德操守赋予了道德化了的少数精英女性以从“平庸女流”中超脱出来的力量，尤其是当道德操守以绝对化姿态（无条件遵从、不计任何回报且剔除人间情感的羁绊），或死烈的极端化形式呈现之时，其所显现出的极为自觉的道德意愿以及极为坚定的道德意志更使得那些从“平庸女流”中超脱出来的道德化女性甚至具备了足以与男性这一“优等”性别相比较，甚至于使其相形见绌的道德资本。道德，这一被认为是女性这一“劣等”性别所天然缺乏而几为男性这一“优等”性别所垄断的，亦即具有性别区分意义的“素养”却在明末短篇话本小说中的道德化女性身上得到了集中呈现，这一现象在相当程度上可以视为“男性特质”，亦即“德”这一品质向女性群体的一种分流，抑或说移动。也正是从这一角度出发，笔者才会认为这些道德化了的女性已然在相当程度上被男性化了，其自身所具有（或者说被赋予）的道德操守，尤其是其在贯彻道德操守时所体现出的坚定、执着、冷静、绝情，尤其是那种敢于以死相拼，不惜鱼死网破的暴力化倾向等等全都偏离了正统道德，尤其是女教书为女性所规设的自我抑制模式，这些被“德”这一“男性特质”乃至于慷慨激昂的男性话语所武装过的道德化女性已然与“女以弱为美”（《女诫》）的传统女性发生了严重脱节。

事实上，“男性特质”向女性群体的分移于明末短篇话本小说中的体现并不止于道德化女性的出现，由此而形成的所谓“女强男弱”的性别搭配模式也同样并不仅止于道德化女性与其道德上有缺陷且又软弱、犹疑的丈夫这一种搭配。除了“德”之外，诸如“勇”、“才”等历来被视为为男性所特有的品质也程度不同地发生了趋向于女性群体的分移。由此而形成的诸如武艺高强的女豪杰与反须女人保护的丈夫、泼悍的妒妇以及在妒妇的淫威下战战兢兢的惧内丈夫、才华横溢的“知识女性”与她那一字不识的粗蠢丈夫等等搭配模式无一不是“女强男弱”式的。此外，在即便始于私情也要坚守贞节的女性与她那严重缺乏道德自律且在情欲的驱使下丑态百出的浪荡情人这一搭配模式中也同样不难看出“女强男弱”式的道德差距。在这些具有性别颠倒意味的搭配模式中所出现的女豪杰、女才子、女“道学”等等，连同上文一直在论述着的道德化女性无一不是在被分移了“男性特质”，即“德、才、勇”之后而形成的新女性形象，其与话本小说中时常描写的那些并无多少道德感、也从未接受过任何文化教育，终日里纠缠于种种世俗欲望并最终往往误入歧途的市井女性显然有着本质上的不同。然而，也正是这些市井女性，或者说以市井女性为代表的女人们构成了女性群体的主体部分，亦即被认为是唯有强制性的身体隔离措施才能保障其基本道德操守的“平庸女流”，而道德化女性、女豪杰、女才子、女“道学”等新女性则是从“平庸女流”这一“绝大多数”中超脱出来的“少数”精英分子。正如明末短篇话本小说中的书中人物所言，“读书识字，心性贞淑”的就“绝不是小家之女”（《初刻拍案惊奇》第二十七卷《顾阿秀喜舍檀那物　崔俊臣巧会芙蓉屏》），“德、才、勇”等“男性特质”的分移无疑在这一自我超越的过程中发挥了决定性作用。

“德、才、勇”等“男性特质”向女性群体的分流与移动促成了“女强男弱”这一性别搭配模式的形成，这不仅是对传统性别气质，即“阳以刚为德，阴以柔为用，男以强为贵，女以弱为美”(《女诫》)的一种颠倒，而且也使得传统的性别角色发生了有意味的变化。于传统观念中一直被视为“劣等”性别的柔弱女子在明末短篇话本小说中却呈现出了“强势”的一面，而以“优等”性别自居的男性则不是在贞女烈妇的道德光环下自惭形秽，就是成为武艺高强的女豪杰的被保护对象，甚或于在悍妻妒妇的淫威下瑟瑟发抖。即如女豪杰而言，《曲云仙　力戡大盗　义折狂且》(《天凑巧》第三回)中的关东女杰曲云仙就曾以威慑力十足的暴力震慑手段成功地化解了一场突然而至的家庭危机，并让那位觊觎其美貌的家主方公子再也不敢对其抱有任何非分之想。小说对这位关东女豪杰在所谓“新婚”之夜的凌人气势进行了一番颇为生动的描写，现不妨引文如下：

那云仙……倒剔双眉，大睁星眼，飕的一声，从膝裤里抽出一把解手刀儿，手指公子，大喝骂道：“你这忘恩负义的狂徒！我自辽东一路上保护你回来，不但钱财不失，还全了你的性命。我好端端的夫妻，你怎么生拆我的，倚着势力强要占我？你也看看我可能好惹的吗？一马一鞍，怎么逼我为妾？你那银子、酒器，全是要设局害我丈夫的。常言道，先下手者为强。且先砍了你这个驴头，然后再刳腹取心，以泄我恨！”话还不曾说完，方公子早已钻在床底下了，道：“二孺人，饶了我的狗命罢，我再不敢起这样狗心了。”云仙又把刀子敲着道：“谁是你的二孺人？快快出来受死！若不出来，我把刀子搠你百十个窟窿。”这方公子在床底下大声叫道：“云仙姐，我在这里给你磕响头，你大放慈悲，可怜可怜，饶了我罢。”

关东女豪杰那霸气凌云的强势姿态不仅与躲在床下哀求不迭的方公子形成了鲜明对比，更使得她那只知唉声叹气而无一毫作为的丈夫相形见绌。再如就明末短篇话本小说中时常出现的悍妻妒妇而言，其所展现出的强势姿态同样令身为丈夫的男性惶恐不安。《寄梅花鬼闹西阁》(《西湖二集》第十一卷)中的悍妻妒妇就将自己的丈夫拘管得服服帖帖，做丈夫的也“不敢破坏妻子的教训，从此规规矩矩，遵着孔子大道而走，踏着周公礼法而行，不敢恣意胡为。”当丈夫的风流习性再次复发后，这位泼悍的妻子甚至还兴起了要阉割丈夫的念头。这种潜藏于女性内心深处的阉割欲望恰如男性社会对女性实施的缠足一样，都是“内化到人体生理结构之中的最为潜隐的监视与惩罚之手段”，[①]其所代表的正是女性欲于最为原初的生理层面彻底控制住男人的欲望。凡此种种强势的女性形象在明末之前的话本小说中都绝少出现，其于明末话本小说中的集中出现当与上文一再分析的“男性特质”向女性群体的分移以及由此促成的女性强势化有着密切关联。

① 叶舒宪.阉割与狂狷[M].西安:陕西人民出版社,2010:10.

五

在本小节的论述接近尾声之时尚有一点须明确的是，尽管由于“德、才、勇”等“男性特质”向女性群体的分移在造成了女性强势化的同时，又促成了“女强男弱”这一性别搭配模式于明末短篇话本小说中的普遍化，但这样一种性别气质乃至于性别角色上的流动与颠倒并不会对传统的性别秩序造成颠覆性的破坏。这些被赋予了男性特质的，或者说男性化了的女性并无意于冲破“男外女内”的传统两性秩序，即使她们偶尔会有女扮男装，出入于稠人广众之中的行为，但也绝非是要向历来为男性所主宰的社会公共领域发起冲击，其于公共空间中的现身更多地仅仅是在男性缺席，或者男性变得不够男人的情况下的不得已而为之。譬如《同窗友认假作真　女秀才移花接木》（《二刻拍案惊奇》第十七卷）中出身于武官家庭的闻蜚娥之所以女扮男装进学、考童生就完全是出于重振家声的愿望，“他起初因见父亲是个武出身，受那外人指目，只说是个武弁人家，必须得个子弟在黉门中出入，方能结交斯文士夫，不受人的欺侮。”在“兄弟尚小，等他长大不得”的情况下，闻蜚娥便毅然决然地扮演起了男性角色，并最终考取了秀才，使得自己的家族终于能“与官府往来，添了个帮手，有好些气色。”《李公佐巧解梦中言　谢小娥智擒船上盗》（《初刻拍案惊奇》第十九卷）中女扮男装的谢小娥厮混于男性社会以伺机为全家人报仇的行为，《刘小官雌雄兄弟》（《醒世恒言》第十卷）、《李秀卿义结黄贞女》（《喻世明言》第二十八卷）中的女性女扮男装以便在外经商的行为同样都是在男性家庭成员缺席的情况下发生的。在男性家庭成员缺席的情况下，这些女性挺身而出代替男性承担起了本应由男性承担的家庭责任。尤其在男性变得不够男人的情况下，被赋予了“德、才、勇”等“男性特质”的女性更要靠着自己的道德力量、聪明才智甚至于暴力手段担负起保护软弱丈夫、拯救家庭危机乃至于替死去的丈夫报仇雪恨等种种原本绝非女性的柔弱肩膀所能担负起的重担。论述至此，明末的话本小说家们何以在感慨男性群体之柔儒且欲重振男性力量的同时，又极为慷慨地将“德、才、勇”等“男性特质”赋予了一贯受鄙视的女性群体的原因，尤其是其背后所隐含的那颇为复杂的男性心理当不难体察出一二。

即如上文在“武人气、豪侠气与对男性气质的重塑”这一小节的论述中所表明的那样，于明末短篇话本小说中所显现出来的重塑男性气质的愿望更多地也仅止于停留在“气质”这一层面，男性群体之柔儒、软弱并没有得到任何根本上的改变。渴望强大但实际上并未强大，希求得到保护的愿望正是从骨子里的不安中牛发出来。这种寻求保护的目光于是就很自然地投射到了女性身上，然而，传统的女性形象显然并不足以承担这一重任，于是“德、才、勇”等“男性特质”的慷慨赠予，女豪杰、女才子、女“道学”等强势女性的出现便也跟着顺理成章了起来。至于悍妇妒妻的一并出现倒更像是一个意想不到却也在意料之中的“副产品”，其所代表的与其说是对男性心理期待的满足，倒不如说是男性性别焦虑的一种体现。在由此而形成的"女强男弱"的性别搭配模式中，男性安享于女性的保护且又洋洋得意的神态正暗示了这一慷慨的赠予完全是物有所值的。《同窗友认假作真　女秀才移花接木》（《二刻拍案惊奇》第十七卷）中骑在马上的女人"扣上弦，搭上箭"，一箭就射倒了半路打劫的响马，而被保护起来的男人则坐在"轿里得意"，这一幕极具性别颠倒意味的画面当可视为上述见解的绝好例证。从这一层面而言，强势化了的女性正是在男性复杂心理下的产物，在相当程度上是"被"书写出来的女性形象。

正因为如此，这些并不具备人格独立性的女性人物就绝不可能有着冲破传统两性秩序以寻求自我独立之愿望。这些"被"书写出来的强势女性当其在代替缺席了的男性承担重任时总是被表现得男子气概十足，而一旦被赋予的男性角色完成后，她们又都会毫无异议地"自动"退回到原本的女性角色中，自觉地遵从贞节这一道德信条正是其回归且认可其女性身份，或者说女性性别角色的最重要体现。许多早已混迹于男性社会多年的女性一旦恢复女装就会在贞节问题变得异常道学起来，如《同窗友认假作真　女秀才移花接木》（《二刻拍案惊奇》第十七卷）中的闻蜚娥之所以将未来夫婿的人选范围确定在两位男性同窗中，就是认为其"久与男人做伴，已是不宜，岂可他日舍此同学之人，另寻配偶不成？毕竟止在二人之内了。"《李公佐巧解梦中言　谢小娥智擒船上盗》（《初刻拍案惊奇》第十九卷）中的谢小娥在其女性身份被公开后就坚决地表示"誓心不嫁"，"我混迹多年，已非得已；若今日嫁人，女贞何在？宁死不可！"即如《李秀卿义结黄贞女》（《喻世明言》第二十八卷）中的黄善聪亦是如此，当与之共事多年的男性友人得知其女性身份而欲娶其为妻时，这位曾经走南闯北的女商人突然变得道学气十足起来，"妾以兄长高义，今日不避形迹，厚颜请见。兄乃言及于乱，非妾所以待兄之意也。……嫌疑之际，不可不谨。今日若与配合，无私有私，把七年贞节一旦付之东流，岂不惹人嘲笑！"考虑到"三言"阶段以"情教"为主的价值观定位，如此道学气十足的言论出现其中倒着实有些令人意外。

无论如何，这些"被"书写出来的强势女性在男性缺席，或者男性变得不够男人的情况下须能冲锋陷阵、勇往直前，在完成被赋予的种种任务，如重振家声、替父经商、替夫报仇或索性替软弱的丈夫出头以拯救家庭危机等等后又须自觉自愿地退回传统的女性角色之中，并以"贞节"这一最为基本的女性道德严格要求自己。这样一种堪称"招之即来，挥之即去"，勇于付出且绝不添乱的女性形象正是男性小说家们所衷心期待并热心塑造的。其"德、才、勇"等"男性特质"的被赋予以及由此而形成的强势姿态都根源于男性群体那颇为微妙的心理需求，其存在的最根本理由就是在男性缺席，或男性变得不够男人的情况下能够代替男性以维持传统两性秩序的正常运转，而不至于使其因男性缺席就濒临崩溃的边缘。正是从这一意义上讲，强势化了的女性形象绝无挑战，甚或颠覆传统两性秩序之可能，凡此种种新的女性形象乃至于新的性别搭配模式尽管于表面上看来似有助于形成新的两性关系，但究其实质却又无一不是在强化着传统的两性秩序，从而使其即便在男性缺席的特殊情况下亦能无伤大碍地维持下去。

表格一："二拍"的劝诫内容与价值观体现

奇事怪谭（立意好奇，无关劝诫）（29，35%）			
奇事怪谭（立意好奇，无关劝诫）（29，35%）	两性关系		《姚滴珠避羞惹羞　郑月娥将错就错》（《初刻拍案惊奇》第二卷）
			《陶家翁大雨留宾　蒋震卿片言得妇》（《初刻拍案惊奇》第十二卷）
			《大姊魂游完宿愿　小姨病起续前缘》（《初刻拍案惊奇》第二十三卷）
			《赵司户千里遗音　苏小娟一诗正果》（《初刻拍案惊奇》第二十五卷）
			《赠芝麻识破假形　撷草药巧谐真偶》（《二刻拍案惊奇》第二十九卷）
			《李将军错认舅　刘氏女诡从夫》（《二刻拍案惊奇》第六卷）
			《夺风情村妇捐躯　假天语幕僚断狱》（《初刻拍案惊奇》第二十六卷）
			《小道人一着饶天下 女棋童两局注终身》（《二刻拍案惊奇》第二卷）
			《权学士权认远乡姑　白孺人白嫁亲生女》（《二刻拍案惊奇》第三卷）
			《吕使者情媾宦家妻　吴大守义配儒门女》（《二刻拍案惊奇》第七卷）
			《莽儿郎惊散新莺燕　㑳梅香认合玉蟾蜍》（《二刻拍案惊奇》第九卷）
			《同窗友认假作真　女秀才移花接木》（《二刻拍案惊奇》第十七卷）
			《错调情贾母詈女　误告状孙郎得妻》（《二刻拍案惊奇》第三十五卷）
	公案骗局		《张溜儿熟布迷魂局　陆蕙娘立决到头缘》（《初刻拍案惊奇》第十六卷）
			《李公佐巧解梦中言　谢小娥智擒船上盗》（《初刻拍案惊奇》第十九卷）
			《东廊僧怠招魔　黑衣盗奸生杀》（《初刻拍案惊奇》第三十六卷）
			《徐茶酒乘闹劫新人　郑蕊珠鸣冤完旧案》（《二刻拍案惊奇》第二十五卷）
	奇人奇事	道教神仙	《杨抽马甘请杖　富家郎浪受惊》（《二刻拍案惊奇》第三十三卷）
			《金光洞主谈旧变　玉虚尊者悟前身》（《初刻拍案惊奇》第二十八卷）
			《叠居奇程客得助　三救厄海神显灵》（《二刻拍案惊奇》第三十七卷）
			《唐明皇好道集奇人　武惠妃崇禅斗异法》（《初刻拍案惊奇》第七卷）
		豪侠强盗	《神偷寄兴一枝梅　侠盗惯行三昧戏》（《二刻拍案惊奇》第三十九卷）
			《乌将军一饭必酬　陈大郎三人重会》（《初刻拍案惊奇》第八卷）
		奇谋巧智	《襄敏公元宵失子　十三郎五岁朝天》（《二刻拍案惊奇》第五卷）
			《伪汉裔夺妾山中　假将军还姝江上》（《二刻拍案惊奇》第二十七卷）
		鬼魂惊悚	《鹿胎庵客人作寺主剡溪里旧鬼借新尸》（《二刻拍案惊奇》第十三卷）
			《瘗遗骸王玉英配夫　偿聘金韩秀才赎子》（《二刻拍案惊奇》第三十卷）
	其他		《懵教官爱女不受报　穷庠生助师得令终》（《二刻拍案惊奇》第二十六卷）
			《程元玉店肆代偿钱　十一娘云冈纵谭侠》（《初刻拍案惊奇》第四卷）

熟透世情者的人生经验谈(26，31%)	关于世态炎凉	人情势利，偏是至亲最能骗钱 《贾廉访赝行府牒　商功父阴摄江巡》(《二刻拍案惊奇》第二十卷)
		奉劝人不要太过势利，要看长久，眼下不算 《钱多处白丁横带　运退时刺史当艄》(《初刻拍案惊奇》第二十二卷)、《韩秀才乘乱聘娇妻　吴太守怜才主姻簿》(《初刻拍案惊奇》第十卷)
		奉劝人们不要太过势利，不可小看尚未发迹的书生 《韩秀才乘乱聘娇妻　吴太守怜才主姻簿》(《初刻拍案惊奇》第十卷)、《通闺闼坚心灯火　闹囹圄捷报旗铃》(《初刻拍案惊奇》第二十九卷)
	关于钱财	钱财命定，莫要赌博，安守本分 《沈将仕三千买笑钱　王朝议一夜迷魂阵》(《二刻拍案惊奇》第八卷)
		劝人莫要贪心 《卫朝奉狠心盘贵产　陈秀才巧计赚原房》(《初刻拍案惊奇》第十五卷)
		劝兄弟不可争夺财产 《张员外义抚螟蛉子　包龙图智赚合同文》(《初刻拍案惊奇》第三十三卷)、《赵五虎合计挑家衅　莫大郎立地散神奸》(《二刻拍案惊奇》第十卷)
	关于情欲与两性关系	劝子弟戒淫 《赵县君乔送黄柑　吴宣教干偿白镪》(《二刻拍案惊奇》第十四卷)
		劝男子不可负心 《满少卿饥附饱飏　焦文姬生仇死报》(《二刻拍案惊奇》第十一卷)
		奉劝富贵之人不要广置姬妾 《任君用恣乐深闺　杨太尉戏宫馆客》(《二刻拍案惊奇》第三十四卷)
		不可轻与尼姑往来，不可进尼姑庵 《酒下酒赵尼媪迷花　机中机贾秀才报怨》(《初刻拍案惊奇》第六卷)
	其他	奉劝世人慈悲为怀，不可杀生 《屈突仲任酷杀众生　郓州司令冥全内侄》(《初刻拍案惊奇》第三十七卷)
		不可有成心、有成见 《硬勘案大儒争闲气　甘受刑侠女著芳名》(《二刻拍案惊奇》第十二卷)
		不可自恃高强，强中更有强中手 《刘东山夸技顺城门　十八兄奇踪村酒肆》(《初刻拍案惊奇》第三卷)
	劝诫官员	人命关天、狱情难测，奉劝官员判案须明察慎断 《恶船家计赚假尸银　狠仆人误投真命状》(《初刻拍案惊奇》第十一卷)、《许蔡院感梦擒僧　王氏子因风获盗》(《二刻拍案惊奇》第二十一卷)
		奉劝官员尽量不尸检 《行孝子到底不简尸　殉节妇留待双出柩》(《二刻拍案惊奇》第三十一卷)
		奉劝乡宦莫要为非作歹 《青楼市探人踪　红花场假鬼闹》(《二刻拍案惊奇》第四卷)

熟透世情者的人生经验谈（26，31%）	劝诫道士与好丹术者		劝道士戒淫 《西山观设箓度亡魂　开封府备棺追活命》（《初刻拍案惊奇》第十七卷）
			劝诫好丹术者不可迷信丹药以免损财害命 《丹客半黍九还　富翁千金一笑》（《初刻拍案惊奇》第十八卷）、《甄监生浪吞秘药　春花婢误泄风情》（《二刻拍案惊奇》第十八卷）
			奉劝小民不要盲从巫术，被巫师哄骗 《乔势天师禳旱魃　秉诚县令召甘霖》（《初刻拍案惊奇》第三十九卷）
			不可迷信妖术以致于造反杀身 《何道士因术成奸　周经历因奸破贼》（《初刻拍案惊奇》第三十一卷）
	劝诫败子		奉劝败子应知稼穑艰难，交友应谨慎 《痴公子狠使噪脾钱　贤丈人巧赚回头婿》（《二刻拍案惊奇》第二十二卷）
超自然律（24，29%）	天命	数皆前定	《张福娘一心贞守　朱天锡万里符名》（《二刻拍案惊奇》第三十二卷）、《转运汉遇巧洞庭红　波斯胡指破鼍龙壳》（《初刻拍案惊奇》第一卷）
		财富命定	《诉穷汉暂掌别人钱　看财奴刁买冤家主》（《初刻拍案惊奇》第三十五卷）、《庵内看恶鬼善神　井中谭前因后果》（《二刻拍案惊奇》第二十四卷）、《沈将仕三千买笑钱　王朝议一夜迷魂阵》（《二刻拍案惊奇》第八卷）
		科举命定	《华阴道独逢异客　江陵郡三拆仙书》（《初刻拍案惊奇》第四十卷）
		姻缘命定	《宣徽院仕女秋千会　清安寺夫妇笑啼缘》（《初刻拍案惊奇》第九卷）、《感神媒张德容遇虎　凑吉日裴越客乘龙》（《初刻拍案惊奇》第五卷）、《闻人生野战翠浮庵　静观尼昼锦黄沙巷》（《初刻拍案惊奇》第三十四卷）
		子嗣命定	《占家财狠婿妒侄　延亲脉孝女藏儿》（《初刻拍案惊奇》第三十八卷）
	无常		人生富贵荣华，反复无常，不足凭恃，不如随缘过日的好 《田舍翁时时经理　牧童儿夜夜尊荣》（《二刻拍案惊奇》第十九卷）
	因果报应		心存善念，天必成全 《顾阿秀喜舍檀那物　崔俊臣巧会芙蓉屏》（《初刻拍案惊奇》第二十七卷）
			多积阴德，必有好报 《进香客莽看金刚经　出狱僧巧完法会分》（《二刻拍案惊奇》第一卷）、《李克让竟达空函　刘元普双生贵子》（《初刻拍案惊奇》第二十卷）、《袁尚宝相术动名卿　郑舍人阴功叨世爵》（《初刻拍案惊奇》第二十一卷）、《韩侍郎婢作夫人　顾提控掾居郎署》（《二刻拍案惊奇》第十五卷）

超自然律(24,29%)	因果报应	莫要欺心,必遭报应 《迟取券毛烈赖原钱　失还魂牙僧索剩命》(《二刻拍案惊奇》第十六卷)、《酒谋对于郊肆恶　鬼对案杨化借尸》(《初刻拍案惊奇》第十四卷)、《程朝奉单遇无头妇　王通判双雪不明冤》(《二刻拍案惊奇》第二十八卷)、《盐官邑老魔魅色　会骸山大士诛邪》(《初刻拍案惊奇》第二十四卷)、《王渔翁舍镜崇三宝　白水僧盗物丧双生》(《二刻拍案惊奇》第三十六卷)
		人命最重,阳间不报,阴间必报;不可行不义之事 《王大使威行部下　李参军冤报生前》(《初刻拍案惊奇》第三十卷)
		不可贪淫 《乔兑换胡子宣淫　显报施卧师入定》(《初刻拍案惊奇》第三十二卷)、《两错认莫大姐私奔　再成交杨二郎正本》(《二刻拍案惊奇》第三十八卷)
正统伦理道德(4,5%)	孝	《赵六老舐犊丧残生　张知县诛枭成铁案》(《初刻拍案惊奇》第十三卷)
	孝烈	《行孝子到底不简尸　殉节妇留待双出柩》(《二刻拍案惊奇》第三十一卷)
	义	《李克让竟达空函　刘元普双生贵子》(《初刻拍案惊奇》第二十卷)
	贞节	《张福娘一心贞守　朱天锡万里符名》(《二刻拍案惊奇》第三十二卷)

表格二:《型世言》的劝诫内容与价值观体现

<table>
<tr><td rowspan="12">熟透世情者的人生经验谈(16,40%)</td><td>关于世态炎凉</td><td colspan="2">人情势利,扶危济困得少,反不如强盗古道热肠
《千秋盟友谊 双璧返他乡》(第十四回)</td></tr>
<tr><td rowspan="3">关于情欲与两性关系</td><td>戒色</td><td>《毁新诗少年矢志 诉旧恨淫女还乡》(第十一回)、《吴郎妄意院中花 奸棍巧施云里手》(第二十六回)、《妖狐巧合良缘 蒋郎终偕伉俪》(第三十八回)、《淫妇背夫遭诛 侠士蒙恩得宥》(第五回)、《妙智淫色杀身 徐行贪财受报》(第二十九回)</td></tr>
<tr><td rowspan="2">夫妻关系</td><td>妻子应激发、提醒丈夫,激励其功名成就
《拔沦落才王君择婿 破儿女态季兰成夫》(第十八回)</td></tr>
<tr><td>男子不应薄情,一朝富贵,便抛弃结发妻
《阴功吏位登二品 薄幸夫空有千金》(第三十一回)</td></tr>
<tr><td>关于钱财</td><td colspan="2">钱财应取之有道,不可谋财害命
《白镪动心交谊绝 双猪入梦死冤明》(第二十三回)</td></tr>
<tr><td>关于友情</td><td colspan="2">交友之道,不应以权势易念;患难之中,乃见真情
《不乱坐怀终友托 力培正直抗权奸》(第二十回)</td></tr>
<tr><td rowspan="4">其他</td><td colspan="2">是非曲直,虽一时糊涂,但历久自明
《勘血指太守矜奇 赚金冠杜生雪屈》(第三十六回)</td></tr>
<tr><td colspan="2">巧计赚人,终久自害;择师须慎重
《贪花郎累及慈亲 利财奴祸贻至戚》(第二十七回)</td></tr>
<tr><td colspan="2">逞才遭祸《陈御史错认仙姑 张真人立辨猴诈》(第四十回)</td></tr>
<tr><td colspan="2">不可轻视奴才,奴仆中自有好人
《灵台山老仆守义 合溪县败子回头》(第十五回)</td></tr>
<tr><td rowspan="2">劝诫官员</td><td colspan="2">男色猛于女色;官员不可为美貌的门子所迷惑、所驾驭
《张继良巧窃篆 曾司训计完璧》(第三十回)</td></tr>
<tr><td colspan="2">官员须为民申冤,才不负为官之初心
《匿头计占红颜 发棺立苏呆婿》(第二十一回)</td></tr>
</table>

正统伦理道德（11，28%）	忠		《矢智终成智 盟忠自得忠》（第八回）
	孝		《避豪恶懦夫远窜 感梦兆孝子逢亲》（第九回）、《悍妇计去孀姑 孝子生还老母》（第三回）、《寸心远格神明 片肝顿苏祖母》（第四回）
	贞	贞、孝	《完令节冰心独抱 全姑丑冷韵千秋》（第六回）
		贞、德，不妒	《内江县三节妇守贞 成都郡两孤儿连捷》（第十六回）
	烈	忠、节、烈	《烈士不背君 贞女不辱父》（《型世言》第一回）
		节、烈	《烈妇忍死殉夫 贤媪割爱成女》（第十回）
		孝、烈	《千金不易父仇 一死曲伸国法》（第二回）
		义、烈	《胡总制巧用华棣卿 王翠翘死报徐明山》（第七回）
	兄友弟恭		《击豪强徒报师恩 代成狱弟脱兄难》（第十三回）
时事与政治（4，10%）	治世主张	如何治盗；赞美官员的急智	《任金刚计劫库 张知县智擒盗》（第二十二回）
	时局看法	满朝皆妇人；奸人当道、上天示警	《西安府夫别妻 郃阳县男化女》（第三十七回）
	军事见解	内外协心，内不专制，外不推委，才能取胜	《逃阴山运智南还 破石城抒忠靖贼》（第十七回）
		将官要有谋略，应善用离间计	《飞檄成功离唇齿 掷杯授首殪鲸鲵》（第二十四回）
超自然律（7，18%）	顺应天命不可强求	天下事，尽可无心得，不可有心求	《捐金有意怜穷 卜屯无心得地》（第十九回）
		福祸相依，存心听命，不可强求	《凶徒失妻失财 善士得妇得货》（第二十五回）
		钱财命定，不可强求	《宝钗归仕女 奇药起忠臣》（第十二回）、《三猾空作寄邮 一鼎终归故主》（第三十二回）
		功名应顺应天命，不可强求	《痴郎被困名缰 恶髡竟投利网》（第二十八回）
	天理昭昭		《八两银杀二命 一声雷诛七凶》（第三十三回）、《前世怨徐文伏罪 两生冤无垢复仇》（第三十五回）

<table>
<tr><td rowspan="2">奇人奇事(2,5%)</td><td>道教神仙
《奇颠清俗累 仙术动朝廷》(第三十四回)</td></tr>
<tr><td>德能胜妖、邪不胜正;儒可役使鬼神
《蚌珠巧乞护身符 妖蛟竟死诛邪檄》(第三十九回)</td></tr>
</table>

表格三:《石点头》的劝诫内容与价值观体现

<table>
<tr><td rowspan="5">儒家伦理道德
(7,30%)</td><td>贞</td><td colspan="2">《郭挺之榜前认子》(第一回)、《卢梦仙江上寻妻》(第二回)</td></tr>
<tr><td>孝</td><td colspan="2">《王本立天涯求父》(第三回)</td></tr>
<tr><td rowspan="2">烈</td><td>贞烈</td><td>《瞿凤奴情愆死盖》(第四回)、《侯官县烈女歼仇》(第十二回)</td></tr>
<tr><td>孝烈</td><td>《江都市孝妇屠身》(第十一回)</td></tr>
<tr><td>义</td><td colspan="2">《王孺人离合团鱼梦》(第十回)</td></tr>
<tr><td rowspan="4">超自然律(7,30%)</td><td rowspan="3">天命</td><td>数皆前定</td><td>《卢梦仙江上寻妻》(第二回)</td></tr>
<tr><td>功名命定</td><td>《感恩鬼三古传题旨》(第七回)</td></tr>
<tr><td>子嗣命定</td><td>《郭挺之榜前认子》(第一回)</td></tr>
<tr><td>果报</td><td colspan="2">《郭挺之榜前认子》(第一回)、《莽书生强图鸳侣》(第五回)、《感恩鬼三古传题旨》(第七回)、《贪婪汉六院卖风流》(第八回)</td></tr>
<tr><td rowspan="3">人生经验谈(4,17%)</td><td colspan="3">戒淫《瞿凤奴情愆死盖》(第四回)、《莽书生强图鸳侣》(第五回)</td></tr>
<tr><td colspan="3">眼前的最不得准,不可自轻自贱,亦不可小看他人《乞丐妇重配鸾俦》(第六回)</td></tr>
<tr><td colspan="3">贪酷亦可,但不要丧廉耻、伤天理《贪婪汉六院卖风流》(第八回)</td></tr>
<tr><td>颂情
(3,13%)</td><td colspan="3">《瞿凤奴情愆死盖》(第四回)、《玉箫女再世玉环缘》(第九回)、《潘文子契合鸳鸯冢》(第十四回)</td></tr>
<tr><td>好奇
(2,9%)</td><td colspan="3">《王孺人离合团鱼梦》(第十回)、《唐玄宗恩赐纩衣缘》(第十三回)</td></tr>
</table>

表格四:《西湖二集》的劝诫内容与价值观体现

<table>
<tr><td rowspan="3">无劝诫(14,38%)</td><td>两性关系</td><td>《韩晋公人奁两赠》(第九卷)、《寄梅花鬼闹西阁》(第十一卷)、《吹凤箫女诱东墙》(第十二卷)、《邢君瑞五载幽期》(第十四卷)、《巧妓佐夫成名》(第二十卷)、《假邻女诞生真子》(第二十一卷)、《洒雪堂巧结良缘》(第二十七卷)、《宿宫嫔情殢新人》(第二十二卷)、《月下老错配本属前缘》(第十六卷)</td></tr>
<tr><td>人物传记</td><td>《商文毅决胜擒满四》(第十八卷)、《救金鲤海龙王报德》(第二十三卷)、《胡少保平倭战功》(第三十四卷)</td></tr>
<tr><td>道教神仙</td><td>《吴山顶上神仙》(第二十五卷)、《马神仙骑龙升天》(第三十卷)</td></tr>
</table>

超自然律（9，24%）	果报	两世因果，报应不爽《吴越王再世索江山》（第一卷）
		酷妒遭报应《李凤娘酷妒遭天谴》（第五卷）
		孝顺有好报《姚伯子至孝受显荣》（第六卷）
		儒门亦有因果报应；一念之差，前功尽弃《觉阇黎一念错投胎》（第七卷）
		谋财害命，必遭报应《张采莲来年冤报》（第十三卷）
		积阴德改变命运《认回禄东岳帝种须》（第二十四卷）
		判案官须明察慎断，否则必遭报应《周城隍辨冤断案》（第三十三卷）
	天命	富贵穷通，自有定数《巧书生金銮失对》（第三卷）
		命比才更重要；聪明反被聪明误，不可轻视蠢人《愚郡守玉殿生春》（第四卷）
正统伦理道德（8，22%）	忠	《会稽道中义士》（第二十六卷）、《商文毅决胜擒满四》（第十八卷，入话故事）
	孝	《姚伯子至孝受显荣》（第六卷）
	忠孝	《忠孝萃一门》（第三十一卷）、《熏莸不同器》（第三十二卷）
	忠义	《祖统制显灵救驾》（第二十九卷）
	忠烈	《侠女散财殉节》（第十九卷）
	节烈	《徐君宝节义双圆》（第十卷）
人生经验谈（4，11%）		眼前不算，要看结局《昌司怜才慢注禄籍》（第十五卷）
		有手段的妓女，能做出男人做不来的事情《巧妓佐夫成名》（第二十卷）
		不可进尼姑庵《天台匠误招乐趣》（第二十八卷）
		劝人行善放生《寿禅师两生符宿愿》（第八卷）
时事与政治（2，5%）		批判高宗不能雪耻复国、耽于逸乐《宋高宗偏安耽逸豫》（第二卷） 抨击官员人浮于事、毫无作为《刘伯温荐贤平浙中》（第十七卷）

表格五："二拍"青年男子的人物描写情况统计（按人物的职业划分）

表格（一）：文人阶层

	人物出场时专门交代		行文中顺便交代	
	容貌描写	非容貌描写	容貌描写	非容貌描写
任君用	模样俊秀			
孙小官	姿容甚美			
顾芳	容仪俊伟	举动端方		
赵判院				风流蕴藉

	人物出场时专门交代		行文中顺便交代	
	容貌描写	非容貌描写	容貌描写	非容貌描写
吕使君	模样俊俏	年少风流		
权次卿	仪容俊雅	性格风流，所事在行，诸般得趣		
拜住				丰神俊美
赵不敏		才思敏捷，人物风流；风流之中，又带些忠诚真实		
陈珩		专好结客，又喜风月，逐日呼朋引类，或往青楼嫖妓，或落游船饮酒		
沈灿若	容貌魁峨	胸襟旷达，家私丰裕，少年英锐，自恃才高一世，平时与一班好朋友，或以诗酒娱心，或以山水纵目，放荡不羁		
汪秀才		家事富厚；倜傥不羁，豪侠好游；权略过人		
满少卿		一表人材，风流可喜；心性不羁，狂放自负；终日吟风弄月，放浪江湖		
蒋震卿		生来心性倜傥佻挞，顽耍戏浪，不拘小节；最喜游玩山水		
闻人嘉		少年英俊，气质娴雅，风流潇洒，十分在行		
李生		膂力过人，恃气好侠，不拘细行；美风仪，善谈笑；至于击鞠、弹棋、博弈诸戏，无不曲尽其妙		
陈同父		赋性慷慨，任侠使气		
张幼谦				人材俊雅，言词慷慨
刘德远		少年饱学，负气好事		语言慷慨，意气轩昂
韩子文		养成一肚皮的学问		气宇轩昂、丰神俊朗、风采堂堂
直公言		家本饶裕		
沈将仕		挥金如土，毫无吝色		
吴宣教		家本饶裕		
裴越客				豪奢公子
王文豪		家道亦不甚丰富		

	人物出场时专门交代		行文中顺便交代	
	容貌描写	非容貌描写	容貌描写	非容貌描写
崔俊臣		家道富厚,自幼聪明,写字作画,工绝一时		
金定		生来俊雅,又兼赋性聪明		
贾秀才		青年饱学,才智过人		
魏造、杜亿		出群才学,英锐少年		
凤来仪		少年高才		青年美质
刘引孙		读书知事		
潘监生		胸中广博,极有口才,也是一个有意思的人		
张寅		赋性阴险,存心不善		
周秀才				
韩庆云				
崔生				
王世名				
李君				

人物出处:

1. 任君用(《二刻拍案惊奇》第三十四卷《任君用恣乐深闺　杨大尉戏宫馆客》)

2. 孙小官(《二刻拍案惊奇》第三十五卷《错调情贾母詈女　误告状孙郎得妻》)

3. 顾芳(《二刻拍案惊奇》第十五卷《韩侍郎婢作夫人　顾提控椽居郎署》)

4. 赵判院(《初刻拍案惊奇》第二十五卷《赵司户千里遗音　苏小娟一诗正果》)

5. 吕使君(《二刻拍案惊奇》第七卷《吕使君情媾宦家妻　吴大守义配儒门女》)

6. 权次卿(《二刻拍案惊奇》第三卷《权学士权认远乡姑　白孺人白嫁亲生女》)

7. 拜住(《初刻拍案惊奇》第九卷《宣徽院仕女秋千会　清安寺夫妇笑啼缘》)

8. 赵不敏(《初刻拍案惊奇》第二十五卷《赵司户千里遗音　苏小娟一诗正果》)

9. 陈珩(《初刻拍案惊奇》第十五卷《卫朝奉狠心盘贵产　陈秀才巧计赚原房》)

10. 沈灿若(《初刻拍案惊奇》第十六卷《张溜儿熟布迷魂局　陆蕙娘立决到头缘》)

11. 汪秀才(《二刻拍案惊奇》第二十七卷《伪汉裔夺妾山中　假将军还姝江上》)

12. 满少卿(《二刻拍案惊奇》第十一卷《满少卿饥附饱飏　焦文姬生仇死报》)

13. 蒋震卿(《初刻拍案惊奇》第十二卷《陶家翁大雨留宾　蒋震卿片言得妇》)

14. 闻人嘉(《初刻拍案惊奇》第三十四卷《闻人生野战翠浮庵　静观尼昼锦黄沙巷》)

15. 李生(《初刻拍案惊奇》第三十卷《王大使威行部下　李参军冤报生前》)

16. 陈同父(《二刻拍案惊奇》第十二卷《硬勘案大儒争闲气　甘受刑侠女著芳名》)

17. 张幼谦(《初刻拍案惊奇》第二十九卷《通闺闼坚心灯火　闹囹圄捷报旗铃》)

18. 刘德远(《初刻拍案惊奇》第二十四卷《盐官邑老魔魅色　会骸山大士诛邪》)

19. 韩子文(《初刻拍案惊奇》第十卷《韩秀才乘乱聘娇妻　吴太守怜才主姻簿》)

20. 直公言(《二刻拍案惊奇》第十三卷《鹿胎庵客人作寺主剡溪里旧鬼借新尸》)

21. 沈将仕(《二刻拍案惊奇》第八卷《沈将仕三千买笑钱　王朝议一夜迷魂阵》)

22. 吴宣教(《二刻拍案惊奇》第十四卷《赵县君乔送黄柑　吴宣教干偿白镪》)

23. 裴越客(《初刻拍案惊奇》第五卷《感神媒张德容遇虎　凑吉日裴越客乘龙》)

24. 王文豪(《初刻拍案惊奇》第十一卷《恶船家计赚假尸银　狠仆人误投真命状》)

25. 崔俊臣(《初刻拍案惊奇》第二十七卷《顾阿秀喜舍檀那物　崔俊臣巧会芙蓉屏》)

26. 金定(《二刻拍案惊奇》第六卷《李将军错认舅　刘氏女诡从夫》)

27. 贾秀才(《初刻拍案惊奇》第六卷《酒下酒赵尼媪迷花　机中机贾秀才报怨》)

28. 29. 魏造、杜亿(《二刻拍案惊奇》第十七卷《同窗友认假作真　女秀才移花接木》)

30. 凤来仪(《二刻拍案惊奇》第九卷《莽儿郎惊散新莺燕　㑳梅香认合玉蟾蜍》)

31. 刘引孙(《初刻拍案惊奇》第三十八卷《占家财狠婿妒侄　廷亲脉孝女藏儿》)

32. 潘监生(《初刻拍案惊奇》第十八卷《丹客半黍九还　富翁千金一笑》)

33. 张寅(《二刻拍案惊奇》第四卷《青楼市探人踪　红花场假鬼闹》)

34. 周秀才(《初刻拍案惊奇》第三十五卷《诉穷汉暂掌别人钱　看财奴刁买冤家主》)

35. 韩庆云(《二刻拍案惊奇》第三十卷《瘗遗骸王玉英配夫　偿聘金韩秀才赎子》)

36. 崔生(《初刻拍案惊奇》第二十三卷《大姊魂游完宿愿　小姨病起续前缘》)

37. 王世名(《二刻拍案惊奇》第三十一卷《行孝子到底不简尸　殉节妇留待双出柩》)

38. 李君(《初刻拍案惊奇》第四十卷《华阴道独逢异客　江陵郡三拆仙书》)

表格(二):市井人物

	人物出场时专门交代		行文中顺便交代	
	容貌描写	非容貌描写	容貌描写	非容貌描写
蒋生	仪容俊美 眉目动人			
吴大郎	俊俏可喜 少年郎君	有百万家私		
潘甲		人物也有几分象样		
美少年			相貌俊逸	语言温谨、身材小巧
文若虚		生来心思慧巧,做着便能,学着便会。琴棋书画,吹弹歌舞,件件粗通		
周国能				礼度熟闹,性格高傲,变尽了村童气质,弄做个斯文模样
杨二郎		风月场中人,年少风流,闲荡游耍过日		
郁盛		生性淫荡,立心刁钻,专一不守本分,勾搭良家妇女,又喜讨人便宜,做那昧心短行的事		
徐达		平时最是不守本分,心性奸巧好淫		
郑兴儿		说话的确,做事慷慨,做人和气,老成谨慎		
懒龙		身材小巧,胆气壮猛,心机灵变,度量慨慷		
郭七郎		真个是家资巨万,产业广延,有鸦飞不过的田宅,贼扛不动的金银山,乃楚城富民之首		
程元玉		禀性简默端重,不妄言笑,忠厚老成		
元自实		家道丰厚;性质愚钝,不通文墨,忠厚认真		
陈大郎				不甚精通文理
言寄儿		生来愚蠢,不识一字		
井庆		粗蠢		
徐德				
谢三郎				
莫大郎				

	人物出场时专门交代		行文中顺便交代	
	容貌描写	非容貌描写	容貌描写	非容貌描写
李方哥				
程朝奉				
王禄				
程宰				

人物出处：

1.蒋生(《二刻拍案惊奇》第二十九卷《赠芝麻识破假形　撷草药巧谐真偶》)

2.吴大郎(《初刻拍案惊奇》第二卷《姚滴珠避羞惹羞　郑月娥将错就错》)

3.潘甲(《初刻拍案惊奇》第二卷《姚滴珠避羞惹羞　郑月娥将错就错》)

4.美少年(《初刻拍案惊奇》第三卷《刘东山夸技顺城门　十八兄奇踪村酒肆》)

5.文若虚(《初刻拍案惊奇》第一卷《转运汉遇巧洞庭红　波斯胡指破鼍龙壳》)

6.周国能(《二刻拍案惊奇》第一卷《进香客莽看金刚经　出狱僧巧完法会分》)

7.杨二郎(《二刻拍案惊奇》第三十八卷《两错认莫大姐私奔　再成交杨二郎正本》)

8.郁盛(《二刻拍案惊奇》第三十八卷《两错认莫大姐私奔　再成交杨二郎正本》)

9.徐达(《二刻拍案惊奇》第二十五卷《徐茶酒乘闹劫新人　郑蕊珠鸣冤完旧案》)

10.郑兴儿(《初刻拍案惊奇》第二十一卷《袁尚宝相术动名卿　郑舍人阴功叨世爵》)

11.懒龙(《二刻拍案惊奇》第三十九卷《神偷寄兴一枝梅　侠盗惯行三昧戏》)

12.郭七郎(《初刻拍案惊奇》第二十二卷《钱多处白丁横带　运退时刺史当艄》)

13.程元玉(《初刻拍案惊奇》第四卷《程元玉店肆代偿钱　十一娘云冈纵谭侠》)

14.元自实(《二刻拍案惊奇》第二十四卷《庵内看恶鬼善神　井中谭前因后果》)

15.陈大郎(《初刻拍案惊奇》第八卷《乌将军一饭必酬　陈大郎三人重会》)

16.言寄儿(《二刻拍案惊奇》第十九卷《田舍翁时时经理　牧童儿夜夜尊荣》)

17.井庆(《初刻拍案惊奇》第二十六卷《夺风情村妇捐躯　假天语幕僚断狱》)

18.徐德(《二刻拍案惊奇》第三十八卷《两错认莫大姐私奔　再成交杨二郎正本》)

19.谢三郎(《二刻拍案惊奇》第二十五卷《徐茶酒乘闹劫新人　郑蕊珠鸣冤完旧案》)

20.莫大郎(《二刻拍案惊奇》第十卷《赵五虎合计挑家衅　莫大郎立地散神奸》)

21.李方哥(《二刻拍案惊奇》第二十八卷《程朝奉单遇无头妇　王通判双雪不明冤》)

22. 程朝奉(《二刻拍案惊奇》第二十八卷《程朝奉单遇无头妇　王通判双雪不明冤》)

23. 王禄(《二刻拍案惊奇》第二十一卷《许蔡院感梦擒僧　王氏子因风获盗》)

24. 程宰(《二刻拍案惊奇》第三十七卷《叠居奇程客得助　三救厄海神显灵》)

表格(三):武人气质的人物

	人物出场时专门交代		行文中顺便交代	
	容貌描写	非容貌描写	容貌描写	非容貌描写
王武俊		强横无比,不顾法度;少年骄纵,也是个杀人不眨眼的魔君		
刘东山		有一身好本事,弓马熟娴,发矢再无空落		
乌将军		形状带些威雄,面孔更无细肉;生得身长七尺,膀阔三停		
段居贞		负气仗义,交游豪俊		
牛黑子		不本分的人,专一在赌博行、厮扑行中走动,结识那一班无赖子弟,也有时去做些偷鸡吊狗的勾当		雄赳赳一个黑脸大汉
屈突仲任		性不好书,终日只是樗蒲、射猎为事;纵情好色,荒饮博戏,如汤泼雪		

人物出处:

1. 王武俊(《初刻拍案惊奇》第三十卷《王大使威行部下　李参军冤报生前》)

2. 刘东山(《初刻拍案惊奇》第三卷《刘东山夸技顺城门　十八兄奇踪村酒肆》)

3. 乌将军(《初刻拍案惊奇》第八卷《乌将军一饭必酬　陈大郎三人重会》)

4. 段居贞(《初刻拍案惊奇》第十九卷《李公佐巧解梦中言　谢小娥智擒船上盗》)

5. 牛黑子(《初刻拍案惊奇》第三十六卷《东廊僧怠招魔　黑衣盗奸生杀》)

6. 屈突仲任(《初刻拍案惊奇》第三十七卷《屈突仲任酷杀众生　郓州司令冥全内侄》)

表格(四):僧道

	人物出场时专门交代		行文中顺便交代	
	容貌描写	非容貌描写	容貌描写	非容貌描写
黄妙修	仪容俊雅	丰姿出众,语言爽朗		
何正寅	生得俊俏			
智圆	眉清目秀	风流可喜		

人物出处：

1.黄妙修(《初刻拍案惊奇》第十七卷《西山观设辇度亡魂　开封府备棺迫活命》)

2.何正寅(《初刻拍案惊奇》第三十一卷《何道士因术成奸　周经历因奸破贼》)

3.智圆和尚(《初刻拍案惊奇》第二十六卷《夺风情村妇捐躯　假天语幕僚断狱》)

表格(五):具体职业不详者

	人物出场时专门交代		行文中顺便交代	
	容貌描写	非容貌描写	容貌描写	非容貌描写
萧韶	标致			
安住			眉清目秀	乖觉聪明；伶俐聪明，过目成诵
胡生		风流身分，温柔性格		
杨二郎		风月场中人，年少风流，闲荡游耍过日		
郁盛		生性淫荡，立心刁钻，专一不守本分，勾搭良家妇女，又喜讨人便宜，做那昧心短行的事		
商功父		生性刚直，颇有干才，做事慷慨；热心，和气		赋性慷慨；正气
铁生				做人有些性气刚狠
姚公子		家世富饶，积累巨万；自恃富足有余，豪奢成习		
张郎				
朱逊				

人物出处：

1.萧韶(《初刻拍案惊奇》第三十一卷《何道士因术成奸　周经历因奸破贼》)

2.安住(《初刻拍案惊奇》第三十三卷《张员外义抚螟蛉子　包龙图智赚合同文》)

3.胡生(《初刻拍案惊奇》第三十二卷《乔兑换胡子宣淫　显报施卧师入定》)

4.杨二郎(《二刻拍案惊奇》第三十八卷《两错认莫大姐私奔　再成交杨二郎正本》)

5.郁盛(《二刻拍案惊奇》第三十八卷《两错认莫大姐私奔　再成交杨二郎正本》)

6.商功父(《二刻拍案惊奇》第二十卷《贾廉访赝行府牒　商功父阴摄江巡》)

7.铁生(《初刻拍案惊奇》第三十二卷《乔兑换胡子宣淫　显报施卧师入定》)

8.姚公子(《二刻拍案惊奇》第二十二卷《痴公子狠使噪脾钱　贤丈人巧赚回头婿》)

9.张郎(《初刻拍案惊奇》第三十八卷《占家财狠婿妒侄　廷亲脉孝女藏儿》)

10.朱逊(《二刻拍案惊奇》第三十二卷《张福娘一心贞守　朱天锡万里符名》)

第五编

价值观上的保守、灰退与『白日梦』中的倔强反抗——清初短篇话本小说研究

清初之际，更趋强烈的文人化倾向进一步加剧了话本小说的解构危机。这一解构危机不仅体现在对传统话本体制的极大消解上，更体现为题材兴趣上的重大转移。市井话题以及面向市民大众的道德说教已然很难再激发起文人作者的叙事兴趣与议论热情，取而代之的则是对包括才子佳人题材、文人的治生与发迹、文人品行、文人的家庭问题等文人题材的强烈关注。而这些题材兴趣上的新趋向，尤其是代表着文人理想的“佳人”（才女）情结以及代表着文人现实的生计与品行问题其背后又都有着清初鼎革之际知识分子阶层的难言苦衷隐含其间，在才子佳人题材故事中普遍存在着的“重诗歌而轻时文”“重佳人而轻科举”、急流勇退式的归隐意愿、尤其是浓重的江南情结中都隐微而又曲折地内含了对清廷的疏离与不信任。尽管作为汉民族文化优越感的具象性存在——“江南才子”形象以及在相当程度上成为功名替代物的“佳人”（才女）形象以及二者，即才子佳人式的风流遇合故事可从下层文人作者的补偿心理上获得一定程度的解释，但联系此类形象与故事（无论是清初话本小说中的才子佳人题材，还是同期的才子佳人小说）何以在清初之际集中出现的特殊政治背景，这一于清初话本小说中出现的新题材取向便不能简单地以文人作者的一场“白日梦”笼统论之。

第一章 概况综述——清初短篇话本小说中的故事、叙事与趣味

第一节 话本小说解构危机的进一步加剧

短篇话本小说的解构危机，如入话与头回的界限模糊化、篇尾诗的大量缺失、对短篇篇幅的突破、对说话人角色设定的极大摒弃等早在“二拍”之后的崇祯朝短篇话本小说中即已显现出来。这一首先体现在话本体制上的解构危机在清初短篇话本小说中得到了延续，且走得更远。

表格:清初短篇话本小说话本体制完整度情况表

	总篇数	有篇首诗	有入话	有头回	有篇尾诗
《人中画》	5	5	0	0	5
《云仙笑》	5	5	5	2	1
《醉醒石》	15	15	15	5	3
《连城璧》	12	12	12	5	0
《连城璧》外编	6	6	6	4	0
《照世杯》	4	4	4	0	1
《风流悟》	8	8	8	2	2

在本文重点考察的清初短篇话本小说集，即《人中画》《云仙笑》《醉醒石》《连城璧》《连城璧》外编、《照世杯》《风流悟》共计 55 篇小说中，“五体(篇首诗、入话、头回、正话、篇尾诗)俱全”的话本小说仅有三篇，即《救穷途名显当官 申冤狱庆流奕世》(《醉醒石》第一回)、《高才生傲世失原形 义气友念孤分半俸》(《醉醒石》第六回)、《图佳偶不识假女是真男 悟幼囤失却美人存丑妇》(《风流悟》第 回)。在传统的话本小说体制构成上，除了篇首诗、入话得到了普遍保留外，头回与篇尾诗的缺失现象已变得十分严重。以头回为例。在本论文重点讨论的“二拍”之后的崇祯朝短篇话本小说集，即《型世言》《西湖二集》《石点头》《天凑巧》《贪欣误》《清夜钟》共计 103 篇小说中，“无头回”小说的所占比例为 45%(46 篇)，而在清初短篇话本小说领域中，“无

头回”小说的所占比例已达到 67%(37 篇)。虽然笔者考察的话本小说总量绝非当时(或明末,或清初)之全部,但在“无头回”小说比例上呈现出的这一明显的增幅当大体不错。至于篇尾诗于清初短篇话本小说中的缺失情况就更加严重,在本论文重点考察的 55 篇小说中,无篇尾诗的小说所占比例竟达到了 78%(43 篇)。

短篇话本小说中“无头回”小说所占比例情况

表格(一)明末

	总篇数	无头回
《型世言》	40	22(55%)
《西湖二集》	34	9(26%)
《石点头》	14	7(50%)
《天凑巧》	3	3(100%)
《贪欣误》	5	2(40%)
《清夜钟》	7	3(43%)

表格(二)清初

	总篇数	无头回
《人中画》	5	5(100%)
《云仙笑》	5	3(60%)
《醉醒石》	15	10(67%)
《连城璧》	12	7(58%)
《连城璧》外编	6	2(33%)
《照世杯》	4	4(100%)
《风流悟》	8	6(75%)

造成头回与篇尾诗严重缺失的原因在上一编分析话本小说的解构危机时即已做过论述。笔者认为话本小说的解构危机,抑或说体制上的崩坏趋向当与好发议论的文人作者将话本小说视为自我表达的工具密切相关。相较于原本就可用于阐发议论的入话部分,纯叙事性的头回部分自然较少获得文人作者的重视;相较于在篇尾诗之外“开辟”出的其他位置,如入话与头回的衔接处、头回与正话的衔接处,尤其是正话结尾处等皆可用散体白话尽情议论的地方,篇尾诗那简短的四句韵语对文人作者而言显然缺乏必要的吸引力。这些无益于文人作者阐发议论、表达观点的部分自然会逐渐淡出于文人视野,从而导致原本“五体俱全”的标准话本体制在明末,尤其是清初之际基本上都是以篇首诗、入话、正话的新结构模式出现。正话故事开始之前(入话部分)与正话故事结束之时(正话的结尾处)都充斥了大量议论性文字,从而使得新结构模式的的话本小说完全变成了“议论+叙事+议论”的“三明治”状态。

话本小说结构体制上的变化,即从“五体俱全”的标准模式到“三明治”状态在相当程度上反映了话本小说功能上的重大转变，而这一转变的发生又与文人作者的强力介入密切相关。具体而言，话本小说中“五体俱全”的传统体制结构承接于早期作为场上表演伎艺的“说话”程式，并在执着于体制规范化的凌濛初的努力下成为话本小说体制定型后的标准范式。虽然早已落实到了文字写本，但这样一种“五体俱全”的所谓“范式”其实更多地只是对早期“说话”程式的一种模仿，并因迎合了普通读者渴望随时随地享受“听书”乐趣的娱乐需求而在场上演出之外的文字写本领域中同样赢得了市场好评。但在明末乃至于清初之际，随着文人参与度的迅速攀升，将话本小说视为文人自我表达工具的新创作意图势必会要求话本小说的体制结构朝着有利于文人作者充分阐发议论的方向发展。调整后的新体制结构完全是从文人作者自我表达工具这一新定位出发，既没有必要再去模仿场上演出的“说话”程式，也可以极大地无视普通读者将小说阅读视为变相“听书”的娱乐需求。在这一调整方针的指导下，有助于文人作者自我表达的部分，如入话自然会被保留，无助于阐发议论、抒发已见的部分，如头回、篇尾诗则会在创作实践中被逐渐淘汰。由此可见，话本小说体制结构上的变化完全是顺应了文人作者创作需求的结果，是话本小说的文人化倾向在体制结构上的一种反映。通过议论以实现自我表达成为文人化了的话本小说的一大特色，话本小说在体制结构上的变化正是为了适应文人作者的这一新创作需求。

有一点须引起注意的是，篇尾诗虽于清初短篇话本小说中处于严重缺失的状态，但篇尾诗的一些叙事功能仍在取而代之的散体白话文字中保留了下来。如《百花庵双尼私获隽　孤注汉得子更成名》(《风流悟》第五回)在正话故事结束后紧跟的一句“因救一个赌钱汉的命，后来得做夫人，以为慈心之报云。”《妻妾败纲常　梅香完节操》(《连城璧》第八卷)正话故事结束后的“可见做好事的原不折本，这叫做皇天不负苦心人也。”《寡妇设计赘新郎　众美齐心夺才子》(《连城璧》第九卷)正话故事结束后的“即使得了，也不够你抵偿淫债，还要赔一副身家性命做利钱也。”就其叙事层面的功能而言，实为篇尾诗中惯用的“报应本无私，影响皆相似。”“若论破国亡家者，尽是贪花恋色人。”等的白话版；《花社女春官三推鼎甲　客籍男西子屡掇巍科》(《风流悟》第三回)正话结束后的“……，一时传为异闻美事云。”《伉俪无情丽春院元君雪愤　淫冤得白蕊珠宫二美酬恩》(《风流悟》第七回)正话结束后的“……，杭州莫不传为美事奇闻。”《买媒说合盖为楼前羡慕　疑鬼惊途那知死后还魂》(《风流悟》第八回)正话结束后的“……，遂做了湖上的美谈，至今脍炙人口不休云。”诸如此类“……传为美谈”的句子实为篇尾诗中的惯用诗句“到今风月江湖上，万古渔樵作话文。”“至今风月江湖上，千古渔樵作话传。”的白话翻版。从这一层面而言，正话故事结束后跟补的这一句或显果报不爽、或表流传广泛的散体白话实为传统篇尾诗句的变种，其所发挥的依然是篇尾诗的传统叙事功能。篇尾诗严重缺失的现象在清初短篇话本小说虽已十分普遍，但其叙事功能仍在另一种形式上得到了部分延续，从篇尾诗的"虽死犹生"中亦足可看出传统体制结构的顽强生命力。的确,尽管传统话本小说体制于明末,尤其是清初之际确已遭到了极大地消解而变得"残缺不全",但话本体制(确切地说是"说话"体制)——这一最具中国传统特色的小说叙事法还是强力地沿袭了下来,并深刻地影响着后起的长篇章回小说的叙事方式。消解并不等于消失,这一点是我们在分析明末,尤其是清初话本小说所经历的解构危机时所必须要明确的。

但即便如此,清初话本小说体制上的解构危机还是使得话本小说呈现出了不同以往的新面貌,这一点尤其体现在为清初话本小说家所热衷的才子佳人题材故事上。在篇尾诗严重缺失的情况下,这些才子佳人题材故事的小说结尾一般采用的是"正话故事结尾 ＋ 散体白话的劝诫性文字"的结构模式。如以下例证所示:

于是三个美男,配了十二个美女,后来各人生了儿子,互相连姻,遂成秦晋,一时传为异闻美事云。《花社女春官三推鼎甲　客籍男西子屡掇巍科》(《风流悟》第三回)

两个儿子俱做少年翰林,娶了一对媳妇,又添两个美妾,俱极其孝顺,准准又做三十年夫妇,同享荣华。杭州莫不传为美事奇闻。《伉俪无情丽春院元君雪愤　淫冤得白蕊珠宫二美酬恩》(《风流悟》第七回)

他日,相公中了进士,俱称奶奶。名位已定,妙能、妙有又谢了琬娘,一家团圆庆喜。同人送过举人,领了牌坊,即上北京会试,又中了会魁。殿试二甲,家中报捷,三个俱称奶奶。同人选了推官,三人同到任所,帮助做官,甚有贤名,行取了吏部。三位奶奶后来各有一子,俱封了夫人。一时人俱传二个尼姑,因救一个赌钱汉的命,后来得做夫人,以为慈心之报云。《百花庵双尼私获隽　孤注汉得子更成名》(《风流悟》第五回)

类似结尾模式的才子佳人题材故事尚有《寡妇设计赘新郎　众美齐心夺才子》(《连城璧》第九卷)、《买媒说合盖为楼前羡慕　疑鬼惊途那知死后还魂》(《风流悟》第八回)、《妻妾败纲常　梅香完节操》(《连城璧》第八卷)等。其正话故事的结尾处无一例外地都是以功成名就、妻贤子孝、荣华富贵、家族兴旺等福禄寿俱全的大团圆结局作结,而这一结局模式正是为清初才子佳人小说所惯用的标准模式。如将最后散体白话的劝诫性文字去掉的话,其小说结尾处无论是从内容(福禄寿俱全的大团圆结局)上看,还是从形式(无因果、无劝诫、无"传为美谈"等说话人套语)上看已与清初才子佳人小说的结尾没有任何区别可言了。事实上,这样一种完全摒弃了话本小说惯用结尾模式的小说结尾在清初短篇话本小说中已然出现。如以下例证所示:

……后来都活到九十多岁,才终天年。只可惜没有儿子,因藐姑的容貌过于娇媚,所以不甚宜男;谭楚玉又笃于夫妇之情,不忍娶妾故也。《谭楚玉戏里传情　刘藐姑曲终死节》(《连城璧》第一卷)

……随即叫两乘轿子,到张少伯家去,请他夫妇拜谢。从此两家世世往来,竟成

了异姓兄弟。《七松园弄假成真》(《照世杯》第一卷)

类似的小说结尾尚有《落祸坑智完节操　借仇口巧播声名》(《连城璧》外编卷之一)等篇。此类完全摒弃了话本小说惯用结尾(无论是形式上的篇尾诗,还是内容上的劝诫性文字)的话本小说如仅就其结尾的"面貌"而言已与普通的白话小说很难区分了。在此基础上如再将篇首诗删除的话,那么,那些原本就"无入话、无头回"的才子佳人题材话本小说,如《唐秀才持己端正　元公子自败家声》(《人中画》第一卷)、《柳春荫始终存气骨　商尚书慷慨认螟蛉》(《人中画》第二卷)、《风流配》(《人中画》第五卷)等可以说就完全丧失了话本小说的体制特征。且由于题材(才子佳人)的特殊性,此类以才子佳人故事为题材的话本小说在语言上也已极大地风雅化,如《柳春荫始终存气骨　商尚书慷慨认螟蛉》(《人中画》第二卷)中柳春荫与孟小姐这对才子佳人初见时那段文绉绉的对话,其所体现出的完全是一种文人化的情调。文人作者显然并没有打算再去迁就世俗大众的欣赏趣味与语言接受水平。因此,这篇才子佳人题材的话本小说无论从体制结构上看,还是从题材内容、语言风格、情调意趣上看,可以说已与才子佳人小说非常接近了。如再将篇首诗与篇尾诗删去,并将行文过程中那为数不多的几个"话说"忽略掉,将这篇短篇话本小说直视为才子佳人小说,或者说才子佳人小说的微缩版亦未尝不可。随着明末,尤其是清初话本小说体制上的进一步"崩坏",一些势必要冲出话本小说领域的异动正是在这一领域内部首先孕育生成的,清初短篇话本小说中的才子佳人题材故事即可如此论之。

最后须补充的一点是,话本小说领域的异动即便从小说篇幅上也已体现了出来。作为话本小说惯用的短篇篇幅其实早在明末即已被突破,崇祯朝出现的中篇拟话本小说集即有《鼓掌绝尘》《弁而钗》《宜春香质》《载花船》等若干部。这一中篇拟话本小说的创作风潮在清初之际得到了更为强烈的延续,其在数量上已远远超过了明末。在清初的话本小说领域中,除了《云仙笑》《醉醒石》《连城璧》《照世杯》《十二笑》《一片情》《女才子书》《西湖佳话》等传统的短篇话本小说集外,亦可历数出《闪电窗》《人中画》《都是幻》《桃花影》《珍珠舶》《生花梦》《炎凉岸》《世无匹》《警悟钟》《百炼真》《十二楼》等若干部中篇拟话本小说集。这一贯穿于明末清初的中篇拟话本小说创作风潮之余韵甚至还一直延续到了以康、雍、乾三朝为代表的清中期,《娱目醒心编》可堪代表。

这一绵延了近百年的中篇拟话本小说创作风潮之产生显然与文人作者的热情参与关联密切,并因此使得话本小说的编创带上了强烈的文人色彩。但同时也正因为如此,话本小说在走向巅峰的同时亦开启了没落的趋向。关于中篇拟话本小说的定义,有学者做出了如下界定,"所谓中篇拟话本小说,或者说中篇通俗小说,是介于长篇通俗小说和短篇通俗小说之间的一种小说形态",它们"不像短篇通俗小说那样一篇演一个故事,而是用数回或十来回演一个故事",且"一般都采用拟话本小说的形制，所以也可说是中篇拟话本小说。”[1]可见，中篇拟话本小说的出现对于传统的短篇话本小说来说显然意味着一种成熟与新变，不过从整个话本小说领域的发展来看更暗示了一种趋向解体的潜在走势。尤其到了清初的李渔、艾衲居士手中，“有的拟话本小说开始淡化话本小说形态”，呈现出了“与文人通俗小说合流的迹象”，[2]话本小说作为一种文体其自身的特征正在被消解。

应该说，这一渐趋脱离母体的离心趋向是完全符合艺术发展规律的。在逐渐摆脱话本乃至于说话影响的同时，明清的拟话本小说创作也越来越明显地呈现出了现代意义上的“白话短篇小说”的新面貌。正是从这一层面出发，有些学者，如美国学者韩南甚至已经完全抛开了“话本”“拟话本”之说，而将学界普遍界定的宋元话本小说、明清拟话本小说分别冠以“早期白话小说”“中期白话小说”，将整个话本小说发展史直接定名为“中国白话小说史”。然而，笔者对此其实并不完全赞同。尽管向现代意义上的白话短篇小说渐趋靠拢的明清拟话本小说其话本特征变得越来越少，为传统话本小说所着重展现的市井生活与庶民精神也在文人作者的大力参与下愈来愈被文人题材、文人意趣所替代，但这并不能否认其孕育于市井说话伎艺这一母胎的事实，其与庶民精神的血脉联系终究是无法斩断的。

第二节　题材兴趣上的转变

面对世俗大众进行道德教化一直以来都被视为文人阶层的社会职责所在，为清初话本小说家们所热衷书写的议论性文字中即有许多都与道德教化有关，其教化意图有时还会被分成几层意思交代得清清楚楚，如《又团圆　裴节女完节全夫》（《云仙笑》第二回）的篇尾处，“总是这回书，前半当作循吏传，凡为民父母的不可不读；后半当作烈女传，凡为女子的不可不读。”《平子芳　都家郎女妆奸妇　耿氏女男扮寻夫》（《云仙笑》第三回）的篇尾处，“〔这〕回小说，却有三个劝人的意思：戒人奸淫，是第一件；老年人莫娶少年妻，是第二件；闺门谨慎，不要女人立在门首，是第三件。再看中间，不淫的到底便宜，好淫的到底吃亏，这便是天理昭昭处了。”《清官不受扒灰谤　义士难伸窃妇冤》（《连城璧》第四卷）的篇尾处，“我这回小说，一来劝做官的，非人命强盗，不可轻动夹足之刑，常把这桩奸情做个殷鉴；二来教人不可像赵玉吾轻嘴薄舌，谈人闺阃之事，后来终有报应；三来又为四川人暴白老鼠之名，一举而三善备焉，莫道野史无益于世。”

此种逐层分析的论说方式在一定程度上显示出了清初的文人作者对道德教化依然保有的重视，不过这一教化热情毕竟还是在清初之际极大地减退了。在更多的

① 王齐洲.中国通俗小说史[M].武汉：武汉大学出版社，2015：392.
② 王齐洲.中国通俗小说史[M].武汉：武汉大学出版社，2015：384.

情况下，此类面向世俗大众的劝诫性文字都十分简短，如“可见银子是妨人的东西，世上无嗣的诸公，不必论因果不因果，请多少散去些，以为容子之地。”（《连城璧》外编卷之二《仗佛力求男得女　格天心变女成男》）“可见妇女再也不可出闺门。招是惹非，俱由于被外人窥见姿色，致起邪心。”（《照世杯》第三卷《走安南玉马换猩绒》）“可见世人须要斩绝妄想心肠，切不可赔了夫人又折兵，学那欧滁山的样子。”（《照世杯》第二卷《百和坊将无作有》）“可见为人便当安命，再不可起妄想的念头。”（《风流悟》第一回《图佳偶不识假女是真男　悟幼囤失却美人存丑妇》）“可见人到底是做贼，他存了良心，毕竟原有个结果。”（《风流悟》第四回《莫拿我惯遭国法　贼都头屡建奇功》）这些简短的劝诫性文字基本上都是从市民道德，或者说市井生存哲学出发的人生经验谈，其在小说结尾处被一笔带过的处理方式说明了清初的文人作者对此类话本小说传统中可谓老生常谈的道德教化及其背后的那些“市井话题”已然丧失了相当程度上的兴趣。这一点与凌濛初于“二拍”编创中显现出来的对市井社会的强烈关注以及对市民道德、市井生存哲学、人生经验谈的热心书写形成了鲜明对比。清初的文人作者已然将其关注的视野从传统的市井社会极大地转移到了为自己所熟悉的文人生活。这一题材兴趣上的转变与话本小说愈来愈成为文人自我表达工具这一功能上的转变是完全吻合的。

从市井社会到文人生活这样一种题材兴趣上的转变从议论性文字的多寡上即可看出。即如上文分析所示，“市井话题”以及面对世俗大众的道德教化已然不大能够激发起清初文人作者的议论热情，然而一旦话题转至为文人阶层所熟悉的领域，如才子佳人、文人品行、书生治生，或者为文人阶层所热衷探讨的话题，如（女性）道德、两性秩序、家庭问题等时，文人作者的议论热情立时就会高涨起来，其议论性文字的篇幅也随之加长，这一点尤其体现在李渔的话本小说集《连城璧》（包括《连城璧》外编）中。其中，《美女同遭花烛冤　村郎偏享温柔福》（《连城璧》第五卷）的入话议论处对“红颜薄命”的新解即已达到了千余字的篇幅，《寡妇设计赘新郎　众美齐心夺才子》（《连城璧》第九卷）的入话议论处对才貌之外还须有德行操守方为“真正风流”的论说篇幅更是达到了两千余字。此外，与女性道德有关的议论，如《落祸坑智完节操　借仇口巧播声名》（《连城璧》外编卷之一）中关于女性于困厄之际的几等死，《妻妾败纲常　梅香完节操》（《连城璧》第八卷）关于妻子于丈夫死后的改嫁问题，《说鬼话计赚生人　显神通智恢旧业》（《连城璧》外编卷之三）中对朱买臣妻式弃夫女子的谴责；与家庭问题有关的议论，如《贞女守贞来异谤　朋侪相谑致奇冤》（《连城璧》第十二卷）中关于治家之难的论说，《吃新醋正室蒙冤　续旧欢家堂和事》（《连城璧》第十卷）中关于妇人适当吃醋有助于增加家庭生活情趣的论说等也都达到了500字以上的篇幅。篇幅颇长的议论性文字于李渔小说之外的其他清初短篇话本小说中也大量存在，如《等不得重新羞墓 穷不了连掇巍科》（《醉醒石》第十四回）的入话议论处对朱买臣妻式弃夫女子的谴责，《胜千金　一碗饭报德胜千金》（《云仙笑》第四回)的入话议论处对衣食的重要性远胜于道德操守的论说等等。

从议论性文字的篇幅差异上可以看出,相较于与文人生活并无多少关联的"市井话题",那些为文人所熟悉的话题领域更有助于文人自我表达愿望的实现。当文人作者自我表达的愿望成为文人化话本小说的主要创作意图时,其所引发的并不仅仅是体制结构层面上的异动,也势必会引起小说题材取向上的变化,而创作题材上的转变也必然会导致原本生根于市井土壤中的话本小说其品格、格调层面上的变化。传统的市民题材、市井话题并非不能写,但对此已愈来愈缺乏兴趣的文人作者显然更愿意将专注的热情投注到为文人阶层所熟悉、所关心的领域——文人生活中,且也只有在这一领域中,文人作者的议论热情才能被极大地激发出来。

表格:清初短篇话本小说中文人题材故事情况分布表

	总篇数(存)	文人题材					正统道德	市民道德
		总篇数	才子佳人题材	治生与发迹	文人无行	家庭问题		
《人中画》	6	4	3	0	1	0	0	1
《云仙笑》	5	3	0	2	1	0	0	2
《醉醒石》	15	4	0	2	2	0	3	8
《连城璧》	12	5	2	0	0	3	0	7
《连城璧》外编	6	2	1	1	0	0	0	4
《照世杯》	4	2	1	0	1	0	0	2
《风流悟》	8	5	3	0	2	1	0	2

注:1.《人中画》第四卷《村子中识破雌雄　女秀才移花接木》实为《二刻拍案惊奇》第十七卷《同窗友认假作真　女秀才移花接木》的原文照抄,故不作考虑。

2.表中所列"正统道德"意指忠、孝、节、烈等封建伦理道德;"市民道德"意指戒淫、戒赌、教子、知恩图报、器小易盈、重义轻财、财多妨子嗣等从实用主义原则出发的市民道德以及"积阴骘、有好报"或"做善事、改命相"等具有果报色彩的道德劝诫等。

一、文人的现实:生计与品行

在为清初话本小说家所热衷表现的文人题材中,文人的治生问题继明末之后再次得到了集中呈现。所不同的是,明末短篇话本小说中的书生尽管治生手段匮乏,但尚能通过处馆教书、抄写书记、接受资助等方式勉强维持生计。而清初小说家笔下的书生则已然到了连最基本的生存条件也无法保证的地步。如"却是家中一贫如洗"(《醉醒石》第三回《假淑女忆夫失节　兽同袍冒姓诓妻》)"……竟弄到朝不谋夕的地位。"(《云仙笑》第二回《又团圆　裴节女完节全夫》)"家无生计,弄得衣食不周。"(《连城璧》第四卷《清官不受扒灰谤　义士难伸窃妇冤》)"其家极穷,身衣口食,俱难支值。"(《醉醒石》第十一回《惟内惟货两存私　削禄削年双结证》)"一来不做生理，二来坐吃山空，不上半年，将家中所存家伙尽行变卖来吃用完了。”（《云仙笑》第四回《胜千金　一碗饭报德胜千金》）诸如此类的描述显示出了清初文人，尤其是未“发迹”的下层文人的现实生存状况已然到了相当严峻的地步。“士人生活的贫困化”是最迟于明末之际就已普遍存在的问题，文士治生手段的匮乏是造成其经济困境的重要根源。这一技术性层面上的原因在清初短篇话本小说中继续得到了反映，但将濒死的书生比作伯夷、叔齐的调侃口吻，如“只怕虽不隐在首阳山，也要做伯夷、叔齐了。”“看看要上首阳山做伯夷、叔齐的伙伴了。”（《云仙笑》第四回《胜千金　一碗饭报德胜千金》）却暗示了文士治生问题之严峻于清初之际还有另一重不便明言的原因。

与文人的治生问题密切相关的一个话题就是文人的品行问题。清初短篇话本小说中对文人品行的关注主要集中在如下几点：恃才傲物，如《自作孽》（《人中画》第六卷）、《拙书生　拙书生礼斗登高第》（《云仙笑》第一回）、《高才生做世失原形 义气友念孤分半俸》（《醉醒石》第六回）；贪赃枉法，如《惟内惟货两存私 削禄削年双结证》（《醉醒石》第十　回）；好色行淫，如《百和坊将无作有》（《照世杯》第二卷）、《以妻易妻暗中交易　矢节失节死后重逢》（《风流悟》第二回）等。对无行文人的惩戒方式则完全采用的是话本小说惯用的因果报应，如恃才者化为异类（老虎）；损阴骘、丢前程；淫人妻子，妻子淫人；心生妄想，反受其害等等。但这些于小说主旨层面上直接反映出来的问题还仅仅是浮于表面的“小节”而已，真正关涉到文人道德操守的“出处行藏”则更曲折地隐含于文人作者的议论性文字之中。李渔在《乞儿行好事　皇帝做媒人》（《连城璧》第三卷）这篇小说的入话处即发表了一通“从来乞丐之中，尽有忠臣义士、文人墨客隐在其中”的议论。按照这位小说家的说法，“自从闯贼破了京城，大行皇帝遇变之后，凡是有些血性的男子，除死难之外，都不肯从贼。家亡国破之时，兵荒马乱之际，料想不能丰衣足食，大半都做了乞儿。”弘光小朝廷成立后，“卑田院中的隐士”虽有“熬不得饥饿，出来做官的”，但仍“还有一二分高人达士，坚持糙碗，硬着衲衣，宁为长久之乞儿，不图须臾之富贵。”其后，到了“清朝定鼎，大兵南下的时节，文武百官尽皆逃窜，独有叫花子里面死难的最多”。由此可见，“明朝末年的叫花子，都是些有气节、有操守的人”，“乞食的这条路数”于“乱离之后，鼎革之初”俨然就是“忠臣的牧羊国，义士的采薇山，文人墨客的坑儒漏网之处。凡是有家难奔、无国可归的人，都托足于此。”这段由乞丐引发的议论显然意有所指：真正有德操的人于新旧王朝更迭之时就应主动放弃仕途功名，委身于草莽之中以全名节。这样一个明显有违于时的观点显然不便明言，但即便如此，李渔还是希望读者能够领会到这段文字背后的政治隐寓，“看小说者，不得竟以小说目之”，“不可”将他的这段议论“草草看过”。

值得注意的是，在这段事关文人德操根本的言论中同样提到了“采薇山”这一与伯夷、叔齐有关的典故，文人对仕途功名的放弃以及由此而导致的经济生活的贫困化与伯夷、叔齐这一富于政治意味的典故被再次联系在了一起。与李渔稍晚的清初思想家唐甄认为士人的经济来源无外乎三种:最上者“仕而得禄”,其次“公卿敬礼而周之”,最下者“耕贾而得之”,除此之外“则财无可求之道”。[①] 在清初之际这一特殊时期,“仕而得禄”这一最佳人生出路已然被涂染了太多的政治意味而不免让人产生道德上的顾虑。退而求其次的“公卿敬礼而周之”,亦即托钵山人似的“打抽丰”这一自明末沿袭而来的生存方式亦同样遭到了道德上的质疑,其原因主要是由于山人一途于清初之际已然变得人品流杂,“抽丰一途,最好纳污藏垢,假秀才、假名士、假乡绅、假公子、假书贴,光棍作为,无所不至。今日流在这里,明日流在那里,扰害地方,侵渔官府,见面时称功颂德,背地里捏禁拿讹。游道至今大坏,半坏于此辈流民,倒把真正豪杰、韵士、山人、词客的车辙,一例都行不通了。”(《照世杯》第二卷《百和坊将无作有》)在反映文人无行的短篇话本小说《百和坊将无作有》(《照世杯》第二卷)、《高才生傲世失原形 义气友念孤分半俸》(《醉醒石》第六回)中作为反面人物出现的书生就都是“打抽丰”的热衷者。李渔在小说《谭楚玉戏里传情 刘藐姑曲终死节》(《连城璧》第一卷)中借书中人物莫渔翁之口也同样表达了对“打抽丰”者,亦即那些“游客”们的厌恶之情,“那打抽丰的事体,不是我世外之人做的,只好让与那些假山人、真术士去做。我没有那张薄嘴唇,厚脸皮,不会去招摇打点……我是断断不做游客的。”颇具嘲讽意味的是,李渔本人,包括其“四十口之家”(《上都门古人述旧状书》)的生计问题在相当程度上正是靠着四处求告的“托钵化缘”才得以维持的。在其写给友人的“求告信”中,诸如“辇毂之下,尽有贵交。当今之世,若望一人一手拯此艰危,此必不得之数也。众擎易举,但求一二有心人,顺风一呼,各助以力,则湖上笠翁尚不即死”(《上都门古人述旧状书》)之类几近求乞的口吻遍及行文之始终。尽管李渔从贵人处获得的丰厚馈赠时常因其亦同时提供了精彩的戏曲演出而不能算作完全意义上的“乞食”,但即便如此,或者说正因为如此,拉着戏班、家姬四处奔走于贵人门庭的李渔终究还是免不了道德上的被鄙视、被质疑、被谴责,而从未为其接受过的馈赠有过任何“感恩回馈”的明末文人,如李贽、陈继儒等却都能毫无道德顾虑地享受着经济资助人慷慨的捐赠。李贽甚至还在写给友人的信中直截了当地要求得到“半俸”的援助,也确实有人周济他的生活前后长达二十年之久,[②]而这一切都不会对李贽的道德名誉造成任何损害。作为“晚明的生活方式与文化习惯”的一种,“打抽丰”在清初之际的江南地区“还在颓废而绝望地沿袭着”,[③]但在明末特有的艺术文化氛围严重丧失的情况下,失去了文化依托的个中之人已然很难再像明末的山人“前辈”们那样获得世人的普遍尊重,他们的“打抽丰”也由此纯然变成了死乞白赖的乞食行为。索取经济资助的同时饱受道德上的质疑,文人的生计问题与品行问

① 养重[M].(转引自王昕.话本小说的历史与叙事[M].北京:中华书局,2002:249.)

② 相关论述参见(美)黄仁宇.万历十五年[M].北京:中华书局,2007:195.

③ 王昕.话本小说的历史与叙事[M].北京:中华书局,2002:253.

题于清初之际再次被联系了起来。

二、文人的理想："佳人"(才女)情结与功名的替代物

在清初短篇话本小说中出现了大量的才子佳人题材故事，如《唐秀才持己端正 元公子自败家声》(《人中画》第一卷)、《柳春荫始终存气骨 商尚书慷慨认螟蛉》(《人中画》第二卷)、《风流配》(《人中画》第五卷)、《谭楚玉戏里传情 刘藐姑曲终死节》(《连城璧》第一卷)、《寡妇设计赘新郎 众美齐心夺才子》(《连城璧》第九卷)、《花社女春官三推鼎甲 客籍男西子屡掇巍科》(《风流悟》第三回)等。此外，表现才子与名妓婚恋故事的《七松园弄假成真》(《照世杯》第一卷)、《百花庵双尼私获隽 孤注汉得子更成名》(《风流悟》第五回)，男风题材的《婴众怒舍命殉龙阳 抚孤茕全身报知己》(《连城璧》外编卷之五)亦可视为变相的才子佳人题材故事。须明确的一点是，为清初话本小说家们所热衷书写的"才子与佳人的风流遇合"不可简单地理解为才子之"才"与佳人之"色"的"才色相合"，"佳人"之内涵显然远非"美色"二字可以涵盖。

"佳人"是清初才子佳人题材故事中出现的新女性形象，就"佳人"与"红颜"，即传统美人之间的区别早在明末话本小说集《西湖二集》中就曾有过明确的界定，"这'红颜'二字不过是生得好看，目如秋水，唇若涂朱，脸若芙蓉，肌如白雪，玉琢成，粉捏就，轻盈袅娜，就随你怎么样，也不过是个标致，这也还是有限的事，怎如得'佳人'二字？那佳人者，心通五经子史，笔擅歌赋诗词，与李、杜争强，同班、马出色，果是山川灵秀之气，偶然不钟于男而钟于女，却不是个冠珠翠的文人才子，戴簪珥的翰苑词家？"(《西湖二集》第十六卷《月下老错配本属前缘》)其中的"山川灵秀之气，偶然不钟于男而钟于女"已然透出了些清人言论的味道。其与之前话本小说中大量出现的那些关注世俗欲望而毫无文化可言的市井女性显然不同，与那些为了将来能攀附上文人丈夫而自小接受文化教育的功利化女性也不可等同，她们是真正在提升自身艺术品位这一层面上研习诗艺的风雅化女性。且其所具备的"才"最为才子(实为文人作者)们所关注，《风流配》(《人中画》第五卷)中的佳人正是因其"秀美之才"而成为令才子"想杀"的对象。在才子的观念世界中，"佳人"几等同于"才女"，才子们对佳人的期待心理基本上可理解为"才女"情结的一种反映。

在清初短篇话本小说的才子佳人题材故事中即出现了许多才女形象，如《柳春荫始终存气骨 商尚书慷慨认螟蛉》(《人中画》第二卷)中"才貌俱全"的孟小姐；《风流配》(《人中画》第五卷)中"诗书过目不忘，文章落笔便妙"，"知书识字，做的诗文，华老爷也不能比他"的华小姐；《秉松筠烈女流芳 图丽质痴儿受祸》(《醉醒石》第四回)中"知书、识字、能写"，堪称"仕女班头""姬人领袖"的程菊英；《寡妇设计赘新郎 众美齐心夺才子》(《连城璧》第九卷)中"颇有才名，又会写字作画"，"又且长于笔墨"的乔寡妇；《七松园弄假成真》(《照世杯》第一卷)中或"亭子中染画"，或"在月下

吟诗"的名妓畹容等。须明确的一点是，这些"才女"的形象构建于清初之际确实有着坚实的现实基础，并非完全出于文人作者一厢情愿地主观臆造。据《历代妇女著作考》载，自汉迄明共得女性作家361家，而有清一代竟有3500多家，"超轶前代，数逾三千"。而据流传最广，篇幅最大的闺秀诗词选集，即嘉庆、道光年间武进女子恽珠所编写的《国朝闺秀正始集》载，该书共收录了清代闺秀930余人的诗作，计1700余首；又有《续集》，共收录了590余名闺秀，诗作达1200多首。其中，作为江南核心区域的苏、杭两地，其女性作家、女性著作更是达到了极盛状态，这一点同该地区才子云集的情况相一致。据《历代妇女著作考》载，其著录的江苏女性作家就多达1425人。① 另据《清代闺阁诗人徵略》载，该书收录了女诗人1262人，其中浙江524人，江苏465人，共989人，占总数的78.37%。② 这些女性著作中的绝大部分都是诗文集，约占总数的98%，此外还有小部分学术著作，广泛涉及了经学、小学、史学、算学、历法、诗学、词学，甚至还有小说、戏曲等通俗文学作品。③

可以说，在清初以苏、杭为核心的江南地区，以诗才为主的女性才华得到了极为强烈的呈现，这不能不引起同在江南地区男性文人们的广泛关注。有许多文人都表达了他们之于"才女"现象的赞美之情。如钱谦益就曾称赞过才女徐媛"多读书，好吟咏，与寒山陆卿子唱和，吴中士大夫望风附影，交口而誉之……称为吴门二大家。"（钱谦益《列朝诗集小序》）颇有意味的是，他们在评价女性才华时总是习惯于将男性才华作为参照对象，如"海内灵秀，或不钟男子而钟女子。"（赵世杰《古今女史》）"非以天地灵秀之气，不钟于男子；若将宇宙文字之场，应属乎妇人。"（葛征奇《续玉台文苑》）"岂一时清淑之气，不在冠弁而在笄袆？……奇藻络绎，庸讵不烈于须眉？"（徐媛《络纬吟》题辞）诸如此类的言论与清初才子佳人题材的短篇话本小说以及同期的才子佳人小说中才子之于女性才华的赞美之辞可谓如出一辙。就这一点而言，小说中表现出的"才女"情结与清初的"女才"兴盛这一背景密切相关，是这一颇具时代色彩的文化背景在文学作品中的反映。

才子对"佳人"（才女）的期待心理当然可以从进步的爱情观这一角度获得合理的解释，但这还仅止于表面。如果我们尝试着换一个角度，即以补偿心理为切入口重新介入的话，就会发现这一问题的解答并不那么简单。在才子佳人题材的清初短篇话本小说中，才子对"佳人"（才女）的渴求常常被表现得要远甚于功名。即如《风流配》（《人中画》第五卷）中的才子司马玄就将功名看得十分容易，"此事犹如探囊取物，有何难哉！"甚至还在考场上将已经写好的文章转手送予他人。相较于科考的成

① 参见史梅.清代江苏妇女文献的价值和意义[M]//张宏生编.明清文学与性别研究.南京：江苏古籍出版社，2002：482.

② 参见王英志.随园女弟子考评[M]//张宏生编.明清文学与性别研究.南京：江苏古籍出版社，2002：698.

③ 参见史梅.清代江苏妇女文献的价值和意义[M]//张宏生编.明清文学与性别研究.南京：江苏古籍出版社，2002：482—483.

功与否，他更担心的是“我只怕访尽天下没有奇才女子，便虚我一生之想！”并表示只要能抱得佳人归，“便不虚我司马玄为人一世也！”这位才子的言论中无疑包含了一种“重佳人、轻功名”的思想倾向。这一思想倾向也踏踏实实地落实到了行动中，一出考场，这位才子就“每日只捡名胜的所在去游览，就各处要寻访个绝世佳人”。相较于“佳人”（才女），“功名”在文人作者所营造的理想世界中已然被极大地边缘化了。“佳人”（才女）在相当程度上正是作为“功名”的替代物而存在的，是文人作者补偿心理下的产物。

人们总是渴望着能从某种追求中获得必要的满足，当这种满足无法在原本的指向上实现时，能否寻找到相应的替代物便成为关键。于是，在补偿心理的作用下，替代行为便发生了。替代物的存在也正是为了使补偿的愿望获得满足，但前提是这一替代物必须要具有与原物同等的价值，甚至物超所值。从这一角度出发，我们就能够充分地理解才子（实为文人作者）为什么要在佳人身上附加多重条件的原因了。不如此，便不足以抵消功名缺失所造成的现实痛苦；不如此，便不足以弥补沉沦下僚所带来的人生缺憾。在身为下层文人的作者所一手营造的理想世界中，总是不乏功名、婚恋双得意的才子，但在堪称人生赢家的才子背后，文人作者那饱受现实困顿却又心有不甘的面影却依然无法全然拭去，自信、自得的才子与自卑、自伤的文人作者二者之间总是发生着这样那样的重合。

也正因为如此，在才子佳人题材的清初短篇话本小说中，才子对佳人的追求总是被表现得异常热烈、异常执着，考虑到在才子（实为文人作者）的心目中，佳人之于功名的替代意义这一重要层面，这种异乎寻常的热烈与执着也就不难理解。这种热烈与执着在唐传奇中的才子佳人故事中是很少见到的。唐传奇中的才子基本上不会为了某位佳人而舍弃功名，对佳人的追求与对功名的博取并不会发生本质上的冲突。在唐代注重门第的社会背景下，通过与高门大族的联姻而提升自己的政治资本是时人的普遍观念。因此，才子们对自己的婚姻也表现得极为慎重，尤其是那些仕途有望的才子们更不会“草率得处理他们的婚姻，甚至他们不大可能真的娶一个糟糠之妻。因为如果真的娶了十分贫贱而且又毫无社会声誉的人家的女儿，在唐代的门第观念和特定的仕进条件下，某种意义上意味着他们自动放弃了仕进资格，一本子翻不了身。”[①]因此，在唐代的士子看来，与某种佳人的风流遇合不过是其在求取功名的征途上发生的一段“小小情事”而已，充其量不过是一桩风流艳遇。美女在其心目中的分量是无法与功名等量齐观的，而这一点在清初才子佳人题材短篇话本小说中的才子身上则完全是另一种局面。作为下层文人的话本小说家们对于功名的态度是极为矛盾的。尽管作者在小说的最后部分往往会出于难以割舍的科举情结而为才子安排了金榜题名、洞房花烛的大团圆结局，但在这无限完满的大团圆结局来

① 黄仕忠.婚变、道德与文学[M].北京：人民文学出版社，2000：119.

临之前，文人作者也总是在不断地强调着这位才子是多么地不屑于科考功名，并且再三表示其最终之所以还是踏上了科举之路，完全是出于婚姻之想。佳人的分量已经远远超过了功名，博取功名也不过是为了实现与佳人成功联姻而不得不采取的手段，是工具化的存在，而婚姻，尤其是与佳人结成的婚姻才是真正的目的所在。

从唐才子的重功名到清初才子的重佳人，从热衷于科考功名到以佳人、婚姻为旨归，文人经历了一个从对皇权的依附到对个体幸福的关注这样一个重要转关，从中我们可以清楚地看到文人的人生价值取向已经发生了深刻的转移。清初的文人们已极大地退回到了个体生活的小圈子里，佳人、婚姻以及即便做了官也很快就急流勇退的自保与隐逸成为其人生的重心所在。考虑到才子佳人小说题材故事(包括短篇话本小说与才子佳人小说)普遍编创于鼎革之初这一时代背景，才子们对科考功名表现出的淡漠情绪背后显然潜藏着对清廷的怀疑与疏离。尽管诸如人生价值的落空与转向等情绪被隐藏得极为小心、极为巧妙，表面上又精心地用风流遇合、金榜题名、洞房花烛等种种热闹戏码加以伪装，但这种情绪的存在却是不可否认的事实，它既与常年科考不利给下层文人带来的心理阴影密切相关，更与鼎革之初汉族文人之于清廷的疏离、警惧发生着深刻的联系。

第二章　清初短篇话本小说中的价值观体现

第一节　自我放逐与有限的反思

“一六六四年三月十九日以前，是明崇祯十七年；五月初十日以后，便变成清顺治元年了。”[①]清廷定鼎的“突兀”与“侥幸”带给汉族文人的心理冲击与精神痛苦远非历史上任何一次的“一姓兴亡”[②]可比。在“故国之戚，生死不忘”(李元度《国朝先正事略》卷二七)的执念下，许多文人以“淡于功名”(孙岳颁《牧拙生传》)、“绝意仕进”(吴伟业《北词广正谱序》)这一自弃前程的做法倔强地宣示着与新朝的不合作态度。但同时也正因为如此，使得知识分子无法再“尽其负荷民族传统文化之职责”。因为作为“民族文化正统的承继者”，“读书人所以能尽此职责”，正“因其有政治上的出路”。政治出路的丧失不仅使得广大知识分子的经济生活无法再“维持在某种水平线之上”(“文人的治生问题”在清初短篇话本小说中的集中反映也正与此有关)，同时更使得在中国传统政治文化中一直处于中心地带的文人阶层因其政治地位的丧失而被迅速地社会边缘化。一些以明遗民自居的文人甚至还以数十年“窜伏群山”(李元度《国朝先正事略》卷二七)、“不入城市”“不出户庭”(徐枋《居易堂集自序》)、“不见人”(温睿临《南疆逸史》卷四二)等自我封闭的方式将自己与那个早已“宗社丘墟”(《日知录》卷七)、天崩地裂的外部世界隔离开来。从政治领域到个人生活领域，知识分子阶层曾经活跃着的身影从未如清初这样如此地落寞、如此的孤寂。

但知识分子“身体”上的“消失”并不必然意味着“声音”上的一并消失。自我放逐于社会政治舞台之外的知识分子转而以闭门著书的方式发出声音的于清初之际大有人在，顾炎武、黄宗羲、王夫人即其中之翘楚。除了学者型知识分子外，更有为数甚多的知识分子则通过不同形式的文学创作来抒怀达意、阐发思想，清初文学在诗、词、戏曲、小说等各个领域皆成繁荣发展之态势即为明证。尤其就通俗小说的编创而言，据有关学者统计，“若不计少数年代未能判明的作品，那么明嘉靖至万历三

① 梁启超.清代学术变迁与政治的影响(上)[M]//中国近三百年学术史.北京：中国书店，1985：13.

② 梁启超.清代学术变迁与政治的影响(上)[M]//中国近三百年学术史.北京：中国书店，1985：13.

朝99年中新刊出的通俗小说约75种，天启、崇祯与弘光三朝25年中新出约56种，而清前期46年中则是约100种，这些数字表明，此时的创作无论如何也称之为繁荣。"[①]无论是顾炎武的《天下郡国利病书》、《日知录》，黄宗羲的《明夷待访录》、《明儒学案》等富于政治色彩的学术著作，还是包括通俗小说在内的多领域文学创作，所有这些经由文字发出的声音就其内容而言虽各有不同，但却几乎都是在同一姿态，即"身体"上的自我放逐下发出的。这一自我放逐的姿态，无论是社会政治领域，还是个人生活领域都有助于知识分子阶层最大限度地与其所不愿正视的惨淡现实拉开距离，其目光也因此而得以更多地投注到那个刚刚逝去的王朝。那个末世变动得太多，逝去得太快，许多事情都还没来得及消化便被裹挟进历史的洪流中瞬间冲走。待清廷定鼎之后，尘埃早已落定之时，那些在明亡前夕的促迫之下无力，亦无时间仔细辨析的问题终于又可以拿出来反复思考。此时，以自我放逐为主要姿态的知识分子阶层亦有这样的时间、这样的心力可以从容咀嚼。反思，于是成为这一时期上自学术型知识分子，下至通俗小说家们于其各自的文字中着重书写的一个重要内容。这一点即便在非鬼神即因果的"肤浅"的话本小说领域中亦同样有所体现。

以下层文人为主要构成的话本小说家们显然并没有如学者型知识分子那样的政治视野与学术涵养对导致明帝国覆灭的种种问题做根源式的探究，其所做的反思虽也集中在对明亡原因的分析上，但更多地停留在导致明帝王覆灭的直接原因，即军事失败这一层面上。如军备之空虚，"就是枪器械，大半换糖吃了。总有一两件，已是坏而不堪的。"(《云仙笑》第三回《平子芳　都家郎女妆奸妇　耿氏女男扮寻夫》)"在的不肯操练，军器硝黄，还要偷卖。"(《醉醒石》第五回《矢热血世勋报国 全孤祀烈妇捐躯》)如军队战斗力之低下，"平日各人占役买闲冒粮，没有一半在伍，又都老弱不知战，也不能战的。"(《醉醒石》第五回《矢热血世勋报国 全孤祀烈妇捐躯》)"只因太平日久，不惟兵卒一时纠集不来，……所以一遇战斗，没一个不胆寒起来。"(《云仙笑》第三回《平子芳　都家郎女妆奸妇　耿氏女男扮寻夫》)军队管理之松懈，"武职们也不知自爱，不知我管下有几个军，也不识得那一个是我的军。"(《醉醒石》第五回《矢热血世勋报国 全孤祀烈妇捐躯》)"武官恃著重武时，又未免横肆了一分。兵不整练，器不精锐，也不甚在心上。"(《醉醒石》第二回《恃孤忠乘危血战 仗侠孝结友除凶》)诸如此类军事上的失败在正史中亦有相近且更为简明的表述，如《明史·兵志》即有言，"至于末季，卫所军士，……积轻积弱，重以隐占、虚冒诸弊，至举天下之兵，不足以任战守，而明遂忘矣。"[②]

且相较于这些技术层面上的局部性问题，"文武相维"这一更具体制意义上的症结性问题也同样被在野的知识分子所察觉。明帝国从立国之初，就以"权力机构内

① 陈大康.从繁荣到萧条——论清初通俗小说的创作[J].上海社会科学院学术季刊,1993(3).

② (转引自赵园.制度·言论·心态 ——《明清之际士大夫研究》续编[M].北京:北京大学出版社,2006:114.)

部制衡”作为“实施中央集权的必要条件”，而“权力机构内部制衡”首先即表现为“文(臣)武(将)相维”。① 但在具体施行过程中，“相维”实为相互掣肘，所谓“文(臣)武(将)相维”更是直接表现为文武间的相互推诿。《恃孤忠乘危血战 仗侠孝结友除凶》(《醉醒石》第二回)开篇即言，“国事之败，只缘推委者多，担当者少；贪婪者多，忠义者少。居尊位者，以地方之事，委之下寮。为下寮者，又道官卑职小，事不由已，于是多方规避，苟且应命。”这种相互推诿的不良风气尤其体现在文武之间，“一人有功，则云我实牵制某营。故某进薄其隘，我实分贼之势，故某得捣贼之虚，全师取胜。万一不幸，众寡不敌，覆师亡躯，则云某人不度波已，孤军深入，以致丧身辱国，惟我知难而退，得以保全。把那丧败，一肩卸在死者身上；自家失援不救之罪，都瞒过了。”正是因为临事便相互推诿，因此谁也不肯奋勇向前，只徒坐壁上观而已，“为文官者则云：我职在簿书，期会而已，戎马之事，我何与焉。为武将者则云：武夫力战而殉诸原，儒生操笔而议其后，功罪低昂，不核其实，徒令英雄气短耳，朝廷误人，何苦以身为殉。”如此一来，国家焉有不败之理。

在具体的行文过程中，民间小说家们更显现出了一种倾向，即将文武间的相互推诿这一原本双向性的问题更多地简化为文官对武将的单方面排挤。《恃孤忠乘危血战 仗侠孝结友除凶》(《醉醒石》第二回)即写到了深入重围却乏后援的武将战死后不仅未能得到嘉奖与抚恤，更又因文官的推诿责任而险些被弹劾一事。这位武将的儿子最后也只能以报私仇的方式将杀父贼人正法，但却无法为为国捐躯的父亲挽回应有的名誉。至于武官因“满口鄙俗，举止粗疏”而“为文官所轻”(《醉醒石》第五回《矢热血世勋报国 全孤祀烈妇捐躯》)就更是文武不和的一个惯常表现了。

民间小说家们对武将受制于文官而得不到公正对待而愤愤不平，其背后所隐含的“重将权”的思想，亦与明末军事战略家孙承宗的使武将“得自辟置偏裨以下，勿使文吏用小见沾沾其陵其上”(《明史》卷二五〇本传)的言论相一致，武将受文官的压制而不得施展并进而导致军事失败当为民间小说家们之于明亡原因分析的一个重要判断。但即便仅由“文武相维”这一单一角度出发进行政治批评也远没有民间小说家们理解得那样单纯、直截。事实上，为清初学术界所热衷讨论的明亡原因中，“批评朝廷轻视武人、文士鄙薄武人、兵事的，与批评明亡之际人主的纵容武将、武将的横恣的，批评人主杀戮‘文帅’、‘文将’(如熊廷弼、袁崇焕之狱)、自毁长城的，批评文士(尤其言官)空谈使将帅不得展布以致败军偾事，像是都有足够的事实根据”。②黄宗羲即有观点认为明亡之原因恰恰就在于滥赋武将以权力，其将甲申之变即归结为崇祯帝的“重武之效”(《明夷待访录·兵制二》)，而此观点止与孙承宗之言论相左。即此一点便足以说明这一问题本身的复杂性，而绝非民间小说家们想象得那么

① 赵园.制度·言论·心态——《明清之际士大夫研究》续编[M].北京：北京大学出版社，2006：114.

② 赵园.制度·言论·心态——《明清之际士大夫研究》续编[M].北京：北京大学出版社，2006：116.

简单，判断得那么痛快，这也是民间视野终究与学术视野不同的地方。

第二节 价值观上的保守、废退与渐趋平淡的清初社会心理

即如以上分析所示，民间小说家们虽为清初时代氛围所感召而于自己的文字书写(小说编创)中对明亡之原因有所反思，但其思考的维度则仅止于与军事失败直接有关的若干问题，且即便如此还存在着简化问题的片面化倾向，其所做的反思是极其有限的。且相较于在明末短篇话本小说中强烈呈现出来的那种恨不得直欲将己身化为武士以奔赴战场、亲历刀矢的豪情与热血，清初短篇话本小说中体现出的这种冷静而有限的反思已然显示出了一种社会心理上的平淡趋向。的确，随着清廷的定鼎以及时局的渐趋稳定，明亡前夕为救亡图存之热望所促迫着的那种激荡、躁跃、沸腾的时代情绪已然失去了其继续存在的土壤。虽然民间小说家们也对明亡之原因进行了反思，但这种反思不仅是有限的，而且也是徒劳的，"只是有榜样，人不肯学耳。"(《醉醒石》第二回《恃孤忠乘危血战 仗侠孝结友除凶》)即便反思出一二，也不过是事后诸葛，于事无补，只能徒增伤悲而已。因此，相较于思想领域中有限且又徒劳的反思，话本小说家们更多地将注意力极大地转移到了在无力改变既成现实的情况下，如何更好地适应现状以生存下去这一更具现实迫切性的问题。讲求实际的务实精神一直以来就是话本小说之传统，这也同样是民间视野与学术视野的不同之处。

在为清初短篇话本小说所秉持的人生训诫中，"天道忌盈""器小易盈""安分守己""不要妄作妄为""不可起妄想的念头"之类的保守性言论十分引人注目。其适用范围十分广泛，譬如小说家主张"不可吝啬"，其理由是"盈必有亏，聚必有散"，不可因"拥这厚资，为人所嫉，犯天之忌"。(《醉醒石》第十回《济穷途侠士捐金 重报施贤绅取义》)主张"不可恃才"，并将其视为"进学问保身家的劝世明言"，因为"才字竟是起祸的根脚，送命的病源"，"万一两不相容，这个争强，那个夸胜，免不得别生计较，安排网罗，尽有家破身亡的。"(《云仙笑》第一回《拙书生　拙书生礼斗登高第》)主张应注重子弟教育，其理由是"只有读书守分，可以立身，……只有读书循理，可以保家。"(《醉醒石》第七回《失燕翼作法于贪 堕箕裘不肖惟后》)即便是话本小说领域中最常见的"戒淫"主题，也以"安命"而"不可起妄想的念头"为议论之旨归。(《风流悟》第一回《图佳偶不识假女是真男　悟幼囤失却美人存丑妇》)这些保守性言论的共通之处就是告诫民众应收敛起自己的个性光芒，摒弃一切非分之想，但求"安命""立身"，平平安安地度过一生。为此，只要能保障基本的生存需求，"四民中，士图个做官，农图个保守家业，工商图个擢利，这就够了"(《醉醒石》第十二回《狂和尚妄思大宝 愚术士空设逆谋》)，即便因此而"作人奴隶，贫贱终身"亦未尝不可，至少能平平安安，"却没个杀身之祸"。(《醉醒石》第八回《假虎威古玩流殃 奋鹰击书生仗义》)"人宁可贫穷到饿死，还是个良民"，"谨慎自守，各执艺业"以便"保全身家"(《醉醒

石》第十二回《狂和尚妄思大宝 愚术士空设逆谋》)也正是话本小说家们“每每劝人安分守己,不要妄作妄为”(《云仙笑》第一回《拙书生 拙书生礼斗登高第》)的目的所在。尤其在无法改变现状的情况下,有的小说家更提出了一种旨在自我调节的“精神胜利法”。李渔在《美女同遭花烛冤 村郎偏享温柔福》(《连城璧》第五卷)这篇小说中针对“巧妇常伴拙夫眠”这一颇具普遍性的错姻缘现象提出的“薄命红颜”说正是这一精神胜利法下的产物。在李渔的新解下,所谓的“红颜薄命”,“不是因他有了红颜,然后才薄命,只为他应该薄命,所以才罚做红颜。”因此,“但凡生出个红颜妇人来,就是薄命之坯了”。美貌佳人只要将这“四字金丹”铭记在心,“时时刻刻在此为念,看见才貌俱全的男子,晓得不是自己的对头,眼睛不消偷觑,心上不消妄想。预先这等磨炼起来,及至嫁到第一等第一名的愚丑丈夫,只当逢其故主,自然贴意安心,那阎罗王的极刑自然受不着了。若还侥幸嫁着第二三等、第四五名的愚丑丈夫,就是出于望外,不但不怨恨,还要欢喜起来了。”只要“人人都用这个法子,自然心安意遂,宜室宜家”。

不求能有多高的物质追求与精神成就,但求“安分守己”地过完一生。即便生活有种种不如意,亦不妨以精神胜利法获得阿 Q 式的满足,这就是于清初短篇话本小说的人生劝诫中普遍通行的人生态度——已然接受了既定现实并努力地自我调适、自我抚慰以便能够更好地安于现状。为晚明个性解放思潮培养起来的叛逆性格、“狂者”式的个性风采,在明末的动荡时局下促迫生成的尚武精神与豪侠气质等富于变革性的活跃因素于清初之时皆已归于沉寂,取而代之的则是渐趋“平淡”的社会心理及其影响下形成的“保守”化的价值观,“平淡”与“保守”因此而成为清初社会的基本调色。这样一种波澜不惊的平稳色调更在清初之际对包括阳明心学、李贽异端思想及对由此而引发的道德滑坡、人欲泛滥、学风空疏等一系列问题所做的反思与批判中得到了前所未有的巩固与强化。在曾经如此耀眼过的新思想光芒被无情扑灭后,重返聚光灯下的则是晚明以来一直被批为“假道学”的封建正统道德。继明末之际时局促迫下的短暂“上位”后,封建正统道德于清初之际的持续走强在为保守化的人生观、价值观提供理论支撑的同时,亦使得清初以来渐趋平淡的社会心理变得更加凝固、板滞而再难掀起波澜。

第三节 多重价值观的并存与“一言堂”局面的短暂终结

于清初之际持续走强的封建正统道德在两性关系,尤其是女性贞节问题上体现得尤为明显。一些话本小说家之持论在相当程度上仍延续的是明亡前夕特有的那种极端化、暴力(自我暴力)化论调。如常态(和平环境)下的改嫁问题,“若还不肯改嫁,守节而死,其上也。……其次,不得已而再嫁,终念其夫而死。……至于不能即死,……而失身于人。即有恋恋原聘之心,此亦未足多也。”(《醉醒石》第三回《假淑

女忆夫失节 《假淑女忆夫失节 兽同袍冒姓诓妻》）如非常态（战争环境）下的守节问题，“其间也有矢志不屈或夺刀自刎，或延颈受诛的，这是最上一乘，千中难得遇一；还有起初勉强失身，过后深思自愧，投河自缢的，也还叫做中上；又有身随异类，心系故乡，寄信还家，劝夫取赎的，虽则腼颜可耻，也还心有可原，没奈何也把他算做中下。最可恨者，是口餍肥甘，身安罗绮，喜唱呔调，怕说乡音，甚至有良人千里来赎，对面不认原夫的，这等淫妇，才是最下一流。”（《连城璧》外编卷之一《落祸坑智完节操 借仇口巧播声名》）在女性遭遇失节危机时可能采取的几种应对中，以死，即自我暴力的方式保全节操依然被视为最上等的选择。

不过有一点须明确的是，明末之际封建正统道德所强烈呈现出来的极端化、暴力化倾向毕竟有着其得以产生的特殊政治环境。在大厦将倾的存亡时刻，被付以拯救世道人心之重任的封建正统道德必然会被推向极端化的边缘。在不容喘息的时局促迫下，几乎所有的问题都能被转化为道德问题，几乎一切道德问题又都能被最终简化为生死，直至死的问题。而一旦时过境迁，那种为危如累卵的严峻局面所引爆、所促迫的紧张感、焦灼感得以极大地缓解后，人们也就能以一个更加理性的态度来从容地重新审视曾经被奉为天经地义的道德选择。此外，将女性节烈与臣子忠烈加以直接联想的思考热情也随着明末政治危机的“解除”而得以冷却，人们终于能够站在一个更加独立的角度来就女性问题本身看女性问题，从而极大地摆脱了政治危机下将女性问题视为男性政治道德附庸的惯常思考模式。凡此种种，即更加理性的态度与更加独立的角度都有助于女性问题，尤其是以女性贞节为代表的女性道德问题得到一个更为客观、更为人性化的再认识与重新阐释，并使得清初之际之于女性贞节问题的探讨呈现出了一种多维度的思考倾向。小说家们之于某些“具体案例”所做出的道德评价往往很难用单一的判断基准诠释清楚，其立论时常与故事本身自然呈现出的内涵主旨并不一致，有时即便是其立论本身亦存在着彼此抵牾之处。

即以上文论及的《落祸坑智完节操 借仇口巧播声名》（《连城璧》外编卷之一）而言，尽管小说家开篇立论中明确地表达了以死全节为女性困厄之际的最上等选择这一毫不含糊的“守经”之论，但随即又认为危难之际亦不妨稍稍行权，“虽不可为守节之常，却比那忍辱报仇的还高一等。看官，你们若执了《春秋》责备贤者之法，苟求起来，就不是末世论人的忠厚之道了。”小说中的女主人公耿二娘在动乱之际遭逢贼人劫持之时，即想出了种种妙法努力地保全自己的贞操。但迫于当时的形势，其所能做到的也仅仅是不与贼人发生关系，“只保全这件名器，不肯假人”，而“其余的朱唇绛舌，嫩乳酥胸，金莲玉指，都视为土木形骸，任他含咂摩捏，当作不知。”作者将此称为“救根本不救枝叶的权宜之术”，其对耿二娘行权以守经的做法无疑是赞赏的。在反映同一问题的其他清初短篇话本小说，如《又团圆 裴节女完节全夫》（《云仙笑》第二回）、《以妻易妻暗中交易 矢节失节死后重逢》（《风流悟》第二回）中，女主人公们在遭遇失节危机时也同样选择了以自己的智慧巧妙“行权”，而非拼着刚烈的性子一意“守经”。尤其是后一篇小说中落难的女主人公为了能够笼络住所谓的“后夫”——一个磨豆腐的小生意人而不惜与之发生关系，为的就是能让他心甘情愿地将自己送回千里之外的原夫手中。这位女性的“自愿”失身无疑是行权以守经的无奈之举，作者并未对此做任何道德上的苛责，而仅将之视为“小失节”而已，这与明末小说家们在女性贞节问题上动辄论死的极端化言论显然不同。

除“经”“权”之外，“情”“理”亦是清初话本小说家们惯常的思考维度，且往往因两个思考维度的同时并存而使得立论与具体的行文之间，甚或于立论本身发生矛盾。即如夫死之后的女性改嫁问题。《妻妾败纲常　梅香完节操》（《连城璧》第八卷）这篇小说开篇立论即显现出了力图情、理兼顾的倾向，“凡为丈夫者，教训妇人的话虽要认真，属望女子之心不须太切。”夫在之时，以“理”为尚，“在生之时，自然要着意防闲，不可使他动一毫邪念”；夫死之后，则不妨以人情为优先考量。妻妾“若是本心要嫁的”，“礼法禁他不住，情意结他不来”，

“至临终永诀之时，倒不妨劝他改嫁”。理顺人情、情理兼顾，小说家的持论不可谓不宽容，但在具体的行文过程中，通过对一妻一妾在乍闻夫死消息后就急于改嫁与一个通房丫头偏能抚孤守节的两相对比中，还是显现出了文人作者并不赞成女性夫死改嫁的唯“理”化倾向。

双重判断标准的存在所导致的问题并不仅仅在于可能造成观点上的冲突，同时也可能导致人物形象塑造上的割裂。譬如在《又团圆　裴节女完节全夫》（《云仙笑》第二回）这篇充分体现了文人阶层所信奉的正统封建道德与市井生存哲学彼此冲突的小说中，为了搭救陷入纳粮困境中的穷秀才丈夫，裴氏决意听从市井小民陶三的劝告另嫁他人以便换取身价钱帮助丈夫度过危机，但丈夫李季侯却对陶三的提议甚为愤慨，“胡说，可见你是个市井小人，不识伦常大体。难道我李季侯不肖至此?”“我李季侯是个须眉男子，名教中人，虽在流离颠沛之际，谅不作此不肖之事。”但迫于生存的压力，讲求道德的穷秀才最终还是不得不向现实低头，并因此还遭到了陶三的一番奚落，“我们虽是市井小人，算计到不错的。李官人，什么做人不成，叫做事极无君子。依了你诗曰子云上说什么伦常〔二〕字，如今世上的人，个个该灭的了，那里容得一个。偏是叫相公老爷的人愈加把那伦常二字，抹煞的多哩!”相较于自我定位为“名教中人”的穷秀才丈夫，陶三以及主动接受陶三建议的裴氏无疑都是讲求实际的市民道德的拥护者。原本无计可施的家庭经济困境也终于在裴氏的务实精神下得到了极大的缓解。行文至此，市民道德无疑取得了决定性的胜利。然而裴氏接下来的性格发展却突然变得道学气十足起来。多年以后，得以重返丈夫身边的裴氏显然有愧于自己曾经的失节（其实并未丧失身体贞节），她不仅声称要当尼姑，而且在丈夫表示恐有绝嗣之忧后，还是没有放弃出家的打算。在丈夫的百般劝解下，总算回心转意的裴氏在完成了生子延嗣的家庭义务后又执意地重返尼姑庵并最终伴着青灯古佛了此一生。小说后半部分的裴氏所展现出的那种毫不近人情的道德执念与

前半部分富于市民精神的务实态度形成了鲜明对比。正如作者所言,“后半当作烈女传,凡为女子的不可不读。”后半部分的裴氏已然被作者塑造成了剔除人情的道德楷模,而失去了那种活泼泼的现世庶民精神。

不过,此种不惜割裂人物形象也要着力宣扬的正统封建道德有时又往往被因果报应——这一话本小说中惯用的思考模式所冲淡、模糊,甚至掩盖。《矢热血世勋报国　全孤祀烈妇捐躯》(《醉醒石》第五回)讲的是一位富于自我牺牲精神的小妾在临难之际慷慨捐躯以保全正室夫人与丈夫子嗣的道德故事。但小说家显然并不相信一个女人竟能有如此可贵的道德操守,“一个女流,不读书,不见事,晓甚么是名分,甚么是节义,看得存孤这样重,一身这样轻?”而将小妾的义举视为对正室夫人不妒,“恩谊预结于平日”的一种回报。小说结尾处的结论随之归结为“不妒一字,其造福为无穷已”,故事本身传达出的忠贞节烈的正统道德主题也就因此而退变成了“一还一报”式的现世果报。同样的问题也出现在《妻妾败纲常　梅香完节操》(《连城璧》第八卷)这篇小说中。小说作者将通房丫头守节抚孤的道德行为视为其最后能得好报的原因所在,“可见做好事的原不折本,这叫做皇天不负苦心人也”,原本可充分发挥的道德主题也同样被因果报应所掩盖。

除了“果报论”这一为话本小说所秉持的基本价值观外,讲求实际的市井生存哲学同样会对正统封建道德的有效宣扬构成“威胁”,这一点尤其体现在对伯夷、叔齐这对道德典范的调侃上。本应作为忠臣烈士之楷模的伯夷、叔齐于清初短篇话本小说中的“处境”颇有些尴尬,时常成为被揶揄、被调侃的对象。文人作者往往会用伯夷、叔齐来形容一个将死之人,“只怕虽不隐在首阳山,也要做伯夷、叔齐了。”“看看要上首阳山做伯夷、叔齐的伙伴了。”(《云仙笑》第四回《胜千金　一碗饭报德胜千金》)其不食周粟的道德操守与政治意义已然被淡忘,其死于饥饿这一事实本身反倒被记得清清楚楚。在讲求实际的市井生存哲学中,相较于“忠臣不事二主”的道德感召,伯夷、叔齐的不食而死反倒成了“民以食为天”这一古老生存格言的反面教材,“多少具骨相的男子,戴眉眼的丈夫,到那饥寒相逼的时节,骨相也改变坏了,眉眼也低垂下来。所以伯夷、叔齐虽为上古圣人,隐在首阳山,到那忍不过饥饿的时节,也不免采薇而食。直到无薇可采,那时方才饿死。若使夷、齐肯食周粟,依然可终其天年。可见世人不比伯夷、叔齐,谁肯甘心饿死?”(《云仙笑》第四回《胜千金　一碗饭报德胜千金》)道德也是有物质基础的,相较于持守,生存才是第一要义。市井生存哲学对正统封建道德的“解构”由此可见一斑。

须明确的一点是,尽管清初短篇话本小说在两性关系,尤其是女性贞节问题的探讨上总是由于“经”与“权”“情”与“理”以及正统封建道德与市民道德、市井生存哲学乃至于因果报应等多重思考维度的同时并存而导致立论与行文(或立论本身)矛盾,人物前后形象割裂、价值观被解构等种种问题,但明末之际由极端化、暴力化的正统封建道德一统天下的局面也因此而被打破。且由于定鼎之初,清廷尚忙于国内的征服战争而无暇顾及思想文化领域的肃清，多重思考维度及其所代表的多种价值观也因此得以在清初短篇话本小说领域中相对自由地呈现出来。即便此时正统封建道德依然持续着明末以来的强劲走势，但由于多重思考维度、多种价值观的同时并存，使得包括正统封建道德在内的任何一维的思想也无法轻易地形成“一言堂”的统御局面，这无疑使得话本小说的言论空间得到了极大地拓宽。相较于由此而造成的主旨矛盾、人物形象割裂、价值观被解构等问题，由同一原因促成的思想上的活跃氛围无疑更为重要。且考虑到不久之后于顺治朝接连发生的旨在钳制文人思想的重大案件乃至于康、雍、乾三世愈演愈烈的文字狱，这一定鼎之初的短暂的思想活跃期就愈发显得弥足珍贵。清初短篇话本小说中多重价值观的并存也正是此时期思想相对自由，较少受到束缚的一种反映。清中期后，这样一种相对自由的思想局面很快地就随着文网的迅速紧缩而遭到了极大地遏制，取而代之的则是封建正统道德的一统天下与连篇累牍的道德说教，清初短篇话本小说中那种多少有些矛盾、混乱、缺乏协调的言论局面已经很难再见了。

第四节　个案分析：李渔小说中价值观的虚无主义倾向

作为富于个性的清初话本小说家，李渔首先是一位富有社会生活经验的智者，对许多问题都能看得十分通透。当下层文人热衷于编造才子佳人的风流遇合来自我安慰时，李渔却颇不以为然地将其轻轻点破。在《美女同遭花烛冤　村郎偏享温柔福》(《连城璧》第五卷)这则故事中，李渔告诉人们“世上姻缘一事，错配者多”，“美男子娶了丑妇人”或者“美妻嫁了丑夫，才女配了俗子”之类的事情常常发生。在另一则故事中，李渔又告诫那些受到“卖油郎独占花魁”之类“风流戏文”的影响而对青楼娼妓抱有幻想的市井小民们，不要“看了两本风流戏文，都只道妓妇之中一般有多情女子，只因嫖客不以志诚感动他，所以不肯把真情相报，故此尽心竭力，倾家荡产，去结识青楼”，并“奉劝世间的嫖客及早回头，不可被戏文小说引偏了心，把血汗钱被他骗去。”(《连城璧》外编卷之四《待诏喜风流攒钱赎妓　运弁持公道舍米追赃》)

作为封建时代的文人，李渔对正统伦理道德自有其坚守的一面，但又力求做到情、理兼顾。针对当时流行的“男风”现象，李渔就表达了从正统道德出发的困惑，“至于南风一事，论形则无有余不足之分，论情则无交欢共乐之趣，论事又无生男育女之功，不知何所取义，创出这桩事来，有苦于人，无益于己，做他何用?”尽管如此，他还是在小说中塑造了“好南风的第一个情种”与“龙阳的第一个节妇”。其笔下的这对同性恋人不仅彼此珍视、患难与共，而且在一方身死后，另一方则终身女装、为夫守节，并含辛茹苦地将遗孤抚养长大、培养成人。李渔认为像这样的“情种”“节妇”，“论理就该流芳百世了”，并对那些“掩口而笑，就像鄙薄他的一般”的人表达了不满。虽然在小说结尾处，李渔还是免不了板起面孔劝诫一番，“我劝世间的人，断了这条斜路不要走，留些精神施于有用之地，为朝廷添些户口，为祖宗绵绵嗣续，岂不有益！”但终究还是认为男风虽有悖于正统伦理秩序，“这桩事不是天造地设的道理，是那走斜路的古人穿凿出来的”，但只要确有真情，并“做到极致的所在”，“也无当于人伦”。（《连城璧》外编卷之五《婴众怒舍命殉龙阳 抚孤茕全身报知己》）由此可见，即便对于自己并不十分理解的事情，李渔也还是抱着“同情之理解”，尽量从人情出发并设身处地加以考量。

有时，李渔的立论又常常现出游戏的味道而缺乏道德劝诫的真诚。如针对当时颇具普遍性的“妒妇”问题。出于维护家庭秩序的正统立场，李渔对妒妇深恶痛绝，并认为“天地之间只有爬不起的男子，没有压不倒的妇人。做男子的秉阳刚之气而生，没有不强硬之理；做妇人的秉阴柔之气而生，没有不软弱之理。”（《连城璧》第七卷《妒妻守有夫之寡 懦夫还不死之魂》）这一“男子宜刚，妇人宜柔”的言论与正统两性秩序是完全一致的。但在另一则故事中，李渔又对女人的妒意、醋劲儿发表了另一通妙论。他认为如果一个妇人完全不嫉妒、不吃醋，“一味要做女汉高，豁达大度”，那么，生活反而“就像饮食之中，有油腻而无齑盐，多甘甜而少酸辣”一样变得索然无味。相反，“若有个会吃醋的妻子夹在中间，愈加觉得津津有味。”因此，为了给平淡的婚姻生活增加点调味剂，妇人也不妨吃点小醋，小小地嫉妒一下。不过在小说的结尾处，李渔却又推翻了自己在开篇发表的议论，“可见世间的醋，不但不该吃，也尽不必吃。我起先那些吃醋的注解，原是说来解嘲的，不可当了实事做。”（《连城璧》第十卷《吃新醋正室蒙冤 续旧欢家堂和事》）

正是这种“不可当了实事做”，不必过于认真的游戏态度又使得李渔总是与封建正统道德保持着一种若即若离的状态。他既有坚守的一面，并对违背正统道德的行为大加斥责；但更有变通、甚至游戏的一面，其道德劝诫的真诚性总是令人怀疑。他对严肃的道德说教缺乏兴趣，刚刚还一本正经地写到“儒书云‘男女授受不亲’，道书云‘不见可欲，使心不乱’，这两句话极讲得周密”，但紧接着却又笔锋一转，对圣人为何要防微杜渐的心理动机进行了一番揣测，“男子与妇人亲手递一件东西，或是相见一面，他自他，我自我，有何关碍，这等防得森严？要晓得古圣先贤也是有情有欲的人，都曾经历过来，知道一见了面，一沾了手，就要把无意之事认作有心，不容你自家做主，要颠倒错乱起来。”（《十二楼》之《和影楼》）本来是要抬出圣人言论劝诫一番的，但紧接着却又将圣人置于尴尬的境地。诸如此类似是而非的道德劝诫在李渔的文字中可谓比比皆是，本应有的严肃性、真诚性也在轻松的调侃中被消解得无影无踪。

除了在道德劝诫方面缺乏必要的真诚外，李渔也并不太相信什么宗教信仰、鬼神报应。他在一则故事中写到了一位虔诚礼佛却一直没有子嗣的商人对着菩萨像的一番哭诉，“菩萨，弟子皈依你二十年，日子也不少了；终日烧香礼拜，头也磕得够了；时常苦告苦求，话也说得烦了。就是我前世的罪多孽重，今生不该有子，难道你在玉皇上帝面前，这个小小分上也讲不来？如今弟子绝后也罢了，只是使二十年虔诚奉佛之人，依旧做了无祀之鬼，那些向善不诚的都要把弟子做话柄，说某人那样志诚，尚且求之不得，可见天意是挽回不来的。则是弟子一生苦行不唯无益，反开世人谤佛之端，绝大众皈依之路，弟子来生的罪业一发重了。”（《连城璧》卷之二《仗佛力求男得女 格天心变女成男》）在这番哭诉中，祈求者有之，责问者有之，甚至威胁者亦有之，宗教偶像的权威性在李渔这里同样遭到了消解。

综上所述，在李渔的价值观体系中，既有正统道德的成分，也有市民道德的因子，当然也少不了鬼神报应、宗教信仰的融入。然而，正统伦理道德也好，宗教信仰、鬼神报应也罢，这些为常人（或文人阶层、或市民阶层）所信奉的基准性价值观念在李渔的观念世界中却都不占据着核心地位。如果一定要为其定位的话，那么，这些为常人所信奉的基准性价值观念也仅仅处于“用”的地位，而真正处于“体”之低位的则是一种市民道德式的实用主义精神。在更多的情况下，李渔实际上是从实用主义哲学出发来衡量、甚至重新阐释正统的伦理道德。怎样才能在情、理之间尽量寻找到契合点，既保障了个体权益，又不会过于违背正统伦理道德，这才是李渔真正关心的，其所极力主张的“风流道学”也正是这一实用主义哲学下的产物。从这个意义上讲，他更像是一个总能趋利避害，为自己挣得最大利益的油滑政客，是一个实用派、技巧派，而绝不可能成为一个富有原则性与责任感的政治家。

第三章 诗才、才子与江南情结:清初短篇话本小说中的才子佳人题材故事

第一节 共同的补偿心理与同中有异的“白日梦”

清初之际,才子佳人题材故事于短篇话本小说领域中大量出现,除了极个别的小说集,如《醉醒石》《云仙笑》外,其他的小说集,如《人中画》《连城璧》《连城璧》外编、《照世杯》《风流悟》等均有才子佳人题材故事,有的竟达半数以上,中篇话本小说集中含有才子佳人题材故事的亦有《珍珠舶》《都是幻》《无声戏》《十二楼》《五更风》《生绡剪》《飞英声》等。结合同一时期才子佳人小说创作的异常火爆及以李渔《笠翁十种曲》为代表的才子佳人题材戏剧的大量涌现可知,对此题材的热衷于清初之际绝非孤立现象。

清初短篇话本小说之才子佳人题材故事在人物形象塑造、故事情节设置乃至于作品的思想感情、主题内蕴上都与同期的才子佳人小说有着极大的趋同性。“才貌(才色)双全”是小说中登场的男女主人公,尤其是男主人公必备的首要条件。所谓“‘才貌’二字缺一不可”,“要做第一等风流之人,须要在赋生之初,把这两件东西放在天平上弹一弹过,然后并在一处,合为一身,方才没有缺陷之恨。”(《连城璧》第九卷《寡妇设计赘新郎 众美齐心夺才子》)“才貌(才色)双全”被认为是男女婚恋的前提,“大约男子有几分才色,然后可以慕有才色之女,而有才色的女,亦悦其慕我,于是彼此依慕而不得,则名曰:‘相思’。女子有几分才色,然后可以慕有才貌的男,而有才貌之男,亦爱其慕我,于是彼此交慕而终不得,则名曰:‘相思’。若无才貌之男,无才色之女,亦欲效颦而为,反侧思服之态,这直谓之浪荡了。”(《风流悟》第三回《花社女春官三推鼎甲 客籍男西子屡掇巍科》)唯如此,一个是“美人才子”,一个是“才子夫人”(《风流悟》第二回《以妻易妻暗中交易 矢节失节死后重逢》),“一个是佳人中绝代才子,一个是才子中绝代佳人”(《风流悟》第三回《花社女春官三推鼎甲 客籍男西子屡掇巍科》)方可称为“美不愧才才敌美”的一对“好逑”(《人中画》第五卷《风流配》)。而“呆郎娶巧妇,美男得丑妻”(《连城璧》第九卷《寡妇设计赘新郎 众美齐心夺才子》)“美妻嫁了丑夫,才女配了俗子”(《连城璧》第五卷《美女同遭花烛冤

村郎偏享温柔福》)之类并非才貌相得的婚姻则无疑是不般配、不和谐的。《寡妇设计赘新郎　众美齐心夺才子》(《连城璧》第九卷)中的美男子就因曾娶过一位“反像个极丑的男子,又麻又黑,又且痴蠢”的小姐而受到了过度惊吓,以至于在丑妻暴亡后,“惟恐离了东施,又要遇着嫫姆”的他甚至于“再不敢轻易续弦”,宁愿“终日孤眠独宿”,《美女同遭花烛冤　村郎偏享温柔福》(《连城璧》第五卷)中也写到了才貌双全的女子在新婚之夜的第二天趁着“照得房中雪亮”的阳光将新郎官那“一发丑得可怜”的容貌看清后就“放声大哭”的情景。相较于传统的门第、家世、财富等衡量标准,“才貌(才色)双全”已然成为清初才子佳人题材故事(无论是话本小说,还是才子佳人小说)奉行的新婚恋准则。为此,《花社女春官三推鼎甲　客籍男西子屡掇巍科》(《风流悟》第三回)这篇小说甚至还虚构出了一个唯以才貌为匹配标准的准科举考试。其具体流程首先是对适龄女子进行品评,“才貌兼绝的,定为状元;才貌全的,定为榜眼、探花;有才无貌,有貌无才的,挨次俱为散进士。”然而再对适龄男子加以赏鉴,“先试外才,继试内才”,同样评选出男榜中的状元、榜眼、探花,然后,“状元会状元,榜眼会榜眼”,按照等级排名依次“行聘成婚”。

才貌双全的才子对自己相当自信,“我们这样人才,自然为天下美女所爱的”(《风流悟》第三回《花社女春官三推鼎甲　客籍男西子屡掇巍科》),因此,自恃才貌的才子对未来伴侣的要求也相当之高,“寻常女子,难以说亲。”(《人中画》第一卷《唐秀才持己端正　元公子自败家声》)“我之夙愿,要于闺秀中择一才貌兼全的。”(《风流悟》第三回《花社女春官三推鼎甲　客籍男西子屡掇巍科》)“一日丝萝,即为百年琴瑟,比不得行云流水,易聚易散,这是要终日相对,终身相守的。倘配着一个村姬俗妇,可不憎嫌杀眉目,辱没杀枕席么!”(《照世杯》第一卷《七松园弄假成真》)此类自恃才貌、苛求婚偶的言论在同期的才子佳人小说中亦常得见。《蝴蝶梦》中的才子蒋青岩就因才貌出众而十分抢手,“这杭城的乡绅大族,都要将女儿嫁他,情愿厚陪妆奁,只要图他这个乘龙佳婿。众媒婆络绎不绝的,反来求着蒋青岩”,但蒋青岩却向众位媒人明确地表示,“你们众人不必常来烦琐,料这些粉妆绸帛、俗女凡胎,哪里是我蒋青岩的对子。”(《蝴蝶梦》第一回)《女开科传》中的才子余丽卿也表示,“要做我的浑家,殊非是今世上没有的才、没有的色方可牵丝结缡,不然,休想我去做他家的风流佳婿。”(《女开科传》第一回)为了寻找到理想的意中人,才子们于是纷纷踏上了寻艳之旅,《风流配》(《人中画》第五卷)、《七松园弄假成真》(《照世杯》第一卷)、《花社女春官三推鼎甲　客籍男西子屡掇巍科》(《风流悟》第三回)、《买媒说合盖为楼前羡慕　疑鬼惊途那知死后还魂》(《风流悟》第八回)中的才子均有到异地寻访佳人的经历,而“寻艳”也同样是同期的才子佳人小说惯用的桥段。至于小说结尾处着力铺写的大团圆结局,如《柳春荫始终存气骨　商尚书慷慨认螟蛉》(《人中画》第二卷)、《寡妇设计赘新郎　众美齐心夺才子》(《连城璧》第九卷)、《花社女春官三推鼎甲　客籍男西子屡掇巍科》(《风流悟》第三回)、《百花庵双尼私获隽　孤注汉得子更成名》(《风流悟》第五回)、《伉俪无情丽春院元君雪愤　淫冤得白蕊珠宫二美酬恩》(《风流悟》第七回)等篇结尾处所展现的官运亨通、妻荣子贵、家门昌盛等等,尤其是"一夫数美"的结局设定,如《风流配》(《人中画》第五卷)中的"一夫二美"、《花社女春官三推鼎甲　客籍男西子屡掇巍科》(《风流悟》第三回)中的"一夫四美"、《寡妇设计赘新郎　众美齐心夺才子》(《连城璧》第九卷)中的"一夫五美"等也都为同期的才子佳人小说所惯用。

同才子佳人小说一样,清初短篇话本小说中的才子佳人题材故事在故事情节具体展开的过程中也同样少不了一两个智商低下的小人从中拨乱,但其伎俩往往都十分拙劣而不会对才子佳人的婚恋生活构成任何实质上的威胁。有时虽无小人出场也会平地掀起风波,但往往来去倏忽、轻易化解,并不会构成根本性的冲突。如《花社女春官三推鼎甲　客籍男西子屡掇巍科》(《风流悟》第三回)中的才子佳人正准备做亲时,佳人的父亲却因"督造皇陵,坏了圣旨"被突然"扭解来京",同时"并拿家属,听候发落"。当"一家人吓得魄散魂飞,啼啼哭哭",才子本人也是"无法可处,惟有捶胸叹气"之时,爱慕才子的一位名妓于是挺身而出、只身赴京,并迅速地找到了打通关节的内部渠道,用最短的时间奇迹般地将佳人一家解救了出来。此种不堪推敲的幼稚情节在非才子佳人题材的其他文人题材故事中亦同样存在,如《柳春荫始终存气骨　商尚书慷慨认螟蛉》(《人中画》第二卷)中的才子一家"为奸臣所诬陷"而被"全家抄斩,家业藉没入官。"才子本人不仅奇迹般地从这场灭顶之灾中逃脱出来,而且在考中殿试二甲后,只"将父亲受害之由与奸臣诬谤之事,辨了一本",就轻而易举地报仇成功,不仅"将他父亲追复原官,钦赐祭葬,藉没家产,着府县给还",而且还将"诬谤奸臣,尽皆问罪"。

情节上的幼稚太半源自于文人作者一厢情愿的幻想。清初短篇话本小说中才子佳人题材故事在人物形象塑造、故事情节设置等方面呈现出的与同期的才子佳人小说极大的趋同性也说明了二者,无论是话本小说,还是才子佳人小说的编创都源自于文人作者极为相似的创作心态,在相当程度上是文人作者补偿心理作用下的产物。"这种精神活动现在创造了一种未来的情景,代表这愿望的实现,它这样创造出来的就是一种白日梦,或称作幻想,这种白日梦或幻想带着诱发它的场合和往事的原来踪迹。"[①]在精心建构的白日梦中有着种种令文人作者沉醉于其间的美妙幻觉,同时也透露出其与惨淡现实之间的某种联系。李渔曾在《闲情偶寄》中自述过自己写作戏曲的创作动机,由于其将小说视为无声之戏,因此,其对戏曲创作动机的描述亦可视为其小说创作动机的重要参考。"予生忧患之中,处落魄之境,自幼至长,自长至老,总无一刻舒眉。惟有制曲填词之顷,非但郁藉以舒,愠为之解,且常僭作两间最乐之人。觉富贵荣华其受用不过如此,未有真境之为所欲为,能出幻境纵横之

① 林骧华译. 现代西方文论选[M]. 上海:上海译文出版社,1993:51.

上者。”[①]李渔将其在“真境”与“幻境”中截然不同的感受做了对比，在“真境”，即现实世界中，李渔“生忧患之中，处落魄之境，自幼至长，自长至老，总无一刻舒眉”。在现实世界中生活得并不如意的文人们“欲人致其身，而既不能，欲自短其气，而又不忍”，于是，“不得已而借乌有先生以发泄其黄粱事业”。尽管作者本人也清醒地认识到“凡纸上之可喜可惊，皆胸中之欲歌欲哭”（天花藏主人《平山冷燕》序），其所书写的不过是一个无望的白日梦，但作者还是愿意沉浸于笔墨达成的“幻境”之中，在幻想世界中呼风唤雨、左右逢源，“我欲做官，则顷刻之间便臻荣贵；我欲致仕，则转盼之际又入山林；我欲作人间才子，即为杜甫、李白之后身；我欲娶绝代佳人，即作王嫱、西施之元配；我欲成仙作佛，则西天蓬岛即在砚池笔架之前；我欲尽孝输忠，即君治亲年可跻尧舜彭篯之上。”[②]在手造的“幻境”之中，文人作者轻而易举地就实现了“作人间才子”“娶绝代佳人”，以及入仕做官、归隐林下等文人传统的人生设计中不可缺少的重要环节，“非但郁藉以舒，愠为之解，且常僭作两间最乐之人。觉富贵荣华其受用不过如此”，[③]此种精神满足的获得正是文人作者从文学创作中获得的一种补偿。正是出于这一极为相似的创作心理动机，才子佳人小说题材故事，无论是短篇话本小说，还是才子佳人小说才会在创作构想上呈现出如此一致的趋同性。

也正因如此，清初短篇话本小说中的才子佳人题材故事也就与同期的才子佳人小说有了更多可勘对比的可能性，一些在短篇话本小说中并未得到充分展开的情节以及并未得到充分陈述的问题在同期的才子佳人小说中可以得到相应的参证，这对于更为充分地解读才子佳人题材的话本小说来说无疑裨益良多，这也正是本节论述试图将二者加以对比研究的依据所在。但尚须明确的一点是，尽管清初短篇话本小说中的才子佳人题材故事与同期的才子佳人小说在文人作者的创作心理、小说的主题内涵、情节构思等方面确实呈现出了极大的趋同性，但这并不等于说前者就是后者在话本小说领域中的简单复制，才子佳人小说中的“白日梦”书写显然要走得更远。

即以其所标榜的“才”而论，清初才子佳人小说的才子们无一例外地恃才傲物、眼空四海，绝世才华的拥有赋予了才子们无论何等狂妄、何等傲慢都能被宽容地谅解的豁免权，“才”无疑是通行于才子佳人小说世界中的最高价值准则。然而在思想更趋于实用与保守的市民意识中，“恃”本身即是“起祸的根脚，送命的病源。”（《云仙笑》第一卷《拙书生　拙书生礼斗登高第》）“大凡人不可恃。有所恃，必败于所恃。

① (清)李渔.闲情偶寄：卷二.宾白・词曲部下.“语求肖似”条[M]//李渔全集：第三卷.杭州：浙江古籍出版社，1991：47.

② (清)李渔.闲情偶寄：卷二.宾白・词曲部下.“语求肖似”条[M]//李渔全集：第三卷.杭州：浙江古籍出版社，1991：47.

③ (清)李渔.闲情偶寄：卷二.宾白・词曲部下.“语求肖似”条[M]//李渔全集：第三卷.杭州：浙江古籍出版社，1991：47.

善泅者溺，善骑者堕，理所必然。是以恃势者死于势，恃力者死于力，恃谋者死于谋，恃诈者死于诈，恃才者死于才，恃智者死于智。”相较于“恃才傲物、愤世嫉俗”“恃才傲物，眼底无人”（《醉醒石》第六回《高才生做世失原形 义气友念孤分半俸》）的自取祸端，谦虚无疑被视为韬光养晦的明智之举，“即看古人，那虚心的，便受了许多用；那弄聪明的，便受了许多累。”由此看来，“才是不足恃的，不要十分看重了。”因此，恃才傲物的所谓才子在话本小说领域中总是会成为被批判的对象，“可笑今世略做得几句歪诗，便道是个才子。”“如今只不过有几个小才的人，却自己认做了一个大才。”（《云仙笑》第一卷《拙书生　拙书生礼斗登高第》）

且相较于“才”在才子佳人小说中所享有的崇高地位，历来注重道德说教的话本小说即便在表现才子佳人题材时，亦并没有完全放弃道德的制高点。清初短篇话本小说中有专门表现“文人无行”主题的作品，该主题存在之本身就说明了话本小说家对文人品行的关注。恃才傲物即被视为文人品行缺失的重要表现。由于自视甚高，恃才者稍不如意就会抱怨丛生，“总只是牢骚不平，毫无屈原忠君爱国之忧，倒有杨恽诽谤不堪之意。”（《醉醒石》第六回《高才生做世失原形 义气友念孤分半俸》）一旦意得志满又往往会“足高气扬”“气满志盈”，渐渐露出个“器小易盈”的光景（《人中画》第六卷《自作孽》）。《拙书生　拙书生礼斗登高第》（《云仙笑》第一回）中的曾氏兄弟、《高才生做世失原形 义气友念孤分半俸》（《醉醒石》第六回）中的李微、《自作孽》（《人中画》第六卷）中的汪天隐都因其恃才傲物而成为文人无行的代表。

除恃才之外，文人之无行尚表现在情欲问题上的缺乏自制。“从古及今，有几个才貌兼全的人能够完名全节的？若还有才有貌，又能循规蹈矩，不做妨伦背理之事，方才叫做真正风流。”（《连城璧》第九卷《寡妇设计赘新郎　众美齐心夺才子》）《唐秀才持己端正　元公子自败家声》（《人中画》第一卷》）中的才子唐季龙就凭借着道德的力量抵制住了私情的诱惑，“美色人之所好，但我唐季龙乃是读书人，礼义为重，这样苟且之事，如何敢做？你请回去，莫要坏人名节！”“淫人妻女，乱人闺门，得罪圣贤，我唐季龙就一世无妻，也断断不为！”《柳春荫始终存气骨　商尚书慷慨认螟蛉》（《人中画》第二卷）中以理自守的才子商春荫也成功拒绝了“邻女”的夜奔，“我商春荫虽是一个人形，却是一段槁木，绝不知人间有情趣事。”“小娘子貌虽如花似玉，奈我商春荫心如铁石何?”至于在情欲问题上缺乏自制的文人，如《百和坊将无作有》（《照世杯》第二卷）中的欧滁山、《图佳偶不识假女是真男　悟幼囤失却美人存丑妇》（《风流悟》第一回）中的曹成器、《以妻易妻暗中交易　矢节失节死后重逢》（《风流悟》第二回）中的赵舜生则都因其好色无行而遭到了相应的惩罚：前两位堕入了扎火囤的骗局而自食恶果，后者则应验了“淫人妻子、妻子淫人”这一话本小说中惯用的报应定律。

由此可见，“才”并非是通行于话本小说领域中的最高准则，即便在表现才子佳人题材时，“德”依然高居于“才”之上而成为价值标准的最高体现。且于小说的结尾处描绘诸般完满的大团圆结局时，话本小说家们在肯定才子德行的同时，也总还不忘补上一句因果报应式的论调，如“岂非善恶到头终有报哉！”（《人中画》第一卷《唐秀才持己端正　元公子自败家声》）“岂非苍天报施不爽也！”（《人中画》第五卷《风流配》）等以说明才子所获得的圆满结局都是其能以理自守、恪守道德的善报。否则，“莫说功名不保，富贵难期”，即便娶到了佳人“也不够你抵偿淫债，还要赔一副身家性命做利钱也。”（《连城璧》第九卷《寡妇设计赘新郎　众美齐心夺才子》）以“善有善报、恶有恶报”“淫人妻子，妻子淫人”之类的因果报应强化道德说教的力度正是话本小说领域中的惯常做法，这与才子佳人小说中将才子的美满人生完全归结为才华使然是完全不同的。可以说，清初才子佳人题材的短篇话本小说与同期的才子佳人小说秉持的是两种不同的价值标准，相较于后者以“才”为尚这一颇具文人色彩的美好设想，前者在强调“才”的同时，更要求以道德与果报对才子的个体行为进行道德评判与因果赏罚，并没有因其题材上的新表现而全然摆脱市民道德的影响。

综上所述，一方面由于文人作者的创作心理动机以及人物形象构想、故事情节设计等方面的趋同性使得二者，即清初才子佳人题材的短篇话本小说与同期的才子佳人小说具有了可勘比较的可能性，但另一方面又由于二者所秉持的最高价值准则毕竟有所不同，因此，又不能将二者全然等而论之。诚如上文所言，一些在短篇话本小说中并未得到充分展开的情节以及并未得到充分陈述的问题在同期的才子佳人小说中可以得到相应的参证，但并不能将才子佳人小说领域中的研究成果直接应用于话本小说领域中，其研究观点、研究成果更多的是作为一种共同的时代氛围下、共同的题材领域中可资参照的“背景”而已，这也是在将二者进行对比研究时所必须注意的地方。

第二节　诗才：功名之外新价值标准的确立

如上文分析所示，“才貌（才色）双全”已然成为清初才子佳人题材故事（无论是话本小说，还是才子佳人小说）奉行的新婚恋准则。“才貌”二字虽然并称，但在文人作者眼中看来，“这两件之中，又要分个难易，易得的是貌，难得的是才。”“毕竟‘才’字在‘貌’字之前，是说有了才方重其貌，不曾说有了貌可以不问其才也。”（《连城璧》第九卷《寡妇设计赘新郎　众美齐心夺才子》）就其中的“貌”而言，风行于“三言”却又在明末话本小说中遭到极大漠视的女性化容貌于清初的才子佳人题材故事中再次受到推崇。除了“潇洒俊逸”（《照世杯》第一卷《七松园弄假成真》）、“清秀无比”（《风流悟》第二回《以妻易妻暗中交易　矢节失节死后重逢》）、“双眉耸秀，两眼如星”（《人中画》第一卷《唐秀才持己端正　元公子自败家声》）、“骨秀神清，皎然如玉”（《人中画》第五卷《风流配》）之类颇具文人气质的容貌描写外，诸如“姿色生得太美了”（《连城璧》第九卷《寡妇设计赘新郎　众美齐心夺才子》），“又有一副绝美的姿容”(《连城璧》第八卷《妻妾败纲常 梅香完节操》),“人材又生得唇红面白,眼秀眉弯,就如粉捏成、玉琢就的”(《风流悟》第三回《花社女春官三推鼎甲 客籍男西子屡掇巍科》),“生得眉如新月,眼似秋波,口若樱桃,腰同细柳,竟是一个绝色妇人”(《连城璧》外编卷之五《婴众怒舍命殉龙阳 抚孤茕全身报知己》)等富于女子气的容貌描写再度出现。且就其身份设定而言,除最后一篇,即《婴众怒舍命殉龙阳 抚孤茕全身报知己》(《连城璧》外编卷之五)中那位“竟是一个绝色妇人”的美男子扮演了男同性恋中的被动角色外,其他富于女子气的美男子在其身份设定上并无任何尴尬处,其中全然看不出明末小说对女子气所普遍持有的那种厌恶情绪。

男性的容貌书写及其背后所反映出的男性气质,或理想中的男性气质的变化总是与社会风潮、思想动向、时代背景等因素有着密切关联。诚如前文所分析,“三言”对女子气的推崇与晚明以来“尚情”风潮之影响,尤其是冯梦龙所倡导的情教论有着直接关联,而女子气于明末之际的衰落又与当时的时代氛围及其所导致的“去柔”的气质取向、对武人气,或者说男子气概的推崇、重塑文人性格的愿望等思想动向密切相关。清初之际,当富于女子气的男性容貌书写于才子佳人题材故事中再度兴起之时,是否意味着男性气质于明末之际欲振作而实未能真正振作之后的再度弱化?如果答案是肯定的话,那么,是否可以被视为晚明以来的“尚情”风尚,甚或是冯氏所倡导的情教论于清初之际的一次复归(简单循环)?还是说更多地与易代之际于整个社会普遍弥漫开来的幻灭感与悲观情绪,尤其是清廷定鼎后所制造的诸如“哭庙案”、“奏销案”、“科场案”等“虽非文字狱但却以读书人为对象的案件”[①]对文人,尤其是江南文人群体造成的心理摧折有着千丝万缕的密切关联呢?这些问题皆有可做进一步探讨的巨大空间。

就“才貌(才色)双全”这一新婚恋准则中的“才”而言,“才”被视为是天地灵气所钟的产物,清初短篇话本小说中的一些言论,如认为某人是一位“女中才子”,“若误嫁了村夫俗子,便令山川秀气无灵了!”或为某人的诗作所折服,“方知山川秀气不独钟于一人”(《人中画》第五卷《风流配》)等所表达的皆是“才”乃灵气所钟的观点,拥有“才”的青年男女,亦所谓才子、才女(佳人)更是有如稀有资源般的珍贵存在。此观点在同期的才子佳人小说中体现得更为明显,如“自古佳人才子,不知经历几千百年日月之精华,山川之秀气,鬼神之契合,奇花异木,瑞鸟祥云,祯符有兆,然后生将出来。”(《绣屏缘》第一回)“奇男子与奇女子皆大地英灵之气钟于色,而奇于才。”(《合锦回文传》第一回)在才子佳人小说《两交婚小传》中还借主人公之口表达了对所谓扬州城里才子云集一事的怀疑,“我想古今才子,必具天地之精华而后生,而天地精华,岂能如布帛菽粟遍地而生也。所传才女,间生一二,或者有之,哪能有大家小户皆然之理。”(《两交婚小传》第三回)其所表达的也无外乎是“才”以及才子、才女

① 章培恒、骆玉明.中国文学史新著(增订本 第二版):下卷[M].上海:复旦大学出版社,2011:213.

的稀有与珍贵。且其所言之“才”，亦专指诗才而言。清初才子佳人小说中时常会有以诗传情、试才、较才之类的情节，此类情节在清初短篇话本小说的才子佳人题材故事中同样存在，其中最为典型的当属《人中画》第五卷《风流配》一篇。该篇小说可以说就是由一连串的以诗传情、试才、较才等情节串连而成，诸如才子与才女之间的以诗传情及相互较才、准岳父对未来女婿的试才、欲嫁给同一位才子的两个才女之间的较才、新婚之夜新娘对新郎的试才、才子与假新郎官之间的较才等情节大量充斥其间。小说中的青年男女甚至于在只见其诗、未见其人的情况下就已兴起了爱慕之情、婚嫁之想，或仅仅因诗才相当，“一个绣龙雕虎，一个锦心绣口，不相上下”便被视为“天生一对”(《人中画》第五卷《风流配》)。“才”，确切地说，诗才之于才子恋爱生活的重要性由此可见一斑。

然而，最终决定才子的恋爱生活能否取得成功的关键因素还是功名前程的获取。尽管才子本人的功名心甚淡，“功名得失，丈夫原不当介意”(《人中画》第五卷《风流配》)，但封建家长，尤其是未来的岳父大人却将功名视为缔结婚姻的必要条件。《买媒说合盖为楼前羡慕　疑鬼惊途那知死后还魂》(《风流悟》第八回)中“本是不求闻达之人”的才子不得不在准岳父“我家累世不赘白丁，汝既有志读书，须得擢名金榜，方许为婚”的条件下“下老实读书”，《人中画》第五卷《风流配》中对才子的诗才赏识不已的女方家长也同样将婚约的缔结推迟到才子科考成功之后，“但小女尚幼，何不守候下科，待司马兄(笔者按：即才子司马玄)高占魁名，那时宫花结彩，更为全美。”值得注意的是，尽管无意于功名的才子们不过是为了婚姻之想而被迫应考，但却出人意料地拥有着令人瞠目的科考实力，如“及发榜时，高高中了第二名经魁。”(《人中画》第二卷《柳春荫始终存气骨　商尚书慷慨认螟蛉》)“十八岁就中了四川解元，……春闱御笔亲点探花。”(《人中画》第五卷《风流配》)“相公中了进士，……即上北京会试，又中了会魁，殿试二甲。”(《风流悟》第八回《买媒说合盖为楼前羡慕　疑鬼惊途那知死后还魂》)“读了三年，出来应试，无论大考小考，总是矢无虚发。进了学，就中举；中了举，就中进士；殿试之后，选了福建汀州府节推。”(《连城璧》第一卷《谭楚玉戏里传情　刘藐姑曲终死节》)诸如此类的过程描述所显示出的那种有如行文流水般的顺畅无不表明了科考之于才子而言不过是易如反掌的小事一桩，尽管其本人对科考功名并不感兴趣。

这样的情节设定显然传达了这样一种信息，即相较于科考举业的时文之才，更为才子看重的实为诗歌之才。这样一种“重诗歌而轻时文”的观念在清初短篇话本小说的才子佳人题材故事中体现得并不十分明显，文人作者笔下的才子们并没有对时文之才与诗歌之才究竟孰优孰劣发表过任何明确的观点，“重诗歌而轻时文”，尤其是“轻时文”的观点更多地是从才子们的性情描述，如“本是不求闻达之人”，或只言片语，如“功名得失，丈夫原不当介意”中获得的一种间接判断。但这样一种模糊的判断在同期的才子佳人小说中则得到了明确的表述，如《平山冷燕》中的才子燕白颔曾言，"制科小艺，不足见才。若太宗师真心怜才，赐以笔札，任是诗词歌赋、鸿篇大章，俱可倚马立试，断不辱命。"(《平山冷燕》第九回)显然在这位才子看来，八股制艺不过是雕虫小技，而唯有"诗词歌赋、鸿篇大章"才能真正显现出一个人的才华。《平山冷燕》中的才子平如衡"见张寅诗作不来"，便认定他是个"假才"，"心下怫然，遂拱拱手一经去了。"(《平山冷燕》第十回)

在"重诗歌而轻时文"的观念下，"才"(诗才)已然成为才子与否的判断标准，能写出好诗的才子才是真正的才子，而八股时文则并不能鉴别出才之真假。在这一新价值标准的统观下，虽然封建家长们最终还是将科考成功与否视为联姻的前提条件，但他们对才子最初的发掘与赏识依然还是来源于其出色的诗歌才能。"才"(诗才)成为才子们所拥有的最大资本。这一新价值标准的确立正是为了使才子能从"势"，即财富、权力与社会地位这一传统的价值体系中解脱出来，并以此为资本而与"势"相抗衡。正唯如此，尽管他们的家庭早已门庭冷落，但这并不会妨碍才子们继续理直气壮地鄙视功名，心高气傲地厌恶富贵。诸如"结交的朋友，多是读书高人，若是富贵□躅之人，便绝迹不与往来。"(《人中画》第一卷《唐秀才持己端正　元公子自败家声》)同期的才子佳人小说中亦有类似的描写，如"生性豪爽，贫乏二字，全不在他心上"(《飞花艳想》第一回)；"挥散宦资，以为粪土"(《春柳莺》第一回)；"功名他所自有，富贵二字全不在他心上"(《定情人》第一回)；"交接富贵朋友，满面上霜也刮得下来，一味冷淡"(《好逑传》第一回)等等描述中所体现出的对功名富贵的蔑视心理是才子们所普遍具有的。以财富、权力与社会地位为代表的"势"并不会对才子造成任何心理压力，因为他们已然具有了足以与"势"相抗衡的最大资本——"才"的武装与庇护，在"势"之外树立起了一个全新的价值标准。

我们完全有理由相信清初才子佳人题材故事，无论是短篇话本小说，还是才子佳人小说所具有(或隐性具有)的"重诗歌而轻时文"的观念(或倾向)当与文人作者的现实处境有着密切关联。那些屡次科考不利，常年困顿场屋的下层文人们未尝不会对八股文抱着异常痛恨，却又爱恨交织的复杂心情，诸如"回忆当时一种迈往之志，恍在春风一梦中耳!"(《闺秀佳话·自序》)"笔墨无灵，孰买《长门》之赋""朝呻夕讽，则已壮心灰冷。谋食方艰。"(《女才子书》序)之类的心绪表露在才子佳人小说的序言中确实经常可见。但除了小说家个人之于八股时文的灰色体验外，从更为广阔的视野来看，重诗才而轻八股的态度更与明末清初的反思思潮有着密切的关系。

在明末清初的反思思潮中，学人反思的重点问题之一便是明究竟因何而亡，其中一个重要观点就是明亡于八股，顾炎武是此观点的主要持论者。顾炎武猛烈地抨击八股时文之于知识分子的人格精神造成的严重束缚，并将八股与焚书相提并论，"八股之害，甚于焚书"，"八股之害，等于焚书，而败坏人才，有甚于咸阳之郊所坑之四百六十余人"，"八股盛而《六经》微，十八房兴而二十一史废。"(《日知录》)

在《日知录》"科举弊端"条中，顾炎武还细致地分析了八股时文并无助于拔擢真才的原因,“夫昔之所谓三场,非下帷十年,读书千卷,不能有此三场也。今则务于捷得,不过于《四书》、一经之中拟题一二百道,窃取他人之文记之,入场之日,抄誊一过,便可侥幸中式,而本经之全文有不读者矣。率天下而为欲速成之童子”“以经文言之,初场试所习本经义四道,而本经之中,场屋可出之题不过数十。富家巨族延请名士馆于家塾,将此数十题各撰一篇,计篇酬价,令其子弟及僮奴之俊慧者记诵熟习。入场命题,十符八九,即以所记之文抄誊上卷,较之风檐结构,难易迥殊,《四书》亦然。”正因为八股应试以“四书”为范的僵化机制,造成了文人不肯精研经义,而唯以琢磨、投机、剽窃为能事,“学问由此而衰,心术由此而坏”,而顾炎武之于科考弊端所提出的改革举措之一恰恰就是恢复“唐宋赋韵之法”以“杜节抄剽盗之弊”。相较于应试化的八股取士,富有创造性的诗文创作显然更能测验出一个人是否具有真才实学。顾炎武对八股弊端的抨击以及改革科考的举措与清初才子佳人题材故事中呈现出的“重诗才,轻时文”这一普遍倾向相一致。

才,尤其是诗才这一新价值标准的确立可以说是文人作者颇具心机的设定,才子所拥有的卓越才华使其在文化上占据了绝对优势,并且,这种文化上的优越感在作者所设定的唯“才”是举的社会氛围中又必将会转化为各种实际利益。正是因为占据着这样强大的文化优势,才子们才能在“势”的面前表现得那么从容、淡定,甚至自信到了有些狂傲的地步。他们可以凭借着这强大的文化优势轻而易举地赢得婚姻、功名以及功名背后的财富、权力与社会地位,而这一切都是困顿于现实中的文人作者们无限热望却又永远无法实现的。下层文人作者们的现实生活往往是“五夜藜窗,十年芸帐”(《闺秀佳话》自序),“欲人致其身,而既不能,欲自短其气,而又不忍”(《平山冷燕》序),“昂藏七尺,有口有舌,有手有笔,而落魄不偶”(《女才子书》序言),但他们同样“渴望荣誉、权势、财富、名誉和妇人的爱”,却“缺乏求得这些满足的手段。因此,他和有欲望而不能满足的任何人一样,脱离现实,转移他所有一切兴趣和里比多,构成幻念中的欲望。”[①]这“幻念中的欲望”落实在才子佳人题材故事的创作实践中,便形成了以“才”为核心的价值标准以及由此而带来的文化优越感。具体来说,以“才”,尤其是诗才为核心的新价值标准可以最大限度地淡化因八股不利、常年困顿场屋而给文人作者造成的心理阴影;而以“才”为核心的文化优势则能为文人提供与“势”相抗衡的最强装备。正是在这一强大的文化优势下,文人笔下的才子凭借着一己之才华最终获得了“荣誉、权势、财富、名誉和妇人的爱”[②],文人作者本人也由此获得了极大的精神满足,并得到了充分的心理补偿。

① (奥)弗洛伊德著.精神分析引论[M].高觉敷译.北京:商务印书馆,1986:301.

② (奥)弗洛伊德著.精神分析引论[M].高觉敷译.北京:商务印书馆,1986:301.

第三节 江南情结及其在清初之际的别样意味

一、文化优越感:地域偏好背后的核心内涵

清初短篇话本小说中的文人题材,尤其是其中的才子佳人题材故事中隐含了一种挥之不去的江南情结。江南地区的范围大致在长江中下游流域,泛指现今的江苏、浙江、上海,同时也包括湖南、湖北、江西、安徽、福建的部分地区。如果就严格的地理学定义而言,江南地区则主要指"八府一州",即"苏、松、常、镇、宁、杭、嘉、湖、太仓",其主要的地域范围为现今的江苏、浙江与上海一带。而所谓的江南情结首先就体现在小说中绝大多数才子的出生地乃至于故事的发生地都被设定在了江南地区。

文人作者对江地区有着特殊的地域偏好,除了江南籍才子外,即便一些才子其祖籍并非江南,作者也会特意强调这位才子的家族很早就已落户到了江南地区,如《寡妇设计赘新郎　众美齐心夺才子》(《连城璧》第九卷)中的福建籍才子。还有一些非江南籍的才子也会在作者的巧妙安排下,因赶考、寻艳、家庭变故等各种原因纷纷踏上江南之旅,如《谭楚玉戏里传情　刘藐姑曲终死节》(《连城璧》第一卷)中流落在"三吴、两浙之间"的湖广襄阳府才子,《柳春荫始终存气骨　商尚书慷慨认螟蛉》(《人中画》第二卷)到杭州避难的贵州贵阳府才子等。这样一种强烈的地域偏好也同样体现在同期的才子佳人小说中,许多才子的出生地都被设定在了江南地区,其中又尤以江、浙两地居多,如《飞花艳想》中的才子柳友梅是"浙江绍兴府山阴县"人,《五美缘》中的才子林文山是"浙江省杭州府钱塘县"人,《五凤吟》中的才子琪生是"浙江宁波府定海县城外养贤村"人,《空空幻》中的才子花春和《雪月梅》中的才子梅傲雪则都是"浙江嘉兴"人。除浙江外,出生地位于南直隶府,即现今江苏省的才子也为数不少,如《飞花咏》中的才子昌谷是"南直隶松江府华亭县"人,《金石缘》中的金彦庵与《女开科传》中的余丽卿都是"南直隶苏州府"人,《雪月梅》中的才子岑玉峰和《蝴蝶梦》中的才子蒋青岩则是"江南建康府"人等等。非江南地区的才子无论住在哪里,都一定会在作者的"授意"下踏上江南之旅,而那些原本就是江南地区的才子(无论是本地型的,还是移民型的)却基本上从未离开过江南,作者也显然认为没有离开的必要。才子们人生中的第一场大戏一定会被安置于江南这一地域背景下,这一设定显然是作者那强烈的地域偏好作用下的结果。

这样一种强烈的地域偏好还直接体现在对江南的赞美文字上,对江南的赞美之情往往借书中人物之口传达,如"我闻得浙中称人文渊薮,又兼西湖名胜,秀甲天下。若得读书其中,必有妙处。"(《人中画》第二卷《柳春荫始终存气骨　商尚书慷慨认螟蛉》)"苏州是繁华地方,主人到彼游赏、散闷也好。"(《人中画》第三卷《狭路逢 李天造有心托友　傅文魁无意□□》)"到了扬州,说此处是冠盖往来之地,客商聚集之所。"

(《连城璧》第八卷《妻妾败纲常　梅香完节操》)“扬州是隋皇歌舞、六朝佳丽之地,到今风流一脉,犹未零落。”(《照世杯》第一卷《七松园弄假成真》),这样一种赞美之情在同期的才子佳人小说中同样不乏体现,《凤凰池》中的河南才子云剑为了避祸而远走江南,他的理由就是“思量天下文风莫如浙江,而江南尤为人文渊薮,不若到彼,再作去处。”(《凤凰池》第二回)《定情人》中的四川才子双星则是为了寻访佳人而前往江南,在他看来,“窃见文章气运,闺秀风流,莫不胜于东南一带”,他相信江南“人灵人杰,此中定有所遇”。(《定情人》第一回)这些文字无不洋溢着非江南籍才子们对江南的无限憧憬与向往,其背后所隐含着的江南小说家本人对本地区的地缘优越感当不难体会。

此种强烈的地域偏好究竟缘何而来?或许有言论会认为这只是一种自然而然的结果,并无任何深意可言。因为清初短篇话本小说,包括才子佳人小说的作者们基本上都是生活在江南地区的下层文人,其在人物籍贯以及故事发生地的设定上自然会以其所熟悉的地域为优先选择。但如果我们从题材的角度,即文人题材与非文人题材,文人题材中的才子佳人题材与非才子佳人题材出发对清初短篇话本小说中故事发生地的分布情况加以统观考察的话,就会发现问题并不那么简单。

表格:清初短篇话本小说故事发生地情况分布表

	文人题材		非文人题材
	才子佳人题材	非才子佳人题材	
江南地区	4	6	10
由外地至江南地区	3	1	1
非江南地区	3	8	17
不详	0	1	1

1. 才子佳人题材故事。故事发生在江南地区(包括由外地至江南地区)的共 7 篇,占才子佳人题材总数(10)的 70%。

2. 文人题材中的非才子佳人题材故事。其中,故事发生在江南地区(包括由外地至江南地区)的共 7 篇,占文人题材中非才子佳人题材总数(16)的 44%。故事发生在非江南地区的共 8 篇,占文人题材中非才子佳人题材总数(16)的 50%。

3. 非文人题材故事。其中,故事发生在江南地区(包括由外地至江南地区)的共 11 篇,占非文人题材总数(29)的 38%。故事发生在非江南地区的共 17 篇,占非文人题材总数(29)的 59%。

通过数字分析可知,这些江南籍小说家们并没有将笔下人物的籍贯以及故事的发生地“自然而然”地设置于江南地区这一所谓的“习惯”,其在地域设定上显然有着精心安排。具体而言,文人题材中的江南设定要远高于非文人题材;在文人题材内部,才子佳人题材故事中的江南设定又要远高于非才子佳人题材。这也就是说,在所有的人物身份中，文人，且是文人中的才子其江南设定最多；在所有的题材故事中，考验着才子才华（包括诗歌之才与举业之才）的才子佳人题材故事其江南设定最多。才、才子与江南三者被密切得关联起来，由此而诞生的“江南才子”则是此种文化优势与地域优势相结合后的产物。江南情结中所内含的并不仅仅是显而易见的地缘优越感，更有隐含其间的一种强烈的文化优越感，而这才是江南情结的核心内涵所在。

二、江南情结与科举优势

江南情结中所内含的文化优越感首当其冲地体现为科举文化上的绝对优势。江南地区的科举文化其实早在明代中期就已极为兴盛，关于这一点，在明中期文人的文字中已多有反映。如嘉靖年间的学者归有光认为，“吴为人才渊薮，文字之盛，甲于天下。其人耻为他业，自髫龄以上，皆诵习举子，应主司之试。居庠校中，有白首不自已者。江以南，其俗尽然。”[①]万历年间的首辅徐阶认为，“今天下士称科目之盛、辞章之工者，莫如吴。而其习俗之下，亦莫甚于吴。虽然吴之习俗，其亦非一日之积矣。”[②]另外，天启年间的首辅叶向高也有类似言论，“吴地广袤数千里，郡县百余，弟子员以数万计。”[③]作为明清两代文化重地的江南人士普遍热衷于科举。据江南地区的地方志记载，苏州“科举往往取先天下，名臣硕辅亦多发迹于斯”。[④] 入清以后，康熙《苏州府志・风俗》称“自（明）世宗御宇以迄于今，科第日增，人文益盛。”松江府在明代“科诏始下，人材已彬彬然，百余年来，文物一贯，蔚为东南之望。”（正德《松江府志》卷四《风俗》）入清以后，“康熙以来，科举甚盛。”（嘉庆《松江府志》卷五《风俗》）[⑤]

江南地区，尤其是江浙两地的科考成果更是令其他省份难以望其项背。据今人学者统计，明清“共录取进士 51681 人，其中明代为 24866 人，清代为 26815 人。江南共考取进士 7877 人，占全国 15.24%，其中明代为 3864 人，占全国的 15.54%，清代为 4013 人，占全国 14.95%人，总体而言，明清两代每 7 个进士，就有一个出自江南。这么高的比例，毫无疑问在全国独居鳌头。”[⑥]其中，苏州进士在明代江南地区的总额中超过了四分之一，杭州进士在清代江南地区的总额中超过了五分之一。

---

① （明）归有光.宋王汝康会试序[M]//震川先生集：卷九.上海：上海古籍出版社，1981：191.

② （明）徐阶.送银台大夫景山钱君序[M]//世经堂集：卷十二.四库全书存目丛书集部（影印本）：第 79 册.济南：齐鲁书社，1997：600.

③ （明）叶向高.三校录序[M]//苍霞草全集・苍霞草：卷五.扬州：广陵古籍刻印社，1994：489.

④ （明）王鏊.苏郡学志序[M]//（明）钱谷.吴都文粹续集：卷一.文津阁四库全书（影印本）：第 463 册.北京：商务印书馆，2005：81.

⑤ 有关江南地区科举兴盛情况，参见胡海义：暨南大学博士学位论文《科举文化与明清小说研究》（2009 年 5 月）第二章第二节的相关论述。

⑥ 范金民.明清江南进士数量、地域分布及其特色分析[N].南京大学学报（哲社版），1997(2).

不仅如此,作为科举重地的江南地区更以盛产状元而傲视天下。据今人学者相关统计,“康熙年间,29 个状元中江南八府占了 23 个,比例高达 79.31%。其中,自顺治十五年到康熙三十三年的 14 个状元,清一色全是江南人。仅隔三科,自康熙四十五年到康熙五十七年的 6 科状元,又被江南人囊括。顺治、康熙年间的 29 个状元,江南占了 23 个。”在江南地区的“八府一州”中,苏州更是堪称整个科举重地的核心区域,“清代产生状元 114 名,其中江南八府多达 58 人,超过一半。其中苏州 29 人(含太仓州 5 人),占清代总数的 25.44%。”不仅状元几被江南地区全部包揽,“状元以外的鼎甲榜眼和探花,清代江南也多达 39 人和 52 人,分别占 35%和 46%。清代三鼎甲,有 15 科由江南人包揽”“顺治四年到康熙二十七年的 16 科探花,只有 2 科不是江南人,112 个会元,江南人多达 53 人,将近半数,苏州一地就多达 17 人。”①

江南地区的科举文化竟然如此之盛,江南举子的科考实力竟然如此之强,着实已然到了令人瞠目结舌、叹为观止的程度,这一地区的确无愧于康熙帝“东南财富地,江左人文薮”的赞语,堪称名副其实的科举重地、文化核心。考虑到以上的文化背景,才子佳人小说的作者们热衷于将笔下的才子设定为江南人士,其心情也就不难理解了。在其所表现出的江南情结之背后,涌动的是该地区异常发达的科举文化所带来的强烈的文化优越感。文人作者那浓烈的江南情结在相当程度上正是科举情结、甚至于状元情结的体现。尽管才子佳人题材故事(包括短篇话本小说与才子佳人小说)普遍以“诗才”相标榜且总是呈现出一种“重诗才而轻时文”的倾向,但“轻时文”并不等于“轻科举”,谁也无法否认小说结尾处必定要“洞房花烛”与“金榜题名”二者兼备的大团圆设定。行文中一直宣扬着的所谓“鄙视功名、不慕富贵”反倒是透出了些讽刺的味道,更多的只是文人作者那“吃不到葡萄”的补偿心理使然。

三、江南情结、华夷之辨与遗民情绪

诚如上文所分析,清初才子佳人题材故事(包括话本小说与才子佳人小说)中确实体现出了一种浓重的江南情结,该情结之产生不仅与江南地区优越的经济环境有关,更根源于本地区以领先全国的科举文化为代表的文化优越感,小说着力塑造的“江南才子”正是地缘优势与文化优势相结合的产物,其“洞房花烛”与“金榜题名”兼备的完满人生无疑是文人作者自我愿望的一种幻想性投射。“我们可以断言一个幸福的人绝不会幻想,只有一个愿望未满足的人才会。幻想的动力是未满足的愿望,每一次幻想就是一个愿望的履行,它与使人不能满足的现实有关联。”②就才子佳人题材故事的创作来说,这个“与使人不能满足的现实有关联”的存在便是文人作者融入了无限的幻想创造出来的“江南才子”形象。这一形象无疑是文人作者“理想化的

---

① 范金民.明清江南进士数量、地域分布及其特色分析[N].南京大学学报(哲社版),1997(2).

② (奥地利)弗洛伊德.创作家与白日梦[M]//林骧华译.现代西方文论选.上海:上海译文出版社,1993:47.

自我”,“为补偿软弱感、缺陷感和无价值感,人生不得意者往往借助于想象的翅膀创造出理想化的自我,认为自己具有极高的天赋和无限的力量。这个理想化的自我比他真实的自我更加真实,这主要不是因为他具有吸引力,而是因为他能满足他的全部迫切需要,……理想化的自我成了他观察自己的视角,成了他衡量自己的尺度”。①

在文人作者的笔下,科考、恋情两得意,事业、婚姻双丰收的才子是强大无比、战无不胜的,于其背后起支撑作用的则无疑是“江南”所代表的绝对文化优势。占据了绝对文化优势的“江南”才子令作者本人渴望从文学创作中获得心理补偿的愿望获得了极大的满足。尽管这是虚幻、暂时的,但无论如何,这些文人作者最初的创作动机还是实现了,毕竟“一切艺术的目的和宗旨都是弥补事物的天然缺陷,通常是靠显现和体现仅仅存在于想象之中的那些事物来满足精神的需要”,②更何况为了能从虚幻中获得持续性的满足,文人作者们可以一而再、再而三地不断地编织着美妙的白日梦,尽管梦境大同小异,但文人作者却是乐此不疲。此种创作心理的存在也可以在一定程度上解释才子佳人题材故事(包括话本小说与才子佳人小说)何以大量产生的原因以及创作中出现的模式化倾向这一问题。

然而,如果我们将目光进一步投注到“江南才子”这一形象大肆风行的特定时间段,即“清初之际”时,就会发现“江南才子”也好,抑或是“江南情结”也好,远非仅止于科举无望的文人作者渴望从中寻求心理补偿这么简单。

清廷从定鼎之初就对江南文人抱着一种近乎敌视的态度。这其中的原因错综复杂。清初于顺治十四年(1657)、顺治十六年(1659)、顺治十八年(1661)接连发生的“科场案”“通海案”“哭庙案”就都是为了打击知识分子,尤其是江南地区的士绅阶层而借某一事端炮制而成的重大案件。尤其是顺治末年的“奏销案”,“涉及人数众多,仅苏州、松江、常州、镇江四府,就有一万三千余人受处罚。”③江南的士绅阶层因此而遭受到了几近毁灭性的打击,“两江士绅得全者无几”。(《思益堂日札》)对本地区文化有着强烈优越感的江南文人群体使得仅以野蛮落后的部落文化就“胆敢”入主中原的满清贵族不可避免地产生了文化上的自卑感,“如果有什么人能让一个满族人感到自己像粗鲁的外乡人,那就是江南文人。”④这样一种令人绝望的文化差距在相当程度上被直接等同于以“华夷之辨”为代表的种族差异,此种文化上的蔑视是如此的根深蒂固,以至于直至雍正帝在处理曾静、吕留良一案时还是深深地感受到了这种蔑视情绪并为之愤愤不平。在雍正七年九月癸未的上谕中,“华夷”的字眼就于其中反复出现,“何得以华夷而殊视?”“在今日而目为夷狄可乎?”“何得尚有华夷

① (美)卡伦·霍尔奈.神经症与人的成长[M].上海:上海译文出版社,1991:89.

② (美)雷纳·韦勒克.近代文学批评史:第一卷[M].上海:上海译文出版社,1997:151.

③ 王言锋.社会心理变迁与文学走向——中国16—18世纪社会心理变迁与白话短篇小说之兴衰[M].北京:中国社会科学出版社,2009:225.

④ (美)孔飞力著.叫魂——1768年中国妖术大恐慌[M].陈兼 刘昶译.上海:生活·读书·新知三联书店,2012:90.

中外之分论哉?”(《康雍乾间文字之狱·曾静 吕留良之狱》)让雍正帝强烈地感受到文化劣等感(夷)的无疑就是这些以江南文化相标榜的江南文人。

至于让江南文人引以为傲的江南文化则无疑是汉文化(华)的极致代表,是“最奢侈,最学究气,也最讲究艺术品位”的,讲究的是“茶非惠泉水不可沾唇,饭非四糙冬舂米不可入口,夜非孙春阳家通宵椽烛不可开眼”(《板桥杂记》下卷《轶事》“乱后还吴”条)的精致品味,这一点从张岱、李渔等清初文人对江南那精湛至极的饮食文化、园林文化以及种种享乐文化的文字记述中即可感知一二。但这样一种烂熟到了极致的文化在淳朴的满人看来无疑也是最腐败的。“除了精巧与优雅外”,更意味着“堕落与汉化”的江南文化将会对满人传统的价值观念造成严重的威胁,“如果满人在中国文化面前失去自我的话,那么,正是江南文化对他们造成了最大的损害。”[①]烂熟到极致了的江南文化“正在葬送到那里就任的优秀官员们,不管他们本是旗人还是汉人。”[②]对江南文化的警惕性言论不时出现在满清皇帝的上谕之中,如雍正七年四月乙丑,雍正帝谕内阁九卿时,即对李卫的被“腐蚀”深感痛惜,“甚至地方官吏,怵其声势之嚣陵,党徒之众胜,皆须加意周旋。优礼矜式,以沽重儒之誉。如近曰总督李卫,为大臣中刚正之人,亦于到任之时,循沿往例,赠送祠堂匾额,况他人乎?”(《康雍乾间文字之狱·曾静 吕留良之狱》)乾隆二十年三月庚子谕中,乾隆帝更对以江南文化为代表的汉文化对满人良好传统的“蚕食”而愤恨不已,“满洲风俗,素以尊君亲上,朴诚忠敬为根本。自骑射之外,一切玩物丧志之事,皆无所渐染。乃近来多效汉人习气,往往稍解章句,即妄为诗歌,动以浮夸相尚,遂致古风日远。语言诞慢,渐成恶习。”(《康雍乾间文字之狱·胡中藻之狱》)其中加以重点批判的正是为江南文人,同时也是为清初才子佳人题材故事所着力推崇着的所谓“诗才”。清廷对江南文人乃至于江南文化的警惕态度很自然地影响到了整个江南地区在清廷心目中的印象。雍正七年四月乙丑,雍正帝谕内阁九卿时就将外派优秀官员的被“腐蚀”直接归结为江南地区的不良风气使然,“朕向来谓浙省风俗浇漓,人怀不逞。……甚至民间氓庶,亦喜造言生事”,并认为“浙省人心风俗之害,可忧者甚大”。(《康雍乾间文字之狱·曾静 吕留良之狱》)

正是在这样一种大背景、大气候下,以“诗才”“江南才子”相标榜的才子佳人题材故事恰恰正于此时大量出现,其深层原因显然就不仅止于文人作者的一场白日梦那么简单了。诚如上文分析所示,江南地区科举文化之发达,成果之显著远非其他地区可比,但才子佳人题材故事却于八股时文之外另辟出“诗才”一项作为才华的真正代表。且对“诗才”的标榜并不仅仅体现在“才子”身上,也同样体现在与“才子”风流遇合的“佳人”身上。从这一意义而言,“佳人”正是为山川灵气所钟的“才女”,是

① (美)孔飞力著.叫魂——1768年中国妖术大恐慌[M].陈兼 刘昶译.上海:生活·读书·新知三联书店,2012:90—91.

② (美)孔飞力著.叫魂——1768年中国妖术大恐慌[M].陈兼 刘昶译.上海:生活·读书·新知三联书店,2012:91.

传统美人与"才",尤其是"诗才"结合后的产物,其身上所附加的新内涵——"诗才"正是向江南文化的一种致敬。

"诗才"这一新价值标准的确立已然极大地偏离了官方标准下的举业之才,不过尽管如此,小说结尾的大团圆结局中必定还是少不了"金榜题名"这一项,人们于是不禁要问醉心于诗歌创作而对八股时文漠不关心的才子们其惊人的科考实力究竟从何而来?对科举本身的态度也同样存在着矛盾,科考成功后的才子们往往很快地就会产生强烈的归隐意愿,《谭楚玉戏里传情　刘藐姑曲终死节》(《连城璧》第一卷)中的才子谭楚玉即是如此。他将赴京考选的事情丢在一边,"竟在桐庐县之七里溪边,买了几亩山田,结了数间茅屋",过起了"终日以钓鱼为事"的隐居生活,小说将他的挂冠归隐比作"一场棒喝"后的"梦醒"。

清初才子佳人题材故事在科考功名上态度矛盾的原因当然能从文人作者"吃不到葡萄"的补偿心理上寻找到一定的解释,但其中是否更有着汉族文人对清廷"举办"的科举考试的排斥情绪作用其间呢?参加清廷举办的科举考试无疑意味着对新朝的一种承认,而认可新朝的同时自然也就不可避免地意味着对旧朝的背叛,那将是一种无可辩驳的变节行为,还有什么比节操的丧失更能让平日里以气节自励的文人倍感痛苦的呢?对科举考试的拒绝正是对清廷的一种变相拒绝,其所显示的是对新朝的一种漠视、不愿正视、甚至于敌视的不合作态度。这样一种与新朝拒不合作的态度正是清初遗民心理的重要体现。

有研究者认为此种遗民心理作为"清初最主要的社会心理""在社会上延续了近半个世纪之久"。[①] 清初文人亦有一些相关记述,如"方昔陆沈之初,人怀感愤,不必稍知义理者,亟亟避之,自非寡廉之尤,靡不有不屑就之之志。既五六年于兹,其气渐平,心亦渐改,虽以向之较然自异不安流辈之人,皆将攘臂下车,以奏技于火烈具举之日。"(《杨园先生全集》卷四《与唐灏儒》)"岂无一二少知自好之士,然且改行于中道,而失身于暮年""余尝游览于山之东西,河之南北二十余年,……昔时所称魁梧丈夫者,亦且改形换骨,学为不似之人。"[②]"三十年之间而世道弥衰,人品弥下。"[③]"明之亡也,诸生自引退,誓不出者多矣,久之,变其初志十七八"[④]等。从这些文字中"五六年""二十余年""三十年""久之"等时间记述可知,明遗民通过"拒考"以示不合作态度的时间长度大约也就三十年左右,且此种拒事新朝的不合作态度也并不能保证其世袭延续之可能。尽管有些明遗民确能持守终身,但他们的子弟却"仍习举业取

---

① 王言锋.社会心理变迁与文学走向——中国16—18世纪社会心理变迁与白话短篇小说之兴衰[M].北京:中国社会科学出版社,2009:197.

② (清)顾炎武.广宋遗民录序[M]//顾亭林诗文集.北京:中华书局,1983:33、34.

③ (清)顾炎武.常熟陈君墓志铭[M]//顾亭林诗文集.北京:中华书局,1983:161.

④ (清)戴名世.戴名世集:卷七[M].北京:中华书局,1986:201.

科第"[1],"终不免折而屈膝奴颜于异族之前"。[2] 由此可见,遗民心理,尤其是在这一心理下的"拒考"行为大约也就仅止于明遗民自身这一代而已。

这一时间段,即明遗民的"拒考"行为所持续的三十至五十年左右的时间长度刚好与清初,即顺治、康熙朝近八十年的时间长度大致吻合,而此时也正是清初才子佳人题材故事(包括话本小说与才子佳人小说)的创作最为兴盛的时期,"林辰在描述才子佳人小说的演进过程时"就认为,才子佳人小说"最活跃的创作阶段是顺治帝统治的晚期(止于 1661 年)至康熙帝统治的晚期(止于 1722 年)"。[3] 小说中所反映出来的之于科考的种种情绪,如功名心淡薄、科考的工具化(即仅将其视为获取美满婚姻的手段)等都与此时弥漫于整个清初社会的遗民情绪有着千丝万缕的密切关联。

江南文化的文化优越性一直以来就是以其领先全国的科举文化为代表,这也是江南文人对本地区文化引以为傲的一个重要方面。然而,在清初这一特殊的时代氛围下,这样一种文化上的骄傲却已然无法再从科举途径中获得。江南文人不得不为了气节与操守而放弃科举,但放弃又谈何容易。正如上文所言,江南情结在相当程度上甚至可以直称为科举情结。对科举的热衷,尤其是其背后所反映出的那种本地区的文化骄傲感是很难因改朝换代便被完全抹去的。对于江南文人而言,这实在是一种再纠结不过的复杂情绪。正因为如此,我们才会看到在清初的才子佳人题材故事(包括话本小说与才子佳人小说)中会呈现出如此矛盾之种种,既不屑于功名,却又以"金榜题名"为大团圆结局的必备条件;既轻视八股时文,却又偏能在科考中表现出惊人实力等等。尤其是科考成功后随即隐退这一颇具普遍性的做法更像是一种无奈中的折衷:既证明了本地区一直以来的科举优势并未因易代而衰退,又以在正式踏进仕途之前就急流勇退的方式倔强地宣示着自己拒事新朝的态度并没有因参加科举考试而改变。至于其不合作的借口——"归隐"无疑有着一种自我放逐于新朝秩序之外的消极反抗的意味,其于八股时文之外另立与科举无关的"诗才"为新价值标准的做法也同样有着不为官方价值体系所牢笼而自立门户的意味。

四、江南情结与故国之思

江南文化是汉文化的极致代表。清初才子佳人题材故事中对江南科举文化,尤其对江南才子诗歌才华的极力书写无不显示出了对本地区文化的推崇之情。此种文化骄傲感不仅在江南地区与非江南地区的对比中产生,更在清初之际华与夷,即汉文化与非汉文化之间那令人绝望的悬殊差距中得到了前所未有的强化。而易代鼎革这一特殊的历史时期更使得江南文化所代表的汉文化与刚刚逝去的先朝发生

---

① (清)戴名世.朱铭德传[M]//戴名世集:卷七.北京:中华书局,1986:209.

② 钱穆.中国近三百年学术史[M].北京:中华书局,1986:71—72.

③ (美)马克梦著.吝啬鬼、泼妇、一夫多妻者——十八世纪中国小说中的性与男女关系[M].王维东、杨彩霞译.北京:人民学出版社,2001:108.

了再密切不过的情感联系，对江南才子、江南文化、江南风物的大力书写也总是因此而传达出了一种难以明言的故国之思，倔强又曲折。

对新朝的漠视在相当程度上即意味着对先朝的留恋。清初才子佳人题材故事几乎就从来没有将目光投注到刚刚建立的新朝上，这一点从清初短篇话本小说故事的时间设定上即可获得证明。

表格：清初白话短篇小说故事的时间设定情况

	总篇数	先代	明代					清初
			总数	晚明之前	晚明	明末	不明	
《人中画》	6	0	6	0	1	0	5	0
《云仙笑》	5	1	4	1	1	2	0	0
《醉醒石》	15	1	14	3	4	0	7	0
《连城璧》	12	0	12	7	3	0	2	0
《连城璧》外编	6	0	6	0	4	2	0	0
《照世杯》	4	0	4	0	0	1	3	0
《风流悟》	8	1	6	0	2	1	3	1

诚如前文论述所言，从先代故事中汲取创作素材一直以来就是话本小说编创之传统，从“三言”到“二拍”皆如此。然而相较于“三言”，专注于“耳目之内，日用起居”的“二拍”已然将目光更多地投注到了明代社会，但其设定的故事时间范围却几乎全部集中到了明代前中期，而于作者生活之当下，即明末之现实甚少留意。这一“有限的现实性”在“二拍”之后的崇祯朝短篇话本小说中得到了极大地纠正，尤其在《天凑巧》《清夜钟》《贪欣误》这三部小说中，取材于先代故事者已近绝迹，而明代故事者亦几乎全部设定为晚明、明末，尤其是作者生活着的崇祯朝，“二拍”中那个向着明前中期的“方向”远眺着的视线被彻底地拉回了当下之现实。这样一种故事时间设定上的变化，即从先代到本朝，从明朝前中期到当下之明末显然与明亡前夕现实关注热情急速提升的社会大背景有关。然而，这样一种对当下现实的关注热情却在清廷定鼎之后再次降温。从表中的统计数据中可以清楚地看出，小说家们对其所生活之当下——“清初”以及刚刚过去的末世——“明末”都表现出了一种漠然视之的态度，他们既不愿意正视刚刚建立的新朝，对恍若隔世的那个末世也不想再做过多的回忆。但与此同时，他们却又确确实实地将几乎所有的视线全部投注到了已然成为先朝的明帝国，而很少再去写什么明朝之前那些无关痛痒的“先代”故事。如此独特的时间设定中很难说就没有一种对故国的依恋情绪隐含其间，尽管表现得十分曲折、隐晦。

清初短篇话本小说故事时间设定上所体现出的故国之思从明遗民对清历的警惧心理上也可获得参证。诸如“起看历本惊新号，忽睹衣冠换昨年。”（冯舒《丙戌岁朝》）“眼暗怕看新换历，镜清惭负旧时巾。”（冯舒《丙戌除夜》）“看历一回肠一断，山妻知不为无钱。"(方文《除夕》)[①]等诗句所表达的正是一种本不愿正视新朝,但又在无形的逼迫下必须要去正视的痛苦与无奈。如果可以的话,他们显然更愿意以"方巾大袖"(《研堂见闻杂录》)[②]、"宽衣博带"(《桴亭先生遗书》卷三)[③]的明朝衣冠永远风雅地活在明朝的时间里。

这样一种对先朝的依恋情绪除了隐晦地体现在小说故事的时间设定上,更直接体现在对明朝皇帝的"一体"赞美上,如"圣圣相承,绝无失德"(《醉醒石》第十二回《狂和尚妄思大宝 愚术士空设逆谋》)等句所示,甚至如正德皇帝这样有名的荒唐君主也在清初短篇话本小说《乞儿行好事　皇帝做媒人》(《连城璧》第三卷)中被塑造成了一位微服私访以体察民情的有道明君,而对本朝皇帝的赞美在明末小说中则仅仅集中在开国的洪武帝、永乐帝两位君主上,其所体现的无疑是末世之人对明初之际"清平"社会的思慕与追念。相较而言,清初短篇话本小说中表现出的对明朝皇帝的"一体"赞美则显然带有着极大的盲目性,但考虑到当时特殊的时代氛围以及于此生发而成的对先朝特有的依恋情绪,后世论者也就很难完全站在客观的角度做出纯然理性的判断了。

综上所述,清初短篇话本小说,尤其是那些才子佳人题材故事中往往内含了一种浓重的江南情结,这一情结中不仅有着对本地区文化的天然优越感,更隐含了华夷之辨、遗民心理、故国之思等复杂的民族情绪、家国意识。尽管这些具有鲜明政治意味的因素被表现得十分隐晦、曲折,恰如为清初短篇话本小说所热衷反映的诸如文人生计、文人品行等其他文人题材中隐含的政治因素一样,但却不容研究者轻易地忽略。出于文人自我表达的强烈愿望,清初的话本小说家们已然将创作兴趣极大地转移到了文人题材上,其中既有"生计与品行"问题上反映出的文人于清初之际的现实处境之尴尬,又有"佳人与功名"故事中传达出的白日梦般的幻想及其背后隐含着的对清廷的疏离与警惧。只有将才子佳人题材故事(包括短篇话本小说与才子佳人小说)置放于清初之际这一大背景上、大气候中,凡此种种政治因素的发掘才能得以真正地实现,于花团锦簇的故事背后所蕴含的那一重苦涩的意味才能被体察出一二。

① 转引自王言锋.社会心理变迁与文学走向——中国16—18世纪社会心理变迁与白话短篇小说之兴衰[M].北京:中国社会科学出版社,2009:198.

② 转引自赵园.明清之际士大夫研究[M].北京:北京大学出版社,1999:264.

③ 转引自赵园.明清之际士大夫研究[M].北京:北京大学出版社,1999:265.

参考文献

一

[1]刘餗撰.隋唐嘉话[M].程毅中点校.北京:中华书局,1979.
[2]罗烨著.醉翁谈录[M].北京:古典文学出版社,1957.
[3]孟元老等著.东京梦华录(外四种)[M].北京:古典文学出版社,1956.
[4]李献民.云斋广录[M].北京:中华书局,1997.
[5]李昉.太平广记[M].北京:中华书局,1961.
[6]洪迈撰.夷坚志[M].何卓点校.北京:中华书局,1981.
[7]皇都风月主人著.绿窗新话[M].周楞伽笺注.上海:上海古籍出版社,1991.
[8]赵彦卫.云麓漫钞[M].傅根清点校.北京:中华书局,1996.
[9]王铚.默记[M].北京:中华书局,1981.
[10]欧阳修著.六一诗话[M].郑文校点.北京:人民文学出版社,1962.
[11]文莹.湘山野录[M].北京:中华书局,1984.
[12]张师正撰.括异志[M].北京:中华书局,1996.
[13]陆游著.剑南诗稿校注[M].钱仲联校注.上海:上海古籍出版社,1985.
[14]周密撰.齐东野语[M].张茂鹏点校.北京:中华书局,1983.
[15]郑樵撰.通志二十略[M].王树民点校.北京:中华书局,1987.
[16]陈元靓著.岁时广记[M].北京:商务印书馆,中华民国二十八年十二月.
[17]陆游.老学庵笔记[M].北京:中华书局,1979.
[18]李心传.建炎以来系年要录[M].北京:中华书局,1956.
[19]周淙.乾道临安志[M].杭州:杭州出版社,2008.
[20]司马光.居家杂仪[M].四库全书本.上海:上海古籍出版社,1987.
[21]袁采.袁氏世范[M].四库全书本.上海:上海古籍出版社,1987.
[22]欧阳修著.欧阳修全集[M].李逸安点校.北京:中华书局,2001.
[23]脱脱等.宋史[M].点校本.北京:中华书局,1977.
[24]李焘.续资治通鉴长编[M].北京:中华书局,1985.
[25]徐梦莘.三朝北盟会编(影印本)[M].上海:上海古籍出版社,1987.
[26]欧阳修撰.归田录[M].北京:中华书局,1981.

[27]晁瑮著.晁氏宝文堂书目[M].北京:古典文学出版社,1957.
[28]洪楩辑.清平山堂话本校注[M].程毅中校注.北京:中华书局,2012.
[29]熊龙峰刊行.熊龙峰四种小说[M].王古鲁、蒐録校注.上海:上海古籍出版社,1987.
[30]田汝成撰.西湖游览志余[M].杭州:浙江人民出版社,1980.
[31]汤显祖.汤显祖全集[M].北京:北京古籍出版社,1998.
[32]汤显祖.汤显祖诗文集[M].上海:上海古籍出版社,1982.
[33]沈德符.万历野获编[M].北京:中华书局,1959.
[34]顾起元.客座赘语[M].北京:中华书局,1987.
[35]李贽.李贽文集[M].北京:社会科学文献出版社,2000.
[36]于慎行.谷山笔麈[M].北京:中华书局,1997.
[37]计六奇撰.明季北略[M].任道斌、魏得良点校.北京:中华书局,2006.
[38]郎瑛撰.七修类稿[M].上海,上海书店出版社,2001.
[39]徐松辑.宋会要辑稿[M].北京:中华书局,1957.
[40]李渔著.闲情偶寄[M].杜书瀛评注.北京:中华书局,2007.
[41]阮葵生.茶余客话[M].北京:中华书局,1959.
[42]颜元.颜元集[M].北京:中华书局,1987.
[43]魏禧著.魏叔子文集[M].胡守仁、姚品文、王能宪校点.北京:中华书局,2003.
[44]戴名世撰.戴名世集[M].王树民编校.北京:中华书局,1986.
[45]陈确.陈确集[M].北京:中华书局,1979.
[46]黄宗羲.黄宗羲全集[M].杭州:浙江古籍出版社,1985.
[47]王夫之.船山全书[M].长沙:岳麓书社,1996.
[48]钱谦益.牧斋初学集[M].上海:上海古籍出版社,1985.
[49]黄宗羲.明儒学案[M]. 北京:中华书局,1985.
[50]蓝鼎元.鹿洲全集[M].厦门:厦门大学出版社,1995.
[51]俞越.右台仙馆笔记[M].上海:上海古籍出版社,1986.
[52]陆世仪.桴亭先生文集[M].续修四库全书.上海:上海古籍出版社,1995.
[53]归庄.归庄集[M].北京:中华书局,1962.

二

[54]鲁迅.中国小说史略[M].上海:上海古籍出版社,1998.
[55]胡士莹.话本小说概论[M].北京:商务印书馆,2011.
[56]谭正璧.话本与古剧[M].上海:上海古籍出版社,1985.
[57]叶德均.戏曲小说丛考[M].北京:中华书局,1979.
[58]李剑国.宋代志怪传奇叙录[M].天津:南开大学出版社,1997.
[59]赵景深.中国小说丛考[M].济南:齐鲁书社,1980.

[60]程毅中.宋元小说研究[M].南京:江苏古籍出版社,1998.
[61]孙楷第.日本东京及大连图书馆所见中国小说书目提要[M].北平:国立北平图书馆、中国大辞典编纂处,中华民国二十一年(一九三一)六月.
[62]程毅中辑注.宋元小说家话本集[M].济南:齐鲁书社,2000.
[63]萧相恺.宋元小说史[M].杭州:浙江古籍出版社,1997.
[64]李剑国辑校.宋代传奇集[M].北京:中华书局,2001.
[65]黎烈文标点.京本通俗小说[M].北京:商务印书馆,中华民国二十六年三月.
[66]谭正璧著.三言两拍源流考[M].上海:上海古籍出版社,2012.
[67]王昕.话本小说的历史与叙事[M].北京:中华书局,2002.
[68]高小康著.市民、士人与故事:中国近古社会文化中的叙事[M].北京:人民出版社,2001.
[69]王齐洲.中国通俗小说史[M].武汉:武汉大学出版社,2015.
[70]王言锋.社会心理变迁与文学走向——中国16—18世纪社会心理变迁与白话短篇小说之兴衰[M].北京:中国社会科学出版社,2009.
[71]凌郁之.走向世俗——宋代文言小说的变迁[M].北京:中华书局,2007.
[72]叶渭渠.日本文学思潮史[M].北京:北京大学出版社,2009.

三

[73]刘黎明.宋代民间巫术研究[M].成都:四川出版集团巴蜀书社,2004.
[74]朱瑞熙.宋代社会研究[M].郑州:中州书画社,1983.
[75]漆侠.宋代经济史[M].上海:上海人民出版社,1987.
[76]陈江.明代中后期的江南社会与社会生活[M].上海:上海社会科学院出版社,2006.
[77]左东岭著.王学与中晚明士人心态[M].北京:人民文学出版社,2000.
[78]夏咸淳.晚明士风与文学[M].北京:中国社会科学出版社,1997.
[79]赵园.明清之际士大夫研究[M].北京:北京大学出版社,1999.
[80]赵园.制度·言论·心态——《明清之际士大夫研究》续编[M].北京:北京大学出版社,2006.
[81]吴存存.明清社会性爱风气[M].北京:人民文学出版社,2000.
[82]孙绍先.英雄之死与美人迟暮[M].北京:社会科学文献出版社,2000.
[83]叶舒宪.高唐神女与维纳斯[M].西安:陕西人民出版社,2005.
[84]叶舒宪.阉割与狂狷[M].西安:陕西人民出版社,2010.
[85]梁启超.中国近三百年学术史[M].北京:中国书店,1985.
[86]钱穆.国史大纲[M].北京:商务印书馆,1994.
[87]徐复观.中国人性论史[M].上海:华东师范大学出版社,2005.
[88]冯友兰著.中国哲学简史[M].涂又光译.北京:北京大学出版社,1985.

[89]陈宝良.中国流氓史[M].上海:上海人民出版社,2008.
[90]吴松弟.中国人口史[M].上海:复旦大学出版社,2000.
[91]王学泰.游民文化与中国社会[M].北京:学苑出版社,1999.
[92]陆德阳.流民史[M].上海:上海文艺出版社,1997.
[93]陆启宏.近代早期西欧的巫术与巫术迫害[M].上海:复旦大学出版社,2009.
[94]陈新汉.权威评价论[M].上海:上海人民出版社,2006.

四

[95]内山知也.隋唐小说研究[M].上海:复旦大学出版社,2010.
[96]韩南.中国白话小说史[M].杭州:浙江古籍出版社,1989.
[97]夏志清.中国古典小说[M].美国印第安纳州布卢明顿市:印第安纳大学出版社,1980.
[98]夏志清.中国古典小说史论[M].胡益民等译.南昌:江西人民出版社,2001.
[99]戴仁柱著.十三世纪中国政治与文化危机[M].刘晓译.北京:中国广播电视出版社,2003.
[100]谢和耐著.蒙元入侵前夜的中国日常生活[M].刘东译.南京:江苏人民出版社,1995.
[101]卜正民.纵乐的困惑——明代的商业与文化[M].上海:生活·读书·新知三联书店,2004.
[102]黄仁宇.万历十五年[M].北京:中华书局,2007.
[103]孔飞力著.叫魂——1768 年中国妖术大恐慌[M].陈兼、刘昶译.上海:生活·读书·新知三联书店,2012.
[104]韩瑞.假想的“满大人”——同情、现代性与中国疼痛[M].南京:江苏人民出版社,2013.
[105]雷金庆.男性特质论——中国的社会与性别[M].南京:江苏人民出版社,2012.
[106]理安·艾斯勒.神圣的欢爱——性、神话与女性肉体的政治学[M].北京:社会科学文献出版社,2004.
[107]艾梅兰著.竞争的话语——明清小说中的正统性、本真性及所生成之意义[M].南京:江苏人民出版社,2005.
[108]卢苇菁著.矢志不渝——明清时期的贞女现象[M].秦立彦译.南京:江苏人民出版社,2012.
[109]马克梦著.吝啬鬼、泼妇、一夫多妻者——十八世纪中国小说中的性与男女关系[M].王维东、杨彩霞译.北京:人民文学出版社,2001.
[110]黄卫总著.中华帝国晚期的欲望与小说叙述[M].张蕴爽译.南京:江苏人民出版社,2012.
[111]D. H. 劳伦斯著.性与可爱——劳伦斯散文选[M].姚暨荣译.广州:花城出版

社,1988.
[112]亚当·朱科斯.男人为什么仇恨女人[M].北京:中央编译出版社,2009.
[113]叔本华.说不尽的女人[M].广州:广东人民出版社,1994.
[114]藤本箕山、九鬼周造、阿部次郎著.日本意气[M].王向远译.长春:吉林出版集团有限责任公司,2012.
[115]爱弥儿·涂尔干著.乱伦禁忌及其起源[M].汲喆等译.上海:上海人民出版社,2006.
[116]马尔库塞.爱欲与文明——对弗洛伊德思想的哲学探讨[M].上海:上海译文出版社,1987.
[117]罗贝尔·穆尚布莱著.魔鬼的历史[M].张庭芳译.桂林:广西师范大学出版社,2005.
[118]弗雷泽.金枝[M].北京:大众文艺出版社,1998.
[119]米歇尔·福柯著.规训与惩罚——监狱的诞生[M].上海:生活·读书·新知三联书店,2003.
[120]本尼迪克特.菊与刀[M].北京:商务印书馆,2000.
[121]柏拉图著.文艺对话集[M].朱光潜译.北京:人民文学出版社,1963.